Stanisław Lem
Werke in Einzelausgaben

Stanisław Lem
Lokaltermin

Roman

Aus dem Polnischen
von Hubert Schumann

Insel Verlag

Titel der Originalausgabe: Wizja Lokalna.
Wydawnictwo Literackie, Kraków 1982
Die Übersetzung wurde vom Autor autorisiert.

Erste Auflage 1985
Insel Verlag Frankfurt am Main 1985

Satz: IBV Satz- und Datentechnik, Berlin
Druck: Ebner Ulm
Printed in Germany

Lokaltermin

I. In der Schweiz

Nach der Landung auf Cape Canaveral gab ich das Raumschiff zur Durchsicht und konzentrierte mich voll auf den Urlaub, der mir schließlich zustand nach einer so langen Expedition. Vom All aus gesehen, erscheint die Erde als Pünktchen, nach der Landung erweist sie sich als beträchtlich groß. Urlaub aber ist nicht nur eine Frage der schönen Umgebung, sondern der gehörigen Vorsorge. Ich suchte einen Vetter des Professors Tarantoga auf, der den vernünftigen Brauch pflegt, die Tageszeitungen vor der Lektüre erst einige Wochen ablagern zu lassen. Es war mir lieber, meinen Erholungsort bei einem Bekannten auszuwählen als in einer öffentlichen Bibliothek. Die Durchquerung der galaktischen Magnetfelder ist kein Kinderspiel, ich habe das Reißen in allen Knochen, und auch das Knie macht mir zu schaffen, das ich mir im Himalaya verrenkt habe, als der Alumiuniumhokker unter mir zusammenklappte. Gegen Rheumatismus hilft am besten trockene Wärme, die natürlich vom Klima, nicht vom Schlachtfeld kommen muß. Der Nahe Osten schied demnach wie üblich aus. Die Araber spielen unverwüstlich »Bäumchen, wechsel dich«, wobei ihre Staaten sich zusammenschließen, trennen, vereinigen oder einander aus verschiedenen Ursachen bekriegen – ich habe es längst aufgegeben, auch nur den Versuch zu machen, sie zu verstehen.

Auch die sonnenbeschienenen Südhänge der Alpen böten sich an, aber dorthin setze ich keinen Fuß mehr, seit ich in Turin einmal Opfer einer Entführung geworden bin – als Prinzessin di Cavalli oder di Piedimonte, das wurde nie restlos aufgeklärt. Ich nahm an einem Raumfahrtkongreß teil, die Tagung hatte bis nach Mitternacht gedauert, und den Morgen darauf sollte ich nach Santiago fliegen. Ich verfuhr mich mit dem Auto und konnte mein Hotel nicht finden, parkte also in einer Tiefgarage, um wenigstens am Steuer ein bißchen zu schlafen. Der einzige freie Platz war zwar mit bunten Bändern abgegrenzt, vielleicht zum Zeichen, daß die Prinzessin jemandem angetraut worden war, aber davon hatte ich keine Ahnung, und was sollte das um ein Uhr nachts auch zu sagen haben. Ich wurde geknebelt und gefesselt in den Kofferraum gesteckt, den Wagen fuhr man aus dem Parkhaus auf die Straße und verlud ihn auf einen jener großen Sattelschlepper, mit denen fabrikneue Autos ausgeliefert werden. Ich bin zwar ein Mann, aber das war dort nicht so im Handumdrehen zu erkennen, ich trage keinen Bart und bin von auffallender Schönheit, jedenfalls zerrte man mich in einsamer Gegend am Fuße des Gebirges aus dem Kofferraum und führte mich zu einem alleinstehenden Haus. Ich wurde von zwei kräftigen Kerlen bewacht, die sich abwechselten. Draußen glänzte der Firnschnee der Alpen, aber von Sonnenbaden konnte natürlich keine Rede sein. Der eine meiner Wächter war dunkelhäutig und schnurrbärtig (ich spielte mit ihm Dame, zum Schachspiel fehlte ihm die geistige Befähigung), der andere hatte statt eines Schnurrbarts einen Vollbart und besaß die üble Angewohnheit, mich Rumpsteak zu nennen – eine Andeutung dessen, was mich erwartete, falls das Fürstenhaus kein Lösegeld zahlte. Sie wußten, daß ich weder mit den di Cavallis noch den di Piedimontes etwas zu tun hatte, aber das brachte sie nicht aus der Fassung, denn inzwischen war die »Ersatzentführung« in Kraft. Der Begriff stammt von den Deutschen, die sich darin auskennen. Angefangen hatte es mit Kindern: ein ums andere Mal waren versehentlich die falschen entführt worden, und die Eltern der richtigen hatten den Zahlungsschwachen geholfen. Dieses Verfahren war dann auch auf volljährige Personen ausgedehnt worden und zu dem Zeitpunkt, da es mich erwischte, leider bereits so allgemeine Praxis, daß die Herzen der Reichen verhärtet waren und keiner auch nur einen roten Heller für mich geben wollte.

Meine Entführer suchten beim Vatikan etwas herauszuschinden. Die Kirche ist von Berufs wegen opferfreudig, aber die Sache zog sich furchtbar in die Länge. Einen Monat lang mußte ich Dame spielen und mir die gastronomischen Drohungen eines Kerls anhören, der unwahrscheinlich schwitzte und in brüllendes Gelächter ausbrach, wenn ich ihn bat, sich wenigstens zu duschen, ich wäre sogar bereit gewesen, ihn eigenhändig einzuseifen.

Als schließlich auch die Kirche versagte, kam es zum Streit und beinahe zum Handgemenge. »Umlegen!« brüllten die einen. »Fort mit der Prinzessin!« schrien die anderen. Mich Prinzessin zu nennen – darauf hatte sich der Dunkelhäutige versteift. Er trug auf dem Scheitel eine Balggeschwulst. Ich mußte immer wieder hinsehen. Zu essen bekam ich dasselbe wie sie alle, der Unterschied bestand nur darin, daß sie sich nach den öligen Makkaroni die Lippen leckten, während mir davon schlecht wurde. Auch der Hals tat mir noch weh, seit sie versucht hatten, mich zu dem Geständnis zu bewegen, ich müsse, da ich doch den Parkplatz benutzt hatte, wenigstens ein entfernter Angehöriger des Fürstenhauses sein. Zum Abschluß bekam ich von den Genasführten eine gehörige Tracht Prügel, und seither hat Italien für mich aufgehört zu existieren.

Österreich ist fesch, aber ich kenne es wie meine Westentasche und will lieber etwas Neues sehen. Blieb nur die Schweiz. Ich wollte Tarantogas Vetter fragen, was er von ihr halte, aber es war dumm, sich mit ihm in ein Gespräch einzulassen. Er ist zwar ein Globetrotter, zugleich aber Hobbyanthropologe, der die Graffiti in sämtlichen Toiletten der Welt studiert. Sein Haus ist eine einzige Sammlung davon. Wenn er darauf zu sprechen kommt, was die Menschen an Klosettwände schreiben, zieht in seine Augen ein seliger Glanz. Er behauptet, nur dort sei die Menschheit freimütig bis auf die Knochen, und auf diesen Fliesen stehe unser Menetekel wie auch das »Entia non sunt multiplicanda praeter necessitatem«. Er fotografiert diese Sprüche, vergrößert sie, gießt sie in Plexiglas und hängt sie zu Hause an die Wand. Von weitem wirkt das wie ein Mosaik, aus der Nähe verschlägt es einem die Sprache. Unter exotischen Sprüchen, chinesischen etwa oder malayischen, sind Übersetzungen angebracht.

Ich wußte, daß er um dieser Sammlung willen auch die Schweiz bereist hatte, es war dumm, danach zu fragen, denn Berge waren ihm dort nicht aufgefallen. Er schimpfte, dort würden die Toiletten von früh bis spät ununterbrochen gereinigt und somit kapitale Wandsprüche vernichtet. Er habe beim Kulturdezernat in Zürich sogar eine Denkschrift eingereicht mit dem Vorschlag, man solle nur alle drei Tage saubermachen, aber er hatte nirgends Gehör gefunden, und von einer Erlaubnis, auch Damentoiletten aufsuchen zu dürfen, konnte nicht einmal die Rede sein, obgleich er (ich weiß nicht, wie er sich das erluchst hatte) ein Papier von der UNESCO vorwies, das seiner Arbeit wissenschaftlichen Charakter bescheinigte.

Tarantogas Vetter glaubt weder an Freud noch an die Freudianer. Man könne von Freud wohl erfahren, was einer im Sinn habe, wenn ihm im Wachen oder Träumen ein Turm, ein Kolben, ein Telegrafenmast, ein Scheit, eine Deichsel oder ein Pfahl erscheine, aber mit dieser Weisheit sei man am Ende, wenn einer ganz ohne Umwege träume! Tarantogas Vetter hatte eine persönliche Abneigung gegen die Psychoanalytiker, er hielt sie für Esel und mußte mir unbedingt erklären, weshalb. Er zeigte mir die Perlen seiner Sammlung, gereimte Sprüche in etwa achtzig Sprachen, ein reich illustriertes Buch war bereits in Vorbereitung, Handbuch, Bildband und Kartenwerk in einem, dazu natürlich die statistischen Angaben, wieviel wovon auf einen Quadratkilometer oder auch auf tausend Einwohner entfällt. Er ist ein Polyglott, freilich auf etwas schmalem Fachgebiet, aber auch das will etwas heißen, denkt man an den Reichtum der menschlichen Ausdrucksmöglichkeiten gerade in diesem Bereich.

Tarantogas Vetter sagt übrigens, er ekele sich vor den Umständen des Ortes, benutze Chirurgenhandschuhe und desodorierende Sprays, müsse als Wissenschaftler aber alle seine Reaktionen bezwingen. Andernfalls würden ja auch die Insektenforscher nur noch Schmetterlinge und Marienkäfer studieren, über Läuse und Kakerlaken hingegen wüßte man nichts. In der Furcht, ich könnte ihm entweichen, hielt er mich am Ärmel fest und schubste mich sogar vor die bedeutenderen Schaustücke an seinen Wänden. »Ich will nicht klagen«, meinte er, »aber ich habe mir kein leichtes Leben ausgesucht.« Ein Mann, der, mit Fotoapparaten und Objektiven behängt, ein Stativ mit sich schleppend, öffentliche Toiletten betritt, der Reihe nach in jede einzelne Kabine schaut, als könne er sich nicht entschließen, ein solcher Mann muß einfach den Argwohn der Klofrauen erregen, zumal er sich seines Ballasts nicht entledigen will und alles mit hinter die Tür nimmt. Nicht einmal ein reiches Trinkgeld kann ihn vor Unannehmlichkeiten bewahren. Insbesondere die Verwendung von Blitzlicht scheint auf die Hüterinnen der Klosettmoral, über die sich Tarantogas Vetter sehr abfällig äußerte, zu wirken wie das rote Tuch auf den Stier. Bei offenen Türen kann er nicht arbeiten, denn dadurch werden sie noch reizbarer. Sonderbarerweise wird er auch von der Kundschaft dieser Stätten sehr schief angesehen, und zuweilen ist es bei Blicken nicht geblieben. Dabei müssen sich doch gerade unter diesen Leuten die Autoren befinden, und es wäre nur recht und billig, wenn seine Aufmerksamkeit sie wenigstens ein bißchen verbindlich stimmte.

In automatisierten Anlagen gäbe es solche Probleme nicht, aber er müsse überall sein, sonst ergäbe das Material keinen statistisch gewichtigen, repräsentativen Querschnitt. Leider müsse er sich auf solche kleinen Tests beschränken, der Weltbestand an Klosetts gehe über die menschliche Kraft. Ich weiß nicht mehr, wie viele es gibt, aber er hatte auch das berechnet. Er wußte, womit man schreibt, wenn man nichts zur Hand hat, und wie manche Autoren, vom Schaffenseifer getrieben, ihre Aphorismen oder gar Zeichnungen ganz oben unter der Decke anbringen, obwohl an dem Porzellan nicht einmal ein Schimpanse hinaufklimmen kann. Aus Höflichkeit, um das Gespräch aufrechtzuerhalten, äußerte ich die Vermutung, sie trügen möglicherweise zusammenklappbare Leitern bei sich. Diese Ignoranz brachte ihn sehr in Harnisch, schließlich entkam ich, von ihm verfolgt bis auf die Treppe, wo er immer noch auf mich einredete.

Wütend über diesen Reinfall, bei dem ich über die Schweiz gar nichts erfahren hatte, kehrte ich zurück in mein Hotel, wo sich zeigte, daß mir einige der deftigsten Beispiele, die er rezitiert hatte, so fest im Kopf saßen, daß sie sich um so hartnäckiger aufdrängten, je mehr ich sie zu vergessen suchte. Irgendwo mag dieser ganze Vetter ja auch recht haben, immerhin hängt über seinem Schreibtisch groß der Spruch: »Homo sum et nil humani a me alienum puto.«

Ich entschied mich endgültig für die Schweiz. Seit langem trug ich ihr Bild im Herzen. Man steht am Morgen auf, geht in Pantoffeln zum Fenster, draußen breiten sich die Almen, lilafarbene Kühe tragen auf dem Körper in großen Buchstaben die Aufschrift MILKA, man lauscht dem Läuten ihrer Glöckchen und schreitet zum Speisesaal, wo in dünnem Porzellan bereits die Schweizer Schokolade dampft und leidenschaftlich der Schweizer Käse glänzt. Echter Emmentaler schwitzt nämlich immer ein bißchen, zumal in den Löchern. Man setzt sich nieder, knusprig knirschen die Toasts, der Honig duftet nach Alpenkräutern, und die behagliche Stille wird feierlich gemessen vom Ticken der Schweizer Uhren. Man schlägt die druckfrische »Neue Zürcher Zeitung« auf, die Titelseite vermeldet zwar Kriege, Bomben, die Zahl der Opfer, aber so weit weg, als sähe man sie durch ein umgedrehtes Fernglas. Mag sein, daß es irgendwo Unglück gibt, aber nicht hier, wo Ruhe und Ordnung herrschen, hier im Herzen des terroristischen Tiefs. Sehen Sie selbst, auf allen Seiten unterhalten sich die Kantone im gedämpften Bankendialekt, man legt die Zeitung beiseite, denn wozu soll man sie lesen, da doch alles läuft wie eine Schweizer Uhr? Ohne Eile steht man auf, kleidet sich, ein altes Liedchen trällernd, an und wandert einsam in die Berge. Welch eine Wohltat!

So ungefähr hatte ich mir das vorgestellt. In Zürich stieg ich in einem Hotel unweit vom Flughafen ab und begann die Suche nach einem stillen Alpenwinkel, wo ich den Sommer verbringen konnte. Mit zunehmender Ungeduld durchblätterte ich die Prospekte, hier stieß mich die Verheißung zahlreicher Diskotheken ab, dort die von Seilbahnen, die in Portionen ganze Menschenmassen auf die Gletscher hieven, aber ich mag keine Massen und hatte folglich eine schwere Aufgabe: weder wollte ich Berge ohne Komfort noch Komfort ohne Berge.

Ich war aus dem untersten Stockwerk in das höchstgelegene vertrieben worden – zum einen von dem technisch hochgerüsteten Hotelorchester, zum zweiten von der Küchenventilation, die den gewißlich falschen, aber dennoch bestürzenden Eindruck erweckte, das Fett in den Bratpfannen sei seit Jahren nicht gewechselt worden. Oben war es auch nicht besser. Alle paar Minuten schlug der Donner der unweit startenden Jets auf mich ein. In Europa gebraucht man eher den Begriff Düsenflugzeug, aber bei dem Wort Jet spüre ich geradezu, wie mir eine Peitsche um die Ohren pfeift, die ich mir übrigens natürlich verstopft hatte, ohne daß es etwas half: die Vibration der Triebwerke dringt einem ins Mark wie der Bohrer eines Zahnarztes.

Nach zwei Tagen zog ich in das im Zentrum gelegene neue Sheraton, ohne mir einen Kopf darüber zu machen, daß dieses Hotel komplett computergesteuert ist. Ich bekam ein Appartement, das sich ganz amerikanisch »Suite« nannte, einen Reklamekugelschreiber und – statt des Türschlüssels – eine Plastikmarke. Damit ließ sich auch der spirituosengeladene Kühlschrank öffnen. Die Marke war an den Zentralcomputer angeschlossen, und das Fernsehgerät gab auf Wunsch den augenblicklichen Stand der Rechnung an. Das war sogar lustig, wie unablässig die Ziffernmühle lief, in einem Tempo etwa wie die Zeitnahme bei einem Wettrennen. Nur ging es hier nicht um Sekunden, sondern um Schweizer Franken.

Das Sheraton bezog seinen Ruhm aus der Erneuerung alter Traditionen. Beispielsweise schimmerte auf allen Tischen im Restaurant Tafelsilber. Früher war auf den Bestecks eingraviert: »Gestohlen im Bristol«. Im Sheraton trieb man es weniger drastisch – da schlugen die Türen Alarm, wenn einer hinausgehen wollte und Silber in der Tasche trug. Ich kenne das leider aus eigener Erfahrung und mußte mich ausführlich rechtfertigen. Ich hatte meinen Kugelschreiber neben der Tasse liegengelassen und an seiner Stelle den Teelöffel ins Jackett gesteckt. Der parfümierte Lakai ließ sich dadurch nicht beschwichtigen, denn der Löffel glänzte wie frisch aufgewaschen, obgleich ich ein weichgekochtes Ei gegessen hatte. Ja freilich, ich hatte ihn abgeleckt, das mache ich immer, aber ich hatte nicht die Absicht, meine intimen Gewohnheiten einem Schweizer zu beichten, der überzeugt war, englisch zu sprechen. Ich hielt den Fall für erledigt, aber als ich den Monitor wieder einmal aus Spaß nach der Höhe meiner Rechnung fragte, stand darauf auch der Preis eines Silberlöffels – und er stand wie eine Eiche. Ich hatte den Löffel bezahlt, er gehörte mir, aber man hatte ihn mir abgenommen, folglich steckte ich bei der nächsten Gelegenheit einen ebensolchen in die Tasche, und prompt gab es den nächsten Skandal. Das Sheraton, so erklärte man mir, sei kein Selbstbedienungsladen. Der Löffel werde auf die Rechnung gesetzt, bleibe aber Eigentum des Hotels. Dies sei keine Strafe, sondern eine symbolische Geste des Entgegenkommens: Gerichtskosten kämen den Gast teurer. Ich habe ein bißchen das Zeug zum Prozeßhansl, es reizte mich, gegen das Sheraton den Rechtsweg zu beschreiten, aber dann wollte ich mir die Laune nicht verderben, die vorläufig allerdings nur aus der Hoffnung bestand, die Schweiz meiner Träume zu finden.

Neben der Tür zum Badezimmer hatte ich vier Schalter, aber ich bekam sie bis ans Ende meines Aufenthalts nicht in den Griff. Auch am ersten Abend ging ich im Dunkeln zu Bett. Am Kopfkissen steckte eine Karte mit den herzlichen Grüßen der Hoteldirektion nebst einer kleinen Tafel Milka, aber das wußte ich nicht. Erst trieb ich mir die Nadel in den Finger, dann forschte ich geraume Zeit unter der Bettdecke nach der Schokolade. Als ich sie aufgegessen hatte, fiel mir ein, daß ich mir eigentlich noch einmal die Zähne putzen müßte. Nach kurzem inneren Kampf tat ich das auch. Dann drückte ich auf der Suche nach dem Schalter der Nachttischlampe auf etwas anderes, und die Matratze fing an, rhythmisch zu schwingen. Gegen den Lampenschirm schlug ein dicker Nachtfalter. Ich liebe Nachtfalter nicht, schon gar nicht, wenn sie mir im Gesicht sitzen. Ich wollte ihn totschlagen, fand in Reichweite aber nur die dicke Hotelbibel. Sie hatte einen schönen festen Einband, aber mit der Bibel – irgendwie gehört sich das nicht.

Ich machte ziemlich lange Jagd auf den Falter, bis ich schließlich auf den Alpenprospekten ausglitschte, die ich nach der Durchsicht auf den Teppich geworfen hatte. Lauter Blödsinn, man schämt sich, darüber zu schreiben. Aber wenn man genauer hinsieht, hört es auf, so einfach zu sein. Je größer der Komfort ist, um so mehr fällt er lästig, geistig erniedrigt er einen sogar, man fühlt sich nicht gewachsen, seinen Überfluß in Anspruch zu nehmen. Man steht mit einem Teelöffel vor einem Ozean. Aber nun schweigt mir von Löffeln aller Art!

Am nächsten Morgen rief ich einen Immobilienmakler an und erkundigte mich nach einem komfortablen kleinen Haus in den Bergen, das ich eventuell als Sommerresidenz erwerben wollte. Ich tue zuweilen Dinge, die mich selber überraschen, denn eigentlich hatte ich mich nicht mit der Absicht getragen, in der Schweiz ein Haus zu kaufen. Obwohl – ich weiß es selber nicht recht. Die Stadt wurde täglich nicht nur gefegt, sondern auf Hochglanz poliert, und diese allgemeine Festtäglichkeit erschien mir als Verheißung eines seligen Lebens, gegen das sich in mir etwas sträubte.

Nachdem ich, immer noch unentschlossen, wo ich eine Sommerwohnung mieten sollte, einen ganzen Tag vertrödelt hatte, beschloß ich, unverzüglich erst mal das Sheraton zu verlassen. Dieser Gedanke verschaffte mir große Erleichterung. In einer stillen Gasse fand ich eine Junggesellenwohnung, die mir zusagte. Vom Vermieter erbte ich sogar die Zugeherin. Am Morgen frühstückte ich ein letztes Mal im Hotel, und eben als ich fertig war, trat an meinen Tisch ein großer, weißhaariger Herr von edlem Äußeren und stellte sich als Rechtsanwalt Trürli vor. Er nahm Platz, legte eine mächtige Aktentasche neben sich und bat für ein Weilchen um Gehör. Seinen Worten zufolge wollte mir der bekannte Schweizer Millionär Doktor Wilhelm Küßmich, seit Jahren ein Verehrer meiner Tätigkeit und ein eifriger Leser meiner Schriften, zum Zeichen seines Respekts und seiner Dankbarkeit ein Schloß übereignen! Jawohl, ein Schloß, zweite Hälfte des 16. Jahrhunderts, am See gelegen, freilich nicht in Zürich, sondern in Genf, während der Religionskriege abgebrannt, von Herrn Küßmich aber wiederaufgebaut und modernisiert – der Rechtsanwalt spulte die Geschichte des Bauwerks herunter wie am Schnürchen, offenbar hatte er sie vorher auswendig gelernt. Ich lauschte ihm, immer angenehmer erstaunt, mein im Geiste schon leicht verwelktes ursprüngliches Urteil über die Schweiz nun doch bestätigt zu finden.

Der Anwalt packte ein riesiges Buch mit Ledereinband vor mich hin, ein Album, das das Schloß von allen Seiten zeigte, sogar als Luftaufnahme. Dazu bekam ich sogleich einen zweiten, dünneren Band: das Inventarverzeichnis. Herr Küßmich wollte mein Auge nicht durch den Anblick kahler Wände beleidigen, ich sollte das ehrwürdige Gebäude mit der gesamten beweglichen Habe übernehmen. Das Parterre war nicht möbliert, dafür gab es in allen Obergeschossen ausschließlich

Antiquitäten und Kunstwerke unschätzbaren Wertes, dazu eine Rüstkammer und eine Wagenremise, aber er ließ mir gar nicht die Zeit, mich daran zu berauschen, sondern fragte in offiziellem, beinahe barschem Ton, ob ich bereit sei, die Schenkung anzunehmen.

Ich war bereit. Rechtsanwalt Trürli fiel in eine kurze Starre, als spräche er vor dem Vollzug eines so bedeutenden Aktes ein stilles Gebet. Männer wie er schüren in mir immer ein wenig Neid. Ihre Hemden sind auch lange nach Mitternacht noch jungfräulich weiß, ihre Beinkleider knautschen nicht, und niemals fehlt ihnen ein Knopf am Hosenschlitz. Der Anwalt machte mich durch seine Vollkommenheit ein wenig erstarren oder sogar frösteln, aber es war von meinem unbekannten Wohltäter schwerlich zu verlangen, einen Abgesandten zu schicken, der meinem Geschmack besser entsprach. Außerdem durfte nicht übersehen werden, daß wir uns in der Schweiz befanden. Nach würdevoller Einkehr erklärte Rechtsanwalt Trürli, die abschließenden Formalitäten wollten wir später erledigen, für heute genüge es, wenn ich meine Unterschrift auf die Schenkungsurkunde setze. Er zog eine durchsichtige Mappe hervor. Wie zwischen Glasscheiben lag darin die sorgsam ausgefertigte Urkunde, die er vor mir auf dem Tischtuch ausbreitete. Dazu reichte er mir eine Füllfeder, natürlich Schweizer Fabrikat und von Gold, wie die Fassung seiner Brille. Zuletzt lehnte er sich leicht zurück, als wolle er seine Anwesenheit aussetzen, bis ich mich mit dem Inhalt des wichtigen Dokuments bekannt gemacht hatte.

Ich studierte die Klauseln der Schenkung. Unter anderem sollte ich mich verpflichten, sechs Monate lang die im Rittersaal aufbewahrten 28 Kisten unberührt zu lassen. Ich hob den Blick fragend zum Anwalt, der mir, als könne er Gedanken lesen, erklärte, in diesen – selbstverständlich unverschlossenen – Kisten befänden sich einmalige Objekte, Gemälde alter Meister, ihre Übergabe an einen Ausländer, mochte er auch so prominent sein wie ich, werde daher ein gewisses Abwarten erfordern. Darüber hinaus durfte ich in den nächsten zwei Jahren das Schloß weder im Ganzen noch zu Teilen veräußern oder dritten Personen auf andere Art zugänglich machen. Ich sah in diesen Klauseln nichts Verdächtiges. Ließ mein Argwohn übrigens nicht erkennen, daß mich die Großzügigkeit erdrückte, die mich mit Ketten schwerfälligen Juristendeutschs wie auf einer Zugbrücke in die Säle eines Schlosses beförderte?

Ich schwitzte leicht, als ich unterschrieb. Rechtsanwalt Trürli machte eine knappe, gebieterische Handbewegung, und zwei Hotelangestellte eilten herbei, um die Echtheit meiner Unterschrift mit der ihren zu bestätigen. Sie hatten sich bisher diskret hinter Palmen verborgen gehalten. Trürli mußte sie schon vorher dort postiert haben – er hatte wirklich Sorge getragen, der Szene einen würdigen Rahmen zu geben. Als wir wieder allein waren, bat er mich, einen Zusatz auf der Rückseite der Urkunde gesondert abzuzeichnen. Dadurch sollten vom Schenker bevollmächtigte Personen die Erlaubnis erhalten, periodisch nachzuprüfen, ob ich mich an die Paragraphen 8, 9 und 11 halte, also nicht in den Kisten mit dem wertvollen Inhalt krame. Bei dem Gedanken, daß Fremde nach Belieben im Schloß herumstöbern sollten, wurde mir kalt, aber der Anwalt erklärte diesen Punkt als eine reine Formsache. Die Urkunde, so fügte er hinzu, sei damit rechtskräftig, und ich könne das gesamte Objekt einschließlich des dazugehörigen Parks jederzeit in Besitz nehmen. Er wollte schon aufstehen, als mir glücklicherweise noch die Frage einfiel, wann ich meinem Wohltäter denn meinen persönlichen Dank abstatten dürfe. Herr Küßmich sei momentan sehr beschäftigt, er stehe an der Spitze eines Konzerns für Lebensmittelkonzentrate, an deren Spitze wiederum LALAC stehe, das berühmte Präparat, das den Kindern auf allen Kontinenten zur Gesundheit diene. Der Termin einer Begegnung müsse gesondert vereinbart werden.

Der Anwalt drückte mir die Hand, die alte Standuhr hinter uns schlug elf, und während ich, nunmehr Herr eines Schlosses in der Schweiz, zusah, wie Trürli über die Teppiche schritt, wie die Glastafeln des Ausgangs vor ihm zur Seite glitten und ein Chauffeur, die Dienstmütze unterm linken Arm, den Schlag eines schwarzen Mercedes aufriß, gelangte ich zu der Überzeugung, daß mir so etwas eigentlich schon lange zugestanden hatte.

Das Schloß erwies sich leider als unbewohnbar. Im letzten

Winter waren die Rohre der Zentralheizung geplatzt. Aber einem geschenkten Gaul... Ich gab meine Alpenreise auf und machte mich an die Renovierung. Der Innenarchitekt wollte mich zu seinem Projekt überreden, die Säle im Parterre als Theater für Zauberopern einzurichten, und als ich mich widersetzte, gab er sich auf sehr boshafte Weise geschlagen, indem er sämtliche Entscheidungen mir überließ, selbst die über die Fliesen der Bäder (die alten waren geborsten) und den Stil der Türklinken (die alten waren abhanden gekommen).

Ich hatte in das Gemäuer bereits einiges investiert, als die Zeitungen auf ihren Titelseiten sensationelle Nachrichten über LALAC brachten. Es war offenbar geworden, woraus dieses Präparat in Wirklichkeit produziert wurde. Ein rasch gegründetes internationales Komitee geschädigter Mütter machte Küßmich den Prozeß und verklagte ihn auf eine Entschädigung von 98 Millionen Schweizer Franken. Die zugrunde gerichtete Gesundheit der Kinder, die körperlichen und seelischen Qualen der Eltern, die Forderungen nach Schmerzensgeld – die Presse ließ sich auch nicht das Geringste entgehen. Als ich vorfuhr, um die Instandsetzungsarbeiten zu inspizieren, mußte ich mir den Weg durch Mahnwachen bahnen, deren Transparente Schmähungen enthielten: Nicht genug, daß sich einer an der Vergiftung von Kindern einen Palast verdient habe, so wage er diesen sogar jetzt noch zu verschönern, da ihm die Gerichtstermine im Nacken säßen! Zweimal konnte ich mit Erfolg klarstellen, daß ich nicht Küßmich war und mit Kleinkindern nichts zu tun hatte, beim dritten Mal aber kam ich an eine ältere Dame von der Heilsarmee, die konnte nicht hören, was ich sagte, weil sie lauthals sang und die Trommel schlug, und so entriß sie ihrer Nachbarin ein Schild mit der Forderung nach einem gerechten Richter und hieb es mir übers Haupt. Das brachte mir zu Bewußtsein, in welche verkorkste Lage mich Küßmich geritten hatte.

Ich telefonierte mit dem Rechtsanwalt, um seine Meinung zu hören, aber er riet mir nur, den Journalisten aus dem Wege zu gehen. »Sie tun am besten«, so sprach Herr Trürli, »wenn Sie für einige Zeit in die Alpen fahren.« Ich folgte dieser Anregung, denn deswegen war ich ja ohnehin in die Schweiz gekommen. Im stillen dachte ich, was ich – meiner Gewohnheit gemäß, stets die reine Wahrheit zu sagen – hier freimütig bekenne: Es würde schon alles ruhig werden, wenn Küßmich erst einmal im Knast säße. Ferner glaubte ich – Esel, der ich bin –, er sehe, da er so manches auf dem Gewissen habe, in dem Schenkungsakt eine Sühne. Ohne die vertrödelte Zeit im Sheraton hätte ich ungestörte Tage in einem Gebirgswinkel verbracht, andererseits aber weder die Bekanntschaft des Professors Gnuss noch die des Instituts für Geschichtsmaschinen gemacht und mich somit nicht zur Entia mit ihrer unwahrscheinlichen Ethosphäre aufgemacht. So ist das im Leben, aus Dummheiten gehen große Dinge hervor, wenngleich der umgekehrte Vorgang häufiger ist.

Ich verbrachte den Sommer zu gleichen Teilen in den Bergen und in Genf, immerhin mußte die Renovierung beaufsichtigt werden, und auch Trürli hatte dies und das mit mir zu besprechen. In der Stadt hatte ich eine Garçonniere, zum Schloß ging ich kaum, und auch im Gerichtssaal, wo gegen Küßmich verhandelt wurde, mochte ich mich nicht zeigen. Mütter, Staatsanwälte und Reporter sorgten dafür, daß von sensationellen Nachrichten über die Rechtswidrigkeit des Konzerns der Blätterwald rauschte. Unerwartete Effekte brachte das Ringen zwischen Geld und Gesetz immerhin. Die Sachverständigen der Anklage führten in ihren Expertisen den Beweis, wie verderblich LALAC auf den kindlichen Organismus gewirkt habe, während die vom Konzern berufenen Experten mit gleicher wissenschaftlicher Akribie die heilbringenden Folgen des Produktes priesen. Die öffentliche Meinung aber stand auf seiten der Kinder und der Mütter.

Einmal saß ich, gerade aus Genf zurückgekehrt, in meinem Chalet beim Frühstück, als Trürli mich mit einem lakonischen Telegramm in die Stadt zurückrief. Ich fuhr mit der Bahn. Die Schweizer haben ihr Land dermaßen durchtunnelt, daß man es durchkreuzen und durchqueren kann, ohne einmal ein Gebirge zu sehen. Im Coupé fand ich einen älteren Herrn vor, der an schwarzem Bande einen altmodischen goldenen Zwikker trug und – meine »Sterntagebücher« las. Auf den Knien hielt er einen dicken Wälzer, schlug ab und an darin nach und machte in meinem Buch sorgfältig Randnotizen. Als er den

Speisewagen aufsuchte, nahm ich mir die »Tagebücher« vor, die er aufgeschlagen liegengelassen hatte. Die Ränder waren von oben bis unten scheckig von Zahlen und Paragraphen. Ich wurde neugierig, und als er wiederkam, nannte ich meinen Namen und fragte nach dem Sinn dieser Notizen. Er war von ausgesuchter Höflichkeit und beglückwünschte mich erst einmal aufrichtig zu meinen Taten und Entdeckungen.

Roger Gnuss – dies sein Name – war Professor für kosmisches Recht, und zwar im Bereich der Politik. Neben seinem Lehrstuhl betreute er im Auftrage des Sekretariats der Vereinten Nationen das Institut für Geschichtsmaschinen, eine Filiale des MfAA, des Ministeriums nicht für Auswärtige, sondern für Außerirdische Angelegenheiten. Ich hatte nicht einmal geahnt, daß so was schon existierte. Der Professor strahlte mich mit seinen von den Brillengläsern verkleinerten, gletscherblauen Äuglein gutmütig an und erklärte mir, daß dieses neue MfAA nur in Ansätzen bestehe und eine im Aufbau begriffene Einrichtung sei. Auf Initiative einflußreicher Staaten habe man administrativen Urschleim geschaffen, aus dem erst nach geraumer Zeit ein Ministerium werde, wenn nämlich die Kontakte mit kosmischen Zivilisationen nicht mehr dem Augenblick entspringen und es zur Aufnahme offizieller Beziehungen kommt, sofern Außerordentliche und Bevollmächtigte Botschafter ihre Akkreditierung erhalten haben. Bisher habe die Nutzung bewohnter Planeten der UNO unterstanden, aber die kosmische Dimension fordere von der Diplomatie völlig neue Methoden und Lösungen.

Völlig neu war das alles auch mir. Am meisten wunderte mich, daß die Schweizer Presse ein so wichtiges Thema mit Schweigen deckte. So verwunderlich sei das gar nicht, klärte der Professor mich auf: Vorerst treibe man hauptsächlich diplomatisches Phantomtraining, das Geld komme aus der Kasse der Vereinten Nationen, die Kantonalregierung habe sich bei der Ansiedlung dieses Ministeriums in Genf ausdrücklich ausbedungen, daß ihr keine finanziellen Belastungen entstehen. Was aber die Wirtschaft der Schweiz nicht belaste, sei für die Presse nicht relevant. »Übrigens ist unsere Arbeit nicht öffentlich. Sie ist nicht geheim, weder im Sinne des Völkerrechts noch des schweizerischen Straf- und Zivilrechts, hier geht es ja nicht um die Staatsraison, sondern um den gesunden Menschenverstand. Die Währungssituation verschlechtert sich auch ohne Nachrichten von anderen Planeten, der Schweizer Franken ist zwar noch gut bei Luft, aber hin und wieder kommt er doch schon mal ins Keuchen. Deshalb wollen wir ihn schonen. Bei gewöhnlichen Bankgeschäften hält man sich an eine Vorausplanung von sehr wenigen Jahren, die entscheidende Maßeinheit ist das Haushaltjahr. Wir im Institut für Geschichtsmaschinen rechnen in Gemeinschaft mit dem MfAA mit einem Minimalvorlauf von einem Jahrhundert! Das sind die sogenannten Säkulare, und in diesen Einheiten bewegt sich die gesamte ministerielle Dienstordnung für auswärtige Geschichte.«

Ich begriff kein Wort, hatte aber den Mut, meine komplette Verwirrung einzugestehen.

»Vor Ihnen, Herr Tischy« (so sprach er meinen Namen aus), »vor Ihnen habe ich nichts zu verbergen.« Zunächst erklärte er mir den Sinn der Randbemerkungen in den »Sterntagebüchern«: Aus rein berufsmäßigem Reflex habe er die Paragraphen notiert, gegen die ich in Unkenntnis des kosmischen und interplanetarischen Rechts sowie der Milchstraßenverkehrsordnung verstoßen hatte. Als der Professor mein Gesicht immer länger werden sah, setzte er hinzu, solche Fehltritte seien bei Erstentdeckern an der Tagesordnung. Hatte Kolumbus nicht Amerika für Indien gehalten? Und das Verhältnis der Spanier zu den Azteken? Die Sternenstaaten, mit denen wir zu tun haben, böten jedoch keinen Raum für koloniale Expansion, da sie uns im allgemeinen überlegen seien.

Auf der ganzen Fahrt bis nach Genf legte mir der Professor die Grundzüge seiner Wissenschaft dar, und ich lauschte wie ein Schulbub. »Das juristische Gesetz ist im Kosmos wichtiger als die Gesetze der Physik. Freilich, in letzter Instanz entscheidet über die Erscheinungen des Seins die Physik, aber in der Praxis sieht das anders aus. Nehmen wir nur einmal das Rätsel des Silentium Universi. Warum ist so viele Jahrzehnte lang vergebens nach Signalen anderer Zivilisationen geforscht worden? Unbefugterweise haben sich der Untersuchung solcher Zivilisationen als erste die Naturwissenschaftler bemächtigt – so sicher, wie zwei mal zwei vier ist, haben

Astronomen, Physiker, Mathematiker und Biologen berechnet, daß es die anderen geben muß, daß sie über Energiequellen und technische Möglichkeiten verfügen müssen, daß aber, da weder etwas zu sehen noch zu hören ist, niemand existiert! Ja, wie denn, man hatte doch eben erst bewiesen, daß jemand da sein muß! Statt sich mit Fachleuten für politisches und ökonomisches Recht zu beraten, hielten sie es für ausgemacht, daß eine Zivilisation um so sicherer untergeht, je höher sie emporklimmt. Im Larven- und Puppenstadium, das von langer Dauer sei, fehle es an Mitteln, um Signale auszusenden, dann aber, wenn die Mittel vorhanden seien, gebe es die Zivilisation nicht mehr oder nicht mehr lange. Über diese logische Folgerung waren die Leute selber erschrocken und das breite Publikum auch. Alles lief darauf hinaus, daß wir mutterseelenallein im Kosmos seien, ja mehr noch, daß es bald auch uns nicht mehr geben werde! Freilich, Ijon Tischy wird gelebt haben und tätig gewesen sein, aber ›nec Hercules contra plures‹, ihm blieb die offizielle Anerkennung versagt. Der Grund? Herrschte denn Mangel an verschrobenen Spinnern und an Beutelschneidern, die von fliegenden Untertassen faselten, von wohltätigen Urastronauten, die auf die Erde gekommen seien, um den Ägyptern unter dem Vorwand, die Pharaonen zu bestatten, Pyramiden hingesetzt haben? Die Welt der Wissenschaft mußte sich gegen solchen Schwindel abhärten und ist im Effekt wohl ganz und gar immun geworden.« Beschwichtigend legte der Professor seine rosig gepflegte Schweizerhand auf mein Knie. »Wissen Sie überhaupt, Herr Tischy, wo in der Genfer Stadtbibliothek Ihre Werke stehen? In der Abteilung für Science Fiction! Da können Sie mal sehen, mein Lieber! Bitte nehmen Sie es sich nicht zu Herzen. Sie wußten wohl gar nicht davon?«

»Ich lese meine Bücher nicht, daher brauche ich sie nicht in Bibliotheken zu suchen.«

»Jeder große Neuerer und Entdecker hat geradezu die Pflicht, verkannt zu werden«, sagte Gnuss sentenziös. »Übrigens hatten wir – ich meine das MfAA – überaus wichtige Gründe, solche Mißverständnisse nicht zu korrigieren. In gewisser Weise haben wir damit auch Ihnen Schonung angedeihen lassen ...«

»Wie soll ich das verstehen?« fragte ich überrascht.

»Sie werden es zu gegebener Zeit erfahren. Da mich das Schicksal Ihnen über den Weg geführt hat, möge es seinen Lauf nehmen.« Er gab mir seine Visitenkarte, nachdem er seine gedeckte Privatnummer auf die Rückseite geschrieben hatte.

»Das Silentium Universi hat seinen Ursprung in Finanzierungslimits«, fuhr er mit gedämpfter Stimme fort. »Unser reicher Staat gibt 0,3 Prozent seiner Einnahmen den Armen. Warum sollte es außerhalb der Erde anderes sein? Die Ansicht, der Kosmos sei ein jungfräuliches, nicht von Gesetzen geregeltes Vakuum gewesen, in das erst die Menschheit Einflußsphären, Haushaltentwürfe, Schutzzölle sowie Propaganda und Diplomatie hineingebracht habe, ist nicht mehr wert als die eines Kindes, das glaubt, bis zu dem Zeitpunkt, da es sein erstes Häufchen gemacht hat, habe das keiner vor ihm gekonnt. Das Dilemma löste sich erst, nachdem wir es von den Naturwissenschaftlern übernommen hatten. Das sind wahrhaftig kleine Kinder, Herr Tischy. Sie glauben, wer auf der laufenden Rechnung an die zwanzig Sonnen, eine ausgeglichene Energiebilanz und an die 10^{49} Erg astrofinanzielle Reserve habe, gehe damit verschwenderisch um wie ein Irrer, er vermittle Informationen, gebe Signale, schicke Produktionslizenzen ins Leere, liefere völlig gratis, was sage ich, mit reinem Verlust technologisches, soziologisches und weiß der Teufel was für Know-how, einfach so, aus lauter Güte des Herzens oder des Organs, das bei ihm das Herz vertritt. Das gehört ins Reich der Märchen, lieber Herr Tischy. Wie oft sind Sie, wenn ich fragen darf, auf den von Ihnen entdeckten Planeten mit Reichtum überhäuft worden?«

Ich dachte einen Augenblick nach, denn das war für mich ein völlig neuer Aspekt.

»Kein einziges Mal«, sagte ich schließlich, »aber ich habe auch nie um etwas gebeten, Herr Professor.«

»Sehen Sie! Man muß bitten, um etwas zu kriegen, aber auch dann kann man nie wissen. Die interstellaren Beziehungen unterliegen keinen physikalischen, sondern politischen Konstanten! Der Physik ist alles unterworfen, aber haben Sie schon mal einen irdischen Politiker gehört, der sich über unsere Gravitationskonstante beschwert hätte? Welche physikalischen Gesetze hindern denn die Reichen, ihr Vermögen mit den Unvermögenden zu teilen? Und wie konnten die Herren Astrophysiker in ihren logischen Schlußfolgerungen solch elementare Dinge außer acht lassen? Aber wir sind gleich da. Besuchen Sie mich im Institut für Geschichtsmaschinen. Meine Telefonnummer haben Sie, rufen Sie an, dann verabreden wir uns!«

Der Zug ratterte tatsächlich schon über Weichen, und der Bahnhof tauchte auf. Der Professor steckte die »Sterntagebücher« in die Tasche, griff nach seiner Pelerine und meinte lächelnd: »Politische Beziehungen entwickeln sich im Kosmos seit Jahrmilliarden, aber sie sind auch mit dem größten Teleskop nicht zu erkennen. Denken Sie mal darüber nach, wenn Sie Zeit haben. Für jetzt aber auf Wiedersehen, lieber Herr Tischy! Es war mir eine Ehre...«

Immer noch stark beeindruckt von dieser Begegnung hielt ich vor dem Bahnhofsgebäude Ausschau nach dem schwarzen Mercedes, in dem Trürli saß. Ich fand ihn, stieg ein und bot dem Rechtsanwalt die Hand. Er sah mich an, als wisse er nicht, was da aus meinem Jackenärmel hervorlugte, reichte mir aber dann doch die Fingerspitzen. Obgleich den Chauffeur eine Glasscheibe von uns trennte und er uns nicht hören konnte, dämpfte Trürli die Stimme, als er sagte:

»Herr Küßmich hat seine Aussagen gemacht...«

»Ein Geständnis abgelegt? Prima«, entfuhr es mir. Ich fand das auch sogleich peinlich, denn immerhin sprach ich mit dem Anwalt des Beklagten.

»Für Sie nicht«, gab Trürli kalt zurück.

»Wie bitte?«

»Er hat gestanden, daß die Schenkung abgekartet war.«

»Was heißt abgekartet? Ich verstehe nicht.«

»Wir besprechen das besser in meinem Büro.«

Er erstaunte mich immer mehr mit seinem kühlen Benehmen, wir sprachen nicht miteinander, bis er in seinem Anwaltsbüro die Katze aus dem Sack ließ.

»Herr Tichy«, sagte Trürli, als er an seinem Schreibtisch saß, »durch die Aussagen von Doktor Küßmich ist eine völlig neue Lage entstanden.«

»Das ist Ihre Meinung? So hat er wohl die Unwahrheit gesagt? Verleumdet hat er mich?«

Er verzog das Gesicht, als habe er etwas Unflätiges gehört.

»Sie befinden sich hier bei einem Anwalt und nicht im Gerichtssaal. Verleumdung, ich bitte Sie! Herr Tichy, Sie wollen also behaupten, Herr Doktor Küßmich habe Ihnen mir nichts dir nichts, allein um Ihrer schönen Augen willen, ein Objekt im Werte von 83 Millionen Schweizer Franken geschenkt?«

»Über den Wert ist nicht gesprochen worden«, stieß ich hervor, »und ... und Sie sind doch damit zu mir gekommen!«

»Ich habe nur getan, was mir mein Vollmachtgeber aufgetragen hatte«, sagte Trürli. Seine Augen waren blau wie die des Professors, aber um ein Vielfaches weniger sympathisch.

»Was denn ... Wollen Sie sagen, Sie hätten mir diese Schenkung in bösem Glauben gemacht?«

»Mein Glaube tut nichts zur Sache, er gehört in den Bereich meiner Psyche, und diese kommt juristisch nicht in Betracht. Sie suchen also zu behaupten, von einem Ihnen gänzlich Unbekannten 83 Millionen angenommen zu haben – ohne jegliche Hintergedanken?«

»Was erzählen Sie mir denn da«, setzte ich wütend an, aber er richtete den Finger auf mich wie einen Revolver.

»Erlauben Sie, aber jetzt rede ich! Ein Gericht müßte aus Schulkindern zusammengesetzt sein, wenn es Ihre Aussage für bare Münze nehmen sollte! Jemand, von dem Sie nie etwas gehört haben, soll Ihnen 83 Millionen präsentieren, weil er angeblich voller Genugtuung gelesen hat, was Sie zu schreiben beliebten? Und das Gericht soll das glauben?«

Der Anwalt entnahm einem kostbaren Etui eine Zigarette und zündete sie mit einem zur Schreibtischgarnitur gehörenden goldenen Feuerzeug an.

»Vielleicht erklären Sie mir, worum es geht«, sagte ich, mich äußerlich zur Ruhe zwingend. »Was will Herr Küßmich? Wünscht er sich mich als Zellengenossen?«

»Doktor Küßmich wird von allen falschen Anschuldigungen gereinigt«, sagte Rechtsanwalt Trürli und blies den Rauch gegen mich, wie man es tut, um ein lästiges Insekt zu vertreiben. »Ich fürchte also, Sie werden allein in dieser Zelle sitzen.«

»Moment.« Ich tappte immer noch im dunkeln. »Er hat mir das Schloß geschenkt. Wozu? Will er es jetzt wiederhaben?«

Der Anwalt nickte voller Andacht.

»Warum, zum Teufel, hat er es mir denn erst gegeben? Ich habe ihn nicht darum gebeten, ich kannte es nicht – aaah! Er wollte es vor der Beschlagnahme, vor der Konfiskation retten, nicht wahr?«

Trürli verzog keine Miene, aber mir fiel es wie Schuppen von den Augen.

»Nun«, sagte ich streitlüstern, »noch ist es mein, ich bin der rechtmäßige Eigentümer.«

»Ich glaube nicht, daß Sie Nutzen davon haben«, meinte gleichgültig der Anwalt. »Die Unglaubwürdigkeit der Schenkung macht es zu einem Kinderspiel, sie gerichtlich für null und nichtig zu erklären.«

»Ich verstehe, warum Küßmich diese falschen Aussagen gemacht hat, aber wenn das Gericht ihm Glauben schenkt, wird er dafür blechen müssen...«

»Ich weiß nicht, was Sie unter dem Ausdruck ›blechen‹ verstehen«, sagte Trürli. »Die Kläger haben den Prozeß seit langem gewollt, das wußte jedermann, der Zeitung las. Doktor Küßmich fühlte sich in einer Zwangslage, da das erste Sachverständigengutachten zugunsten von LALAC ausfiel. Sie, Herr Tichy, haben diese vorübergehende Schwäche, diese von der Sorge um das Wohl der Familie verursachte Depression ausgenutzt. Er handelte gegen meinen Rat, denn ich versicherte ihm, daß die Wahrheit sich durchsetzen und der Prozeß siegreich für uns ausgehen würde. Das wird nun auch so kommen, damit aber entfällt die Belastung des Vermögens durch die Kosten der Kläger. Zur Verhandlung steht allein noch, daß Sie, ein Ausländer, versucht haben, sich an fremdem Unglück zu bereichern.«

»Dann droht ihm also gar nichts? Obwohl er zugibt, daß er sich durch die Schenkung vor den Kosten drücken wollte? Daß er dachte...«

»Niemand kann dafür bestraft werden, was er gedacht hat.«

»Also auch ich nicht!«

»Sie haben nicht nur gedacht, sondern auch das besagte Dokument unterzeichnet.«

»Aber in gutem Glauben! Mein Leumund ist ohne Tadel! Ich kann das beweisen...« Ich stockte, denn über das Gesicht des Anwalts zog es wie Alpenglühen.

»Und die Silberlöffel?« donnerte er und sah mich mit unverhohlener Verachtung an.

Hier breche ich den Bericht über jenes Gespräch ab. Der Anwalt, den mir Professor Gnuss empfahl, als ich ihn um Rat fragte, hieß Sputnik Finkelstein. Er war klein, von schwärzlichem Teint und fidel. Als er meine Geschichte bis zu den Silberlöffeln gehört hatte, rieb er sich die Nase und sagte:

»Bitte wundern Sie sich nicht, daß ich mir dauernd mit dem Finger über die Nase fahre, aber wer zwanzig Jahre eine Brille getragen hat, kann sich das nicht gleich abgewöhnen, wenn er Kontaktlinsen trägt. Sie haben mir den Inhalt der Vorstellung erzählt, und ich will Ihnen die Verfasser des Librettos nennen. Küßmich gewinnt den Prozeß, weil er sich mit Nestlé arrangiert hat. Es geht um den Goldkaffee. Davon haben Sie noch nicht gehört? Es ist ein löslicher Kaffeextrakt, der in der Tasse aussieht wie pures Gold.«

»Und der Geschmack?«

»Kaffee wie jeder andere, aber eine Marktlücke – darauf ist noch keiner gekommen! Was ganz Neues! Das pure Gold zu schlürfen! Geben Sie acht? Er hat den anderen das Patent vor der Nase weggeschnappt, daher haben sie ihm eins ausgewischt.«

»Was ist denn also mit LALAC? Ist es schädlich oder nicht?«

»Schädlich ist alles«, erklärte kategorisch mein Verteidiger. »Es enthält Endorphine, schmerzlindernde Verbindungen, die der Organismus im Gehirn produziert. Das Morphium ist so etwas Ähnliches. In LALAC ist von diesen Endorphinen so gut wie gar nichts enthalten, nur so viel, daß man es in der Werbung erwähnen kann. Die einen Ärzte halten es für schlecht, die anderen für gut oder wenigstens nicht schädlich. Übrigens spielt das keinerlei Rolle. In Zivilsachen entscheidet das Bankkonto, denn kann man schon nicht gewinnen, so kann man die andere Seite wenigstens in Grund und Boden prozessieren. Ich führe zur Zeit einen solchen Fall um die Zulassung des Patents für eine Zeitmaschine. Sie nennt sich Chronorch, und man kann damit in die Zukunft reisen. Es ist die gemeinsame Erfindung zweier Doktoren einer hochanständigen Universität, nennen wir sie aus Diskretion Doktor Traefe und Doktor Kosher. Man verweigert ihnen die Patentierung, weil die Maschine nicht ihrer Beschreibung gemäß arbeitet.«

»Ein Chronorch?« Mein Interesse war geweckt, ich vergaß LALAC und die Silberlöffel. »Können Sie mehr darüber sagen?«

»Warum nicht? Die Grundlage ist – wie für so manches andere Unglück auch – die Theorie Einsteins. Auf beschleunigten Körpern vergeht die Zeit langsamer. Ihnen wird das wohlbekannt sein. Die beiden sind auf die Idee gekommen, daß man dazu nicht zu fliegen braucht, sondern daß es genügt, wenn der Körper sich sehr schnell auf der Stelle bewegt, einmal hin und einmal her. Bei ausreichender Geschwindigkeit dieser Schwingungen läuft die Zeit langsamer. Das ist das Prinzip. Nur kann leider nichts diese Rüttelei überstehen, alles fliegt in Atome auseinander. Natürlich kann man diese Atome in die Zukunft schicken, aber mehr nicht. Schicken Sie beispielsweise ein Ei, so werden Phosphor, Kohlenstoff und das ganze Zeug ankommen, aus dem ein Ei besteht. Auch der Mensch gelangt nur in Pulverform in die Zukunft. Darum verweigert das Patentamt die Anmeldung, und die beiden fürchten, die Idee werde ihnen gestohlen werden, bevor sie ein Mittel gegen die Schüttelei gefunden haben. So ein Fall ist das, aber ich mag schwierige Fälle. Kommen wir also auf unsere Lämmer zurück. Küßmich entzieht den Müttern und Kindern die Finanzen. Im übrigen hat er sich mit Nestlé geeinigt, sie teilen sich in diesen Kaffee. Die Sachverständigen vergessen allmählich, wie sicher sie waren. Küßmich hat Ihnen das Schloß geschenkt, um Stärke zu demonstrieren, zu zeigen, daß ihm nichts passieren wird. Es der Familie zu schenken, auf einen anderen Namen umschreiben lassen – das wäre zu durchsichtig gewesen. Ein Ausländer mußte her, einer, der einerseits Verdienste hatte, dem man andererseits – bitte seien Sie nicht beleidigt – auch etwas anhängen konnte. So konnte man in dem einen Bedarfsfalle sagen: Bitte sehr, er war der Schenkung wert, er hat sie verdient. Träte aber eine andere Notwendigkeit ein, so sollte es heißen: Bitte sehr, der

Schein hat getrogen, es war da was mit Silberlöffeln und einigen Dingen mehr. So ist das gegen Sie aufgebaut worden. Sie paßten prächtig ins Konzept, Sie hatten sich bei einem Makler nach einem Haus erkundigt. Sie waren kein lockerer Vogel. Gestatten Sie mir aber die Frage, warum Sie einverstanden waren, das Schloß mitsamt diesen Kisten zu nehmen? Diese Kisten sind für Ihren Fall die Bretter zum Sarg...«

»Ich sah keinen Grund, es abzuschlagen. Außerdem wäre es unhöflich gewesen, das Geschenk anzunehmen und einen Teil davon zurückzuweisen. Das ist eine Beleidigung für den Spender...«

»So dachte ich auch, aber diese Kisten wird kein Gerichtshof schlucken. Wissen Sie, was darin ist?«

»Angeblich Kunstwerke.«

»Vielleicht oben drauf. Lachen Sie darüber. Ich habe hier eine Kopie der Schenkungsurkunde. Vom Inhalt der Kisten kein Wort.«

»Rechtsanwalt Trürli sagte, sie enthielten Bilder, deren Übergabe gesonderte Schritte erfordere.«

»Das kann man wohl sagen. In den Kisten liegen nämlich die entscheidenden Teile der Apparatur für den goldenen Kaffee. Einem geschenkten Gaul guckt man nicht ins Maul, aber das war ein trojanisches Pferd! Sie sollten gerade das aufbewahren, worum hinter den Kulissen der eigentliche Streit ging!«

»Wieso? Ich habe nicht in die Kisten geguckt.«

»Weil Sie ein anständiger Mensch sind. Sie haben unterschrieben und Ihr Ehrenwort gegeben, das stellt Ihnen ein gutes Zeugnis aus, aber das nimmt man Ihnen sonstwo ab, nur hier nicht! Die Version der anderen sieht so aus: Sie haben Küßmichs Zwangslage auszunutzen versucht, um ein Vermögen zu machen.«

»So ähnlich hat Trürli das auch gesagt.«

»Sehen Sie!«

»Nun erklären Sie mir einmal, warum Küßmich, der mir etwas geschenkt hat, was er mir gar nicht schenken wollte, straffrei ausgehen soll, ich aber nicht.«

»Ja, das ist so: Nehmen wir an, zu Ihnen käme jemand mit einem großen Koffer und sagte, er habe seine Tante umgebracht, in dem Koffer sei die Leiche mitsamt ihren Brillanten. Er wolle die Beute mit Ihnen teilen, wenn Sie sie in Verwahrung nehmen, nur müßten Sie noch versprechen, ihm beim Vergraben der Tante behilflich zu sein. Dann zeigt sich, daß alles Schwindel war, der Koffer enthält Ziegelsteine. Der andere braucht sich nicht zu verantworten, weswegen auch? Daß er Sie belogen hat? Damit hat er sich doch nicht den geringsten Vorteil verschafft. Er wird alles für einen Scherz ausgeben, während Sie in der Tinte sitzen. Durch Ihr Versprechen, beim Vergraben der Leiche und der Verwahrung von Opfer und Beute mitzumachen, haben Sie sich versuchter Beihilfe zum Mord post factum schuldig gemacht. So etwas ist strafbar. Versuchte Beihilfe post homicidium und versuchte Hehlerei.«

»Sie sehen eine Analogie zu meiner Situation?«

»Jawohl. Das ist alles sehr geschickt ausgedacht, und Sie haben gar noch erlaubt, daß eine beliebige Zahl von Küßmichs Bevollmächtigten kontrollierte, ob Sie sich an die Bedingungen hielten. Soll ich Ihnen sagen, was Sie in dem Schloß antreffen, wenn Sie sich dorthin begeben? Eine Menschenmenge, Herr Tichy! Sollten Sie ein Bedürfnis verrichten wollen, so sind die Leute befugt, Ihnen nicht nur auf dem Weg zur Toilette zu assistieren, sondern auch präsent zu sein apud actum urinationis oder gar defaecationis. Die Rechtsurkunde, die von Ihnen unterschrieben und durch die Unterschrift zweier Zeugen beglaubigt ist, legt keinerlei Ausnahmen fest. Keinerlei! Es ist eine Meisterleistung!«

»Ich wünschte, Sie würden sich daran weniger berauschen.«

»Haha, Sie sind ein fideler Klient, Herr Tichy! Man verlangt von Ihnen also, freiwillig auf die Schenkung zu verzichten, nicht wahr? Andernfalls geht es vor Gericht. Aus der Sache mit dem Schloß könnte ich Sie ja noch heraushauen, aber aus dieser Kistengeschichte wohl kaum. In dubio pro reo, aber kein Schweizer wird daran zweifeln, daß Sie nichts Eiligeres zu tun hatten, als in die Kisten zu gucken.«

»Und wenn ich es getan hätte?«

»Wollen Sie das unbedingt wissen? Schön, ich will es Ihnen sagen. Dort sind auch Wertpapiere. Küßmichs Gründungsaktien, Patente, technische Dokumentationen. Wären Sie weniger ehrlich und dafür etwas vorsorglicher, so hätten Sie das durchgesehen und Küßmich einen Wink gegeben, er solle es abholen lassen. Sie aber haben stillgesessen. Bitte sagen Sie nichts, ich glaube Ihnen! Kollege Trürli jedoch will davon sehr effektvoll Gebrauch machen. Unterlassung als dolus, respektive als corpus delicti. Ich an Ihrer Stelle hätte mich sofort über die Kisten hergemacht.«

»Sonderbar, was Sie da sagen.«

»Weil ich weiß, wer Küßmich ist, während Sie es erst erfahren. Das ist noch nicht alles. Man wird still sitzen, aber sobald Sie das Land verlassen wollen, wird man Sie an der Grenze oder auf dem Flughafen festnehmen. Versuchte Flucht in ein Land, das mit der Schweiz kein Abkommen über die Auslieferung gesuchter Verbrecher ratifiziert hat.«

»Was raten Sie mir also?«

»Es gibt gegen Küßmich einen Knüppel, der freilich zwei Enden hat. Wenn Sie sofort auf die Schenkung verzichten, wäre Küßmich nicht glücklich. Darin liegt die juristische Subtilität. Solange kein für ihn günstiges Urteil gefallen ist, hängt die Klage über ihm wie das Schwert des Damokles. Wir wissen, daß dieses Schwert bald abgenommen, in die Scheide gesteckt und begraben wird. Nähme sich nun aber die Presse noch vor dem Urteil Ihres Verzichts auf ein so großzügiges Geschenk an, so käme eines zum anderen, und es entstünde ein sehr übler Geruch. Die Presse ist scharf auf solche Skandale! Ist das Urteil aber einmal gesprochen, so interessiert sich kein Mensch mehr für das Schloß, für Sie und die Kisten; keiner wird bemerken, daß Sie ihm das Geschenk zurückgegeben haben, weil es Ihnen so gefiel, und basta! Verstehen Sie?«

»Ich verstehe. Daher will ich sofort Verzicht leisten. Es soll viel Gestank geben!«

Rechtsanwalt Finkelstein lachte und drohte mir mit dem Finger.

»Vendetta? Wir dürsten nach Blut? Verfluchter Jago und so weiter, die Stunde meiner Rache hat geschlagen? Nur das nicht, Herr Tichy. Der Knüppel hat zwei Enden. Die Presse kann sich auf euch beide stürzen: Er ist unehrlich, und Sie sind sein Helfershelfer. Natürlich müssen wir drohen, auf der Stelle alles zurückzugeben, aber das ist nicht sehr glaubwürdig: Wir können die anderen zwar mit in den Strudel ziehen, aber versinken werden wir darin zusammen, Sie sogar noch tiefer als Küßmich. Trürli schmiedet Ihre Silberlöffel zum Schwert des Erzengels um.«

»Was also raten Sie mir?«

»Geduld. Das Gericht hat sich für drei Monate vertagt. Wir werden feilschen: Eine überzogene Forderung, das Gegengebot ein Viertel, wir lassen nach, gehen hinaus, schließen hinter uns die Tür, stecken wieder den Kopf ins Zimmer, kehren zurück, bis es am Ende Remis steht.«

»Das heißt?«

»Küßmich nimmt das Schloß und die Kisten, muß Ihnen aber die Kosten ersetzen und den Prozeß einstellen, eventuell auch eine Entschädigung für moralische Einbußen zahlen. Können Sie das Ganze überschauen? Wenn nicht, erkläre ich Ihnen alles noch einmal. Ich bin sehr geduldig mit meinen Klienten. Ich muß es sein. Die Schweizer zeichnen sich durch bedächtiges Denken aus. Ich bin hier naturalisiert, komme aber, falls Sie das interessiert, aus Czortków. Wissen Sie, wo das liegt?«

»Nein.«

»Macht nichts. In Galizien und Lodomerien. Schöne Gegend. Mein Vater selig hatte dort neben dem Einfall, seinem Erstgeborenen den Vornamen Sputnik zu geben, auch ein Antiquariat. Er war ein höchst ehrenwerter Mann, ich habe diesen Vornamen nicht angetastet. Wie werden Sie sich nun entscheiden, Herr Tichy? Kämpfen wir, oder strecken wir die Waffen?«

»Ich möchte, daß Küßmich noch lange an mich denkt«, sagte ich nach einigem Besinnen.

Der Anwalt sah mich mißbilligend an.

»Sie denken eher an ihn als an sich selbst? Das ist gerecht, aber unpraktisch. Ich schlage vor, daß Sie die Sache mir überlassen. Rechtsanwalt Finkelstein wird sich ins Zeug legen und an Land ziehen, was möglich ist. Sie können inzwischen in Urlaub fahren. Drei Monate müssen Sie ohnehin abwarten.«

»Wissen Sie was«, sagte ich, von einer neuen Idee gepackt,

»ist dieser Chronorch schon fertig? Funktioniert er? Dann könnte man eine größere Menge von Atomen dorthin schikken, wo Küßmich seinen goldenen Kaffee brauen wird. Zum Beispiel Ruß, Silizium, Schwefel...«

Der Anwalt brach in schallendes Gelächter aus.

»Oh, der Professor hatte recht, als er meinte, Sie seien nicht irgendwer. In der Tat, das kann eine sehr gefährliche Waffe werden. Aber wissen Sie, wie jedes Geschäft muß auch die Rache eine Höchstgrenze bei den Kosten haben. Um hundert Gramm Atome ein halbes Jahr vorauszuschicken, braucht man Elektrizität für eine Million Franken...«

»In Anbetracht dessen überlasse ich Ihnen mein Schloß und meine Ehre, Herr Rechtsanwalt«, sagte ich und stand auf. Noch draußen vor der Tür hörte ich ihn lachen.

II. Das Institut für Geschichtsmaschinen

Rechtsanwalt Finkelstein hatte mich überzeugt: Rache war nicht möglich. Sie gehört freilich zu den größten Wonnen des Lebens, und Experten zufolge soll sie am besten schmecken, wenn sie kalten Blutes geübt wird. Wer hat keine persönlichen Feinde, um derentwillen er schädliche Leidenschaften bezwungen hat, um bei bester Gesundheit den rechten Augenblick abzuwarten? Ich könnte mancherlei darüber sagen, denn die Raumfahrt bietet ihrer Natur nach eine Menge Zeit zum Nachdenken. Ein Mann, den ich hier ungenannt lasse, um seinen Namen nicht zu verewigen, hatte sich ganz der Aufgabe hingegeben, mein Werk herunterzuputzen. Ich wußte, daß ich ihn nach meiner Rückkehr von der Kassiopeia auf dem offiziellen Empfang treffen würde, und überdachte verschiedene Varianten dieser Begegnung. Natürlich würde er mit ausgestreckter Hand auf mich zukommen, und ich könnte ihn bitten, mir zu offenbaren, ob er ein Lump oder ein Idiot sei: Idioten nämlich gäbe ich die Hand, Lumpen aber nie. Das wäre jedoch allzu operettenhaft, ja sogar schäbig gewesen. Ich verwarf eine Variante nach der anderen, um nach der Landung mit Schrecken zu erfahren, daß alles umsonst gewesen war: Er hatte seine Ansicht geändert und hob mich nun in den Himmel!

Auch Küßmich konnte ich nichts antun, folglich beschloß ich, daß er für mich nicht mehr existiere. Er verschwand auch tatsächlich, aber nur bei Tage und im Wachen. In nächtlichen Alpträumen offerierte er mir Yachten, Paläste, Tankerriesen voller LALAC und Berge von Brillanten. Ich mußte vor der Horde seiner Anwälte fliehen, die mich in dunklen Gassen überfielen, um mir silberne Löffel in die Taschen zu stecken.

Zu drei Monaten Schwerstaufenthalt in der Schweiz verurteilt, fürchtete ich kaputtzugehen. Nachts Küßmich, am Tage die geleckten Grünanlagen, die goldgleißenden Schilder der Banken, die Börsen- und Devisenkurse in der »Neuen Zürcher«. Bei Spaziergängen mied ich eine bestimmte Straße, denn man hatte mir gesagt, unter dem Asphalt befänden sich

Tresore voller Gold: Im Keller sei es nicht mehr unterzubringen gewesen, und so habe die Bank Stollen zwischen die Röhren der Kanalisation treiben müssen. Zum Glück erinnerte ich mich an die Einladung von Professor Gnuss. Das war meine Rettung.

Das Institut befand sich außerhalb der Stadt. In seinen gläsernen Wänden spiegelte sich der Wolkenhimmel. Schon von weitem sichtbar, ragte es aus einem weitläufigen Park hervor. Hinter schmiedeeisernem Gitter, die Staketen lanzenförmig mit vergoldeten Spitzen, sonnte sich eine Hecke. Vom Pförtnerhaus telefonierte ich mit dem Hauptgebäude. Ich fuhr weiter und parkte unter großen Kastanien neben einem Wasserbecken, auf dem schläfrige Schwäne schwammen. Ich mag diese dummen Viecher nicht und kann nicht begreifen, warum so viele gescheite Leute, zumal wenn sie Künstler sind, auf diese verbogenen Hälse hereinfallen.

Das Vestibül des Instituts war gewaltig und hatte etwas von einem Gotteshaus. Das kam wohl von der Stille und dem Marmor, der an ein Kirchenschiff denken ließ. Schon von weitem sah ich den Professor aus dem Lift steigen. Er lächelte mich zur Begrüßung an, und so begann die Ouvertüre zu einer meiner wichtigsten Expeditionen. Davon konnte ich aber nichts ahnen, als ich meinem Führer in eines der obersten Stockwerke folgte, wo weißbekittelte Techniker im Sattel von Montagefahrzeugen geräuschlos an uns vorüberfuhren. Trotz des Tageslichts brannten abwechselnd warme und kalte Leuchtstofflampen – wie zum Zeichen, daß die hier ablaufende Zeit unabhängig war von der irdischen. In seinem riesigen Arbeitszimmer stellte mir der Professor mehr als ein Dutzend von seinen Mitarbeitern vor: die Chefs der einzelnen Abteilungen des IGM. Um meine Bescheidenheit keiner Gefahr auszusetzen, begrüßten sie mich voller Hochachtung, aber ohne Unterwürfigkeit. Es war ein von hohem Intellekt überstrahltes Gremium glänzender Geister. Leider habe ich mir nicht alle gemerkt. Ich weiß, daß der Abteilung für Finanzkosmologie *nicht* Doktor de Volaille vorstand, er hieß anders, doch komme ich nicht auf den richtigen Namen. Auf jeden Fall klang er ähnlich. Finanzen sind ohnehin nicht mein Fach, ganz anders steht es da mit der Physik.

An der Spitze dieser Abteilung stand Dozent Bourre de Calance, ein Romanoschweizer. Es hieß, 49 Prozent seiner Leute seien verrückt. Wenn diese Idee sich als genial erwies, behaupteten Neider, auch de Calance sei verrückt. Als ob das auf einer solchen Höhe des Intellekts eine Rolle spielte! Man braucht sich nur ein paar der letzten Ideen seiner Leute vorzunehmen: Da man sich nicht in der Zeit bewegen kann, muß man die Zeit bewegen. Wenn Energie nicht zwischen Orten gleicher Temperatur fließen will, muß man sie dazu zwingen, indem man Löcher macht. Von hier stammen die Entronen, Inversoren und Reversoren sowie die Baggerkunde, das Graben von Gruben in der Zeit-Raum-Struktur, bis etwas kracht. Diese zweifellos hirnrissige Idee leitete eine neue Ära der Physik ein. Vorläufig wußte niemand, wie die Sache vor sich gehen sollte, aber mit praktischer Verwirklichung befaßte sich das Institut kaum, da es gänzlich der fernen Zukunft zugewandt war. Bourre de Calance jedenfalls war von bester Zuversicht erfüllt. Natürlich konnte nicht jeder Physiker, der übergeschnappt war, bei ihm auf eine Planstelle hoffen. Dazu mußte man von den härtesten Nüssen der Physik verrückt geworden sein, nicht etwa von läppischen Familienangelegenheiten. Übrigens stammt dieser Gedanke schon von Niels Bohr, der einmal gesagt hat, in der modernen Physik reichten gewöhnliche Konzepte nicht mehr aus – man brauche wahnwitzige!

Die rechte Hand von de Calance war Doktor Douberman, seine linke der kleine Behr Nardiner (vielleicht war es auch umgekehrt). Einer der beiden – ich weiß nicht mehr, welcher – hatte mathematisch die Möglichkeit nachgewiesen, Quark in Aquark und diesen wiederum in Aquarien zu verwandeln. In unserem Universum geht das zwar nicht, in anderen aber unweigerlich doch, folglich überschreitet diese Theorie sogar die Grenzen unseres Weltalls. Auch gab mir einer – diesmal bin ich fast sicher, daß es der Holländer Douberman war – vom Fleck weg die Erklärung, welch unzutreffende Metaphorik die Kirche gebrauche, wenn sie sich pastoraler, also hirtenmäßiger Vorstellungen von Lämmern und Schafen bediene: Lämmer seien dazu da, am Spieß gebraten zu werden, während man aus Hammeln Schaschlik mache.

Sicherlich hatte de Calance mit seinem Stab Probleme. Außerdem träumte er davon, wenigstens zwei verrückt gewordene Nobelpreisträger zu gewinnen, aber leider waren die lebenden vorläufig alle normal. Seine Wissenschaftler legten in ihrem Zustand ein sehr logisches Verhalten an den Tag, ich würde es sogar allzu logisch nennen, denn alle gesellschaftlichen Umgangsformen galten ihnen nichts, wenn es um das Wesen der Sache ging. Meine Wade trägt bis heute die Spur der Zähne von Doktor Drousse, der mich nicht etwa aus Tollwut gebissen hat, sondern mir seine neue Theorie des Spins, des Drehimpulses von Elementarteilchen, einprägen wollte. Danach geht der Spin weder rechts noch links herum, sondern in eine dritte Richtung. Ich habe mir das in der Tat sehr genau gemerkt.

Jetzt muß ich aber ordnende Hand an diese ausufernden Erinnerungen legen. Das Herzstück des Instituts sind riesige Geschichtsmaschinen, auch Geschichtsschreiber genannt. Die einzelnen Sektionen sind zentripetal an sie angeschlossen. Chef der Abteilung für ontologische Irrtümer und Verzerrungen war Yonder Knack, ein Amerikaner, Sohn einer Isländerin und eines Eskimos, lang wie eine Bohnenstange. Vor der Gründung seiner Abteilung hatte niemand das Gewicht falscher Vorstellungen zu schätzen gewußt, die über das Verhalten vernunftbegabter Geschöpfe entscheiden. Als ich erstmals das Laboratorium für industrielle Sexualistik betrat, glaubte ich in ein Museum alter Wattscher Dampfmaschinen und Pumpen geraten zu sein, denn alles bewegte sich schnaubend vor und zurück. Dabei war das eine gewöhnliche Sammlung von Stuprationsmaschinen und primitiven Kopulatrizen, deren Muster man aus verschiedenen Staaten zwecks Standardisierung und konvergierender Komparation zusammengetragen hatte. Der Unterbau der japanischen Geräte trug Lackarbeiten, mit Kirschenblüten bemalt. Die deutschen waren ganz auf die Funktion abgestimmt, ohne jeden Zierat, geräuschlos glitten ihre Köpfe in den ölglänzenden Lagern hin und her. Knacks Spezialisten hatten aus ihnen bereits die nachfolgenden Generationen extrapoliert. An den Wänden prangten bunte Diagramme der Tumeszenz und Detumeszenz sowie Schautafeln mit orgiastischen Intensitätskurven.

Alles war sehr interessant, und dennoch herrschte in dieser Abteilung eine gedrückte Atmosphäre: Man wußte bereits, daß die Hypothese von der Universalität der irdischen Erotik durch die Ergebnisse der Erkundung fremder Gestirne widerlegt war. Doktor Fabelhaft, der Urheber der Theorie von der zunehmenden Kluft zwischen dem Liebesakt und der Zeugung von Nachkommenschaft (die sogenannte kopulativprokreative Divergenztheorie), soff, wie mir seine Kollegen sagten, wie ein Loch, denn er hatte die Parameter dieser Diskrepanz bereits für sämtliche biologischen Gemeinwesen unseres Milchstraßensystems unter Berücksichtigung der Magellanschen Wolken berechnet, als der Direktor ihn anwies, die gesamte Dokumentation der Abteilung für Irrtümer und Verzerrungen zu übergeben. Daher konnte ich ihn nicht persönlich kennenlernen, er war menschenscheu geworden.

Die Abteilung für Außerirdische Theologien hingegen stand in voller Blüte. Obwohl die Theodizeen mikrominiaturisiert waren und nur noch als Datenkürzel in Quecksilberspeicher mit einer Dichte von 10^7 Sanktoren pro Kubikmillimeter eingegeben wurden, sprach man von einer Verlegung in gesonderte Gebäude. Immerhin wog diese elektronische Glaubenskartei bereits an die 150 Tonnen. Es war ein sehr merkwürdiges Gefühl, vor einem gewaltigen Block in Stahl geschmiedeten Gedächtnisses zu stehen, wo wie in einer glitzernden Gruft ungezählte Religionen des Kosmos ruhen.

Magister Denkdoch, der brave Assistent des Professors, führte mich zunächst durch alle Abteilungen (ich werde auch nicht ein Teilchen davon erwähnen), damit ich mir ein Bild machen konnte, welche Informationsströme die zentralen Geschichtsschreiber speisen. Ich hatte deren Bedeutung immer noch nicht begriffen, enthielt mich auf Anraten Denkdochs aber aller Fragen.

Das Mittagessen, das ich in der Kantine bekam, war, an einem solchen Institut gemessen, eher bescheiden. Denkdoch gab dafür die Erklärung, man habe ihnen gerade wieder einmal die Zuschüsse gekürzt. Mit meiner Erziehung wurde es indessen ernst, der Besuch büßte jeden Höflichkeitscharakter ein, obwohl mir nicht im Traum eingefallen wäre, was dem Professor vorgeschwebt hatte, als er mir seine Telefonnummer gab. Am Nachmittag schlug mir Denkdoch eine Schachpartie vor. Ich holte meinen Kleinstcomputer aus dem Auto, er wurde gegen einen der kleinsten Terminals des Instituts ans Schachbrett gesetzt, während wir, um keine Zeit zu verlieren, das Zimmer des Direktors aufsuchten, wo meine Einweihung in die Geheimnisse des IGM begann.

Heute sind das verblaßte Erinnerungen, aber damals hatte ich gehörig zu leiden. Zuerst wurde ich in die Dienstordnung des MfAA eingeführt, für das man hier arbeitete. Mir war so etwas schon zu Ohren gekommen, aber ich hatte diesen Amtsbetrieb im Universum gemieden, wo ich konnte, bis ich nun doch dran glauben mußte.

Man weiß nichts über die Vorgänge in den Nachbarkonstellationen, man weiß allenfalls, was sich unter diesem oder jenem dunklen Stern vor Jahren zugetragen hat, als unsere Sendlinge dort waren. Als politisch unverantwortliche Personen können die Forscher natürlich nicht allein reisen, sondern werden von Bevollmächtigten des zuständigen Ressorts begleitet. Von der Dienstreise zurückgekehrt, legen die Beamten Berichte vor, aus denen wiederum ein Exzerpt zur Programmierung von Geschichtsschreibern gemacht wird, Computern, die die Geschichte des betreffenden Planeten simulieren. Wie aber läßt sich Politik auf Schlußfolgerungen aus einer Urvergangenheit gründen? Funkkontakte genügen nicht, außerdem erreicht man den nächstgelegenen Stern auch per Funk erst nach vielen Jahren. Mit einfachen Worten: Der Geschichtsschreiber soll den weiteren Verlauf jener außerirdischen Geschichte erraten, auf die er programmiert ist. Auf den Streit der Forscher, die an Ort und Stelle waren, kommt es weniger an, immerhin ist bisher kein Fall bekannt, wo sie es geschafft hätten, sich über ihren Expeditionsbericht zu einigen.

Man braucht nur daran zu erinnern, daß die Amerikaner Milliarden investiert haben, um die brennende Frage nach dem Leben auf dem Mars zu beantworten. Sie haben Landefähren und Orbiter hingeschickt, viele Monate über dem zur Erde gefunkten Material gebrütet, worauf sich zeigte, daß man zwar *fast alles* wußte, die Gelehrten sich aber nicht einig werden konnten, *was* man eigentlich wußte. Dabei ging es lediglich darum, ob dort im Sand irgendwelche Bakterien steckten oder nicht, Mikroorganismen, die entweder da sind oder nicht, die nichts sagen und daher auch keine haarsträubenden Geschichten erzählen können, eine Fähigkeit, die unter vernunftbegabten Geschöpfen epidemisch auftritt und von der diese auch intelligent Gebrauch zu machen pflegen.

Noch nachteiliger wirkt sich aus, daß, wer immer zur Erde zurückkehrt, hoffnungslos veraltetes Material mitbringt: Es vergeht ja eine Ewigkeit, ehe er dem MfAA seinen Bericht vorlegen kann. Gegen diesen diplomatischen Aspekt der Einsteinschen Theorie ist nichts zu machen. Die Diplomatie muß im Kosmos ebenso wie die Politik relativistisch sein. Die Geschichtsschreiber werden mit den Daten der Planetologie, der Physik und Chemie sowie der Geschichte der Nachbarn gefüttert, sie schlucken Hunderte solcher Informationsströme – und die nächsten Kontrollexpedition offenbart das Fiasko dieser ganzen Arbeit. Kein einziger Geschichtsschreiber hat bisher ins Schwarze getroffen. Sie spinnen unbeschreiblich, aber daran ist nichts Erstaunliches. Man erinnere sich nur, wie treffsicher die Vorhersagen der Futurologen waren, die sich noch dazu damit befaßten, was sie vor der Nase oder draußen vor der Tür hatten. Andererseits darf man den Mut nicht sinken lassen, Politik wird betrieben, nicht weil es jemandem Spaß macht, sondern weil es notwendig ist. Daher muß das MfAA seine politischen Diagnosen auf die Aggregate der Geschichtsschreiber stützen, von denen das Institut bereits weitere in Betrieb nimmt. Sie arbeiten mit Streuung, denn sie schaffen widersprüchliche Versionen der fernen Sternengeschichte.

Die Aussichten sind nicht rosig. Auf ein Milchstraßensystem kommen bis zu neunhundert Zivilisationen, mit denen diplomatische Beziehungen zu unterhalten sind. Das jedenfalls ist die aktuelle Einschätzung; wie viele Galaxien es überhaupt gibt, weiß niemand genau, aber hundert Millionen werden es mindestens sein. Das gibt eine gewisse Vorstellung von den objektiven Schwierigkeiten, vor denen das Ministerium für Außerirdische Angelegenheiten steht, und der Trost, ein normaler Notenaustausch mit entlegeneren Systemen würde etwa zwei Milliarden Jahre dauern, hilft nicht viel, da es auch nähergelegene gibt und man gern wüßte, was von ihnen zu erwarten ist. Magister Wüterich von der autoprognostischen Abteilung, die sich mit der Zukunft des MfAA beschäftigt, hat festgestellt, daß bei der zu erwartenden Entwicklung der Kosmopolitik in hundertfünfzig Jahren jeder Erdenbürger wenn nicht Außerordentlicher und Bevollmächtigter Botschafter, so doch zumindest Honorarkonsul ist und sämtliche Druckereien unseres Planeten ausschließlich Beglaubigungsschreiben drucken. Zwar wäre damit die Bedrängnis der Übervölkerung ein für allemal abgewendet, zugleich aber entstünden neue Gefahren. Die Städte würden veröden, und das MfAA selbst hätte Probleme mit der Auffüllung des Personalbestands.

Einen ganzen Monat lang ging ich Tag für Tag in die Befehlsstelle für Geschichtsduplikate und hörte mir Vorlesungen an. Ich kam mir vor wie ein Student. Immerhin erfuhr ich, daß nicht wir dieses Pulver erfunden hatten, sondern im Himmel schon vor uns welche dagewesen waren. Die Politik besitzt die Eigenschaft, alles in eine Umlaufbahn zu ziehen, was ursprünglich gar keine Politik gewesen sein muß. Auch unter fremden Sonnen hat man sein MfAA und seine Geschichtsmaschinen, und so findet ein kosmischer Wettlauf um deren Optimierung statt. Je zutreffender jemand die Geschichte eines anderen Planeten errät, um so besser fährt er. Die Simulation ist daher nicht nur Quelle der Erkenntnis, sondern auch politische Waffe: Die anderen produzieren nämlich bestimmte Versionen ihrer eigenen Geschichte ausschließlich für den Export, und sicher werden auch wir das für den kosmischen Gebrauch tun müssen. Das erfordert übrigens weder besondere Anstrengung noch besonderen Aufwand, jedenfalls nach den Worten des boshaften Professors Maverick von der Abteilung für Irdische Geschichte: es genüge vollkommen, die Schullehrbücher zu emittieren, die gegenwärtig in den zahlreichen Staaten unserer Sonne benutzt würden. Da dies bescheidene Phantasien seien, bezeichne man sie übrigens nicht als Schwindel, sondern als Lokalpatriotismus.

Ich hörte mir alles an, nahm Kopfschmerztabletten und hielt alles für verloren. Ich würde mich nie mehr durch den Kosmos finden wie in früheren Jahren, als ich mich wie das reine Kind benommen hatte. Wie aber die Kindheit zu Ende geht, hatte auch einmal das Ende meiner Arglosigkeit und Unschuld kommen müssen.

Die Grundlagen der Simulierung von Geschichte brachte mir Dozent Zwingli bei. Es geht dabei um die vorwärtsgerichtete Nachstellung einer Zeit, die auf dem betreffenden Planeten nicht mehr Zukunft, sondern bereits Gegenwart ist, die wir jedoch nicht kennen und wegen der nicht im Handumdrehen überwindlichen Entfernung nicht im akuten Stadium kennenlernen können. Die Aggregate werden mit vielfältigen Beschreibungen des Himmelskörpers gespeist. Zuerst kommen die Versionen der Erstentdecker, die mindestens zu einhundert Prozent falsch sind (als ich diese Worte hörte, blieb mir das Herz stehen). Mindestens zu hundert Prozent, denn selbst auf der Erde hat der Erstentdecker, wie es Kolumbus mit Amerika erging, in der Regel keine Ahnung, was er entdeckt hat. Die von ihm erlangte Information ist nicht gleich Null, sondern negativ. Eine Nullinformation wäre es, wenn er einfach erklärt hätte, ihm sei völlig unklar, wohin es ihn verschlagen habe.

Die nächsten Versionen stammen von den Eingeborenen, die sich eher von den eigenen Interessen als von der Wahrheitsliebe leiten lassen. Diese Beschreibungen sind, da für den Export bestimmt, leicht faßlich, klar und bündig. Nähern sie sich allerdings der objektiven Wahrheit, so versteht man entweder kaum etwas oder alles verkehrt herum. Über diese Behauptung braucht man sich nicht aufzuregen, wenn man bedenkt, daß aus dem christlichen Gebot der Nächstenliebe die Notwendigkeit abgeleitet wurde, Andersgläubige in Massen abzuschlachten, gottesfürchtige Exegeten des Evangeliums zerreißen zu lassen, die Nächsten zu berauben und in die Sklaverei zu führen. Zusammenfassend läßt sich sagen, daß es kein noch so ausgeklügeltes Verbrechen gab, das nicht unter den Auspizien der Liebe und der Gottesfurcht begangen wurde. Diese Direktiven sind dem Worte nach bei alledem stets befolgt worden, woraus folgt, daß aus allem alles folgen kann und die Vernunft in der Praxis dazu benutzt wird, das Schöne mit dem Schändlichen in Einklang zu bringen. Für Optimisten ist es ein gewisser Trost, daß es sich um eine Eigenschaft jeder Vernunft handelt.

Im Institutsjargon hat sich eine Nomenklatur eingebürgert, die der Artillerie entlehnt ist, denn Resultante aller Arbeiten soll eine Kurvenbahn sein, die sämtliche Ereignisse schneidet und genau ins Ziel trifft. Im Idealfall hätte der irdische Forscher bei seiner Ankunft auf dem im Institut simulierten Planeten eine für diesen Tag aktuelle Zeitung in der Hand, die sogenannte Phantomausgabe, die der realen, am Orte vorgefundenen wie ein Ei dem anderen gleicht. Das ist – wie jedes Ideal – unerreichbar, muß aber angestrebt werden. Die einzelne Datenschleuder bringt eine sogenannte absolute Abweichung, das heißt, es stimmt überhaupt nichts. Man stellt sie daher zu Batterien zusammen und erzielt eine riesige Streuung der Simulate. Früher hat man versucht, aus allen diesen Ergebnissen den Mittelwert zu ziehen, aber das führte zu einem kompletten Durcheinander. Heute werden die Extreme gefiltert, man läßt die Schleudern in drei Gruppen arbeiten: die Batterie der approbativen Module (BAM), die Batterie der opponenten Module (BOM) und die zentrierende Batterie der invigilitativen Module (BIM). Ein Hochintelligenzreglernetz (HIRN) soll versuchen, die Aussagen aller drei Gruppen in Einklang zu bringen, verfällt aber häufig der epileptischen Resonanz oder der Katatonie.

Inzwischen laufen Arbeiten an der Schaffung dreigeschichtlicher Batterien (BIM, BAM, BOM). Damit sollte eine höhere Stufe der Synthese erreicht werden, allerdings sah man sich, nachdem der erste Komplex schwerster Datenhaubitzen angelaufen war, in seinen Hoffnungen betrogen: Die historiographische Zielgenauigkeit der Aggregatkomplexe wird erst zufriedenstellend sein, wenn ihre Gesamtmasse der physikalischen Masse der gesamten Galaxis gleichkommt. Man muß sich also zunächst mit dem erwähnten Dreiersystem begnügen, dessen Diagnosen vom HIRN kommentiert werden. Ich fand das alles gänzlich unglaubhaft und fragte: »Wie lassen sich denn Ereignisse auf einem Planeten voraussagen, der tausend Lichtjahre von uns entfernt ist, während eure Datenschleudern – ich gehe da jede Wette ein – nicht einmal vorhersehen können, was ich morgen zu Mittag esse?«

»Ha!« sagte Zwingli. »Nun glauben Sie bloß nicht, Sie hätten ein Geschütz gegen uns aufgefahren! Das Prinzip der sicheren Prognosen ist einfach. In der Tat, man weiß nicht, was Sie morgen essen werden, aber man weiß, daß in vier Milliarden Jahren hier keiner mehr essen wird, weil die Sonne sich selbst in einen roten Riesen und ihre inneren Planeten mitsamt der Erde in Asche verwandelt hat. Einverstanden?«

Ich nickte.

»Nun, so sind Schaltungen vorzunehmen, ungewisse Vorgänge mit sicheren zu koppeln. Das ist der Richtwert, alles andere läßt sich ausrechnen. Man könnte die ganze Menschheit zu Rechenmeistern machen, und sie würde das nicht schaffen, aber hundert Gramm Mapsynth – synthetische Psychomasse – schlagen der Menschheit aufs Haupt. In der Natur gibt es bestimmte Konstanten, zum Beispiel die Ausdehnungskonstanten erwärmter Körper oder planetarer Zivilisationen. Wichtig ist nicht, was sie denken, sondern was sie tun. Wenn man einen Silberlöffel in den Schmelzofen legt, bedeuten Design und Kunstfertigkeit des Herstellers gar nichts, es kommt allein auf den Schmelzpunkt des Silbers an. Folglich gibt es neben den Konstanten auch kritische Punkte. Das gilt für die Geschichte genauso. Machen Sie Schluß mit dem traditionellen Denken der Historiker, mit Königen, Herrscherhäusern, Staatsraisons, Eroberungen und so weiter. Die Wassertropfen des Niagara lassen sich nicht zählen, Stärke und Lauf des Wassers sich aber berechnen. Eine junge Zivilisation hat nur wenig Berührung mit der Natur. Wenn nicht nur die Sterne, sondern auch der Meeresgrund, die Pole und die Bodenschätze des eigenen Gestirns unerreichbar sind, wenn die Nomadenhorden von der Hand in den Mund leben, können sie sich über die Meere, die Sterne, das Klima und den Boden ersinnen, was ihnen in den Kopf kommt, denn diese ihre Träumereien werden nicht zur Grundlage effektiven Tuns. Sie können den Regen beschwören, den Ozean anbeten, die Sonne um Hilfe anrufen, aber alles das ändert nicht das Geringste an ihren Lebensumständen. Je älter eine Zivilisation aber wird, um so breiter wird ihre Berührungsfläche mit der Natur. Wenn Sie Erdöl vom Meeresboden fördern wollen, reicht das Wissen um Neptuns Dreizack nicht aus! Folglich verhält sich eine junge Zivilisation nicht wie der Kohl im Sommerbeet, sondern wie die Butterblume im Vorfrühling: Sie treibt aus, dann kommt Frost, und die Knospen sind zum Teufel. Der Frost malt Eisblumen an die Fenster. Niemand weiß vorher, wie sie aussehen, aber jeder weiß, daß sie verschwinden, sobald es wärmer wird.

Die frühe Entwicklung ist ein Stottern, sie oszilliert. Die einheimischen Humanisten bezeichnen das als historische Zyklen, Kulturepochen und so fort. Als Prognose folgt daraus natürlich gar nichts. Das angemessene Modell ist eine Schüssel mit Wasser, dem Seife zugesetzt wird. Solange es nur wenig ist, platzen die Blasen. Schütten Sie aber Wasser nach, löst sich alles auf. Geben Sie aber mehr Seife hinzu, wird der Schaum verfestigt, die Blasen platzen nicht mehr. Setzen Sie für die Seife die Technologie der späteren Generationen, und Sie haben das Modell der zivilisatorischen Expansion im Kosmos! Jede Blase ist eine Zivilisation. Wir berechnen in erster Linie ihre Konstanten. Wie groß ist die Oberflächenspannung, also die Stabilität der Gesellschaftsordnung? Wie ist die Blase im Innern – ist es nur eine oder setzt sie sich aus vielen kleineren Seifenblasen, Staaten also, zusammen? Wieviel Seife kommt pro Jahrhundert hinzu, wie hoch ist also das Tempo der technischen Evolution? Und so weiter.«

Ich gab noch nicht auf. »Das ist zu allgemein. Vielleicht ergibt sich daraus ein statistisches Mittel, aber der Inhalt einer Zeitung für ein bestimmtes Datum und auf einem fremden Planeten – das ist sicherlich unmöglich. Das kaufe ich Ihnen niemals ab!«

»Aber wir reden ja gar nicht von der Geschichte, Herr Tichy, wir simulieren sie nur und können die Simulate als Beweis unserer historiosimulatorischen Produktivität vorweisen«, erwiderte der Dozent phlegmatisch. »In Ihrer Anwesenheit nehmen wir heute eine Ladung vor, und zwar mit der Charge eines Himmelskörpers, den Sie besucht und in den ›Sterntagebüchern‹ ganz eingehend beschrieben haben.«

»Was ist eine Charge?«

»Wir verstehen darunter Informationsblöcke über den jeweiligen Planeten oder vielmehr seine Zivilisation. Ihre Informationen sind ebenfalls in der Charge, aber zusammen mit zehntausend anderen. Um Ihnen vor Augen zu führen, was die Datenschleuder vermag, richten wir sie nach Ihrem Bericht aus. Mal sehen, was dabei herauskommt!«

»Ich verstehe nicht. Was wird ausgerichtet, und wie geht das vor sich?«

»Ihr Bericht wird, wenn ich es vereinfacht ausdrücken soll, mit all dem konfrontiert, was eine ganze Schleuderbatterie an Wissen von dem Planeten aufbereitet. Sie wird direkt von dem MfAA-eigenen Satelliten gespeist, der uns laufend Nachrichten vom Mount Wilson übermittelt. Dort verfügt man über die neuesten Abhörergebnisse aus dem All. Die Eigenart unserer Arbeit, Herr Tichy, besteht darin, daß keiner von uns weiß, was die Charge enthält. Um alles zu lesen, brauchte ein Mensch wohl dreitausend Jahre. Die erwähnte Aggregatbatterie hingegen verwertet sie für fünf Säkulare innerhalb von sechsunddreißig Stunden. Das gibt Ihnen eine gewisse Vorstellung vom Unterschied zwischen der historischen Phantasie eines Menschen und einer Maschine. Ich will von all den Schwierigkeiten, mit denen wir uns herumschlagen, nur eine anführen, damit Sie verstehen, was wir Ihnen eigentlich als Ergebnis dieser Simulation zeigen. Die Datenschleudern tun etwas Ähnliches, als spielten sie Tausende Schachpartien auf einmal, wobei das Resultat einer jeden die Eröffnung der nächsten ist. Um die richtigen Entscheidungen treffen zu können, entwirft die Schleuder vielfältige Kalkulationen, Hypothesen, Theorien und so weiter, die wir gar nicht kennen wollen. Sie gehen uns nichts an, ebensowenig wie es den Artilleristen etwas angeht, auf welche Weise die einzelnen Pulverkörner einer Sprengladung zünden. Das Geschoß soll ins Ziel treffen. Das ist alles. Die Datenschleuder beantwortet die ihr gestellten Fragen daher ohne den Ballast der Vermutungen, die sie anstellen mußte, um zu der Antwort zu gelangen.

Für unser heutiges Experiment legt das Programm fest, das von Ihnen auf Ihrer vierzehnten Reise Beschriebene auf mögliche künftige Folgen zu prüfen. Beachten Sie also, daß es nicht in erster Linie darum geht, ob Sie wie vor Gericht die Wahrheit und nur die Wahrheit gesagt haben. Wir befinden uns auf dem Felde der Politik, nicht der Physik. Nicht um die Wahrheit geht es, sondern um *Realpolitik*: wie Ihre Aktivitäten auf diesem Planeten sich auswirken auf die gegenseitigen Beziehungen zwischen der dortigen und der hiesigen Zivilisation.«

»Worauf warten wir dann noch?« fragte ich. »Bitte stecken Sie diese Charge schnellstens dorthin, wo sie hingehört!«

Die Beschickung erfolgte am Freitagabend, so daß ich am Montag eben rechtzeitig ins Institut kam, um die letzte Etappe der Operation mitzuerleben. In der Befehlsstelle hatten sich allerhand Leute aus anderen Abteilungen eingefunden, das Ergebnis sollte auf einem bullaugenrunden Monitor von dickem Glase erscheinen, es war ganz wie in einem albernen Science-Fiction-Film, fiebrig flackerten weiße und grüne Kontrollämpchen, der Zeiger der Uhr wies auf elf, die Minuten verrannen, aber die Trübe hinter dem dicken Glas hellte sich nicht auf. Plötzlich erschien direkt in der Mitte ein rötlicher Punkt. Rasch vergrößerte er sich und breitete über den ganzen Bildschirm ein grelles Leuchten, in dem sich kleine schwarze Raupen wanden. Es sah sehr unappetitlich aus: wie Würmer auf einer glühenden Pfanne. Doktor Blasenstein, der Chef der Linguisten, stieß ein Triumphgeheul aus.

»Die Schriftzeichen der Rhodophilen, die Dialekte der oberen und unteren Tetraptydis! Die Sprache der offiziellen Dokumente!« schrie er und kroch fast in den Bildschirm hinein, auf dem sich die schwarzen Würmer zu Buchstaben oder Hieroglyphen formten und in zwei Rechtecken, eines über dem anderen, Aufstellung nahmen.

»Das ist an Sie gerichtet, Herr Tichy«, setzte Blasenstein nun schon ruhiger hinzu.

»Was ist das?«

»Ich weiß es nicht genau. Zwar kenne ich beide Dialekte, aber Sprachen ändern sich nun mal im Laufe der Zeit, und dies hier sind Projektionen mit einem doppelsäkularen oder gar noch größeren Vorlauf... Herr Kollege Düngli wird sogleich auf den Haupttranslator umschalten.«

Düngli stand bereits am Schaltpult. Er machte ein Pokergesicht, als er die Kontakte drückte. Über den rotglühenden Monitor fuhr ein nadelfeiner Strahl und tastete die Reihen der erstarrten Zeichen ab. Gleichzeitig setzte mit wildem Trommelwirbel eine Maschine ein, die einem riesigen Fernschreiber glich. Alle schritten zu ihr hin, ließen mir aber den Vortritt. Eine breite Rolle entließ in kleinen Sprüngen einen Papierstreifen, Tasten hämmerten regelmäßig wie beim Telegrafen, es erschienen lateinische Buchstaben. Mit angehaltenem Atem stand ich davor und las.

1

Koetchiurr Voetchiurr
Koerdellenpadrang

Irdische Botschaft
des
Höchstvitalgewaltigen
Staatsschreitwerks
Khurlandien

BARGMARGSQUAROSH !

H. Ijon Tichy
auf Erden.

115 Llimner, Sprießmonat

Euer Wohlige Geborenheit!

Wir, Irdisch akkredidiert als Allmögender und Übervollmächtigter Botschafter des Höchstvitalgewaltigen Staatsschreitwerks Khurlandien, verdrehen Uns Euch mit Unterwärtigem.

Unsere Bekanntnahme erfaßte ein von Euch verwirktes Gewerk namens STERNTAGEBÜCHER samt einem sondertümlichen Konzentrat »Vierzehnte Reise«, wo Euer Wohlige Geborenheit Salm handeln von einem Wallen über das Gestirn Unserthalben.

Euer Wohlige Geborenheit stopfen unter die Irdische Gemeinheit Kundgaben über Unserthalbiges Staatsschreitwerk und schreien damit der Wahrheit ins Gesicht.

Singlur ai alias primo: Ew. Geborenheit verstoßen in der nennlichen Schreibung über den KULUPEN gegen die Tatsächlichkeit des KURDELS, wodurch Ihr unser Staatsschreitwerk in Lache, Hohn und Trug kehret, sehr zum Schaden der beiden Himmelsbewohnenden Seiten.

Gvisduqlast alias secundo: Ew. Wohlige Geborenheit veranstrengten sich in besäglichem Wälzwerk, fälschendes Zeugnis von der JAGD AUF DEN KURDEL zu leisten. Dasselbige Phänomen ist in Euer Wohlseinigem Editorium eine schlumpfe Pasquillanz sowie eine verranzte Sudelung gegen unser Staatsschreitwerk in Summa und Seine Höchste Gemächtigkeit, Unseren Vorsitzenden, in Detail.

Kroessimay alias tertio: Ew. Wohlige Geborenheit heckten in Euer Entleersamkeit aus der Mündung keinen Hauch über die abschäumigste Greule und Staatige Pestilenz LOSANNIA, den intrigol-infamanten Feind Unserer Schreitbarkeit. Auch sauten Ew. Wohlige Geborenheit hickhackerlich gegen den Faktismus der SEPULKEN.

Vor solchem Gesicht legen wir, Irdisch akkreditiert als Vollgemachter und Vielmögender Botschafter, diffamulatorische Suprotestation ein und wendeln Uns gegen Euer Wohliges Pasquirilieren auf Sein, Zauber, Geist, Lied und Kraft Unserthalben. Als Repräsentiler und Exzellenter Beschwerdling fordern Wir mit gütiglicher Brutalanz, daß Ew. Wohlige Geborenheit in die Wahrsagung umfallen und sich dem Trug entschofeln. Als Liebsame Brünstlinge des Friedens befallen wir Euch mit der gnädlichen Offertie, Euer Wohlige Geborenheit Ijon Tichy auf halbe Kosten der Botschaft (BAM), auf Kosten der ERDBEWOHNERSCHAFT (BOM), auf eigene Kosten (BIM), indeternatum (HIRN) auf den Planeten zu delegationieren, um erneuerlich die Faktolipsie zu beschandeln.

Bis 117. Llimner (Wende vom Sprießmonat zum Maimond) lauern wir auf Euer Wohliger Geborenheit Erscheinung. Solltet Ihr lümmlich entkneifen, folgt die Entklotzung eines Interplanetären Konphlictums.

In expressaler erwärtlicher Gelegenheit

QRDL, Allmögender Botschafter

2

SUNN SENSELENN BRAMGORR Kirmregzudas

Irdische Botschaft der Verstripptten Lagen von Losannia

BREIBARNOTROPS!

Ideator: Brannaxolax

Tun Tann 115 Lenzing

Programmator: AC/01-94 ba
Operator: Linkomputter IX Type Sol U3
Operon: Ijon Tichy, Mensch.

Sehr geehrter Herr Tichy,

die Botschaft der Verstrippten Lagen von Losannia sendet Ihnen eine wärmliche Phrase der Begrüßung, wie sie Körpern verschiedener Systeme entspricht.

Nichtsdestoweniger ist genannter Botschaft zu Wissen gekommen, daß Sie unter dem Titel »Sterntagebücher« ein Buchwerk Machwerk Schreibwerk komponiert zu haben geruhen, in dem Sie Ihre Aufmerksamkeit auf die Verhältnisse unseres huldreichen Körpers konzentrieren.

PRÄZISIERUNG

Die Botschaft der Verstrippten Lagen von Losannia stellt mit lässigem Bedauern fest, daß Sie sich allseitiger Irrungen, Wirrungen und Entgleisungen schuldig gemacht haben, wie folgt.

1) In falscher Vollkommenheit verschweigen Sie in Ihrem Schreibwerk unsere Großmacht, d. h. die Verstrippten Lagen von Losannia.

2) Sie haben die KURDEL KULUPEN genannt und sie als jagdbares Wild beschrieben, während sie gekleisterte Gehäufe sind, von den Sturmännern des benachbarten Kurdlandien in feindlicher Absicht gegen die Verstrippten Lagen von Losannia gerichtet.

3) Sie haben zahlreiche zotige Anzüglichkeiten gegen die SEPULKEN gemacht und diesen einen pornosphärischen Anstrich gegeben.

KONKLUSION

Sie sind keineswegs auf unserem Himmelskörper, insbesondere aber nicht auf dem Territorium der Verstrippten Lagen von Losannia gewesen, sondern auf dem Synthelliten Dyssnilend, einem Teil unseres Territoriums, der als Erholungs- und Freizeitzentrum sowie zu musealen Zwecken auf eine Umlaufbahn gebracht wurde. Die dortigen Imitate, Synthalien, Erotoknautschler, Telephate und Plasteten sind von Ihnen blöderweise für Repräsentanzen unserer Zivilisation, die Vergnügungsattrappen aber für lebende Wesen, eigenbewegliche Fahrzeuge u. a. gehalten worden. Damit haben Sie den tatsächlichen Verhalt der Sache zum Schaden der sich in die Länge, Breite und Tiefe fester knüpfenden Beziehungen zwischen Entia und Erde verfälscht.

In Anbetracht besagter Bezüglichkeiten rufen wir Sie in aller Güte auf, Ihre Schelmereien durch ein abgewogenes Wort zu korrigieren.

In der Annahme, daß Ihr Handeln nicht der Bosheit, sondern der Dummheit entsprang, ist die Botschaft der Verstrippten Lagen von Losannia bereit, Ihnen eine Reise von der Erde zur Entia und zurück zu verauslagen und innerhalb der losannischen Grenzen gedankliche Immunität nebst Gripserstützung und Diätspeisebrei zu gewährleisten.

Für den Botschafter der Verstrippten Lagen von Losannia:

Der Verbundling für Kulturangelegenheiten
Erdsprachiger Diplomateur Sol U 3
Nuntius sämtlicher Baugruppen, sofern akkreditiert in Partibus Barbarorum

Unterschrift (unleserlich)

Unser Zeichen: A-Pzuck-Ca-Pek-Py (7)Zek-Pro (5)Zek-Pur-9-Zack-Zack-Zack-Mähä.

Post Scripturam Terminatam: Berufen Sie sich in Ihrer Antwort bitte auf unser obiges Zeichen. Für den Fall der Nichtbeantwortung setzen wir das gastroklastische Normalverfahren B-93 in Gang.

Für die Richtigkeit: Tarnkanaldipluter 2. Klasse
Ziep Ziepziequip Tittiquack

Das Rattern des Fernschreibers verstummte, es wurde still. Ich sah mir die Leute an, die mich umringten, und erblickte Zwingli, Düngli, Nützli und zahlreiche Personen mit ähnlich lautenden Namen: Ich befand mich unter lauter Schweizern.

»Was soll das heißen?« fragte ich mit schrecklicher Stimme. »Wer von Ihnen hat sich diesen ›Scherz‹ erlaubt? Wer verunglimpft mich? War das Ihr Konzept, Herr Zwingli? Glauben Sie nur ja nicht, mir wären Ihre gestrigen Anspielungen auf silberne Löffel entgangen, ich bin allein aus angeborener Höflichkeit nicht darauf eingegangen! Es hat jedoch alles seine Grenzen, mein Herr! Das hier sind nicht mehr nur irgendwelche Löffel!«

Ich brach ab, als ich die allgemeine Bestürzung sah, bemerkte aber zugleich ein winziges, fröhliches Lächeln des

Doktor de Calance. Er schien in meinen Worten wohl Anzeichen einer Geistesverwirrung zu erkennen und hoffte, sein Team durch einen so bedeutenden Verrückten verstärken zu können.

»Bitte beruhigen Sie sich, Herr Tichy! Es verhält sich anders, ich gebe Ihnen mein Wort. Ich schwöre es beim Augenlicht meiner Kinder!«

Ich riß den Papierstreifen vom Fernschreiber ab und hielt ihn hoch.

»Wenn Ihre Kinder auf die gleiche Weise vorhanden sind wie diese Verleumdungen hier, dann bedeutet mir Ihr Schwur überhaupt nichts! Bitte, ich erwarte eine Erklärung.«

»Das ist echt!« rief Zwingli. »Weder ich noch ein anderer der Anwesenden konnte den Inhalt der Simulate im voraus kennen!«

»Und ich soll das alles glauben?!« schrie ich, endgültig aus der Fassung gebracht. »Ich kann akzeptieren, daß mir gewisse ... äh ... Irrtümer nach der Art des Kolumbus unterlaufen sind. Das kann ich zugestehen. Aber jede Glaubwürdigkeit hat ihre Grenzen. Wollen Sie mir einreden, diese Maschine habe nicht nur meine Schnitzer aufgedeckt, nicht nur die Eröffnung dieser Botschaften in zweihundert oder noch mehr Jahren vorhergesagt, nicht nur festgestellt, welche Noten diese Vertretungen an mich richten werden, wenn niemand der Anwesenden mehr auf der Welt ist, nein, sie soll das alles auch noch in der Sprache abgefaßt haben, die man dann sprechen wird, und die Unterschrift soll von Diplomaten stammen, die es im ganzen Kosmos nicht gibt, weil sie noch nicht einmal geboren sind?!« Ich legte das bedruckte Papier auf das Steuerpult, sah alle der Reihe nach an und sagte:

»Ich gebe Ihnen zehn Minuten Zeit, sich zu rechtfertigen.«

Sogleich redeten alle durcheinander, bis schließlich Zwingli nach vorn gestoßen wurde. Schweißüberströmt, das Gesicht gerötet, die Hände flehend gefaltet, machte er zuerst das Eingeständnis, daß er mich möglicherweise unzureichend auf den spezifischen Charakter des Experiments vorbereitet habe. Er nannte es eine telesemantische Fokussierung der Geschichtsschreiber, bei der die Gegenüberstellung meiner »Tagebücher« mit der gesamten Charge vorgenommen worden war, um mir Ehre zu erweisen, nicht aber, um mich zu kränken. Da das Programm den Aggregaten verwehre, Gemeinplätze von sich zu geben oder in der Prognose bestimmte Stellen unausgefüllt zu lassen, füllten die Maschinen eventuelle Lücken mit Suppositionen, stellten also Hypothesen auf, die sich sogar auf Lautbild und Orthographie der einzelnen Wörter erstreckten. Wäre dies nicht der Fall, ließe sich die prozentuale Richtigkeit der Prognose nicht genau ermitteln. Der Proprovirt (der probabilistische Prozentsatz der Virtualisierung) eines jeden Wortes der Simulate läßt sich von der Maschine auf Verlangen mit einer Genauigkeit von vier Stellen hinter dem Komma angeben. Der Proprovirt kann sehr niedrig, niemals aber eine negative Größe sein. Wo er auf Null geht, liefert der Geschichtsschreiber widersprüchliche Versionen der Approbierenden und der Opponenten Module (BAM und BOM). Dies – so Zwingli – könne ich, falls ich die Güte habe, im ersten Brief bemerken, wo von der Bereitschaft die Rede sei, meine Expedition zur Entia durch deren irdische Vertretungen zu finanzieren. Finanzielle Angelegenheiten könnten, da sie besonderes Fingerspitzengefühl voraussetzten, nicht in gleicher Weise vorhergesagt werden wie materielle Vorgänge anderer Art.

»Erläutern wir zunächst, was sich in der Charge befand!« Zwingli kam in Fahrt und ruderte ganz unschweizerisch mit den Armen. »Dort befand sich alles, was wir bisher von der Entia wußten, alle Informationen, die an Ort und Stelle gesammelt oder per Funk oder Laserstrahl zur Erde übermittelt wurden, eine Dokumentation, die selbst die Liederbücher der dortigen Schulkinder erfaßt, von den Lehrbüchern der Geschichte ganz zu schweigen. Der Unterschied des Planetennamens in der Version der Datenschleuder und Ihrem Bericht hat nicht mehr zu sagen als derjenige zwischen ›Indien‹ und ›Amerika‹. Wir bezeichnen doch die Eingeborenen der Neuen Welt, all die Apatschen, Komantschen, Azteken und sonstigen Sioux nur darum als Indianer, weil Kolumbus sie für die Bevölkerung Indiens hielt. Auf einer niedrigeren Entwicklungsstufe als ihre Entdecker stehend, konnten sich diese Eingeborenen dieser falschen Benennung nicht erfolgreich widersetzen. Anders steht es mit der Entia. Dieser Name ist die lateinische Übersetzung des Begriffs, mit dem sie sich selbst bezeichnen (als ›seiend‹ oder ›vernunftbegabt existierend‹). Daraus leiteten sie sich ab: the Entians, die Entianer, les Entiens usw. Das hat sich keiner einzeln ausgedacht, es wird bestimmt von der Abfolge der Ereignisse, auf die wir die Geschichtsmaschine getrimmt haben. Ihre einzelnen Blöcke haben in Extrapolationsfolgen die Entwicklung auf dem gesamten Planeten verfolgt: welche Staaten Supermächte werden und als solche Botschaften auf der Erde einrichten, in welcher Weise diese Diplomatie dann ihre Amtsgeschäfte führt und wie sich das in Korrespondenzform äußert. Die Noten, die einst an Sie oder die Sie beerbenden physischen bzw. juristischen Personen gerichtet werden, decken sich nicht unvermeidlich bis aufs Komma mit unseren Simulaten, weisen jedoch einen analogen Inhalt und Stil auf.

Selbst der von dem losannischen Schreiben angegebene Kode wird, prognostiziert nach der allgemeinen Theorie der Entwicklung der n-ten Computergeneration unter bestimmten technischen Umständen, gewiß nicht *dieser* Kode, aber ein Kode *dieses Typs* sein, wie er in der Diplomatie gebräuchlich ist. Nicht Einzelstücke nämlich werden entdeckt, sondern die Klassen, denen sie angehören: die *Typen.* Unter der losannischen Note wird also nicht *dieser* Name stehen, sondern ein Name *dieses Typs,* und er wird zu dem Phantomnamen stehen wie Zwingli zu Düngli oder Iwanow zu Smirnow. Das aber liegt daran, daß der Genealogie- und Ahnenblock der Geschichtsbatterie die typischen Merkmale des entianischen Diplomatennachwuchses durch Feststellung nicht der *biologischen* Qualitäten, sondern der Merkmale geprüft hat, die dort bei der Auswahl der Kandidaten für Diplomatenhochschulen zu *behördlicher Kenntnis* gelangen. Die Simulatoren ergründen ja nicht ›letzte Wahrheiten der Materie‹, sondern die höchsten Kriterien des *Behördlichen.* Die Herren Naturkundler haben sich selbst eingebildet und allen anderen weisgemacht, daß interstellare Kontakte ihren Auftakt nehmen mit einem Meinungsaustausch über euklidische Geometrie und atomare Gesetze. Als hätten die Abgesandten der sogenannten zivilisierten Welt bei ihrem Erscheinen am Amazonas oder in Feuerland die dortigen Eingeborenen über Trigonometrie und Kernphysik aufgeklärt, statt ihnen handfest begreiflich zu machen, daß sie in Geschäften kamen. Hat man denn jemals von Geometrie oder von Mathematik in politischen Beziehungen gehört? Kontakte mit anderen aber können einen unpolitischen Charakter nicht haben! Zuallererst bestimmt man die Konstante der Behörden, also der Büros, denn wo Politik ist, muß es auch Büros geben: ein Phänomen, das absoluten Charakter hat und folglich der Einsteinschen Relativitätstheorie *nicht* unterliegt. Bei ersten Gesprächen geht es um die Geschwindigkeit nicht des Lichts, sondern der dienstlichen Beförderung, um die Größe nicht der Atomkerne, sondern des administrativen Zuständigkeitsbereichs! Jene anderen mögen aus Silikaten, Jodiden, Chloriden oder Aminosäuren bestehen, sie mögen Sauerstoff oder Fluor atmen, auf den Hinter- oder Vorderbeinen gehen – all das hat nicht den geringsten Einfluß auf die Parameter ihrer Bürokratie. Nicht von ihrer chemischen, sondern ihrer politischen Zusammensetzung hängt das gegenseitige Verstehen ab!«

Das schließlich, was für mich den Stein des Anstoßes bilde – das falsche Bild der dortigen Phänomene, das ich für bare Münze genommen habe –, sei, wie man mir schon vielfach auf allen Etagen des Instituts erklärt habe, ein gewöhnlicher Erstentdeckerkomplex (EEK), der mitsamt allen seinen Vorurteilen in die Theorie der Irrtümer und Verfehlungen gehöre. In meinem Falle entspreche er der dreifach potenzierten Differenz zwischen der Entfernung Spanien-Amerika und Erde-Gamma tauri. Was – bemerkenswerterweise – Herr Prüngli herausgefunden hatte, der ein Diplom der allgemeinen Simulation in der Tasche trug.

Kolumbus hatte Amerika für Indien, Ijon Tichy einen künstlichen Satelliten für den originalen Himmelskörper gehalten. Daran war nichts Schändliches, es gab keinen Grund, eingeschnappt zu sein.

Ich hörte mir das an, schon viel sanfter gestimmt. Der Schweizer Gelehrte fuchtelte, zerrauften Bartes, die Brille schweißbeschlagen, mit der Phantomkorrespondenz und blökte:

»Ich schwöre Ihnen, hier ist nichts dem Zufall überlassen! Achten Sie bitte nur auf den Wortschatz der beiden Briefe, und Sie haben einen Beweis für die Unterschiede im sozialen

Netz, damit aber auch im Bruttosozialprodukt von Kurdland und Losannia! Der finanzplanetologische Block unserer Anlage hat sich dieser Unterschiede angenommen. Der kurdländische Brief zeugt von den bescheidenen Mitteln, die der Diplomatie bereitgestellt werden: die Botschaft beschäftigt einen schlecht bezahlten und demzufolge saumäßigen Dolmetscher, wahrscheinlich einen Menschen, denn das kommt immer noch billiger, als einen eigenen Polyglotten mitzuschleppen, an dessen Diplomatengepäck gar nicht zu denken.«

»Was suchen Sie mir eigentlich aufzuschwatzen«, sagte ich. »Die Originale der Noten befinden sich doch dort.« Ich wies auf den unermüdlich rotglühenden Bildschirm, über den die Hieroglyphenläuse wimmelten. »Und die Übersetzung hat hier und jetzt eure Apparatur gemacht, keineswegs aber ein Mensch, ein Beamter, ein Dolmetscher, von dem man noch nicht einmal weiß, ob der Großvater die Großmutter nahm!«

»Nein, nein, davon kann keine Rede sein! Sie sind im Irrtum! Das wäre ein unverzeihlicher Kunstfehler. Der eventuelle Konflikt, die interplanetare Auseinandersetzung kommen doch am einfachsten zustande durch Mißverständnisse beim Austausch von Noten – daher die Notwendigkeit, selbst grammatische und orthographische Quellen solcher Mißverständnisse antizipieren zu können! Die Übersetzungen sind vom Stammbaumblock vorgenommen worden, unter Zuschaltung des Blocks für Exportpropaganda, und beider Arbeit stand unter der Kontrolle des Blocks für Lohnhöchstgrenzen. Die Maschine hat also, wenn ich es einmal bildlich darstellen darf, das Phantom einer Botschaft hergestellt, darin das Phantom einer dienstlichen Stufenleiter untergebracht und auf die entsprechende Sprosse das Phantom eines subalternen Beamten gesetzt, der das inkriminierte Dokument zu übersetzen hat, ohne etwas davon zu verstehen, da er nicht dafür bezahlt wird, irgend etwas zu verstehen. Ich meine«, sagte er leiser, wie zu sich selbst, »es handelt sich um einen Gastarbeiter, der keine Sprache richtig kann, außer Türkisch... Das wohlhabendere Losannia hingegen setzt in der Diplomatie Automaten ein, denn je höher ein Staat entwickelt ist, um so billiger kommt ihn die Automatik und um so teurer die lebendige Arbeit.«

Ich will nicht sagen, daß ich mich von alledem restlos überzeugt gefühlt hätte, aber es war spät geworden, wir verschoben die weitere Erörterung der beiden Noten und ihrer Konsequenzen auf den nächsten Tag, und ich fuhr nach Hause. Ich war so deprimiert, so in meiner Raumfahrerehre getroffen, daß ich zum Telefonhörer griff und die New Yorker Nummer von Tarantoga wählte, um einer verwandten Seele mein Herz auszuschütten. Der Professor hörte mir geduldig zu, endlich prustete er cholerisch ins Telefon:

»Und darüber brichst du in Klagen aus, mein lieber Ijon! Die Schweizer haben diese Computer erfunden, wer hätte das gedacht! Batterien von Datenschleudern! Darauf kommt doch jeder, wenn er mal ein Weilchen nachdenkt! Die Kontakte sind angeknüpft, nicht wahr? Dann muß es einmal zum Austausch von Botschaften kommen, nicht wahr? Jeder Kulturattaché muß etwas tun, nicht wahr? Etwas wirklich Sinnvolles tut ein Kulturattaché nicht, stimmt's? Also sammelt er Material für die Presseübersicht und für die Berichte an die Vorgesetzten. Schließlich muß er nachweisen, daß er etwas tut. Früher oder später erfährt er von deinen ›Tagebüchern‹, und was bleibt ihnen dann anderes übrig, als Gegendarstellungen auf dich loszulassen?«

»Wahrhaftig«, sagte ich, verblüfft und beschämt zugleich. »Aber hören Sie, Professor, da waren solche Details ... Sogar ein diplomatischer Geheimkode der Losanniter ... Das Angebot, mir eine Reise zu finanzieren ...«

»Das tut in solchen Fällen eine jede Botschaft, und alles andere ist aufgebauschter Quatsch. Hast du schon mal gesehen, wie aus einem Löffel Zucker ein Bausch Zuckerwatte gemacht wird, groß wie ein Federbett? Na, siehst du! Aber es ist gut, daß du angerufen hast, ich wollte es dir schon lange sagen: Dieses ganze ›Kosmische Lexikon‹, das ich dir damals geborgt habe, du erinnerst dich, diese Enteropien und die Sepulken – das war eine Fälschung, Humbug, ein Bluff, an dem sich jemand gesundstoßen wollte.«

»Das konnten Sie mir nicht ein bißchen eher sagen?« fragte ich erbittert, denn es sah aus, als hätte sich die ganze Welt gegen mich verschworen.

»Ich wollte es, aber du kennst mich ja, ich habe es vergessen. Ich hatte es auf einer Visitenkarte notiert, die Visitenkarte in die Weste gesteckt, den Anzug in die Reinigung gegeben, die Quittung der Reinigung verloren. Dann mußte ich zur Proxima reisen, und so kam das alles...«

»Einen schönen Dienst haben Sie mir da erwiesen!« sagte ich und beendete schnell das Gespräch. Ich fürchtete, ich könnte den Professor in meiner aufbrausenden Art mit Schimpfworten belegen.

Es war ein Tag der trüben Neuigkeiten und der Wutanfälle. Aus Höflichkeit hatte ich Tarantoga erst nach Mitternacht angerufen, wenn es in Amerika Tag ist. Ich wollte ihn nicht aus dem Bett holen. Hungrig war ich auch geworden, im Institut hatte ich so gut wie gar nichts gegessen, und so sah ich im Kühlschrank nach dem kalten Kalbsbraten. Die Zugeherin, der ich das Recht eingeräumt hatte, ihre Mahlzeiten bei mir einzunehmen, kannte keine Hemmungen. Was dort im Kühlschrank lag, waren fast nur noch Knochen, anstandshalber in Haut gehüllt. Hungrig und wütend aß ich ein Butterbrot und ging zu Bett.

Im Institut ließ man durch Maschinen mittlerweile ein erklärendes Wörterbuch der beiden Briefe anfertigen: entschofeln – korrigieren; vor solchem Gesicht – angesichts; Wahrsagung – die Wahrheit sagen usw. Ich hatte keine Lust, mir das auch nur anzuschauen, und verlangte Zugang zu den *Quellen*. Das löste eine gewisse Bestürzung aus. Kein Abteilungsleiter war berechtigt, eine solche Erlaubnis zu erteilen, und so gingen wir zur Direktion. Dort zeigte sich, daß hier das folgende dienstliche *distinguo* vorlag: Das Institut konnte mir die Charge zugänglich machen, jedoch nicht die Quellen, also die Originale der Berichte und Dokumente, aus denen durch Extrahierung und Zusammenfassung die Charge entstand. All dies befand sich in den Geheimarchiven des MfAA, und kein Institutsmitarbeiter konnte davon direkten Gebrauch machen. Darüber gab es nichts zu beratschlagen oder zu jammern, das war schlicht und einfach die Dienstordnung, die den Zuständigkeitsbereich des Instituts von den Zuständigkeiten der entsprechenden Ressorts des MfAA schied.

»Gut«, sagte ich daraufhin, »dann geben Sie mir bitte die Charge und wenden Sie sich an die zuständige Person im Ministerium, damit ich mich zu einem möglichst baldigen Zeitpunkt mit den Originalen vertraut machen kann. Das steht mir als dem Erstentdecker und Pionier wohl zu.«

Mit ersterem habe es keine Schwierigkeiten, sagten sie, um das letztere werde man sich bemühen. Düngli – es kann übrigens auch Wrängli gewesen sein – führte mich in einen kleinen Arbeitsraum, wo sich ein Terminal befand, dazu ein Sessel, ein Schreibtisch, ein Monitor, Lesegeräte, eine Thermosflasche mit Kaffee, Kekse und ein Strauß Phlox in einer Kristallvase. Alleingeblieben, schaltete ich sofort die Apparatur ein und sah mir auf dem Bildschirm an, was die berüchtigte Charge mir zu melden hatte.

Der gutwillige Leser möge sich nicht die Mühe machen, von dem hier genau Nachgeschriebenen mehr verstehen zu wollen, als mir selbst es damals gelang. Ich erinnere nur daran, was die verwendeten Abkürzungen bedeuten: BAM – Batterie der Approbativen Module, also die Meinung der Batterienmehrheit; BOM – Batterie der Opponenten Module, also die Ansicht der Minderheit; HIRN – Hochintelligenzreglernetz, ein der Abstimmung dienendes Modul, das in der Regel keinerlei Abstimmung zustande brachte; BIM – Batterie der Invigilitativen Module, die ihre drei Groschen dazugab, wenn das Durcheinander komplett war.

ENTIA, losann. KIRMREGZUDAS, kurdl. KOERDELLENPADRANG, im Sternbild des Kalbes, 7. Planet von Gamma tauri. Vier Kontinente (Dydlantis, Taraxis, Zetland, Maumasien). 2 Moorzeane, entstanden aus sich zersetzenden mikrometeoriten Niederschlägen (BAM), infolge der industriellen Umweltverschmutzung (BOM), aus unbekanntem Grunde (HIRN). Etwa 1000 Tiefschlammvulkane (Blubbkane), von den Erstentdeckern irrtümlich (BAM), richtigerweise (BOM) für Kuhlpampen gehalten (Klasse Immersionales, Ordnung Marmeladinae, Familie Maccaronicaea /Mampfschlieren/). 1 Orkan (organisches Kandelgeträuf /BAM/, orgiastische Kadaverentsorgung /BOM/, orchestrale Kanalisation /BIM/, längst trockengelegt /HIRN/). 1 künstlicher Satellit (Synthellit) CASTRAT (Camouflage in strategisch-taktischer Absicht /BAM/, Freilichtmuseum und Freizeitzentrum /BIM/), auf eine Umlaufbahn gebrachtes Teilstück des Territoriums von Losannien (s. d.), diametervariabel, da aufblasbar (BAM), infolge von Fata Morganen (BOM), weiß der Teufel (HIRN). Klima gemäßigt, destabiliert durch die Industrialisierung (BAM), kryptomilitant (BOM), schon immer so gewesen (BIM).

Der Planet ist bewohnt von einer vernunftbegabten Rasse (BAM), von zwei vernunftbegabten Rassen (BOM), das hängt vom jeweiligen Standpunkt ab (HIRN). Die Art hat Menschengestalt (BAM), die Menschengestalt ist eine Larvenform innerhalb einer Metamorphose, denn die Eingeborenen sind Wendewesen und beschreiten ein Seil vom HÄLBER über den ANDERT- und ZWEIHÄLBER zum RIESZWERGENKLOSS (BOM), sie kleiden und verhalten sich nur unterschiedlich (BIM), alles ist nur Mythos und Legende, siehe »Rassenpolitographie des Kalbes«, nur für den Dienstgebrauch, MfX 345/2ab/99 (BUM). Die Daten von BAM stammen von den Losanniern, die von BIM, BUM, BOM von den Kurdländern – folglich sind sie nicht miteinander vereinbar (HIRN).

Der Geschlechtsunterschied ist auffällig (BAM). Es gibt keinen Geschlechtsunterschied (BIM). Alles ist umgekehrt wie auf der Erde (BOM).

Staatliche Gliederung: Eine für die gesamte Galaxis einmalige Gesellschaftsform stellt das Kurdländische Staatsschreitwerk dar, auch Nationales Hampelmobil oder volkstümlich einfach Latsche genannt. Es handelt sich dabei um eine rustikale, selbstverwaltete Union bewohnter Kurdel, der METROPOL-ECHSEN. Die höchste Macht im Staate übt der Vorsitzende der Obskuren (der Obersten der Kurdel) aus. Verwaltungseinheit ist das Kurbordel, auch WECHSELKAMMER. Die Obskuren hießen ursprünglich Sautriben, ein Kurzwort für Sauriertreiber. Das Natiomobil entstand in einem sich über Jahrhunderte erstreckenden Zeitraum bei der Bekämpfung der Pyrosaurier, zumal deren erlöschenden und kaum noch glimmenden jagdbaren Formen wie den schwanzabstoßenden Polyserv (Großrüpel) und den Kuckurdel – kaltblütige Reptilien, die ein Lebendgewicht von 1500 Tonnen erreichen konnten. Der erloschene Kurdel hieß Drachen, der vertrocknete Dörren (Draco Pyrophoricus Curd. L. Msimeteni nach dem Namen des Erstentdeckers, eines Teilnehmers der IX. Expedition des Saurologischen Instituts). Auch: Khoerdll, Kjördl und QRDL. Die Kurdelzucht ersetzt den Wohnungsbau, der durch die Ver- und Entsumpfungen, d. h. die periodisch auftretenden Überschwemmungen durch den Moorzean, unmöglich ist. Pendants der irdischen Eiszeiten sind auf Entia nämlich die Matschzeiten (BAM).

Auf Entia hat es feuerspeiende Reptilien zu keiner Zeit gegeben. BAM stützt sich fälschlicherweise auf die Mythologie und Propaganda Kurdlands. Kurdel sind keine Großrüpel, sondern Großrackel, entstanden im Laufe natürlicher Evolution (Kampf ums Überleben im Sumpf). Als Arbeitskraft bilden sie sogenannte Klitterkrampen (BOM).

Nach losannischer Version sind Kurdel Kadaver (Rümpfe), die im Rahmen der Wohnungsnot von den eingeborenen Dörflern ausgeweidet wurden und von diesen in Galeerendienst, der sogenannten Cadaveria Rusticana, fortbewegt werden. Nach kurdld. Version hingegen handelt es sich um Produkte genetischer Bioingenieurskunst, die vom Vorsitzenden der Obskuren entworfen wurde. Nicht miteinander vereinbar (HIRN). Der Kampf der Nomaden mit den Sauriern hat zur Symbiose der einheimischen Häuptlinge mit den Kurdeln geführt – dank deren Windträchtigkeit sowie der Trimmbarkeit auf Gurgitation und Regurgitation (sowie der Empfänglichkeit für Laxantia /BUM/). Die Metropolechsen nämlich sind symbiotische Genossenschaftssiedlungen (BAM). Nichts dergleichen (BOM). Als Pseudozoen, also ein synthetisch gewonnener Wildbestand, werden sie von Fetalherstellern produziert, die in der Vereinigung für Geningenieurskunst zusammengeschlossen sind (BEM). Die Herstellung erfolgt nach dem Muster des Urkurdels, ähnelt demselben aber allein dadurch (MAM-MAM).

Staatsstruktur: Kurdland schwach erforscht. Der Vorsitzende, der nicht selbst regiert, stellt Gedanken über das Regieren an. Für den Inneren Gebrauch werden diese Gedanken von den OBSKUREN interpretiert (Historische Bezeichnungen: Vater der Kurbordel, Kurbeisl, Kurherr u. ä.). (BIM, BAM, BOM).

Die Metropolechsen leiden unter Darmbeschwerden: eine Allergie (BAM), politische Meinungsverschiedenheiten (BIM), das Wirken von Parasiten, Schlampern, Rampern und Wampern (BUM). Die erwähnten Formen sind keine Parasiten, sondern Konsumfunktionillen (BOM).

Sehr empfindlich reagieren die Kurdländer in der Frage ihrer Originalstaatsdoktrin. Die Verwendung von Namen wie Slapsteak, Ruinik, Schrümpf, Krepierolat, Fäulnickel, Verrecker, Bezeichnungen der Kurdel als Schleichgänger, galoppierende Särge, Kryptotramps usw. werden strafrechtlich verfolgt und ziehen erniedrigende Verschickungen nach sich (Verbannung ins Hintere: die sog. Verafterung). In der Antike wurden Kurdel als Grabmäler bedeutender Staatsmänner benutzt, vergleichbar den irdischen Pyramiden (BAM). Das sind alles nur Mythen und Sagen (BEM). Daran war etwas (HIRN). Siehe »Die entianische Mythologie«, Kap. »Archomobilistik, Peripathetische Polyarchie, Mythos des Vorsitzenden«. Desgl. »Leitfaden des Suhlens«, nur für den Dienstgebrauch. »Wie viele Beine hat der Khurdel?« (Dozent J. Bladder. MfAA 6/4e-4). »Geschichte des Kampfes mit dem Tatzelwurm«, ders., »Das Brechmittel als Politik«, ebd. »Die Kurdel – Opfer des Raubbaus?«, desgl. »Mietrecht und Wohnraumanspruch in Gedärmen«, ders. »Dienten die Kurdel in prähistorischer Zeit als Meteoritenbunker?«, W. Tutas. Siehe: Bericht der II., mißglückten entianischen Expedition, IGM, Simulate der Serien B/9 und t/9. Desgl.: »Das außerkurdlane Leben in der Häresie der Selbsttrampler«, in »Jahrbücher des Instituts für Posthume Käserei«, T. Quargl, PIP 20 111. »Die chemische Zusammensetzung des Speckgürtels der Kurdel«, I. Dragonder, »Acta Curdeliana«, Bd. XI, pp. 345. »Strukturanalyse der kurdländischen Lyrik«, Gemeinschaftsarbeit des IGM, 239/c. »Die abfleischenden Stampfechsen und Pyroflammaten als Flammenwerfer«, Dr. Revolvender, Boston McGraw Hill, Habil.-Arb. mit 40jährigem Prognosezeitraum. Rüngli und Kinderstein. Im Manuskript gedruckt.

Die folgenden dreihundert Positionen des Zitatenverzeichnisses lasse ich weg, sonst käme ich nie zu dem Teil der Charge, der Losannien gewidmet war.

Losannien. Auch: Verstrippte Lagen von Oberlosannien (BAM). Lose Föderation der Vollkommenen Staaten (BIM). Die Gebundenen Staaten von Taraxis (BOM). Die größte Macht auf Entia, hochentwickelt (BAM), zu hoch entwickelt (BIM), in schlechtem Einvernehmen mit dem benachbarten Kurdland. Wachsende innenpolitische Probleme führten zu einem Intelligenzschwund in beiden tonangebenden politischen Parteien, die die Kandidaten für den Staatswalter (BAM), den Präsidenten (BIM) stellten: Angesichts unüberwindlicher Schwierigkeiten mangelte es an umsichtigen, weitblickenden Bewerbern, die sich freiwillig für das höchste Amt zur Verfügung stellen wollten. Die galoppierende Debilität der aufeinanderfolgenden Administrationen führte zu Krisen und zur schrittweisen Einführung von Pollott (politische Lotterie bzw. -ei) als eines Gegenmittels gegen den Rückgang der Regierungswilligkeit.

Als sich die Staatsbürgermehrheit zunehmend jeder Teilnahme an den Ziehungen von Pollott verweigerte, wurde im 23. Jhdt. der Ausnahmezustand ausgerufen und die *Allgemeine Dienstpflicht in Parlament und Regierung* angeordnet. Der Aufschwung der Computertechnik machte der Krise ein Ende. Ende des genannten Jahrhunderts war die Automatisierung der Verwaltung zusammengebrochen, nachdem die Zivilisatoren infolge des sogenannten Logistronsyndroms die Herrschaft aufgekündigt hatten. Die überintelligenten Systeme litten an bösartigen Geschwülsten oder an Paralysierung durch die eigene Genialität (progressive Genialyse). Den Ausweg bot die Gründung der Syntur (synthetische Kultur) als Ökosophisation und Hedopraxis (Obligate Glücksdistribution). Diese Institutionen Losannias dienten als Prothetik für die unter dem Wohlstand verfallenden sozialen Bindungen (BAM). Sie entstanden infolge der Verschmelzung von Staatsräson und herrschender Religion (BIM). Zweifelhaft (HIRN). Es handelt sich um ethifikatorische Nachbesserungen der Umwelt, das Böse absorbierende, ichumgreifende Lustabfangtechniken, die zusammen die Syntur bilden. Gestützt auf die veredelnde Vergedanklichung des Lebensmilieus, werden Straßen, Gebäude, Gegenstände, Bekleidung u. ä. aus Gripsern hergestellt – logischen Mikroelementen, die durch Vorbehandlung patriotisch eduziert worden sind. Die Vergripserung hat in den Großstädten ein Niveau von 60 Intelligenzeinheiten pro Gramm und Sekunde erreicht. Bis in eine Tiefe von 40 Metern treten in städtischen Ballungsgebieten keinerlei nichtintelligente Substanten mehr auf (BAM). So lautet die offizielle Version (BOM). Das übrige Territorium ist zu 87 Prozent vergedanklicht (BAM). Zweifelhaft (BOM). Die Syntur verleiht der zivilisatorischen Umwelt Vernunft, damit sie für das Wohl der Bürger und ihrer selbst sorgt, von der Opposition verursachte Schäden automatisch beseitigt, darüber hinaus Bildungs-, Dienstleistungs- und Beraterfunktionen ausübt, alle Versuche von Verbrechen absorbiert und in den Grenzen des Rechts zur konsumptiven Unzucht verführt (BAM). Diese Charakteristik ergibt sich daraus, daß auf die Beschreibung der Syntur irdische Kategorien angewendet wurden (BOM).

Die vergripserten Objekte führen Aufträge bis an die Grenze aus, wo Interessen des Nächsten berührt werden. Die Gripser der ersten Generation (Denklinge und Rationellen) sind von der Unterwelt verdorben worden, aber die mit Morscheln (Moralschleusen) ausgestatteten Prototypen sind zu 99,998 Prozent bosheitsresistent (BAM). Das sagt die Regierung (BOM).

Die Industrieproduktion teilt sich in eine delektative und eine präventive.

1. Die delektative Warenmasse wird geschaffen von der Einselbstung, der konfektionellen oder auf das individuelle Maß zugeschnittenen Felizitation, der Stopfung, Hudelung, Kandierung sowie der synthetischen Präparierung von straffen Lebensläufen (Synprästrafen) mit Endzielwahl. Dies sind industrialisierte Abteilungen der hedotolischen Informatik, sogenannte Love-lines. In Übereinstimmung mit dem losannischen Wahlspruch »Fac quod vis« macht jeder Staatsbürger, was er will, und der Staat hat die Aufgabe, die allgemeine Glückseligkeit zu maximalisieren. Die Verwaltung bedient sich der Hedometrie, d. h. der Messung der wohligen Empfindungen, die sich pro Lebenszeit über die Nervenstränge eines Staatsbürgers treiben lassen. Da jedoch das Angebot um das 10^8fache größer ist als die Durchlaßfähigkeit der statisti-

schen Person (die Schlafenszeit eingerechnet), muß eine Wonnenwahl getroffen werden. Diese Arbeit übernimmt der personengebundene Lustscheider oder Proponator, der die Beglückung der Bezugsperson gemäß deren Veranlagungen, Temperament und individueller Belastungsfähigkeit vornimmt.

Niemandem in der Galaxis kann es daher besser gehen als den Losanniern (gemäß Regierungserklärung CCC/5/Zub.) (BAM). Dem widersprechen kurdländische Quellen, die auf die steigende Selbstmordrate verweisen (BOM). Eines der am schwersten zu bewältigenden Probleme war der Verlust nahestehender Personen infolge von Schicksalsschlägen oder natürlichen Todes. Da Entwöhnungskuren nicht anschlugen, sah sich das MKB (Ministerium für Komplette Beglückung) zur Produktion von Approximaten oder Alssobbis (Pseudoten, Pseudolacken) veranlaßt: Amorroiden, Mamalen, Papiden, Schmussetten, Schwulotten u. ä. Sie werden im Auftrag der beteiligten Personen oder der zuständigen Friedhofsverwaltungen im Bestattungsrahmenprogramm erstellt, das im Auftritt von Idealkopien der Teuren Heimgegangenen gipfelt. Bürger, die Verwandte mit schwierigem, streitsüchtigem Charakter haben, können auf analoge Weise eine prothetische Familie noch zu Lebzeiten der Originalpersonen anfertigen lassen, wobei letzteren zwecks gerechter Kompensation ebenfalls die angemessenen Doppelgänger geliefert werden (im allgemeinen Sprachgebrauch wird der Vorgang als Familienpüppelung bezeichnet). (Laut losannischen Quellen, BAM.) Die ausgestopften Familienpräparate sind Schauplatz schrecklicher Vorfälle, von denen sich jedem Kurdel das Pfühlhaar sträubt (BOM, gem. kurdländischen Angaben. Siehe auch »Handbuch des gekurdelten Agitators« 391/R sowie die Rede des Vorsitzenden des Obskuralpräsidulums auf dem X. Auftrieb der Metropolechsen, insbes. der Abc. »Falsifamilien als Trainager des Massakragements in Losannien« /BEM/).

Die Ichübergreifung oder Vervielselbstigung ermöglicht das Kompilarerlebnis des normalerweise nicht gleichzeitig Erlebbaren. Zu diesem Zweck werden über einen Verselbster beiden Gehirnhemisphären Love-lines zugeschaltet. Das

Regierungsprogramm sah für den fünfjährigen Planungszeitraum einen allgemeinen Glückszuwachs von vier Prozent vor, aber es kam zu einer Stagnation (BAM), zu Erscheinungen, von denen noch die Rede sein wird (BIM, BOM).

2. Die Produktion der Präventivindustrie entzieht sich der Wahrheitsfiltration der Batteriemodule im Hinblick auf die stark divergierenden Daten. Laut losannischen Quellen gibt es gar keine derartige Industrie; der folgende Teil der Charge stützt sich daher auf kurdländische Quellen unter Berücksichtigung losannischer Dementis. Aus ebendiesem Grunde steht im Text statt Modulindezes (BIM, BAM, BOM) der Hinweis auf die Quelle (KUR, LOS).

Die gegen die Gripser gerichtete Opposition strebt nach einer Renaturisierung der Umwelt, ihre Losung heißt: »Heilsame Destruktion!« Sie wird von der losannischen Regierung geduldet (LOS), verfolgt bis zur Anwendung verheimlichter Folter sowie dem Austausch unloyaler Bürger durch loyale Unbürger, sogenannte Püpplen (Geheimprojekt der totalen Prothetisierung der Gesellschaft, d. h. der Verpüpplung) – (KUR). Reine Propaganda, pure Verleumdung, die jeder Grundlage entbehrt (LOS). Vom wirklichen Verhältnis der Massen zur Beseligerdiktatur zeugen allgemeingebräuchliche Redewendungen: »zerleckern«, »im Wohlsein ersticken«, »zuckerzerblasen«. Von jemandem, der verpüppt wurde, heißt es im Volksmund, ihn habe der »Zuckerschlag« getroffen (KUR). Diese Zitate entstammen Werken der phantastischen Literatur (LOS).

Durch primitive Warenkonsumerie war die Gesellschaft verblödet, aber die ihr von der hochgradig intelligenten Umwelt gestellte Herausforderung förderte die geistige Entwicklung und die Allgemeinbildung (LOS). In der Hauptsache jedoch auf dem Gebiet des Meuchelmords und der dazu dienlichen Methoden (KUR). Die angeblich umstürzlerische Betätigung in antisynturalen Perversionen (Perseversion) ist ebenfalls Teil des neuen Volksbildungssystems. Die veredelte Umwelt absorbiert nicht nur jeden Versuch, ein Vergehen zu begehen, sondern wirkt auch mit prophylaktischem Überzeugungsvorlauf dank sorgsamer Betreuung im Wachzustand und dank der Somnoskopie (Traumspektroskopie zur Ausschaltung von Alpdrücken und Hirngespinsten) (LOS). Nichts anderes als die permanente Bespitzelung der Bürger und die Kastration des Geistes sogar im Schlaf (KUR). Statt die Sadisten einer Behandlung zu unterziehen, liefert ihnen das losannische MKB (Ministerium für Komplette Beglükkung) die Objekte, die von den Versandhäusern für Schlagstoffe und den Studios für Faxifamilierung vertrieben werden (KUR). Die Motive, einen Mord zu begehen, sind einem völligen Wandel unterworfen. Man mordet nicht mehr im Hinblick auf die Person des Opfers, sondern um den Widerstand der von den Gripsern gestellten Schranken der Moral (Schmoren) zu brechen. Vgl.: »Der lebensmörderische Amateursport in Losannien«, Staatl. Verl. d. Wiss. Kuckurdel 56/b/9. »Die Ethosphäre als Züchtung von Degenerierten«, Schriften des Gr. Vors. der Obsk., Bd. V, S. 77ff. Auch: Losannische Insider-Broschüre »Was läßt der POP mit sich anstellen?« (POP – Pikant Opulente Person). Im losannischen Gaunerjargon gibt es für POP Synonyme wie Fixak, Tramboß, Lappsülz, Spratz, Quätschnülle, Tretbökel, Schlappsus (»Idiomatisches Synturwörterbuch«, Ak. d. Wiss. Kurdld., Pcim, 67/b /KUR). O. a. von Losannischer Seite dementiert in: »Kampagne der Verleumdung und Verunglimpfung«, »Acta Synturales Losaniae«, Bd. II, 67/43f.

Versuche, durch Rauschwunder von bösen Vorhaben abzulenken, führen in den losannischen Städten zu Toblaten (Tobsuchtsdemolaten) (KUR). Das sind Fachsimpeleien der Fans nach den Spielen der Telekinetikliga (LOS). Die hauptsächlichen sozialen Unzulänglichkeiten der Verstrippten Lagen von Losannia sind die Trampoline, die Hinterklammer, der Absprung, das Rünstgesäug, die Sippengrabe und der Samojedenkomplex.

I. Die Trampoline ist die Massenflucht aus den Metropolen, die panische Suche nach gripserfreiem Land (KUR). Das sind Pilzwanderungen, weiter nichts (LOS). Die durchgehenden Massen trampeln nieder, was ihnen in den Weg kommt, und da die Immobilien nicht nachgeben, kommt es zu Schädelbasisbrüchen. Baustoffe lassen, so sehr man sie auch vergedanklicht und instinktiviert, keine Flexibilität erkennen.

II. Einzelgänger reagieren auf die Edelumwelt mit dem

Absprung. Unter dem Vorwand, schöne Aussichten genießen zu wollen, suchen die Abspringer hochgelegene Stellen, Balkone, Fensteröffnungen und dergl., zu überlisten (KUR). In Kurdland liegt die Selbstmordrate um das Achtfache höher (LOS).

III. Andere Symptome dieser Reaktion zeigen die Hinterklammerer, die Rünstlinge und die Ochlophilen, d. h. die Haufentaucher. Sie alle suchen Deckung hinter den Leibern von Drittpersonen. Die Ochlophilen pflegen in großen Haufen unterzutauchen, die Hinterklammerer und Rünstlinge hüpfen flöhig auf alles Bewegliche (die unwohlzüchtige Konvulsivverzapfung). Der Haufentaucher ist vom Rünstling darin unterschieden, daß ersterer umdunstet-katatonisch reagiert, folglich auch als Geisteskranker behandelt wird, während der letzterer bei rudelförmigem Auftreten eine religiöse Sekte vertritt und der Gesäugakt als Ritualhandlung wahrhafter (unverblähter!) Nächstenliebe verstanden wird.

Die Sippengrabe ergräbt sich – vorwiegend väterlicherseits – tiefgeteufte Schächte ins Ungegripserte, wo man sich heimisch fühlen darf auf immer.

IV. Der extreme Ausdruck von Antisynturverhalten ist der getarnte Rationenselbstmord. Er setzt in der Regel mit dem scheinbaren Abkauen der Fingernägel ein.

Darüber hinaus sind auf dem Territorium der Verstrippten Lagen die Indisten (Indifferentisten) aktiv. Ihnen ist alles egal, Hauptsache, es steht im Widerspruch zu den Regeln der Syntur. Sie stellen Leimruten auf Mütter höherer Staatsbeamter, bauen Matronenfallen, vernullbocken den Schulkindern die Love-Line-Lust, verschmutzen zielsicher die lebendige Umwelt, verstellen Unbedarften und Senilen die persönliche Karrierefähigkeit, stänkern, mälvern und meutern ins Himmelblau. Das Ministerium für Komplette Beglückung, außerstande, dem entgegenzuwirken, gab dem Ministerium für Leichtindustrie die Anweisung, jedwede Unterwäsche mit Dolorosalsensoren (Wehgriemeln) auszustatten. Diese Sensoren sind pönitentiar-präventiv programmiert (PPP) und lösen, falls sie den Träger der Unterwäsche böser Absichten verdächtigen, heftige Ischias-Zufälle aus. (Austreibung des Bösen durch Schmerz.)

Der Fehlschlag dieses Verfahrens hatte zur Folge, daß die Legislative sich zum Monster auswuchs (KUR). Wer in Überlistung der Wehgriemel, Fernhalfter, Morscheln, Balsamyzer u. ä. zum Rückfalltäter wird, erliegt der Enthirnung und wird mittels Neuralperpetuivpräparierung (Neuperpräp) zum lebenslänglichen Schindluder gemacht. Der Verurteilte oder vielmehr sein Neuropräparat gelangt zur öffentlichen Ausstellung am Elektropranger und gibt Schmerzensschreie von sich. Diese werden von Megaphonen verstärkt, die an die Nervenbündel des Ex-Kehlkopfs angeschlossen sind. Die losannische Wissenschaft sorgt dank gewissenhafter Berechnungen dafür, daß die Durchlaßfähigkeit der Schmerzbündel voll ausgenutzt wird (KUR). Dieses Geschrei kommt lediglich aus den Diskotheken der Jugend: alles andere ist niederträchtige Verleumdung der vor keinem Mittel zurückscheuenden feindlichen Propaganda Kurdlands (LOS).

Mitternacht war lange vorüber, als ich die Lektüre unterbrach. Mir schwirrte der Kopf: Kurdland prognostizierte Losannien einen bürgerlosen Bürgerkrieg zwischen Gripsern und Antigripsern, also zwischen Syntur und Antisyntur, Losannien wiederum entwarf düstere Bilder der kurdländischen Metropolechsen und definierte sie als wandelnde Kerker (WANKER). Promilven (Prothesen des Milden Verhaltens), Ethifizierung der Umwelt und deren antisophische Verseuchung, Furialspeichelbomben, Brunstschutzbunker, Entlüster, Deterrogenate (Terrorschwundpräparate), Mamalen, Antibrüder, Schwiegerfangnischen, Maulaffialen, Buhlanzen – solche und tausend andere ebenso rätselhafte Begriffe wirbelten wie ein Mahlstrom durch mein unglückliches Gehirn. Ich stand im sechzehnten Stockwerk am Fenster, unten lag das friedlich schlafende Genf, und mich erdrückte hier oben die Ungewißheit, ob ich je zur Wahrheit über den Planeten gelangen werde, den ich in meinen Kladden so voreilig und treuherzig abgefertigt hatte. Kaum wurde die Amortadella von BAM, HIRN oder MAM-MAM als Zitadelle der ersten Liebe definiert, bezeichneten sie KUR oder BOM sogleich als einen Fleischteig, eine Art Wurst. So hatte ich nicht einmal erfahren, ob die Entianer ein-, zwei- oder mehrgeschlechtlich sind, denn in dieser Frage gab es eine Masse widerstreitender Ansichten. Hinzu kam der bedrückende Gedanke, mich schrecklich blamiert zu haben, als ich einen Satellitenrummelplatz für den eigentlichen Planeten und die dort stattfindenden Spiele und Späße für dramatische Reaktionen auf den Meteoritenhagel gehalten hatte. Zumindest verstand ich nun, warum der STROEM nur mich aufgeregt, die Eingeborenen aber völlig kalt gelassen hatte: Mir war es ergangen wie dem Hinterwäldler, der zum ersten Mal im Theater ist und Othello zuruft, dieser solle sich vor Jago hüten und Desdemona um Gottes willen nicht erwürgen!

Mir brannten die Wangen von dieser Schande, die ich um jeden Preis abzuwaschen entschlossen war. Ich schwor mir, keine Ruhe zu geben, solange ich nicht an die Originalquellen gekommen war, die nicht durch die gedankenlose, angeblich unparteiische Arbeit der Computer getrübt waren. Mir war bereits bekannt, daß es nicht leicht fallen würde, weil der Zutritt zu den Archiven des KALBES allein von einem gewissen Doktor Strümpfli, Geheimrat im MfAA, abhing. Er galt als wenig umgänglicher Mensch, Paragraphenfanatiker und seelenloser Formalist, ein Schweizer mit einem Wort. Professor Gnuss konnte für mich nicht mehr tun, als für den nächsten Tag ein Gespräch unter vier Augen mit Strümpfli zu erwirken, alles Übrige, die Bewältigung der bürokratischen Widerstände, lag bei mir. Ich tat einen schweren Seufzer und suchte einen letzten Schluck aus der Thermosflasche zu genießen, aber auf deren Boden befand sich nur noch ein bißchen eingetrockneter Kaffeesatz. Unwillig las ich daraus die Prophezeiung einer Niederlage, die mich im Büro des Geheimrats erwartete. Mit düsterem Blick sah ich mich noch einmal im Zimmer um, steckte mir eine Pfefferminztablette in den Mund – mir war speiübel, ich weiß nicht, ob vom mittäglichen Cordon bleu oder von der Charge – und legte mich schlafen.

Strümpfli empfing mich mit kühler Miene. Ein Diplomat solchen Ranges – Wirklicher Geheimer Rat – hat die Kunst, Besucher abzuwimmeln, natürlich im kleinen Finger, und ich hätte bei ihm nichts erreicht, wäre mir nicht der Zufall zu Hilfe gekommen.

Um mich unverrichteter Dinge abziehen zu lassen, mußte er mich wenigstens ansehen, und auch ich betrachtete ihn – worauf wir einander erkannten! Das ging durchaus nicht im Handumdrehen vor sich, wir waren uns ja noch nie im Leben begegnet, sondern nach und nach, in dem Maße, wie wir einander musterten. Ich erkannte ihn zuerst einmal an der Krawatte oder vielmehr an der Art, wie er sie gebunden hatte, und auch er mußte an mir entsprechende Zeichen – ich weiß nicht, welche – gefunden haben, jedenfalls räusperten wir uns fast gleichzeitig und setzten ein geniertes Lächeln auf. Jeder Zweifel stand außer Frage. Aber das ist er doch! schoß es mir durch den Kopf, und ihm erging es nicht anders. Er stutzte, streckte mir über den Schreibtisch die Hand entgegen, aber das reichte in der entstandenen Situation nicht aus (einen Sekundenbruchteil schien er in sich hineinzulauschen, um den Hals konnte er mir nicht fallen, das wäre wieder zu viel gewesen), folglich kam er, vom Instinkt des Diplomaten geleitet, hinter seinem Möbel hervor, drückte mir herzlich die Hand und führte mich zur Sitzecke mit den großen Lederfauteuils. Das Mittagessen nahmen wir gemeinsam, dann lud er mich nach Hause ein, und erst gegen Mitternacht trennten wir uns.

Wie das alles kam? Ganz einfach: Wir haben eine gemeinsame Zugeherin. Keinen dieser modernen Geschirrknackautomaten, sondern eine richtige, lebendige, emsige Aufwartefrau, deren Mundwerk keinen Augenblick stillsteht, so daß ich ohne Übertreibung behaupten kann, mit dem Geheimrat bekannt zu sein, als hätten wir jahrelang gemeinsam aus einer Schüssel gegessen. Da diese Frau sich für eine Person hält, die Diskretion wahrt, nannte sie nie einen Namen, sondern sprach stets vom »Herrn Rat«. Wie sie mich ihm gegenüber titulierte, weiß ich nicht, und es wäre auch tölpelhaft gewesen, sich danach zu erkundigen, zumal unsere Bekanntschaft ohnehin insbesondere am Anfang beiderseitigen Takt erforderte. Auf mir vor allem ruhte eine große Verantwortung, denn da wir uns vorwiegend in seiner Wohnung zu treffen pflegten, mußte ich mich sehr in acht nehmen: Ein beiläufiger Blick zur Kommode oder zum Läufer vor der Couch wäre bei einem Außenstehenden ganz harmlos, bei mir jedoch sogleich anspielungsvoll und bedeutsam gewesen – wußte ich denn nicht, was die Kommode enthält und was jeden Montagmorgen aus dem Läufer geklopft wird?

So hing über unserem Umgang miteinander stets eine spezifische Gefahr, ich wußte anfangs nicht, wo ich die Augen lassen sollte, und erwog sogar, eine dunkle Brille aufzusetzen, aber das wäre erst recht ein Fauxpas gewesen. Daher lud ich ihn zu mir ein, aber er schien es mit Gegenbesuchen nicht eilig zu haben. Nach einiger Überlegung kam ich darauf, daß es nicht um das Material ging, das er bei sich hatte (der Zugang zu den Geheimarchiven bedurfte nicht nur seiner Zustimmung, aber er hatte die Erledigung der weiteren Formalitäten auf sich genommen), sondern daß er mich sozusagen auf die Probe stellte. Bei mir zu Hause hätte wiederum er sich mehr vorsehen müssen. Die Zugeherin herrschte auch in ihrer Abwesenheit über diese Begegnungen, ich wußte genau, wie sie am nächsten Tag den Bestand der kleinen Hausbar oder den Zustand der Aschenbecher kommentieren würde, wir hausten ja beide wie alte Junggesellen, und gerade denen läßt eine Zugeherin nichts durchgehen und hinterm Rücken nichts geschenkt. Außerdem wußte ich, daß er wußte, daß ich wußte, was sie sagen würde, und so hätte ich mich in verminten Gelände nicht so behutsam bewegt wie in der Wohnung des Geheimrats, denn über jeden Tropfen auf dem Tischtuch hörte ich im Geiste den Kommentar einer Frau, die in ihren Worten alles andere als wählerisch war. Dagegen war nichts zu machen, wo bekam man eine andere her?

Mehrfach hatte sie mir in kritischer Weise das Badeverhalten des Geheimrats auseinandergesetzt, insbesondere die Frage der Seifendosen. Hinzu kamen die Probleme des verstopften Abflusses und der kleinen Handtücher. Dabei brauchte sie angesichts erwiesener Mißachtung nur ihres Weges zu gehen und nicht mehr wiederzukommen! Auch ihr Namenstag verdiente gefälligst Beachtung, bei mir war sie dafür noch zu kurz in Stellung, beim Geheimrat aber schon jahrelang, und mit Geschenken gab es kolossale Schwierigkeiten, denn sie trank nicht und rauchte nicht, auch Süßigkeiten mußten entfallen: »Das fehlte noch, davon wird man ja zuckerkrank!« Der Handtasche entquoll ein Packen Urinanalysen, ich mußte lesen oder wenigstens so tun, Abwiegeln galt nicht: »Eiweißspuren sind kein Nichts!« Und dann war wieder der Geheimrat dran, solch eine Kosmetiktasche, freilich, die hat sie schon genommen, aber wohl nur, um sie vor mir herunterzuputzen: »Diese Farben! In meinem Alter! Was denkt der sich denn? Male ich mich denn überhaupt an?«

Ich kam mir vor wie im Theater. Jedem von uns beiden spielte sie ein Stück über den anderen vor, wahrhaftiges Phantasietheater! Wie sie sich beeilte, bei mir mit der Arbeit fertig zu werden, um ihn noch zu Hause anzutreffen! Leere Räume waren nichts für sie, sie brauchte einen Zuhörer, es fiel nicht leicht, aber wir gaben uns Mühe, jeder bei sich, denn es half nichts, um Aufwartefrauen reißt man sich heutzutage, und hier hatten wir eine wie vom Theater, sie war zur Charakterdarstellerin geradezu geboren, nur hatte ihr keiner etwas von solcher Berufung offenbart, und selber war sie Gott sei Dank auch nicht dahintergekommen.

»Homo sum et humani nihil a me alienum puto.« Alles Wohlwollen dahingestellt, gäbe ich doch meinen Kopf dafür zum Pfand, daß der Geheimrat sich für mich so eingesetzt und mir mit dieser Ministeriumsbücherei so geholfen hat, weil er schon damals darauf baute, daß ich auf Reisen gehe (er las mir diesen Entschluß schon vom Gesicht ab, als er in mir noch gar nicht Gestalt gewonnen hatte) und er sie wieder für sich allein haben werde – ein verständliches, wenngleich wohl trügerisches Verlangen ... Er gierte nach der Ausschließlichkeit, der Verwandlung einer flüchtigen Zugeherin in eine seßhafte Haushälterin, und er wußte, daß er, hätte man mich eingebuchtet (als brüderlich verwandter Seele hatte ich ihm eine vollständige Beichte über Küßmich, das Schloß, die Säuglingsnahrung und sogar die Silberlöffel abgelegt), keinen Augenblick mehr Ruhe genossen hätte, weil sie, des Saubermachens bei mir ledig geworden, sofort begonnen hätte, mich ihm als Ideal und unerreichbares Vorbild auszumalen, damit er sich schlechter vorkäme. Wir mußten einfach Freundschaft halten, es blieb uns nichts anderes übrig, ohnehin teilt man intime Kleinigkeiten nur ungern mit einem Fremden oder gar Übelwollenden. Wir hatten voreinander wahrhaftig keinerlei Geheimnisse, kein Psychoanalytiker dringt so in die Tiefen des Seelenlebens wie eine Aufwartefrau: Wie die Bettlaken zerknauscht sind, was mag man nur geträumt haben? Mit einem Wort, das Spiel lief mit offenen Karten, obgleich wir uns beiderseitig den Anschein zu geben bemühten, davon könne keine Rede sein. Mehrmals lud der Geheimrat außer mir auch den Direktor der für das Kalb zuständigen Sektion sowie zwei Experten und einen Archivar ein, so daß in der Wohnung bei Kaffee und Kuchen ein ganzes Kollegium darüber debattierte, wie man mir alles, ausnahmslos alles, zugänglich machen könne. Von dem, was sie sagten, verstand ich manchmal noch weniger als von der Charge.

Am schwersten fiel ihnen die Definition, als was ich eigentlich die Archive betreten sollte. Herr Schwiegerli von der Personalabteilung setzte es mir geduldig auseinander: »Erstentdecker eines Planeten ist gewiß ein sehr schöner Ruhmestitel, aber nur für die Schullesebücher der Unterstufe. Im Ministerium bedeutet er gar nichts. Sie sind kein Sachverständiger, dem die für das Kalb zuständige Observationsabteilung einen Auftrag erteilt hätte, Sie gehören nicht zum Beraterstab des Ministers, ja, Sie sind nicht einmal ein von außen hinzugezogener Experte auf Honorarbasis. Sie sind Privatperson, und eine solche hat im MfAA nichts zu suchen, sonst könnte jeder Nachtwächter kommen und Einsicht in die Archive und Geheimakten verlangen. Der Geheimcharakter einer Akte besteht nicht nur darin, daß sie den entsprechenden Stempel trägt – dieser bezeichnet eine Dienstsache, die auf den Dienstweg gebracht oder stillgelegt wird, denn zuweilen heißt Dienstweg nichts anderes, als daß man die Akte ruhen läßt.«

So strengten sie also beim schwarzen Kaffee des Geheimrats ihre Köpfe an, um, wenn schon keine *Vorschrift,* doch wenigstens einen *Vorwand* zu finden, der das »Sesam, öffne dich!« für mich bedeuten könnte. Ich hatte bald herausgefunden, daß alle diese höheren und niederen Beamten des MfAA von der Entia ebensowenig Ahnung hatten wie von der ganzen Raumfahrt, denn das lag nicht in ihrem Aufgabenbereich. Einmal hörte ich, wie sie das Kalb kurzerhand Rindfleisch nannten. Schließlich verzichtete Strümpfli auf weitere Konsultativtreffen und wies mich an, zu Hause auf seinen Anruf zu warten. Nach drei Tagen teilte er triumphierend mit, der Sieg sei unser. Notwendige Voraussetzung sei jedoch, daß ich das Hauptgebäude ausschließlich nachts betreten dürfe und vor Morgengrauen zu verlassen habe. Ich akzeptierte das stillschweigend, immerhin hatte ich von der Delikatesse, mit der der Fall zu behandeln war, schon so viel mitbekommen, daß ich nur dankbar sein konnte. Die Nacht sollte also die Zeit meines Wachens werden, nach den Dienststunden sollte ich endlich die Rätsel einer anderen Welt ergründen dürfen.

Ich füllte die größte Thermosflasche, die aufzutreiben war, mit Kaffee und stopfte die Fächer der Aktentasche voll: Kekse, ein Glas Marmelade, Brötchen, eine jener flachen Flaschen Kognak, aus denen man die Schwerverwundeten auf dem Feld der Ehre labt, ein dickes Schreibheft und im letzten Moment auch den vergessenen, geradezu symbolträchtigen, aber objektiv in der Tat einfach unentbehrlichen Teelöffel.

Die Quellen

So führte Strümpfli mich denn, nachdem er das inoffizielle Einverständnis des zuständigen Abteilungsleiters erwirkt hatte, abends nach Dienstschluß ins Entianische Archiv. Dort, im ersten Bibliothekssaal, klärte er mich persönlich darüber auf, wie ich von den Beständen am besten Gebrauch machte.

Das Material über unbewohnte Planeten ist recht einfach nach dreifachem Schlüssel geordnet: Zuerst kommen die – notwendigerweise falschen – Berichte der Erstentdecker, dann die Ergebnisse von Fachexpeditionen, wo bereits eine Verästelung der Irrtümer eintritt (es gibt das einfach nicht, daß Fachleute einer Meinung sein können, daher erscheinen Vota separata, Ko- und Kontrareferate), schließlich folgen die Gutachten von irdischen Sachverständigen, Leuten also, die ihren Fuß nie in ein Raumschiff, geschweige denn auf einen anderen Himmelskörper gesetzt haben. Gegen deren Expertisen wiederum erheben die im Kampfe ergrauten Forscherkosmonauten Einspruch, sie bezeichnen sie als am grünen Tisch entstanden und folglich wertlos, verlangen Gegengutachten und gehen in die Berufung. Das zieht weitere Expeditionen nach sich, deren Vorbereitung inmitten oder am Ende des Dienstwegs von der Buchhaltung gekappt wird. Die Buchhaltung kann nämlich nachweisen, daß Schlichtstellen und Schiedskommissionen auf Erden viel billiger sind. Damit hat das Gezänk normalerweise ein Ende, es sei denn, ein über spezifischen Einfluß oder Ehrgeiz verfügender Würdenträger, der seinen Namen, einem Himmelskörper angehängt, in die Ewigkeit zu hangeln wünscht, erschleimt sich eine außerordentliche Subvention. Selbst dann aber ist der Fall für das MfAA nicht mehr interessant, man weiß ja, daß Beziehungen sich nur aufnehmen lassen, wenn einer da ist, mit dem man sie aufnehmen kann. Die Akten gehen also mit der vom zuständigen Abteilungsleiter vermerkten Signatur Nolo Contendere ins Archiv.

Schlechter steht es mit den bewohnten Planeten. Hier kommt es bereits sehr früh zu einer Durchdringung von astronautischer und politischer Materie, denn jede fremde Zivilisation bringt Geschichtsfassungen in einer Zahl hervor, die der ihrer Staaten entspricht. Diese Fassungen sind uneinheitlich, einander geradezu diametral entgegengesetzt, aber das MfAA darf keine von ihnen in Frage stellen, denn solches führte schnurstracks in den Konflikt ante rem. Daher werden sie durchweg prima vista zur Kenntnis genommen, und erst hinterher kommt die praktische Bemessung, die erweisen soll, was sich damit anfangen läßt.

Die Dienstordnung trifft eine Einteilung in Sterne, die sich von unserer Sonne entfernen, und in solche, die sich nähern. Mit ersteren gibt es keinerlei Probleme, denn wo könnte es angesichts einer zunehmenden astronomischen Distanzierung zu einer diplomatischen Annäherung kommen? Die dienstliche Aufmerksamkeit richtet sich demnach auf die letzteren, zu denen eben auch die Planetensyteme des Kalbes gehören. Hier gilt die Trennung der Materialien in offizielle und zuverlässige, also öffentliche und geheime. Der politische Kurs hat sich schließlich danach auszurichten, wie es dort zugeht, während man die diplomatischen Schritte danach lenkt, was die Leute dort von sich behaupten.

Nur ein naiver Betrachter kann, wenn es auf einem Planeten achtzehn Staaten gibt (in kosmischen Dimensionen allenfalls ein Obstkern), auch achtzehn Versionen der Schilderung seiner inneren Zustände erwarten. Immerhin gibt es neben den Einlassungen der offiziellen auch die Aussagen der geduldeten oder abgetanen und post mortem rehabilitierten Historiker, dazu die Geschichtsschreibung der Kritikaster und Entlarver, die leider allzu häufig geistigen bzw. materiellen Anfechtungen erliegen und ihre Diagnosen von Auflage zu Auflage ändern. Übrigens mögen sie, falls die dortige Biologie dergleichen zuläßt, Frau und Kinder haben, außerdem steckt in jedem vernunftbegabten Wesen der Selbsterhaltungstrieb, und so braucht man sich über derlei Komplikationen der galaktischen Historiographie keine Gedanken weiter zu machen.

Auf den solcherart zustande gekommenen Variantenstapel sind noch die Zentnerlasten der Chroniken draufzupacken, die das Geschick des jeweiligen Staates aus der Sicht benachbarter Historiker oder der Nachbarn selbst betrachten. Die Chinesen haben den Ersten Weltkrieg bekanntlich als Bürgerkrieg der Europäer angesehen, und das ist durchaus verständlich. Die Arbeit des MfAA schlägt infolgedessen um in den Kampf mit einem Labyrinth voller Fallen und Rätsel, denn als sei es des Gesagten nicht genug, kommen neue Berichte und neue Expeditionen, und sind den Missionen der Diplomatie gar noch solche des Handels beigegeben, denen es weniger um historische Wahrheit und in erster Linie um den Umsatz geht, dann sind neuerlich sehr feine Fäden zu spinnen. Und glaubt man dann fest, vor Ort alles stimmig zu haben, kommt es zu Ein- und Umbrüchen, und der ganze Laden fängt von vorne an: Die Denkmäler der bisherigen Hüter von Wald und Flur fliegen von den Sockeln, als Nationalhelden und Vorbilder erweisen sich plötzlich die frevlerischen Dämonen und Ungeheuer, Lobgesänge und die in alle Ewigkeit das Verdienst von Mon- oder Polyarchen preisenden Schriften büßen ihre Aktualität ein, und wie stünde der Erdendiplomat da, wenn er bei der Überreichung der Beglaubigungsschreiben merken müßte, daß er die WENDE verpaßt hat!

Von all den Erklärungen verstört, konnte ich mich nicht der Frage enthalten, ob die Erde denn tatsächlich schon Beziehungen mit solch einem Planetenrudel aufgenommen habe und dem MfAA dadurch die äußeren Schwierigkeiten bereite. Im Institut habe man mir die laufenden Arbeiten als reines Vorbereitungstraining hingestellt.

Strümpfli sah mich zunächst einmal an, als hätte er sich verhört. Dann klärte er mich – deutlich artikulierend, damit ich auch alles begreife – über den Widersinn auf, der in meiner Frage steckte. Das Ministerium für Außerirdische Angelegenheiten hielt sich in seiner Amtsführung an die vorliegenden Akten. Das war alles. Nur wenn einer von Amtsführung nicht die blasseste Ahnung hat, kann es ihm vorkommen, als stecke in dieser Dienstordnung etwas Außergewöhnliches, Unausgegorenes oder schlechtweg Schrulliges. Dabei setzt sich doch die gesamte politische Geschichte der Erde aus Fehlern und deren Konsequenzen zusammen: Seit im Morgengrauen der Geschichtsschreibung die ersten Staaten erschienen, setzten sie stets nur auf die falsche Karte und taten das, was NICHT in ihrem wohlverstandenen Interesse lag. Politik besteht also in der falschen Einschätzung des Gegners, viel öfter aber darin, sich infolge von Fehldeutungen und Geistesträgheit aus potentiellen Freunden Feinde zu schaffen. Sowohl Aggressionen als auch Niederlagen können unweigerlich nur Fehlantizipationen entsprungen sein, denn in der Regel haben die Besiegten nach der Katastrophe besser dagestanden als die Sieger – wenn nicht sogleich, dann doch nach einiger Zeit. Politik betrifft also Ereignisse, die in der Zukunft liegen und nicht völlig vorhersehbar sind. Ein Politiker ist erfahren, wenn er das weiß und das Seine tut – aus Patriotismus, Pflichtgefühl oder höherer geschichtlicher Notwendigkeit.

Das Ministerium für Außerirdische Angelegenheiten hat also keinen anderen Weg beschritten, als ihn jedes Auswärtige Erdenamt geht, nur daß eben in seinem Falle die unvermeidliche Amtsfehlerspanne astronomische Größenordnung hat. Ob ich denn nicht wisse, fragte Strümpfli, daß Krisenentscheidungen, die Weltkriege ausgelöst haben, an Tischen getroffen wurden, von denen man zuvor alle Dokumente gewischt hatte, die unumstößlich bewiesen, daß Kriegserklärungen völlig den Zweck verfehlten? Welche Bedeutung kann es also haben, ob solche Berichte oder Dokumente Echtheits- oder Phantomwert haben? Wie sollte sich dieser Unterschied auf die Amtsführung auswirken?

Nachdem ich in gütigem, gleichwohl kategorischem Tone diese Maßregelung erfahren hatte, warnte mich Strümpfli davor, den Hauptkatalog auch nur anzurühren; selbiger habe mehr als 40 000 Positionen, und ich würde mich darin nur verlieren. Er gab mir ein Blatt mit den wichtigsten Titeln (die hatte der freundliche Magister herausgeschrieben), klopfte mir auf die Schulter, grinste und ging nach Hause. Ich blieb Auge in Auge mit der Nacht und dem Labyrinth der Bibliothek.

Das Verzeichnis des Geheimrats wie den Faden der Ariadne zwischen den Fingern haltend, schwankte ich einen Moment zwischen der Thermoskanne und dem Flachmann. Am Ende nahm ich doch einen Schluck Kognak, hier war Mut gefragt, ich krempelte die Ärmel auf, im wahrsten Sinne des Wortes: Auf den Uraltberichten lag eine Matte von Staub, und das Hemd wollte ich mir nicht dreckig machen. Selbst an diesem Ort schien über mir unsichtbar der Stänkergeist der Zugeherin zu walten.

Die Liste in meiner Hand verwies auf die »Allgemeine Geschichte«, verfaßt von Msims Pittiliquaster, einem losannischen Urgeschichtler. Ich griff mir aus reiner Neugier das älteste Aktenbündel. Es war vergilbt und dünn. Ein schmuddeliges Blatt trug schlampig aufgeklebte Papierstreifen vom Fernschreiber. Ich senkte das Haupt vor dem ehrwürdigen Text und entzifferte mit einiger Mühe die ausgeblichenen Lettern:

KALB. GAMMA. SCHEISSPLANET ABER GOTTSEIDANK UNBEWOHNT IM PERIHELIUM SUMPF IM APHELIUM EIS STOP EINE EINZIGE BESCHISSENE ENTROPIE STOP BESATZUNG HAT SCHNAUZE VOLL STOP EIN PARSEK NEHMEN WIR NOCH MIT DANN NICHTS WIE AB NACH HAUSE UND AUF DER WERFT MACHEN WIR RABATZ STOP ENDE

Das Ganze war mit Rotstift kreuz und quer durchgestrichen und darunter handschriftlich vermerkt: »Planet sechs ist bewohnt. Stelle Antrag, diesen Bummelanten die Prämie zu streichen.« Und eine unleserliche Unterschrift.

Ich sah mir das archaische Astrofernschreiben noch einmal an, und es fiel mir wie Schuppen von den Augen: Der Name ENTEROPIEN kam in gerade Linie von jener »beschissenen Entropie« und einem Abschreibfehler her.

Es gab da noch ein anderes Blatt, einen Dienstreiseauftrag. Er hing per Büroklammer mit einer Hotelrechnung zusammen, die einen dicken blauen Stempel trug: »NICHT ABRECHENBAR!« Auf die Rückseite hatte jemand hastige Zeilen geworfen: »Per Kurier mit Immunität. Satellit der Nummer Sechs ist Tarnsyntellit, möglicherweise Fremdlingsabfangdistraktor, leerräumig, im Bedarfsfalle aufblasbar. Vorsicht, da wegen KURDEL-Modellen hiesigenseits teilweise als Provokationsmond angesehen! Einzelheiten siehe mein Aidemémoire TZG/56 Eps. Tue mein Bestes. Nicht aktenkundig machen. Keinerlei Verlautbarungen. Keine Rückfragen. Nach Erhalt dem Feuer übergeben. Asche in kollektiver Aktion verstreuen.« Darunter stand wohl auch eine Unterschrift, aber sie war verdeckt durch einen orangeroten Aufkleber mit dem Vermerk: ALS VERSCHLUSSACHE ZU BEHANDELN!

Mit einem Seufzer der Erleichterung ließ ich diese Urschrift sausen: Ich hatte mich ja gar nicht blamiert, wenn ich diesen fliegenden Lunapark für den eigentlichen Planeten gehalten hatte, wo er doch extra als Lock- und Abfangsatellit aufgebaut war! Gleichzeitig hoffte ich hier endlich das Geheimnis der Sepulken kennenzulernen, das mich seit Jahren beschäftigte. Als ich jedoch die hohen Bücherwände und die unter Verschluß gehaltenen Schriften (der Rat hatte mir einen dicken Schlüsselbund dagelassen) überblickte, kam ich zu der Erkenntnis, daß mir nichts in den Schoß fallen würde.

Die nächste Mappe, die ich aufschlug, trug ebenfalls eine dicke Staubschicht. Ich stellte sie auch unverzüglich zurück, denn sie enthielt Krankheitsgeschichten aus einer psychiatrischen Klinik. Erstaunt dachte ich darüber nach, was sie hierher verschlagen haben könnte, als mir ein neuer Gedanke kam. Ich entnahm der Akte ein Bündel vergilbter Blätter und blätterte sie im Stehen durch. Ein ärztliches Attest bescheinigte der Besatzung des »Rhamphornychus« eine kollektive halluzinatorische Psychose, progressiven Dementivkomplex und eine beträchtliche gegen die Umwelt gerichtete Aggressivität, die sich in tätlicher Widersetzlichkeit gegen Therapeuten und Pflegepersonal äußerte. Die Diagnose akzeptierte das Leiden als Berufskrankheit und befürwortete die Zuerkennung von Invalidenrenten.

Der »Rhamphornychus« hatte mit Hilfe zweier Landefähren das seismische Hochplateau der Nordhalbkugel und die großen Feuchtniederungen der gemäßigten Zone erkunden sollen. Die Hervorbringungen beider Forschergruppen waren sich in ihrer Halsstarrigkeit so gleich, wie sie sich dem Inhalt nach unterschieden. Die Männer von der Sumpferkundung behaupteten, die Bewohner des Planeten brächten die Tage bis zum Hals im Schlamme zu, kröchen gegen Abend jedoch auf einen trockenen Platz, wo sie, fortwährend unter verhaltenem Gesang, wie die Bodenakrobaten im Zirkus lebende Säulen bildeten, die wiederum von anderen erstiegen würden, bis eine gewisse Zahl starker Beine enstanden sei. Das Klettern dauere solange fort, bis man, durch Arme und Beine verschränkt, zwischen den einzelnen Säulen Brücken schlagen könne und das Ebenbild eines hängebauchigen Elefanten oder Mammuts entstehe. In solch vereinter Gestalt entferne man sich sodann, ein Lied auf den Lippen, mit unbekanntem Ziel. Versuche, die unterwegs Heruntergefallenen zu befragen, schlugen trotz Einsatzes stärkster Translatoren fehl. Die der Befragung Unterzogenen stürzten sich in Akten der Verweigerung kopfüber in den Sumpf. Abgerissenen Schreien war lediglich zu entnehmen, daß sich das im allgemeinen Clinch von ihnen gebildete Riesengeschöpf Kurile, Kuratel oder Kuranze nannte. Dennoch sei nicht auszuschließen, daß sie selbst sich als Kurlasten oder Kurlotten bezeichnen.

Bedeutend reichhaltiger war der an den Mitgliedern der Nordgruppe gewonnene Psychosebefund. Einige der Kundschafter wollten in einen großen Gebäudekomplex eingedrungen sein, der weder Türen noch Fenster besaß, dessen Wände sich aber als durchlässig erwiesen, wenn man nur den Mut aufbrachte, kräftig dagegen anzurennen. Noch bevor sie zur Suche nach Eingeborenen ausschwärmen konnten, wurden sie von Watte, lose zusammengenähten oder auch nur gehefteten Kleidungsstücken in der Art von Wattejacken angegriffen, die, zahlenmäßig überlegen, die Expeditionsteilnehmer aufs Dach drängten, von wo aus ein taktisches Rückzugsmanöver die Rückkehr zur Landefähre ermöglichte. Andere behaupteten, mehr Erfolg gehabt zu haben. Sie waren in einem großen Park voller träge dahinstreunender Bäume auf eine Gruppe kleiner Ureinwohner und zwei oder drei größere gestoßen. Die letzteren waren sofort ausgerissen. Die Kleinen hingegen, die man für eine Schulklasse halten mußte, zeigten weder Furcht noch Überraschung und suchten mit den Kundschaftern in ein Gespräch zu kommen, was insofern fehlschlug, als die Translatoren keine Worte, sondern plärrende Laute von sich gaben. Dennoch nahmen die vermeintlichen Kinder bereitwillig zu einem Gruppenbild mit Menschen Aufstellung und beschenkten die Gäste zum Abschied mit zahlreichen rätselhaften Gegenständen. Die Kundschafter mußten jedoch den Rückzug antreten, da sie Alarmsignale ihrer in die Sümpfe entsandten Kollegen empfingen. Die Fotos waren nichts geworden, schon an Bord des »Rhamphornychus« stellte man fest, daß die Kameras Schäden erlitten hatten, wie sie unter Einwirkung hoher Temperaturen auftreten. Die Linsen waren geborsten, die Filme geschmolzen. Auf die Frage, was aus den vorgeblichen Geschenken geworden sei, antworteten die Expeditionsteilnehmer, in den Kisten, in denen man sie verstaut habe, sei nichts zu finden gewesen als eine Handvoll graues Pulver.

Keiner der Untersuchten hatte das Gefühl, psychisch krank zu sein – eine Diagnose, die keineswegs übereilt gestellt wurde. Durch Experimente wies man nach, daß die Fotoapparate einer starken Hitze – vermutlich in den Backröhren der Raumschiffküche – ausgesetzt worden waren. Die Kranken bestritten das. Die spektroskopische und chromatographische Analyse des Pulvers, in das sich die Geschenke verwandelt haben sollten, erbrachte Bestandteile, wie sie in jedwedem Kehricht und Müll zu finden sind. Die Kranken blieben, obgleich jene so sorgfältig durchgeführten Analysen ihre Worte Lügen straften, fest bei der Behauptung, sie seien Planetenbewohnern begegnet, die von weitem Menschengestalt gehabt, aus der Nähe indessen eher der Kreuzung eines Straußen oder Emus mit einem zuvor starken Entfettungskuren unterzogenen Pinguin geglichen haben. Sie könnten Schritt vor Schritt setzen wie die Menschen, sich aber ebenso gut im Schlußsprung fortbewegen wie hüpfende Spatzen oder Kinder beim Kästchenspringen. Wie Menschen könnten sie nicht sitzen, da ihre Kniegelenke wie bei den Vögeln nach hinten knicken, und so müßten sie kauern, wenn sie ruhen wollten. Der äußere Habitus sei bunt, die Gesichter annehmbar, also offensichtlich Masken, unter denen ein recht abstoßendes Antlitz zutage trete – eine breite Stirn, weit auseinanderstehende, kugelrunde Augen und dort, wo bei uns Mund und Nase sitzen, ein horniger Höcker, von Nüstern durchlöchert. Die Unglücklichen wurden auf die Isolierstation der Klinik verlegt, aber dort nahm ihre Aggressivität noch beträchtlich zu. In einem Verzeichnis war aufgelistet, welche Geräte, Anlagen und Einrichtungsgegenstände bei ihren Tobsuchtsanfällen zu Bruch gegangen waren.

Der zur Untersuchung des Falles eingesetzte Ausschuß prüfte achtundvierzig Hypothesen und sprach die Möglichkeit an, es könne sich um den massiven Ausbruch einer Massenpsychose handeln, vorsätzlich induziert von einer fremden Zivilisation, die sich vor unerwünschten Eingriffen zu schützen sucht. Der Planet wurde daraufhin mit Quarantäne belegt, alles hinterher gespeicherte Material entstammte ausschließlich Funkkontakten mit den dafür typischen Zeitnachläufen. Ich war eigentlich richtig froh, als ich in den Geheimberichten diese Stelle fand. Alle weiteren Informationen über die Entia und die Entianer stammten also von den Betroffenen selbst und waren demnach nicht entstellt durch Vorurteile, wie Menschen sie zu hätscheln pflegen. Dennoch blieb mir eine lange, schwere Arbeit nicht erspart: Die Entianer hatten sich in kosmischer Nächstenliebe nicht überbieten lassen und per Funk Druckerzeugnisse en masse überstellt – Hand- und Lehrbücher, Programme und Manifeste, sogar Tageszeitungen und anderes Blättergeflatter.

Ich hielt es für die vernünftigste Lösung, bei den Geschichtswerken anzufangen, und zwar den ältesten. Vielleicht ließ sich die natürliche, also soziale und damit auch intellektuelle Zuchtwahl der unbekannten Geschöpfe so am besten verfolgen! Der Schauplatz meines Ringens mit dem Schriftenwust wurde der Schreibtisch, ordentlich im Lichte der herabgezogenen Lampe liegend. Links von der Thermoskanne, rechts von den Keksen flankiert, nahm ich mir den ersten Titel vor. Dazu stand im günstigstgelegenen Schubfach die Kognakflasche, entkorkt und blindlings greifbar, so daß ich den Blick im Fall der Fälle nicht von den dicht bedruckten Seiten loszureißen brauchte.

Über der ganzen Bibliothek war Ruh, nur über den raschelnd umgeblätterten Seiten rührte sich mancher Hauch, der im Ablauf der Stunden zum Ächzen und Stöhnen schwoll – da hatte ich mir vielleicht was aufgeladen! Meiner Gewohnheit nach sah ich zunächst das am Ende des studierten Werkes stehende Quellenverzeichnis durch. Es gab mir viel zu denken, denn die Namen der Gelehrten, die der entianische Historiker zitiert hatte, lauteten: Tzirrtzuwarraquax, Tirrlitriplirrlipitt, Quiquixix, Quorrstiorrquiorr, Zwidtderduduck u. ä. Nur keine voreiligen Schlüsse! dachte ich und sah mir das Titelblatt an.

Es war die »Allgemeine Geschichte der Entia«, verfaßt von dem angeblich hochbedeutenden kurdländischen Historiker Quaquerli. Der Geheimrat hatte mir das Werk zwar als akzeptablen Einstieg ins weitere Studium empfohlen, aber als ich diesen Namen las, spürte ich im Kopf ein irres Zucken: Hatte Strümpfli mir diesen Hinweis gegeben, weil Quaquerli so schweizerisch klang? Blödsinn, natürlich, aber doch Zeugnis meiner Geistesverfassung...

Ich folgte dem Rat, weil er mir vernünftig schien. Ich hätte freilich nicht urteilen können, ob der kurdländische oder der losannische Teil der Charge weniger verständlich war, aber mein Inneres sagte mir, daß die einmalig verschrobene Kultur der Staatsschreitwerke als bewohnter Lebewesen naturverbundener und damit wenig künstlich sein muß als eine Zivilisation, die so hoch ist, daß sie sogar das Erdreich vergeistigt. Die Natur sollte durch ihre kosmische Universalität das Bindeglied sein und das Tor in eine fremde Geschichte aufstoßen. Man hätte meinen sollen, ich hätte mich gierig über die dicke Schwarte hergemacht und Seite um Seite verschlungen, aber nein, ich zauderte, unschlüssig wie ein Winterbadegast vor dem Sprung ins Eisloch!

Ich atmete tief durch, dann ging ich an die Lektüre.

Den Ursprung des Lebens auf der Entia beschrieb Quaquerli mit hoher Gelehrsamkeit, obwohl er recht simple Erklärungen fand. Leben entsteht seiner Ansicht nach überall auf gleiche Weise. Zuerst muß in unsäglich langsamer Entwicklung der Ozean in Ufernähe zu einem zähen Schleim gelieren, der jahrhunderte- oder gar jahrtausendelang von sanften Wellen geknetet wird, ehe sich daraus ein kontraktiler Brei entwickelt, der nach ungezählten verschlungenen Abenteuern an eine Stelle schwappt, wo sein Parenchym zu einem einigermaßen haltbaren Gerüst verkalkt. Quaquerli behauptete, auf den einzelnen Himmelskörpern entstünden gemäß den lokalen Gegebenheiten verschiedene höhere Wesen, die nach ihren Haupttypen in Fleucher, Kreucher und Säuger einzuteilen seien. Auch die Vermehrung erfolge in verschiedener Weise durch Reibung, Bestäubung, Knospung und – allerdings höchst selten, geradezu im Ausnahmefall – durch die sogenannte Verspundung, zu der es auf der Entia, da diese zu den normalen Planeten gehört, nicht gekommen ist.

Die Entianer stammen von den Schreitvögeln ab und nennen sich Menschen. Manche Entropologen führen diese Bezeichung auf die Fortbewegungsart zurück, als der Morast, endlose Sümpfe und riesige Wasserflächen hier die Wiege des Lebens waren. Dies erklärt sich aus der Geographie des Ortes. Die Entia umkreist ihre Sonne auf einer stark elliptischen Bahn und wird im Aphelium von schlimmem Frost erfaßt. Der Ozean zieht sich in großen seichten Lagunen an den Küsten hin, im Innern des sumpfigen, aber hochaufragenden seismischen Plateaus liefern Vulkane die heilbringende Wärme, die die Moräste zeitweise trockenlegt. Trotzdem wurde diese heiße Zone von allem Lebenden gemieden – abgeschreckt von den unablässigen Vulkan- und Schwefeleruptionen, den siedenden Geysiren. Das Leben hatte also einen Kompromiß einzugehen, sich anzusiedeln zwischen dem Eis des Ozeans und den Vulkanen der Taraxis: im Gebiet des Moorzeans. Dort wurden aus den Schlurchen die Lurche, aus den Lurchen die Durch- und Fehlkriecher. Die letzteren kamen, wie schon der Name andeutet, um und nicht ins Warme und Trockene, aus den ersteren aber gingen die Schlammlinge hervor. Die Schlammlinge zeugten die Schlämmer, deren Beine noch zu kurz waren, und wer dort kurze Beine hat, bleibt sofort stecken und verhungert. Die Schlämmer verwandelten sich in Schlammler, Schlamper und Schlammasseln. Auch einen Springschlamps gab es, der sich jedoch als Blindzweig am Stammbaum erwies, denn er blickte nicht durch und ging ein.

Dann kam die Entwicklung für eine Jahrmillion zum Stillstand. Die Fortpflanzung im schlierigen kalten Sumpf bot wenig Vergnügen, die Männchen taten meist nur so, als gingen sie ans Werk, während sie die Weibchen in Wirklichkeit eher als Wärmflaschen benutzten. Der dortige Sumpf ist unwahrscheinlich klebrig, so daß die Horden nicht mehr auseinanderkamen. Es ist leicht begreiflich, daß dadurch aus einem Paar ein Vierling und aus diesem ein Achtling wurde. Das setzte sich fort, die folgenden Generationen wuchsen sich aus zu Eidechsen, Zweidechsen, Dreidechsen und schließlich den Echsen schlechthin. Vorerst handelte es sich um Feuchtdrachen, aus denen später die Kurdel hervorgingen. Zwar hatten diese Drachen rechtschaffene Beine, deren Durchschnittslänge zwischen sechs und neun Metern lag, aber selbst das war zu wenig, um den Rumpf über dem Sumpfspiegel zu halten, und so waren Schwanz und Bauch stets naß und dreckig. Da der Schlamm zudem noch ekelhaft kalt war, suchten sich die Feuchtdrachen dadurch zu retten, daß sie ihre Körpertemperatur in die Höhe trieben. Natürlich war das kein bewußter Vorgang, dazu waren diese Tiere viel zu blöde, sondern Folge der natürlichen Zuchtwahl durch die Wärmsten. Immerhin ließ sich der Stoffwechsel in dieser Weise nicht weiter anheizen, die Drachen hätten sich am Ende selber gesotten, und so gab eine neuerliche Mutation dem Gasausstoß durch den Rachen den Vorzug. Durch Zähneknirschen (oder -klappern) entzündete sich dieses Gas ähnlich dem bei uns auf feuchten Torffeldern auftretenden Sumpfgas. Seither spie der Drachen Feuer, um Erkältungen vorzubeugen und sich ordentlich trokkenzuhalten. Als noch günstiger erwies sich die Partnertrocknung: Zwei Drachen stellten sich voreinander auf und bliesen aufeinander ein, die Uranfänge des Altruismus. Diese ersten pyrophoren Drachen waren noch nicht halb so groß wie ihr späterer Nachkomme, der Kurdel. Der gut getrocknete, angeräucherte Feuchtdrachen wurde zum eigentlichen Drachen oder Dörren. Dieser war es dann auch, der den Urentianern jenen Himmel ersetzte, dem Prometheus das Feuer stahl. Die dortigen Legenden sprechen von einem Heros, der Ähnliches geleistet hatte und Donnerklau genannt wurde. In Fallgruben gefangen, dienten solche Drachen auch zur Beheizung von Häuptlingsresidenzen.

Das aber trug sich erst Jahrmillionen später zu, während der Regierungszeit des Sagenkönigs Schlammfried. Mittlerweile pflegte in der Drachenherde ein gigantisches Leitbildexemplar zu gehen, das die kleineren Männchen voll im Griff hatte. Trieb es jedoch sein Spiel zu toll, so taten sich die Kleinen zusammen, täuschten einen Kopulationsakt vor, klommen zu dritt oder zu viert aufeinander und wurden dank so geeinter Kräfte mit dem Großen fertig. Der Evolution der Feuchtdrachen lag eine bestimmte Dialektik zugrunde: Vermehrten sich die Tiere zu stark, trampelten sie alles, ob Sumpf, ob Land, zu Beton, auf dem nichts mehr wuchs, sie fanden nichts zu fressen und verhungerten. Daraufhin kam wieder der Pfühl in die Vorhand, alles wurde sumpfig, die Morastpflanzen gediehen, und der ganze Zyklus begann von vorn.

Wenn das Futter knapp wurde, fraßen die Drachen sich gegenseitig auf. Da sie sich zuvor heftig mit Feuer bespien, kamen sie auf den Geschmack und gewöhnten sich an Gebratenes. Es war der Kannibalismus der Drachen, der dann auch zur Entstehung der Kurdel führte: Der Urkurdel ist nichts anderes als ein Drachen, der sich maßlos überfressen hat. Im Hinblick auf seinen Gigantismus erwies der Urkurdel sich allerdings als evolutionsunfähig. Er hatte Schwierigkeiten, herauszufinden, wo er selber sein Ende und etwas anderes, nicht weniger Eßbares, den Anfang nahm, folglich war der beim Schwanz beginnende Selbstverzehr eine häufige Erscheinung. Paläontologische Ausgrabungen liefern den Beweis, daß der selbstverfressene Urkurdel durch übermäßigen Genuß seiner selbst schwere Schäden am Knochenbau davontrug und daran einging.

Aus Furcht vor dem bereits kurdlierenden Großdrachen schoben ihm die Kleinen vorsätzlich Exemplare unter, die infolge langwährenden Suhlens in Sumpfkräutern, etwa dem Vehementen Reiherlolch, dem Krämpfigen Erbrichmeinnicht oder der Wiederkehrenden Kotzelwurz, wie ein Brechmittel wirkten. Diese Unterschiebung von Kotzechsen nannte sich Nausierung, die untergeschobenen Exemplare hießen Nauseaten.

Der gesamten Gattung drohte jedoch eine doppelte Gefahr. Der übergroß geratene Kurdel begann sich an den entferntesten Körperstellen selber anzufressen, während der zu klein geratene sich infolge der diesen Tieren eigenen Weitsichtigkeit selber nicht mehr wahrnahm, in der Annahme, es gebe ihn nicht, das Fressen einstellte und krepierte. An diesem Punkt kreuzte sich das entwicklungsgeschichtliche Los der Kurdel definitiv mit der Sozialevolution der Entianer, und das Ergebnis ist unerhört und in der ganzen Milchstraße einmalig!

Im Eolithikum, der dortigen Steinzeit, verehrten die Urentianer die Kurdel trotz deren Scheußlichkeit als göttliche Geschöpfe. Daher hat die kurdelianische Symbolik einen festen Platz im Zeughaus der Mythologie, der Legenden und Überlieferungen, daher auch die Kurdelei, das spätere Wort für den Staat. Schon damals kam es vor, daß die Kurdel Menschen verschlangen, folglich rieben sich die Urentianer, um einem solchen Tod zu entgehen, in der Wildnis der Sümpfe mit einer Paste ein, aus Kräutern gewonnen, die sie den kleinen Nauseaten klauten. Sie hatten nämlich spitzgekriegt, in welchen Pflanzen sich solch ein Vieh wälzte, ehe es sich dem Kurdel als Köder für kannibalische Akte hingab. Wer, vom Kurdel verschlungen, wieder heil herauskam, genoß besondere Ehren, da er die sogenannte Schlundweihe bestanden hatte. Wenn man also den Kurdeln Menschenopfer brachte, erhielten die Betroffenen unter Kultgesang die Salbung, so daß der Kurdel das Opfer zwar annahm, es aber voller Ekel sogleich wieder ausspie. Darüber freilich, ob man immer so vorging, besteht keine Gewißheit. Die Kandidaten sollen sich

– auf eigene Faust und illegal – bei den Medizinmännern ihrer Stämme mit dem übelkeitserregenden Kräutersud eingedeckt und damit eine allgemeine Korruption herbeigeführt haben: In manchen Gegenden nämlich galt die Rückgabe des Opfers durch den Kurdel als böses Omen. In anderen Regionen wiederum wurde die Schlundweihe allein den Schamanen oder den Häuptlingen zuteil, woraus der Brauch sich ableitete, daß Bewerber um Führungsstellen sich vom Kurdel verschlucken lassen mußten. Ohne die Schlundweihe war nichts zu machen, wer zagen Herzens war und sich nicht vereinnahmen lassen wollte, ging der Chance verlustig, in der Gemeinde ein Amt von einiger Bedeutung bekleiden zu dürfen. Die im Kote hausenden Urentianer nannten sich schon damals Manschen. Ihre Glaubensbekenntnisse müssen uns sehr komisch vorkommen. Höchste Verehrung genoß der Kurdel, der sich selber auffraß, denn man sah darin eine Potenzierung (wenn der Kurdel als ein göttliches Wesen sich mit sich selber füllte, erhob er sich zur Gottheit im Quadrat!). Der Olymp der menschlichen Antike war wegen der Formen- und Schicksalsvielfalt der Kurdel schlechtweg übervölkert. Der hungerleidende Kurdel beispielsweise wird immer kleiner und tollwütiger, er kommt auf den Hund und wird zum Hundrel. Daraus entstehen die Hundlinge, und diese, nicht die Nachbarn, sind es, die bei Nacht die Gehöfte verdrecken. Der Hukurdel wiederum ist ein Kurdel, der einen Hundrel gefressen hat, davon zwar tollwütig, aber nicht kleiner geworden ist. Er lauert Reisenden auf, denen er Rätsel aufgibt, die nicht lösbar sind, weil er, da er stark nuschelt, nicht zu verstehen ist. Im frühen Mittelalter galt der Name »Kurdel« den Manschen als heilig, er durfte nicht genannt werden, und so bekamen die Ungeheuer Ersatznamen wie Doerdel, Brrrdl, Merdel u. ä.

Die Heldensagen berichten von Tapferen, die sich durch Zauberei ein- und auskurdelten, woraus gar Ketzereien entsprangen, die die Zeichen des bisherigen Glaubens umkehrten und den Kurdel zur Verkörperung alles Bösen und Schändlichen erklärten, zum höllengeborenen Monster (die Höllenpforten sah man in den Kratern der Vulkane). Das Mittelalter hielt auf der Entia achtmal so lange an wie auf Erden und beeinflußte dadurch schwerwiegend die fernere Entwicklung der

Manschenkultur. In einer großen Hungerperiode setzte mit der Jagd auf die Kurdel der Prozeß der Verweltlichung ein. Ausgerüstet mit Säcken und Beuteln voller Brechkräuter ließ eine Gruppe von Kriegern sich verschlucken (man führte Wurfspieße und Lanzen mit, die sich teleskopartig ineinanderschieben ließen, damit sie dem Kurdel nicht im Halse steckenblieben), schmierte sich im Magen mit dem Extrakt ein und stach dem Tier in die Innereien, bis ihm schlecht wurde und es Koliken bekam. Einmal erbrach der Kurdel die Jäger zu früh, ein andermal kamen sie mit ihm um, und schließlich gab es Fälle, wo er alleine umkam und sie das Tageslicht wiedergewannen. Die solcherart bedrohte Art nahm daraufhin sonderbare Tarnformen an, manche Kurdel ließen sich von Gras oder sogar Gesträuch überwuchern, um das Aussehen von Kurganen, Stammvätergrabhügeln der Manschen, anzunehmen und damit unantastbar zu werden. Die Wissenschaft hat allerdings nicht feststellen können, ob diese Überlieferungen auch nur ein Hälmchen Wahrheit ziert.

Ich hätte vernünftigerweise bei der »Allgemeinen Geschichte der Entia« in der Version des kurdländischen Gelehrten bleiben sollen, aber er schimpfte an so vielen Stellen auf die losannischen Historiker, er versah ihre Namen mit schmückenden Beiwörtern wie »erbärmlicher Lügner«, »Geschichtsfälscher« oder »dämonischer Unhold«, daß ich einfach scharf auf die Gründe wurde, die solche Zornesausbrüche hervorgerufen hatten. Ich suchte mir einige ihrer Werke und legte Quaquerli vorläufig beiseite. Um die Stelle zu markieren, bis zu der ich gelesen hatte, steckte ich, da ich nichts anderes zur Hand hatte, mein Löffelchen zwischen die Seiten.

Zuerst nahm ich mir die »Mystifizierte Geschichte« vor, denn das war von allen Büchern das schmalste. Sein Verfasser war der losannische Kurdologe Arg Quarg Tralaqsarg. Von ihm erfuhr ich, daß es Klein-, Groß-, Feucht- und Dörrdrachen auf der Entia nie gegeben habe. Solches Urgefasel sei von einem bedeutenden Zweig der kurdländischen Wissenschaft aus gänzlich unwissenschaftlichen Gründen kritiklos übernommen worden. Auch gebe es keinerlei feuerspeiende Tiere, sondern völlig voneinander gesonderte Vorkommen von Irrlichtern, die durch Selbstzündung von Methangas über den Sümpfen erschienen, von Wasser und Land bewohnenden Amphibien und von Unterschlammvulkanen, wegen ihres Bullerns im Volksmund auch Bulkane genannt. Zufälliges zeitliches Miteinander dieser Phänomene ließ in den dumpfen Hirnen der Einheimischen schaurige Vorstellungen von Saurierschlachten reifen. Wissenschaftler der paläotischen Schule suchten dies in der Folgezeit in rationale Kategorien zu fassen und der Zippzirrwinschen Entwicklungslehre anzupassen. Sie wurden vom kurdländischen Propagandaministerium subventioniert, denn dem Vorsitzenden ist sehr daran gelegen, dem Nationalmobilismus auch außerhalb der Grenzen des Staatsschreitwerks einen guten Ruf zu verschaffen.

Dieser Autor wiederum polemisierte mit einem anderen, einem gewissen Quickxack, dessen paläontologische Schrift ich mir sogleich vornahm. Ich fand darin den gesamten Zyklus der Speisebreiverwertung im Kurdelmagen (eigentlich in den Mägen, denn es sind wohl derer sechs), den sogenannten Grapszyklus, sowie Spektralanalysen von Laborversuchen an jener Selbstentzündung. Daraus ging hervor, daß der Kurdel bei Magensäureunterproduktion Flammen in Hellorange von sich gibt, bei Magensäureüberschuß und Sodbrennen ein vom Blauen ins Violette spielendes Feuer speit und nach übermäßigem Genuß holziger Gewächse stark qualmt. Es gab dort auch Fotos von Personen, die im kurdländischen Urwald Fufari mit eigenen Augen einen lebendigen Urkurdel gesehen hatten, der bis über die Ohren im Sumpf steckte und schlief, nur die hornigen Nüstern herausgucken ließ und von Zeit zu Zeit so schwer stöhnte, daß er den Schluckauf bekam, den Schädel emporwarf und mit den Zähnen knirschte, daß Funken stoben, wovon wiederum Feuer aus dem Maul brach, begleitet von einem Donnern, als liefe ein Zweitaktdieselmotor. Das sollte der Beweis sein, daß er nicht erwachte, sondern im Schlaf Flammen spie.

Ich hätte auf den Fotos natürlich lieber den gähnenden Kurdel gesehen statt der Leute, die ihn so genau beobachtet hatten, aber die Schilderung war so präzise, daß man es dabei bewenden ließ, mochte Yx Quasserix Hetelent, der auf dem Planeten als größte Koryphäe der genetischen und morphologischen Kurdlistik galt, auch noch so unwiderlegbare Beweise vorlegen, die sich auf an seinem Institut an Kurdeln durchgeführte Versuche stützten und gegen die Existenz von Pyrosauriern sprachen. Man hatte den Tieren extra die Zähne spitz geschliffen, sie neben geröstetem Kork ausschließlich mit Hülsenfrüchten gefüttert und sogar versucht, sie mit flüchtigen, leicht brennbaren Flüssigkeiten vom Äther bis zum Benzin zu tränken, aber keines rülpste auch nur das kleinste Flämmchen heraus, und das Institut brannte allein aus Unachtsamkeit ab, die zuließ, daß sich ein von erbosten Anhängern der pyrosaurischen Hypothese gelegtes Feuer ausbreitete. Hetelent läßt – gewiß aus Loyalität gegen seine Kollegen – jedoch offen, ob diese nicht einfach durch Brandstiftung versucht haben, die negativen Versuchsergebnisse aus der Welt zu schaffen und rundheraus zu behaupten, Brandursache sei einer der untersuchten Kurdel gewesen.

Um das Maß vollzumachen, bestritt eben dieser Hetelent gar noch generell die Existenz der METROPOLECHSEN und behauptete, im Magen eines Kurdels müsse man unweigerlich ertrinken oder vom Gestank ersticken, und auch in den Luftsäcken könne es niemand auch nur fünf Minuten aushalten. Was die losannischen Touristen auf den vom kurdländischen Reisebüro veranstalteten Exkursionen besichtigten, sei ein perfide präpariertes Modell, sozusagen ein geruchloses Potemkinsches Dorf: Jedermann wisse doch, daß man sich selbst einem nur leise gurgelnden Kurdel keine zehn Schritt weit nähern könne, ohne von seinem Atem umgeworfen zu werden und asthmatische Krämpfe zu bekommen. Nach Hetelent gab es auf dem Planeten also weder feuerspeiende Drachen noch Stadtschreitwerke. Mit diesem Urteil sehe er seine Rolle als der wissenschaftlichen Erkenntnis ergebener Paläontologe erfüllt, alles übrige, also die Frage, weshalb die Kurdländer so auf der Existenz nichtexistenter Geschöpfe bestünden, sei Angelegenheit außerwissenschaftlicher Stellen und Instanzen.

Hetelents Stimme hat offenbar sowohl in Kurdland als auch in Losannien politischen Krakeel ausgelöst, denn es kam zu außerparlamentarischen Interpellationen in den Metropolechsen, zu heftigen Magenprotestkundgebungen, zu einer Debatte im losannischen Parlament und schließlich gar zu diplomatischen Verwicklungen, die dadurch beigelegt wurden, daß der losannische Regierungssprecher erklärte, für seine Regierung stehe die seinsbedingte Besiedelung von Kurdeln außer Frage, Wissenschaftler jedoch, die sich zu diesem Gegenstand äußerten, hätten als Privatpersonen zu gelten, die keine Vollmacht besäßen, programmatische Erklärungen abzugeben, was als objektive Wahrheit über den außenpolitischen Kurs eines Staates entscheide.

Regelrecht durchgedünstet von einer an Prinzipien aufgehängten Kontroverse suchte ich wieder Zuflucht bei Quaquerlis »Geschichte der Entia«, denn ich hatte Angst, jedweden Leitfaden und damit auch allen Halt auf dem glitschigen Boden der widerstreitenden wissenschaftlichen Weltanschauungen zu verlieren. Im zweiten Teil seiner Monumentalmonografie widmet sich Quaquerli den vernunftbegabten Bewohnern der Entia. Seine Darstellung ist recht prägnant: Es habe auf dem Planeten nicht nur eine Art vernünftiger Wesen gegeben, sondern zwei – nämlich die Zwinner und die Manschen bzw. Polker. Aus den Zwinnern entstanden die Losannier, aus den Manschen die Kurdländer. Die einen wie die anderen stammten von einer großen Schreitvogelart ab, ähnelten einander daher im anatomischen Bau, unterschieden sich jedoch grundsätzlich im Hinblick auf den Intellekt. Die Zwinner waren geil, süchtig nach Lastern und Freveln und überhaupt geistig unterentwickelt. Die Manschen hingegen nahmen eine glatte, günstige Entwicklung. Daher waren sie imstande, dank der Blüte der Astronomie auf Jahrhunderte im voraus den Eintritt des Planeten in einen Meteoritenschwarm zu erkennen (dessen Ursache war das Bersten des natürlichen Trabanten der Entia) und für diesen Fall Schutzbunker bereitzuhalten. Sie lebten damals gemeinsam mit den dumpfhirnigen Zwinnern, denen sie aus angeborener Barmherzigkeit oft genug die Nahrung zum Leben gaben, allerdings noch in den Sumpfniederungen, wo die Errichtung von Bauwerken nicht möglich war. Auch nach Norden, auf das vulkanische Hochplateau, konnten sie nicht ausweichen, sie lebten ja von der Jagd, und ihr Wild, die Kurdel, die sich von den Wasserpflanzen der Moore ernährten und nur hier lebensfähig waren, wären dort oben rasch ausgestorben. So bauten sie Archen Noah, die in ihrer Art einmalig waren: Wanderbasteien aus riesigen Knochen erlegter Kurdel, deren Fleisch sie verzehrt hatten. Dies war für sie die einzige Rettung. Millionen Jahre zuvor war bereits ein anderer kleinerer Mond des Planeten zerborsten und in den Hagelschlägen von Steinen niedergegangen; vernunftbegabte Primaten hatte es noch nicht gegeben, aber der Splitterregen verursachte eine Mutation der Urkurdel, auf deren Rücken nun mächtige Panzer versteinerter Kieselerde wuchsen. Dieses wird von den sogenannten Antimeteoritdrüsen abgesondert. Der Archäologe Ququerriqqu, ein anderer kurdländischer Gelehrter, beschreibt diese Organe auf der Grundlage von Höhlenmalereien, die sich im Gebiet des Vulkanplateaus erhalten haben.

Die letzten dieser Bunkerechsen starben aus, als die Manschenhorden in kühnen Zügen das Hochplateau eroberten und – wie Quiqueriqqi und Quaquerlak, ebenfalls Archäologe, behaupten – diese Kurdel zu melken lernten. Die Absonderung der Zitzen erstarrte nämlich und ergab, in Formen gegossen, einen sehr brauchbaren Silikatziegel. (Losannische Experten bezeichnen das einhellig als kompletten Schwindel und weisen darauf hin, daß diese Ziegel aus dem achten Jahrtausend des Altertums stammen und normal gebrannt, nicht aber gemolken waren.)

Als dann der Stroem, der durch das Bersten des zweiten Entia-Mondes verursachte Meteoritenregen, einsetzte, besaßen die Manschen also bereits Festungswerke auf Beinen. Es handelte sich dabei keineswegs um lebende Tiere, dies ist lediglich eine verleumderische Erfindung der plattköpfigen Losannier (also der Zwinner). Die von Natur aus barmherzigen Urpolker (Manschen) gestatteten den Losanniern, sich im Schwenkbereich der Schaukelburgen aufzuhalten, und in der Tat nomadisierte unter jedem Hängebauch eine Horde obdachloser Zwinner. Ich muß hier die Herkunft dieser zweifachen Nomenklatur (Polker – Zwinner / Manschen – Losannier) erklären. Sie ergibt sich daraus, daß es in Kurdland selbst zwei einander bekämpfende Schulen der Archäologie gibt, deren jede Dutzende Argumente vorbringt, um für die Anerkennung des einzig richtigen Namenspaares zu werben, und eine Einigung ist leider nicht in Sicht. Jene Stromer und

Vagabunden jedenfalls nährten sich von den Abfällen, die ihnen die biedersinnigen Bewohner des Kastellkurdels zukommen ließen. Von diesen Almosen am Leben gehalten, im schirmenden Schatten des Kurdels dahinziehend, kamen die Zwinner zu einem anderen Namen: Man nannte sie Losannier, denn sie liefen – im Gegensatz zu den Kurdelbesatzungen – lose herum.

Ein süßes Leben führten die Kurdländer deswegen noch lange nicht, sie schufteten von früh bis spät wie die Galeerensträflinge, indem sie durch hundertfach vereinte kollektive Anstrengung die gewaltigen Knochen in Bewegung, die Beine ihrer Fluchtburg in Gang hielten. Erst der Vorsitzende setzte dieser Fron ein Ende, als er höchstpersönlich die Bioingenieurskunst erfand. Er lehrte seine tapsigen Stammesbrüder, wie man unter seiner Führung die Kurdeljungen synthetisieren und mit Wachstumshormonen züchten kann. Dies hatte vortreffliche Wirkung, man gewann auf diese Weise die Synthekurdel und aus diesen wiederum die heutigen Metropolechsen, hervorragend eingerichtet, kanalisiert, komfortabel und sauber – schreitende Städte, die für ihre Bewohner eifrig Sorge tragen. Jedermann kann zu Spaziergängen oder aus anderen Bedürfnissen seinen Heimatkurdel verlassen und frei zurückkehren, als beträte er sein eigenes Haus. Der Stroem ist zwar längst versiegt, aber was kann es Bequemeres geben als das luxuriöse Zitadellmobil, das im Winter geheizt und im Sommer gekühlt wird, in dem man auf Reisen ist und alle Gegenden des Vaterlandes kennenlernt, ohne der häuslichen Umgebung entsagen zu müssen!

Was die Passierscheine und Reisepässe angeht, die zum zeitweiligen Verlassen des Kurdels berechtigen, so war deren Einführung aus rein administrativen Gründen unerläßlich: Den Aus- und Eingehenden sollte jedes Gedränge erspart werden. Außerdem wurde das Paß- und Meldewesen zur Notwendigkeit, als die heimtückischen Losannier sich, statt den Kurdländern lebenslängliche Dankbarkeit für die Lebensrettung vor dem Stroem zu erweisen, als Manschen verkleideten, wie rechtmäßig von einem Ausflug zurückkehrende Einwohner die Metropolechse betraten, um Unruhe zu stiften und die Moral zu untergraben, zumal in den Reihen der unerfahrenen Jugend, der sie einzureden suchten, die Lebensbedingungen außerhalb des Kurdels seien besser.

Nach einigen Jahrhunderten stahlen sich die Losannier, nachdem sie zusammengeklaut hatten, soviel sie tragen konnten, aus dem Sumpfland davon, hinauf auf das Nordplateau, dessen seismische Aktivität erloschen war, so daß sie dort Siedlungen bauen und einen eigenen Staat errichten konnten, der in jeder Hinsicht schlechter ist als die Kurdelei. Mittlerweile zog sich auch der Moorzean zurück, in den Feuchtzonen, den Watt- und Bruchlandschaften befestigte sich Kurdlistan, auf dem angrenzenden Hochplateau das Losannische Kaiserreich, das nachher zur Republik wurde. Die genaue Markierung der Staatsgrenzen erfolgte um das Jahr 900 vor der neuen Zeitrechnung. Interessanterweise wurden Kriege nach irdischem Muster – mit klar erkennbaren Front- und Truppenverschiebungen – auf der Entia kaum dreihundert Jahre lang geführt. Man verwarf sie zugunsten des permanenten, aber eben nicht offen geführten Kampfes, man schädigte einander durch Juckpulver, Heimtücke, Provokation, Sabotage und Diversion, wobei der Erstschlag jedesmal von Losannien ausging. (Ich merke hier nochmals an, daß ich den Ausführungen von Gelehrten aus Kurdland folge!) In losannischen Befehlsstäben erfand man damals neue Methoden zur Bekämpfung der Stadtschreitwerke, beispielsweise durch Einpflanzung eines fünften Beins, das die Funktion einer fünften Kolonne erfüllte. In schurkischer Arglist taten die Kerle, als wüßten sie nicht, daß die Kurdel bewohnt sind. Wenn losannische Kommandoeinheiten dem Kurdel also ein fünftes Bein einsetzten (derjenige, der das machte, trug die Berufsbezeichnung Beinsteller), wenn sie im Kurdelorganismus als sogenannte Desolatfaktionäre Chaos stifteten, indem sie beispielsweise den Schwanz des Tieres mit Appetitanregern einschmierten, so daß es sich von dort her aufzufressen begann, wenn sie bei umstürzlerischen Ballonaktionen den weidenden Kurdeln Gift vorwarfen und solcherart starke Magenkrämpfe hervorriefen, die zur Stülpkurdelei führten (der Kurdel kehrt dabei das Innere nach außen) – so richteten sich diese Angriffe offiziell nur gegen Tiere. Die Losannier nahmen ja deren kunststrukturierte, synthetische Genese nicht zur Kenntnis und stellten sich niederträchtigerweise hinter die Behauptung, von der Erfindung einer Bioingenieurskunst durch den Vorsitzenden könne keine Rede sein.

Erst das 22. Jahrhundert, das in etwa unserem 19. entspricht, führte eine grundsätzliche Wandlung der Beziehungen herbei. Diese Erkenntnis habe ich einer dreibändigen Arbeit von Prof. Dr. habil. Mzizimrqss, Mitglied der Kurdesken Akademie der Wissenschaften, zu verdanken. Losannien hatte damals den Weg der Industrialisierung beschritten, ein Unglück, dem Kurdland dank der weisen Lehren des Vorsitzenden entgangen war. Den ersten Impuls hatte die Erfindung der Drachenmaschine gegeben, deren Antrieb durch die Flammen erfolgte, die ein durch Berieselung gereizter Drachen aus dem Maule spie. Jeder einigermaßen betuchte Losannier verkaufte seinen Grundbesitz und legte den Erlös in feuerfesten Kurdeln an. Das gab den Anstoß zur Zucht. In kürzester Frist zog man feuerspendende, melkbare Intensivrassen, die bei der Eisenschmelze im Hüttenwesen, aber auch zu Heizungszwecken eingesetzt wurden. Die Kapitalisierung der Kurdel führte zur verstärkten Nachfrage nach Hochtemperatur-Dauerbrand-Exemplaren, der Versuch jedoch, emissonsfreie Kurdel zu züchten, schlug fehl. Die Herden vermehrten sich ungeheuer, und nach wenigen Jahrzehnten war die Umwelt total vergiftet. Da kam man auf die Idee, die Saurier, die der Volksmund inzwischen schon oft genug als Sauereien bezeichnete, zu zentralisieren: Wenige mächtige Exemplare qualmen weniger als das ganze Zwergengezücht. Von da wäre es nur ein Schritt zur Nationalisierung der gesamten Herden gewesen, es gab bereits ein Programm der sogenannten Optimalkommassation, aber die Wissenschaftler, die mit den Berechnungen befaßt waren, erklärten jedweden natürlichen Kurdel für untauglich.

Andere propagierten den stubenreinen Glutperpetuaten, der in einem geschlossenen System arbeitet, sich von dem ernährt, was er selbst ausscheidet, und nur gelegentlich Vitamin- und Aufbauspritzen braucht. Die einen jedoch krepierten oder wurden tollwütig und brachen durch die Schutzwälle nach Kurdland aus, andere büßten ganz und gar ihr Feuer ein, und einige kühlten sich im Verlauf der wissenschaftlichen Experimente bis weit unter den Nullpunkt ab. Der Versuch, sie kältetechnisch zu nutzen, mißlang infolge tiefkühlbedingten Aussterbens.

Eine Energiekrise drohte sich an, die Aktien der Gesellschaften mit beheizter Kurdlung gerieten über Nacht ins Schleudern, jedermann hamsterte nach Vermögen die letzten Schnullerlurcher, selbst dem Bau einer Weidemastschlampe galten verzweifelte Versuche – der Apparat sollte Gras fressen und die durch Gärung entstandenen Gase ins öffentliche Netz liefern. Aber auch das schlug fehl. Der Zusammenbruch Losanniens wurde erst durch die Atomenergie aufgehalten, deren Freisetzung übrigens mit dem Ungeschick erfolgte, das für alle Maßnahmen dieses Staates typisch ist.

Soweit der kurdländische Akademiker. Zu mehr hatte ich nicht die Kraft. Da er besonders auf einem losannischen Kollegen namens Pirrivitt herumhackte, dem er, ohne dessen Meinungen zu zitieren, nicht nur Läuse, sondern ganze Kurdel in den Pelz setzte, stöberte ich voller Neugier nach dem Werk des Losanniters. Der Titel des schmalen Buches lautete: »Mendosphäre oder Ethosphäre«. Voller Besorgnis schlug ich im Großen Fremdwörterbuch nach und erfuhr, daß des Titels erstes Wort aus dem Lateinischen stammte: *Mendax* heißt *Lügner.* Eingangs setzt sich der Verfasser mit der kurdländischen Version der Industrialisierung Losanniens auseinander. Er bezeichnete sie als einen einzigen Schwall böswilligen Unsinns: es habe im Kaiserreich (ein solches war Losannien damals noch) weder eine Zucht von Pyrosauriern noch eine Kapitalisierung von Drachen gegeben. Letzteres werde allein dadurch ad absurdum geführt, daß Kapital nicht etwas sein könne, das nicht vorhanden sei.

Auch habe es – entgegen allen Behauptungen der kurdländischen Seite – niemals den Versuch gegeben, Wohnungsbau durch Kurdelzucht zu ersetzen, schon gar nicht auf der Basis von Lizenzvergaben durch die Bioingenieure des Vorsitzenden (Wolkenkratzkurdel) oder durch diebischen Schleicherwerb kurdländischer Patente. All das sei von A bis Z einzig auf die Innenpolitik abgestellte Propaganda, die dem Zwecke diene, die unglücklichen, an den Kurdelgestängen fronenden Rudersklaven zu beschwichtigen, denen es versagt sei, aus dem Wanst ihrers Großrackers oder vielmehr Großkerkers, wie die Metropolechsen eigentlich heißen müßten, auch nur die Nase herauszustecken. Zwar sei auch Losannien von Schwierigkeiten und Krisenerscheinungen nicht verschont geblieben, doch seien diese gar nicht begreifbar von Geistern, die in ihrer Entwicklung auf der Stelle träten und akademische Grade durch Ernennung, nicht aber durch Wissen erworben hätten. Pirrivitt Pirritt wies nach, daß der kurdländische Akademiker nicht einmal promoviert hatte, sondern lediglich den Titel eines »Doctor honoris causa« trug und von den eigenen Schülern Doktor Kurdel genannt wurde. Das war eine derbe, aber klare Sprache. In den folgenden Kapiteln indes polemisierte Pirrivitt Pirritt mit losannischen Ethifikatoren und Hedomatikern, und davon begriff ich kaum etwas. Er erklärte die Ethifizierung der gesamten Umwelt als den einzig gangbaren Weg der Gesellschaft; die Fürsprecher der parzellierten Ethifikation, die nur öffentlich zugängliche Plätze und Gebäude moralverfestigen wollten, seien sich gar nicht der schauerlichen Konsequenzen bewußt, die ein solcher Schritt nach sich ziehen müßte. Die Feststellung, es gebe in der ganzen Galaxis auch nicht eine total vergripste Zivilisation, sei kein Argument contra rem, denn irgendein Gemeinwesen müsse in der Entwicklung am weitesten fortgeschritten sein, und dieses ehrenreiche wie schwere Schicksal sei den Losanniern zuteilgeworden, die damit die Straße für ihre Milch(straßen)brüder im Geiste bahnen!

Als dann Diagramme, Tabellen, mathematische Formeln und Schemata folgten, die mir wie Hieroglyphen vor den Augen schwammen, fühlte ich mich von der düsteren Ahnung beschlichen, daß ich nach Bewältigung dieses Buches mit seinem so schlagkräftigen Titel weniger wissen würde als vorher. Ich machte mich auf die Suche nach faßlichen Arbeiten, nach gemeinverständlichen Handbüchern, die auf der Erde verfaßt, von Menschen für Menschen geschrieben waren, aber hier fiel ich erst recht auf die Nase. Ich kramte ein Lehrbuch für Doktoranten der losannischen Geschichte hervor, eine von etwa zwanzig Spezialisten verfaßte Kollektivarbeit, das reinste Chinesisch, jedenfalls für einen wie mich, der nicht verstand, was er las, denn wie sollte ich auch etwas verstehen, wo jeden Moment Formelketten auftauchten, durchsetzt von Begriffen wie »Caudigramm«, »Entropeln«, »Antibits« und Abkürzungen wie ERIA (Entropie der Rechenmodule intelligenter Automaten). Unter dem vielversprechenden Titel »Expeditionen ins Innere der losannischen Wissenschaft« verbarg sich ein Text, der mir völlig dunkel blieb. Er handelte von Inspertiseorganisationen in halblebenden Gruppen mit außerkosmischer Hilfestellung.

Später sollte sich zeigen, daß alles einen ganz und gar gesunden Sinn hatte, aber in jener Nacht wurde es zur Höllenpein, mich packte die Wut, als ich nichts begriff, und immerhin lag zu meinen Füßen schon ein ganzer Bücherhaufen, an den Wänden standen noch unangetastet lange Regale, die ich mit der ohnmächtigen Wut eines Mannes ansah, der auf einen fahrenden Zug aufspringen muß, obwohl er weiß, daß er sich dabei das Genick brechen kann! An meinem Arm zerrte der gewaltige Wälzer des »Losannisch-kurdländischen Wörterbuchs«, ich verspürte eine brennende Lust, es zu Boden zu schmettern. Einem Choleriker wie mir hätte das keine geringe Erleichterung verschafft, aber ich bremste mich, ich griff mir nur einen in der Ecke stehenden Hutständer und rammte ihn wie einen Sturmbock gegen die eichene und daher haltbare Tür eines großen Aktenschrankes. Der Ständer splitterte, aber ich lehnte ihn so an die Wand, daß der abgebrochene Arm einen Halt fand und der Schaden nicht zu sehen war.

Nun könnte jemand meinen, ich sollte diese nächtlichen Randalen besser verschweigen, da sie weder meinen Nerven noch meiner Geistesschärfe ein gutes Zeugnis ausstellen. Ich bin jedoch der Ansicht, daß sich ein solcher Kritiker in einem schweren Irrtum befindet: Es kann nicht ohne Belang sein, zu wissen, *wie* man ein Wissender wird! Der Bruch des Hutständers hatte mir sehr wohlgetan, besänftigt schritt ich auf der Suche nach Lesestoff vor den Regalen auf und nieder und wählte aus, was mir ins Auge stach. Eben dadurch aber erwies auch diese Methode sich als unklug, ich merkte zu spät, daß ich nach den Büchern mit besonders schönem solidem Einband griff, und es ist doch nicht das Kleid, das den Körper ziert. Leider bot sich darin vorwiegend Lektüre für fortgeschrittene Losannisten, die einen in Verzweiflung stürzen konnte – ich hatte, was ich wollte, ich saß an der Quelle, die Schatzkammer alles Wissens über die Entia stand mir offen, aber ich konnte nichts damit anfangen. Ich fühlte mich sogar verlockt, den Geheimrat telefonisch aus dem Schlaf zu reißen und um Hilfe zu bitten, aber ich schämte mich, rieb mir den Schweiß von der Stirn, klatschte mir den Staub von den Händen und setzte zu einem neuen Angriff an.

Diesmal tat ich es weniger großspurig und nahm mir die »Einführung in die epistemische Melioration« vor. Mir schwante, dies könne mit Bodenkunde oder Kunstdünger nicht viel zu tun haben, und so war es auch. Ich erfuhr, daß Losannien im 22. Jahrhundert in eine schreckliche Krise geriet, hervorgerufen durch die Selbstverdunklung der Wissenschaft. Zuerst war immer öfter bekannt, daß das jeweils untersuchte Phänomen ganz bestimmt schon irgendwann von irgendwem genau erforscht worden war, nur wußte man nicht, wo man diese Forschungen zu suchen hatte. In geometrischer Progression splitterte sich die Wissenschaft in Spezialgebiete auf, und die Hauptanfälligkeit der Computer, die bereits im Megatonnenbereich lagen, war die sogenannte chronische Datenverstopfung. Man hatte ausgerechnet, daß es in fünfzig Jahren an den Universitäten nur noch Fahndungscomputer geben würde, solche also, die in den Mikrosystemen und Denkanlagen des gesamten Planeten aufzuspüren suchen, wo, in welchem Winkel welchen Maschinengedächtnisses die Information steckt, die für die laufenden Forschungen jeweils gebraucht wird. In Aufarbeitung jahrhundertelanger Versäumnisse entwickelte sich in atemberaubendem Tempo die Ignorantik, die Wissenschaft vom Wissensstand über das aktuelle Unwissen, eine bis kurz zuvor verachtete und gänzlich ignorierte Disziplin (mit der Ignorierung des Unwissens befaßte sich ein verwandter, aber deutlich getrennter Zweig, die Ignorantistik). Anständig zu wissen, was man nicht weiß, bedeutet ja, mancherlei über künftiges Wissen zu erfahren, und von dieser Seite her verwuchs dieser Zweig mit der Futurologie.

Dem Streckenpersonal oblag die Vermessung der Wegstrecken, die der Suchimpuls zurücklegen mußte, um die gewünschte Information zu erlangen. Die durchschnittliche Wartezeit belief sich, obgleich jener Impuls sich mit Lichtgeschwindigkeit fortbewegte, mittlerweile auf ein halbes Jahr. Verlängerte sich die Fahndungsstrecke innerhalb des Labyrinths der erworbenen Wissensgüter im gegenwärtigen Tempo, so hätten die Fachleute der nächsten Generation bereits 15 bis 16 Jahre zu warten, ehe ihnen die Spürmeute der Lichtsignale eine komplette Bibliografie für das beabsichtigte Unternehmen zusammengestellt hätte. Aber – wie unser Einstein einmal gesagt hat – niemand kratzt sich, wenn es ihn nicht juckt, und so entstand die Domäne erst der Experten für Suchkunde und nachher der sogenannten Insperten. Die Notwendigkeit rief eine Theorie der verdeckten Entdeckungen ins Leben, die Aufdeckung also von Entdeckungen, die durch andere Entdeckungen verdeckt worden sind.

So kam es zur Allgemeinen Ariadnologie (General Ariadnology) und zum Zeitalter der Expeditionen ins Innere der Wissenschaft. Diejenigen nun, die solche Ausflüge planten, hießen Insperten. Doch sie konnten nur kurzfristig Abhilfe schaffen, auch sie waren ja Wissenschaftler, und als solche hielten sie sich fest an der Inspertisetheorie mit den Fachgebieten Labyrinthik, Labyrinthistik (beide verhalten sich zueinander wie Statik und Statistik), umweggeführte und kurzgeschlossene Labyrinthografie sowie Labyrintholabyrinthik. Bei der letzteren handelt es sich um die außerkosmische Ariadnistik, angeblich ein hochinteressantes Gebiet. Es sieht das Universum als kleines Regal in einer riesigen Bibliothek, die real zwar nicht zu existieren braucht, aber das kann in der Theorie vernachlässigt werden, diese darf sich nicht interessieren für die physikalischen und demnach banalen Grenzen, die der Insploration, dem Primären Einstulpenden Selbstverzehr der Erkenntnis, von der Welt gesteckt werden. Diese scheußliche Ariadnistik sah nämlich derlei Einstulpungen ins Unendliche wachsen (die Suche von Daten, die Suche von Daten über die Suche von Daten usw. bis hin zu den außerendlichen Leistungsmengen des Continuums).

Interessant, nicht wahr? Ich hatte das Glück, Kopfschmerztabletten bei mir zu tragen. Die Ariadnistik postulierte den unendlich multidimensionalen, nichtmetrischen Raum der Informationsentropie, überall brachen Freude und Triumph aus, als der Beweis gelang, daß dieser Raum ABSOLUT GOTTKONGRUENT war. Damit ließ der HERRGOTT in seiner Allmächtigen Allwissenheit sich wenigstens definitorisch eingemeinden. Überdies erhellte daraus, daß jede geschaffene Welt sich aus solch einem quasigöttlichen Raum loslöst, ein winziges Bläschen, das unirgendlich wird. Und das sogar unvermeidlich.

Die Folgen waren abstrus, GOTT war voll durchgerechnet, sein Wesen mathematisch finalisiert – als System der Allwissenheit wohlgemerkt, rein abstrakt, nicht als PERSON, sondern als topologisch perfekte Absegnung Seiner Attribute. Dabei zeigte sich, daß jener außerendliche Raum doch Grenzen hatte, in die Reales freilich nicht hineinpaßte, der Kosmos schon gar nicht. Wie unschwer zu erraten ist, gab es keine religiöse Orthodoxie, die solch eine Beweisführung überhaupt zur Kenntnis genommen hätte. Jener transfinale Raum erwies sich als außerordentlich interessantes Feld für die Forschung. Für die Erkenntnis kam Praktisches nicht heraus, denn es ging ja um ein allwissendes System, ein solches also, in dem etwas als Information aufzuspüren unnötig und nicht einmal möglich war. (Man kann es, stark vereinfacht und naiv, auch so sagen: Allwissenheit ist gleichzeitig Voraussetzung und Eigenschaft dieses erstaunlichen Produkts abstrakten Denkens und weist keinerlei Schnittpunkte mit dem wirklichen Kosmos auf.) Es war gerade so, als habe jemand in seiner Wohnung ein Löffelchen verkramt und entwerfe, da es ihm nicht gleich wieder in die Hände fiel, einen Feldzugsplan, eine Idealordnung unfehlbaren Suchens, die natürlich sogleich umschlägt in ein System unfehlbaren Findens und folglich keinerlei Urteil über eine so banale Sache wie einen Teelöffel abgeben kann. Die Findkunde verhält sich zur Suchkunde in etwa wie die reine zur angewandten Mathematik.

Diese Trennung der allgemeinen in eine angewandte und eine abstrakte Ariadnologie verschlimmerte die Lage nur noch, denn je mächtiger ein Ariadnologe seines Verstandes war, um so mehr interessierte er sich für die Eigenschaften des Allausfindens, in Vernachlässigung banalen Stöberns in den Eingeweiden des planetaren Kunstgedächtnisses, dieses vollgestopften Wissensmagazins. Die Krise schien unheilbar, aber die Losannier wurden sie trotzdem los, ja, sie überwanden sie nicht auf dem einmal eingeschlagenen Weg, sondern sie entledigten sich ihrer, sie schütteten nicht das Kind mit dem Bade, sondern keck das Bad mit dem Kinde aus – damit waren sie die Wissenschaft los, jedenfalls in der Form, wie wir sie kennen. Seit einem reichlichen Jahrhundert gibt es auf Entia keine Gelehrten mehr, nur noch Leute, die Unterricht nehmen. Sie bekommen ihn nicht einmal von Hochleistungsdigitalrechnern, sondern schlicht von Gripsern.

Das Eindringen in die Gripsertechnik kostete mich sechs schlaflose Nächte, in denen ich meinem armen Hirn mit etlichen Litern Kaffee die Sporen gab. Gripser sind molekülgroße, dem bloßen Auge also unsichtbare Logosteilchen, von anderen Gripsern auf eine Weise hervorgebracht, die an das Entstehen von Eiweißkörpern im lebenden Organismus erinnert. Wir wollen die technische Seite hier jedoch beiseite lassen. Die Umwälzung traf die losannischen Wissenschaftler außerordentlich hart, ganze Lehrkörper endeten durch Selbstmord, als sich erwies, daß das Verfahren von Diplom- und sogar Habilarbeiten jeden Sinn verloren hatte und selbst der klügste Doktorand sich in der Lage eines Mannes befand, der mit Hilfe eines Faustkeils ein Feuersteinmesser herzustellen versucht, während entsprechende Maschinen längst tausendmal bessere Messer aus gehärtetem Stahl produzieren. Gleichzeitig kam es zur sogenannten Schleifung der Empirie und damit der Liquidierung sämtlicher Formen des Labor- oder Feldversuchs. Die reale Durchführung von Versuchen erledigt sich dadurch, daß sie von einem entsprechenden Gripsersystem in abstracto vorgenommen, also digital, analog oder wie auch immer modelliert werden kann – und dies sogar mit Lichtgeschwindigkeit: Man braucht also, um den Einfluß studieren zu können, den ein am Bachufer wachsender Eichenwald auf das Mikroklima ausübt, nicht mehr hundert Jahre zu warten, sondern die Gripser erledigen das im Handumdrehen, was für sie übrigens eine Ewigkeit ist. Das Handumdrehen erfordert etwa eine Sekunde, die Gripser schaffen es in einem Millionenbruchteil.

Derart gegripste Experimente wurden auch nur anfangs angestellt, gewissermaßen infolge Beharrungsvermögens, bisherigen Gewohnheiten folgend und traditionsverpflichtet. Ein Mikroklima wird ja stets zweckbedingt und zielgerichtet untersucht, folglich genügt es, dieses Ziel zu definieren, ohne daß man herauskriegen muß, in welchen Etappen es zu erreichen ist. Zielgeber, früher auch Teleonomen, hießen die Leute, die das machten. Das Ziel kann völlig blödsinnig sein, beispielsweise die Forderung enthalten, daß es den einen Tag grün, den anderen zitronengelb regnet und sich jedesmal ein Regenbogen darüber wölbt oder daß ein Pyjama abends im Bett unter liebkosender Berührung einfach zerfällt, den Schläfer am Morgen jedoch mit sanfter Massage weckt. Der gesamte Produktionszyklus solcher Nachtgewänder oder atmosphärischer Niederschläge wird nämlich vollkommen automatisch programmiert und durchgeführt. Wenn einer neugierig ist, wie das vor sich geht, läßt er sich an einer – selbstverständlich gegripsten – Polyversität immatrikulieren, wo er von Belehrlingen zuallererst unterwiesen wird, welche Fragen er stellen darf, da es auf dumme Fragen keine klugen Antworten gibt. Nach Abschluß eines Lehrgangs der Fragekunde kann er dann erfahren, was ihn interessiert, aber das ist keinerlei Beruf, sondern eher eine Art Hobby. Die Fragen bilden eine sogenannte Pyramidalhierarchie oder Hierarchiepyramide, ich weiß das nicht mehr so genau, jedenfalls gibt es darin die sogenannte Tütiquetzitok-Schwelle, eine Grenzbarriere, oberhalb derer niemand mehr eine Frage und schon gar nicht die Antwort versteht, weil er der einen wie der anderen sein ganzes Leben widmen müßte, was indessen auch nicht genug wäre, da die Geisteskräfte mit dem Alter einem Schwund unterliegen, hiesigenfalls aber ein unaufhörliches Wachstum nötig hätten über ein- oder gar dreihundert Jahre! Der Mann wird also sterben, ehe er anständig seine Frage stellen und ehrlich erfahren kann, was er wissen wollte.

Die praktischen Ergebnisse von Fragen, die oberhalb der Tütiquetzitok-Schwelle liegen, können dennoch genutzt werden, das ist weder außergewöhnlich noch erstmalig auf der Welt. Wie nämlich der Belehrling TITIPIQ 84931109 in einer für den Schulgebrauch in Unterstufenklassen verfaßten Broschüre erläutert, braucht man beim Essen eines Fladens aus Roggenmehl weder die Geschichte von Zucht und Anbau des Roggens nach Theorie und Praxis des Bäckereiwesens zu kennen, es genügt, daß man die Zähne in den Fladen schlägt. So versank die Wissenschaft in tiefe Trauer um sich selbst. Der losannischen Bevölkerung war das reichlich egal, denn sie verdankte der Wissenschaft zwar den zivilisatorischen Aufschwung, nahm diesen aber den Wissenschaftlern immer mehr übel, hatte also auch von der Wissenschaft die Nase voll und sah sich jetzt in ihrer demokratischen Grundhaltung zufriedengestellt, da niemandem mehr erlaubt war, sich durch sein Wissen als habilitierter Professor über andere zu erheben. Vernunft war deswegen nicht etwa für die Katz, sie durfte privat genossen werden, so wie man sich über einen pickelfreien, reinen Teint freut, der bekanntlich auch nicht gleich zu besonderen gesellschaftlichen Privilegien berechtigt. Wer wollte, konnte natürlich auf alte Weise Wissenschaft treiben, aber das war ein so harmloses Steckenpferd wie der Bau von Palästen aus alten Streichholzschachteln oder das Drachensteigen. Bis auf den heutigen Tag sollen sich in Losannien Leute mit frommer Begeisterung so kindlichen Beschäftigungen hingeben, in der Hoffnung, etwas zu entdekken, was die Gripseronik auf einen Schlag erledigt. Das freilich sind die Hirngespinste von armen Teufeln, denen es versagt blieb, in längst verdämmerten Jahrhunderten geboren zu werden, wo sie sich gewiß als lokaladäquate Newtons oder Darwins entpuppt hätten.

Mit der Liquidierung der traditionellen Wissenschaft begann in den Verstrippten Lagen von Losannien der Aufbau einer synthetischen Kultur, der sogenannten Syntur. In dieser Angelegenheit besteht unter den Historikern allerdings noch keine Einigkeit. (Historiker sind nach wie vor auch nur Menschen, d. h., ich wollte sagen: Entianer. Und die Automatisierung der humanistischen Wissenschaften ist mißlungen, nicht weil diese unmöglich kompliziert wären, sondern im Gegenteil deswegen, weil sie ein derart inkonsistentes unlogisches Fachgebiet darstellen, so von den willkürlichen Vermutungen erfüllt sind, die sich die humanistischen Strömungen und Schulen zum Ruhm gereichen lassen. Auf logische Systeme läßt sich das nicht übertragen, sie bekommen sogleich Blähungen, Verstopfungen oder gar das korrosive Verschleißbröckeln.) Die einen folgen dem Diktum von Qutottotz, wonach die Syntur als Form einer Prothetik der natürlichen Kultur entstanden sein soll, als letztere, vom allgemeinen Wohlstand erdrückt, bereits im Sterben lag. Diese Ansicht hat unter den Synturologen eine zahlreiche Anhängerschaft, der andere – nehmen wir nur Tziotziupirr oder Quixiquox – entgegenhalten, daß sich die Gripser wie Luft und Vakuum verhalten: Wo etwas frei wird, nehmen sie es in Besitz. Die Bezeichnung dafür lautet: Natürlicher Evolutionsgradient der künstlichen Umwelt. Das heißt nichts anderes, als daß die Kultur ein Vakuum ebensowenig duldet wie die Natur.

Als die sozialen Bindungen, die guten Sitten und die Moral kaputtgingen, als die Schranken jahrhundertealter religiöser und legislativer Verbote fielen, als jeder haben konnte, wonach es ihn gelüstete – da war nur ein Letztes noch begehrenswert: Seinem Nächsten anzutun, was ihm Verdruß oder sogar tiefsten Schmerz bereitete. Dieser Nächste setzte sich ja zur Wehr, und was außer Gegenwehr kann den Appetit noch reizen oder gar zum würzigen Hauptobjekt der Begierde werden, wenn die Inbesitznahme fremden Guts, die Inanspruchnahme fremder Dienstleistung keinen Wert mehr hat? Was zu leicht geht, verliert seinen Wert. Wer achtzehn Anzüge im Schrank hat, empfindet noch ein Vergnügen dabei, daß er sich jeden Tag umkleiden kann. Der Besitzer von zehn Millionen hat damit nichts als Hudelei. Um das Leben auf dem Gipfel eines Schokoladenberges großartig zu finden, muß man ein sehr kleines Kind sein, kräftige Bauchschmerzen setzen jedem Glück ein Ende.

Auf dem Scheitelpunkt des allgemeinen Wohlstands brach demnach wieder einmal ein Gefühl der allgemeinen Bedrohung aus. Was war das auch für ein Spaß, alles zu haben und dabei stets mit dem Gedanken spielen zu müssen, jederzeit eins über die Rübe zu kriegen oder sich im Keller eines Herrn wiederzufinden, der an der perfekten Folterkunst Geschmack findet. Die Gripser reagierten also auf diesen Sachverhalt, die Polizei war sehr früh unter die Vergripsung gekommen, und so eben übernahm die Syntur zunächst Schutz- und Geleitfunktionen, später aber auch die Schirmherrschaft über das Schicksal aller Lebenden. Ich muß zugeben, daß mir noch nie etwas so außerordentlich vorgekommen war wie dieses Problem, dieser Ursprung der Syntur.

Zumindest aus der historischen Erfahrung der Losannier ergibt sich folgendes Bild: Wenn die Geburt der Intelligenz in der Umwelt einsetzt und diese Intelligenz aus den Köpfen in die Maschinen verpflanzt wird, erben sie von den Maschinen – wie von Mammuts oder primitiven Lurchen – die Moleküle. Diese wiederum vervollkommnen sich in weiteren Generationen scharfsinniger Teilchen, bis sie die sogenannte Squarck-Schwelle überschreiten, ihre intellektuelle Dichte die des menschlichen Gehirns übersteigt. Im Volumen eines Sandkorns steckt dann die psychische Leistungsfähigkeit nicht etwa nur eines Dozenten, sondern Hunderter Fakultäten einschließlich des Wissenschaftlichen Rates, kein Schwein kann mehr sagen, wer wen lenkt – die Menschen die Gripser oder die Gripser die Menschen. Dabei handelt es sich keineswegs um rebellische Maschinen, um jenen Aufstand der Roboter, mit dem uns halbgebildete Journalisten Schrecken einjagten, als die Futurologie für den Massengebrauch Mode war, sondern um einen Prozeß anderen Ranges und Kalibers. Die Gripser rebellieren auf akkurat die gleiche Weise wie das auf dem Feld wachsende Getreide oder die Mikroben in einem Nährboden. Sie tun weiterhin sehr zuverlässig das, wofür man sie bestimmt hat, aber sie tun das immer besser und erreichen dadurch nach gewisser Zeit eine Vollkommenheit, wie sie am Anfang niemand erwartet hätte.

Seit langem glaubte man doch zu wissen, daß der gesamte Plan des Menschen mitsamt dem Bauunternehmen, das diesen Plan auszuführen hat, in dem mit bloßem Auge nicht sichtbaren Köpfen des Samenfadens steckt, aber niemand hatte vermutet, daß man von dort die Produktionslizenz zur Molekularisierung der Vernunft übernehmen könnte, obgleich doch jeder Schulabgänger wußte, daß sein Gehirn vor seiner Geburt eben im molekularen Krümel des väterlichen Spermiums Platz gefunden hatte. Das hieß, daß diese Produktionsmethoden in der gleichen Größenskala übernommen werden konnten, in der die Hoden Milliarden und Abermilliarden Samenzellen herstellen – ohne jede Aufsicht oder Planung, ohne Fabriken, Projektierungsbüros, Belegschaften und anderes mehr. Um so weniger hatte jemand geglaubt, daß diese Gripser den Menschen überlegen werden, nicht um sie durch Einschüchterung oder Gewalt zu beherrschen, sondern so, wie ein aus lauter zweifach habilitierten Dozenten zusammengesetzter Wissenschaftsrat hoch über einem Bengel in kurzen Hosen steht. Dieser wird jene geballte Weisheit um keinen Preis verstehen. Selbst wenn er mit seinen jungen Jahren König wäre, ihr Befehle geben könnte und sie ihm mit bestem Willen gehorchte, würden sich die Effekte dieses Gehorsams dennoch nicht mit den kindlichen Erwartungen dekken. Nehmen wir an, er wünschte sich, fliegen zu können. Man wird ihm das ermöglichen, aber nicht in der märchenhaften Form, die er sich gewiß erträumt hatte, nicht auf einem fliegenden Teppich, sondern in Düsenflugzeugen, Ballons und Raketen, denn selbst die größte Klugheit kann nur das bewirken, was in der realen Welt möglich ist. Einerseits erfüllen sich zwar die Hirngespinste des Knaben, andererseits wird die Verwirklichung für ihn jedesmal eine Überraschung sein. Die Weisen würden ihm zu guter Letzt wohl auch begreiflich machen können, weshalb sie nicht auf dem von ihm gewiesenen Weg zum Ziele kamen, denn das Kind wächst heran und geht bei ihnen in die Lehre, eine Umwelt jedoch, die vernunftbegabter als ihre Bewohner ist, kann diesen nicht etwas klarmachen, was sie nicht kapieren können, weil sie, damit die Sache endlich beim Namen genannt wird, dafür zu dumm sind.

Diese Spätresultate der Entwicklung der Rechentechnik, letztlich gekrönt durch die Geburt der Gripseronik, sind dem natürlichen Stolz vernunftbegabter Geschöpfe höchst unangenehm, aber dagegen ist nichts zu machen. Ihr wolltet es ja so, und nun habt ihr es gar noch anders, als eure Naivität es befürchtete: kein Ungehorsam, keine Revolte, keine stählernen Monster, die euch beim Schopfe nehmen, keine vertierten oder machthungrigen Digitalgangster und Analogrowdies, sondern eine aus den Köpfen in die Umwelt verlegte und bei diesem Umzug vertausendfachte Vernunft im molekularen Extrakt, die sich genauso verhält wie ein Schlag Getreide oder wie Samenfäden. Während aber die im Kampf um die eigene Existenz entstandenen Getreidearten, Amöben oder Katzen sich um die Selbsterhaltung, um sich selbst also, kümmern und, da sie eßbar sind wie das Getreide oder mit sich spielen lassen wie die Katzen, ihren Züchtern nur nebenbei dienen, kümmert sich das vergripserte Milieu, das ja keine Person ist, zuerst um die Menschen, um sich selbst jedoch nur im Maße des unerläßlichen Minimums an Selbsterhaltungstrieb. Ließe es den letzteren gänzlich außer acht, bräche es bald zusammen und würde ganz einfach zerfallen.

Läßt sich die Evolution der Gripser denn nicht steuern? Gewiß, nur nicht beliebig gemäß dem ersten besten, was einem einfällt, sondern in der Weise, wie man verschiedene Sorten von Sommer- und Wintergetreide züchten, aber nicht bewirken kann, daß die Ähren Melonen spenden. Bei den Gripsern besteht zusätzlich die Schwierigkeit, daß ihre prospektiven Veränderungen von Mipros (Mikroprogrammatoren) abhängen, diese wiederum von Kodekods (kohärenzdosierten Kodes) und diese von – ja, das weiß ich nicht mehr. Wird eine Entwicklung in Gang gesetzt, so verselbständigt sich das Entstehende in nicht voraussehbaren Grenzen, so als fahre man mit Pferden, die Zügel und Peitsche gehorchen, folgsam dahingaloppieren, nicht störrisch werden, jedoch immer schneller vorwärtsjagen und die Gegend uns immer unbekannter vorkommt. Der Unterschied besteht nur darin, daß Pferde sich wenden lassen, eine Zivilisation kaum.

Das heißt, im Prinzip ist es schon möglich, auch die Losannier könnten ihre Gripser selbstverständlich liquidieren, ihre Umwelt renaturisieren, aber das wäre eine in ihren Folgen unausdenkbare Katastrophe, schlimmer, als würde man auf der Erde sämtliche Kraftwerke in die Luft sprengen, die Bibliotheken verbrennen sowie alle Ingenieure, Wissenschaftler und Ärzte davonjagen. Sollten die Konsequenzen einer solchen Rückkehr zur Natur schildernswert sein?

Tagsüber schlief ich, nachts hockte ich in den Archiven des MfAA, wo ich mich ganz gemütlich eingerichtet hatte. Im

Schreibtisch hielt ich Kaffeemaschine, Zucker, Seife, Handtuch und Tasse verwahrt, nur der Löffel war mir abhanden gekommen, und ich rührte, da ich immer wieder vergaß, einen neuen mitzubringen, den Kaffee mit dem Stiel der Zahnbürste um. Mir schwirrte der Kopf aber auch von einem Wust an Informationen, die ich nicht einmal zu ordnen versuchte. Ich merkte zwar, daß ich von den hohen Dingen auf der Entia schon mancherlei, von den gewöhnlichen Gegenständen aber noch gar nichts wußte, denn die losannischen Quellen stellten die kurdländischen in Abrede und umgekehrt. Ich saß mitten in einer Großstadt und war doch einsam wie Robinson Crusoe auf seiner Insel. Zwei Tage lang studierte ich die Anatomie und Mythologie des Kurdels. Er hat zu beiden Seiten der Lunge gewaltige Schwimmblasen, in die hineingelangen kann, wer von dem Tier verschluckt wird: Dreißig Mann sollen auf jeder Seite Platz finden. Früher sollen die Kurdel dressiert und wie Kriegselefanten eingesetzt worden sein. Manche Stämme der Manschen sahen in den Vulkanen beinlose Kurdel, und vielleicht stammen daher die Sagen von Pyrosauriern. Interessanterweise fanden sich selbst in den Lehrbüchern der Anatomie immer wieder Verherrlichungen des Vorsitzenden, denen sich sogleich Schmähungen der Losannier anschlossen.

Die Mythologie fesselte mich mehr. Pendant unseres heiligen Grals war der heilige Kurdel, und die ersten Kosmogonien der Manschen behaupteten, der Kosmos sei nach dem Bilde des Superkurdels geschaffen, auch Superdel genannt. Der Oberpriester, der seine Gebete an ihn richtete, trug die Kurdinalswürde. Auch gab es manches Unverständliche. Die Ritter, die auf die Suche des heiligen Kurdel auszogen, wurden Milzionäre genannt. Sollten sie es besonders auf die Milz abgesehen haben? Aber darf man das mythologische Denken überhaupt mit normalen Maßstäben messen? Ich fand sogar einen Stapel Küchenrezepte zur Kurdelzubereitung, beispielsweise für Schmorechsen und Grilldrachen. Andererseits soll es diese Saurier überhaupt nicht gegeben haben. Spielte hier die Metaphysik der Transsubstantiation hinein?

Mit Kreide machte ich auf den Rücken jedes durchgesehenen Buches ein Kreuz, damit ich es nicht aus Versehen noch einmal zur Hand nahm. Ohnehin hatte ich den Eindruck, in einer Masse von Kinkerlitzchen und Dummheiten zu erstikken. Die langen Beine der Sumpfungeheuer wurden von den Polkern nicht Gliedmaßen, sondern Unmaßen genannnt. Einst bestand auch die Sekte der sogenannten Cauditen, die aus der Länge des Kurdelschwanzes das Jagdglück lasen. Von dieser Tradition ist insofern etwas erhaltengeblieben, als bis heute die Würde eines Doktors honoris caudae verliehen wird. Das konnte allerdings auch einfach ein Druckfehler sein. Der Vorsitzende hatte, wie seine Apologeten schrieben, im Rahmen der Verweltlichung den Kurdel vom Himmel auf die Erde geholt und seinen Stammesgenossen zugänglich gemacht. Da die Vulkane als beinlose Kurdel galten, wurde das Ausreißen der Beine zum Akt der Seligsprechung. Das mag begreifen, wer will. Angeblich schleichen sich losannische Agenten, als Manschen verkleidet und als Pseudopolker bezeichnet, in die bewohnten Kurdel und stiften Einzelpersonen zum Aufruhr an. Diese werden zur Strafe in die hinteren Regionen der Metropolechse umgesiedelt, sie heißen Hintersassen und bilden ein unsicheres, im Hinblick auf ihren Wohnort sogar rückständiges Element. Durch besondere Unklarheit zeichnete sich die Frage der Kurdeltollwut aus. Nach losannischen Angaben hat man sie als politische Irredenta zu sehen, kurdländischen Sprechern zufolge als Ergebnis von Sabotage.

Ich konnte mich in diesem Durcheinander ewig nicht zurechtfinden, denn ich kannte nicht die politische Doktrin der Manschen, und ich konnte sie nicht kennen, weil ein Trottel von Bibliothekar den gesamten Komplex des Natiomobilismus neben den Automobilismus unter dem Schlagwort »Transport und Städtischer Verkehr« geordnet hatte, während ich unter »Politische Doktrinen«, »Doktrinen der Politik«, »Ideologie« u. a. suchte. Die richtigen Regale fand ich rein zufällig, als ich ein sehr dickes, schweres Buch brauchte, um wieder Bügelfalten in die Hose zu bekommen. Die zog ich nämlich der Bequemlichkeit halber manchmal aus, und dabei sah ich, wie zerknautscht sie war. Schließlich konnte ich das Ministerium nicht mit Bügelbrett und Bügeleisen betreten. Und die staatsschreitende Idee hatte keineswegs der Vorsitzende erfunden, sondern ein gewissser Xarbargsar, der bereits im 18. Jahrhundert dem Gemeinwohl diente und in seinem Werk den Idealstaat als Konsortium Sumptuöser Glücksgenossenschaft beschrieb. Er benutzte dafür das Kurzwort KONSUM, wie dieser Denker überhaupt die mir sehr lästig fallende Gewohnheit hatte, für die von ihm geprägten Begriffe Kürzel zu verwenden. Ich mußte sie, um nicht völlig verwirrt zu werden, auf einem Zettel notieren, den ich bei der Lektüre ständig in der Hand hielt.

Von holdseligen Visionen des Paradieses auf Entia beflügelt, zeigte Xarbargsar nur sehr wenig Interesse für die praktische Umsetzung seiner Ideen, und erst sein Vetter Gengenx entdeckte die Identität des idealen Staates mit dem idealen Kurdel. Auf zwei Worte gebracht, beruhte die Idee auf der Vereinigung aller Gegensätze als NATUR und KULTUR. Der Mansch war von den Kräften der Natur geschaffen, folglich konnte er sich allein in ihrem Schoße wahrhaft wohlfühlen. Dennoch ist ihm auch die Kultur unentbehrlich, sonst würde er sich nicht genügend von den Tieren unterscheiden. Der Kurdel nun, selbst ein Tier, ist unanfechtbar ein fester Bestandteil der Natur. Er muß kultivert, also besiedelt werden, wodurch man seine ursprüngliche Animalität verändert, sein Wesen jedoch erhält. Ich glaube die Gedanken dieser beiden bedeutenden Verwandten, von denen der Vorsitzende das zentrale Konzept übernommen hat, damit richtig wiederzugeben. Von außen natürlich, von innen kulturell oder kultiviert, sollte der Kurdel zur grundlegenden Zelle des Staates auch in Rücksicht auf die ehrwürdige Tradition werden, auf das Erbe der Sagen, Mythen und Riten, die mit dem Stroem und der Arche Noah der Manschen zusammenhingen.

Die Väter des Natiomobilismus packten die Sache dennoch realistisch an, indem sie den Kurdel von den Beinen auf den Kopf stellten, genauer gesagt, nicht den Kurdel selbst, sondern das Verhältnis zwischen ihm und den Manschen! Früher war er ein höheres Wesen, dem man göttliche Ehren erwies, nun mußte er entsakralisiert werden, damit er den Manschen diente. Konsequenz der Verwirklichung dieser Idee waren eben die Metropolechsen, Gemeindeschreitwerke, Kurbordel, urbanistischen Mästungen und so weiter. Auch traten, wie das zu gehen pflegt, wenn ein erhabener Gedanke sich an der rauhen Wirklichkeit scheuert, vielfältige Dilemmata auf, die die Väter des Natiomobilismis nicht vorausgesehen hatten, angefangen von Durchfällen und anderen Unpäßlichkeiten der Schreitwerke. Die Regale eines ganzen Bibliothekssaales bogen sich unter der Last der Bände, die sich mit immanenten oder akzidentiellen Defekten des staatlichen Schreitens befaßten. Diese Werke waren so zahlreich, daß mir allein von der Anstrengung, sie die Stehleiter herabzutragen, der Rücken schmerzte und die Wirbelsäule knackte. Dennoch blieb ich meinem Vorsatz treu, alles bis ins Letzte zu ergründen, und ließ in meinem Studium nicht nach. Die feinsinnige Umständlichkeit der Darlegungen verlangte Hochachtung, aber in mir wuchs übermächtig der Eindruck, daß das Leben im Kurdel, obgleich ich kein einziges Mal auf das Wort stieß, *unbequem* war. Kein kurdländischer Theoretiker hätte dergleichen wohl je zu sagen gewagt. Statt dessen sprach man von vorübergehenden Schwierigkeiten mit der unzureichenden Ventilation, von schlechter Qualität der Filter- und Abwasseranlagen, von Wirbelsäulenschäden, hervorgerufen durch die Notwendigkeit einer hockenden Lebenshaltung, denn insbesondere in niederer Stellung ist es im Kurdel schwer, sich zu voller Größe aufzurichten, darüber aber, daß man das Wohngekröse doch einfach verlassen könnte, ließ niemand etwas verlauten. Ich muß sagen, daß mich das außerordentlich wunderte, denn welcher absolute Zwang trieb sie denn, ein solches Leben zu führen?

Die Antworten auf diese wiederkehrende Frage gingen aus allen Werken, die ich studierte, in einem regelrechten Hagel auf mich nieder, es ging um die Synthese von Natur und Kultur, um die Vereinigung dieser gegenläufigen Elemente und Positionen, und wollte ich hier nur die Hauptargumente der Verfechter des Wanderstaatswesens anführen, so reichte das Papier nicht aus. Vielleicht hatten sie sich so daran gewöhnt, daß sie nicht mehr anders können? Andererseits offenbart die Gewöhnung doch keine gar so unverwüstliche Überzeugungskraft! Schließlich sah ich ein, daß ich dieses fremde Rätsel nicht ergründen würde und verzichtete auf die weitere Lektüre im Saal der Klassiker. Der nächste Raum war dem Vorsitzenden gewidmet, aber ich war nur einmal drinnen, dann gab ich es auf. In einem dritten Saal waren die Verfemten untergebracht, die Ketzer des Kurdlismus. Ihr wichtigster Vertreter war ein Weiser, der um seiner Überzeugung willen hingerichtet worden war und von den Orthodoxen nie beim Namen, sondern stets nur Krötlude oder Ludenkröt genannt wurde.

In der Abteilung der kurdländischen Prohibita sah ich mir sein Hauptwerk an und erfuhr daraus zwei Dinge. Erstens entzieht sich der Name eines Abtrünnnigen jedweder Transkription in eine irdische Sprache, so daß er in den Katalogen als Kinderlos, Sansenfants oder Besdjetnik figuriert – dies nämlich war angeblich der *Sinn,* der sich in seinem kurdländischen Namen verbarg. Zweitens fand ich die von ihm verbreiteten Häresien weder anstößig noch besonders originell. Er hatte lediglich angeregt, man solle den Kurdel nur nachts zum Schlafen aufsuchen, den Tag hingegen draußen verbringen und tun, wonach einem der Sinn stehe. Genau das erregte bei den rechtgläubigen Kurdlisten das größte Ärgernis. Ihr könnt mich totschlagen, aber ich weiß nicht, wehalb sie dieser simple Gedanke so entsetzte.

Ich tastete mich weiter die Regale entlang und kam zu den Schullesebüchern. Darin gab es brave Geschichten, wie in uralter Zeit die Pseudopolker, losannische Agenten, verschiedene Lügen und perfide Gerüchte in Umlauf setzten, um die Urpolker in deren Stadtschreitwerken zu unterwandern. Beispielsweise priesen sie den Viceversismus an, die Umkehrung des Kurdels. Dabei sollte der Schwanz an die Stelle des Kopfes gesetzt werden und umgekehrt. Die Agenten hofften nämlich, es werde, wenn sie die ehrlichen Bürger zu diesem Schritt überredet hätten, zu Chaos und Durcheinander kommen, sie könnten ihre scheußlichen Stammesgenossen aufrufen, mit gemeinsamen Kräften über das schlingernde Stadtschreitwerk herzufallen, dessen rechtmäßige Bewohner in den sicheren Tod unter den Meteoritenhagel zu treiben (all das trug sich nämlich noch während des Stroems zu) und sich selbst in dem so beschlagnahmten Kurdel einzurichten. Doch stets fand sich ein Held, der diese schändlichen Vorhaben im Keim erstickte.

Am stärksten hat sich mir die Geschichte von dem tapferen Knaben eingeprägt, der allein mit einer ganzen Lumpenbande fertigwurde, indem er kühn den Schlund emporkletterte und den Kurdel so lange am Gaumenzäpfchen kitzelte, bis sich ein gastrischer Wolkenbruch über die lauernden Angreifer ergoß. Die Lesebücher ermunterten die Kinder zur Wachsamkeit gegen Provokantvaganten, die schläfrige oder zerstreute Kurdel entweder von der Herde zu trennen suchen oder aber mit Feuerwehrleitern die kitzligen Stellen ersteigen, da der Riese bei starkem Jucken die Veranlagung zu abrupter Irredenta hat. Wie ich andererseits bei losannischen Schulexperten gelesen hatte, gab es für solche sogenannte Irredenta keinerlei politischen Hintergrund. Der Brechekink ist kein Kurdel, dem Saboteure das Innerste nach außen gestülpt haben, sondern ein Staatsschreitwerk, dessen Bewohner notorische Schnapsbrenner sind und in ihrer Trunksucht das unglückliche Tier derart vergiften, daß es dem Zustand eines dämmrigen Deliriums verfällt, in dem es sich auf andere Artgenossen stürzt. Die Trunksucht sei in Kurdland überhaupt eine gesellschaftliche Plage, worüber die Schulbücher freilich schweigen. In den Kurdeln selbst sollen Flugblätter im Umlauf sein, wonach die einzelnen Stadtschreitwerke sich um das Futter zanken, während die Obskuren mit ihren Angehörigen und Günstlingen heimlich Orgien feiern, in armen alten Kurdeln, die sich kaum noch auf den Beinen halten können, wilde Stampftänze, den offiziell verbotenen Kurtrott, aufführen und schon manchen von innen her zu Tode getanzt haben.

Auf Berichte solcher Art, die hauptsächlich von den Hintersassen stammen, stützen sich die Kurdlisten des losannischen Instituts für Staatstheorie. Sie behaupten, die Manschen seien schlichtweg Schmarotzer der Kurdel, von einer Symbiose könne überhaupt keine Rede sein. Die Urpolker seien vom Landstreichertum zur Peripatetik gekommen und von dieser über den Präparasitismus zu gewöhnlichen Formen des Schmarotzertums. Seltsamerweise herrscht unter diesen Experten keine Einmütigkeit darüber, ob die Kurdel leben oder nicht. Manche halten einen ähnlichen Vorgang für möglich, wie ihn Baron von Münchhausen geschildert hat, als ein Wolf sich auf ein Schlittenpferd stürzte, es von hinten nach vorn auffraß, dadurch selber ins Geschirr geriet und als Zugtier weitertraben mußte. So etwas sollten die Manschen mit den Kurdeln gemacht haben: Von den Giganten, die von innen her verspeist wurden, blieb so gut wie nichts, höchstens das Skelett und die mächtige Haut mit den Panzerplatten auf dem Rücken. Dieser ganze Moderberg und regelrechte Kadaver wird von tatkräftigen Leuten im Schichtbetrieb in Bewegung gehalten. Übrigens darf man darüber nicht sprechen, damit der Vorsitzende nicht betrübt wird. Er glaubt nämlich an die blühende Gesundheit und die Rüstigkeit der Metropolechsen, was ihm um so leichter fällt, als er nicht in einer von ihnen, sondern in einer ganz normalen, von einem schönen Park umgebenen Residenz wohnt. Über die Situation in den Kurdeln läßt er sich von den Regierungszeitungen unterrichten.

Der losannische Psychosoziologe Tiurrtirrquarr ist übrigens der Ansicht, daß die nationmobilistische Idee lebendig ist, obgleich die Kurdel krepiert sind: Wenn der Glaube, wie es so schön heißt, Berge versetze, so Gebeine erst recht! Zwar sei alles Lüge, werde von der Bevölkerung aber voller Begeisterung akzeptiert. Dies sei kein Wunder, immerhin habe man die Tiere betreten, um sich vor dem Stroem [Meteorenstrom] zu retten, aus Zwecken der Selbsterhaltung, nicht der Ideologie, und unklar setze einem das Bewußtsein zu, auf dem Planeten nur eine untergeordnete Stelle innezuhaben. Geradeheraus gesagt, es ist ihnen bei diesem Leben nicht wohl, zumal Parasitismus sich auf der Entia nirgends irgendwelcher Anerkennung erfreut. Wer würde auf der Erde verkünden wollen, die Lebensweise der Flöhe oder Bandwürmer sei die höchste Form der Sozialgemeinschaft? Der Vorsitzende aber hatte den idealen Kurdel mit den traditionellen Legenden, geklitterten Fragmenten der Zivilisations- und Evolutionsgeschichte, zu einer Theorie verschmolzen und den politischen Ehrgeiz der Manschen befriedigt, indem er in seinen Schriften ihre Existenzform würdigte, die an Opfern und damit an Ehren reich ist und einer lichten Zukunft entgegenführt.

Soweit die Vertreter der extremen, sogenannten mumifikatorischen Konzeption. Es fehlt aber nicht an Forschern, deren Urteil maßvoller ausfällt. Sie heben hervor, daß die Metropolechsen von Zeit zu Zeit der Länge lang hinfallen, wofür die Kadaverhypothese keine Erklärung geben könne. Sie müssen also doch leben, auch wenn sie auf dem letzten Loch pfeifen. Manchmal aber brüllen sie auch: bei den sogenannten Röhrungen, wo sie ihre Stimmen im Röhricht zu einem höllischen Chor vereinigen, meist anläßlich von Meetings und Staatsfeiertagen. Es ist eine feudale Kastengesellschaft nach anatomischem Verständnis. Die Stellung des Bürgers hängt von dem Orte ab, der ihm im Kurdel zugewiesen wurde. Es tut mir leid, mir fehlt wirklich die Kraft, auch die Ansichten anderer Wissenschaftler anzuführen, ich war ohnehin nicht imstande, auch nur eine einzige definitiv auf ihre Richtigkeit zu prüfen.

Als ich diesen Teil der Bibliothek bereits verlassen wollte, fiel mir zwischen zwei Schränken ein Berg von Broschüren und Zeitungen auf. Alles lag auf einem Haufen, als sei es den Beständen entnommen und für die Papiermühle vorgesehen worden. Hier kam ich erst ins Grübeln! Die eingestaubten Schriften stammten durchweg aus Losannien und sangen das Lob des Natiomobilismus! Niesend blieb ich davor sitzen und überflog die Reportagen, Gedichte, Theaterstücke und Versepen, die den Reiz des Lebens in Stadtschreitwerken priesen, wo jeder jeden kennt, wo es weder Frust noch Entfremdung und schon gar keine gripseronische Fürsorge gibt, wo man einander beim Vornamen nennt und alle sich in ihrem Lebensrhythmus dem prächtigen, gütigen Geschöpf vereint fühlen, das genau die geschmacklichen Neigungen seiner Bewohner kennt und auf der Weide vorzugsweise die Früchte und Kräuter verzehrt, die seinen Insassen besondere Freude bereiten. Ich stöberte ganze Jahrgänge periodischer Schriften wie »Der Charme des Kurdels« aus dem Haufen, dazu »In Kurdelsstille«, ein Liederbuch, aus dem ich mich des Gesanges »Wachse, Schlündling, gedeihe« erinnere, und das Opernlibretto »Curdolie«. Ganz unten lagen aber doch noch Broschüren ganz gegensätzlichen Inhalts, die den Bauch des Kurdels mit der Hölle verglichen, und sogar ein Pamphlet, in dem versichert wurde, vor einer Jahrmillion seien auf der Entia Urastronauten gelandet und hätten in den Morästen ein Paar Pyrosaurier ausgesetzt, dem übelriechende Herden entsprossen seien – allein zu dem Zweck, die Entianer von ihrem anständigen Entwicklungsgang abzudrängen. Das sei leider gelungen, die Monster hätten nicht nur die Manschen, sondern auch die Losannier verschlungen, die letzteren wenigstens unter geistigem Aspekt, denn ihre Gehirnwindungen seien verstopft vom Problem des Kurdels respektive der Verkurdlung als Erlösung.

Man könnte daraus den Schluß ziehen, auf der Entia gebe es keine anderen Sorgen als die Frage »Im Kurdel Sein oder Nichtsein«. Ich faßte jedoch den Entschluß, dies alles für lange Zeit stehen- und liegenzulassen. Mich erwarteten bisher unberührte Schrankfronten, in Schlachtordnung aufgestellte Prachtbände höheren, schwierigeren Wissens. Mir schlotterten die Knie, als ich auf die Schwelle des ersten Saales trat und mir diese Herausforderung entgegenschlug. »Nec Hercules contra plures«, fuhr es mir durch den Kopf, aber ich setzte sogleich hinzu: »Sursum corda!« Mit diesem Gedanken zog ich allein gegen die Entia – gegen die wie geologische Schichten übereinandergestürzten geistigen Sedimente einer fremden Welt.

Wie relativ Schönheit ist, tritt nie unbehaglicher zutage, als wenn sich Vertreter zweier ihrer Abstammung nach verschiedener planetarischer Rassen gegenseitig betrachten. Professor Schimpanser zitiert in seiner »Vergleichenden Entropologie« einen nur für den Dienstgebrauch bestimmten Bericht, den entianische Terratologen ihren zuständigen Stellen nach Untersuchung zahlreicher irdischer Fernsehsendungen vorgelegt haben. Besonders bestürzt äußern sie sich über Wettbewerbe, bei denen die Miss World gekürt wurde. Verkörperung des Bösen ist für die Manschen die irdische Gravitation, und für den Kampf mit ihr sind bestimmte Körperteile vorgesehen. Aus unerfindlichen Gründen müssen die Frauen ihren Anteil an diesem Ringen beständig, die Männer hingegen nur zeitweilig demonstrieren. Die Kenntnis dieser Disproportion ruft unter den Weibchen des Homo sap. offenbar Proteste hervor, sogenannte Bewegungen zur Befreiung der Frauen. Die Aktivistinnen dieser Bewegung weigern sich demonstrativ, unter der Kleidung ein Gurt- oder Riemenwerk in der Art eines Pferdegeschirrs zu tragen, das dem gravitationsbedingten Niederhängen der Säugpfropfen (die die Lebenskraft symbolisieren!) entgegenwirkt. Der Kampf der Brüste mit der Schwerkraft endet stets mit der Niederlage der ersteren, und die Menschen müssen das von vornherein wissen, da die Spannkraft der Gewebe mit dem Alter nachläßt. Dennoch verweigern die Männchen den unterliegenden Weibchen selbst Bruchteile der Verehrung, die sie ihnen entgegenbringen, solange der Anschein antigravitationaler Souveränität gewahrt ist. Die Ungerechtigkeit dieses Verhaltenskodex ist um so auffälliger, als die Männchen zu analoger Demonstration der Unabhängigkeit, wie bereits erwähnt, nur zuweilen verpflichtet sind, und auch das nur für sehr kurze Zeit.

Die Herkunft dieser Sitte ist bisher ungeklärt. Sie muß ein religiöses (metaphysisches) Fundament haben, obgleich alle irdischen Religionen über das Thema Stillschweigen bewahren, was für den kryptoreligiösen Charakter des Organkampfes mit der Erdanziehungskraft sprechen könnte. Die Lösung des Rätsels wird erschwert durch die Mehrzweckfunktion der für Antigravitatonsakte abgestellten Organe, da infolge einer in der gesamten Galaxis einmaligen Verwachsung der Ausscheidungs- und der Zeugungsorgane bei den irdischen Säugern nie restlos klar ist, zu welchem konkreten Zweck die Aktivierung dieser Organe privat oder öffentlich jeweils erfolgt. Unvermeidlich finden die Komplikationen biologischer Natur, die die Anatomie des Menschen in diesem beklagenswerten Zustand geführt haben, auch ihre verschwommene Spiegelung in Kultur und Religion.

Jedenfalls unterliegt es keinem Zweifel, daß das *Böse* mit der *Erde* identifiziert wird. Endgültig der Schwerkraft zu unterliegen, bedeutetet, in die Grube zu fahren, und in Einklang mit dieser Diagnose wird jeder Verstorbene von den Menschen in der Erde verborgen. Auf diesem Gebiet gelten besondere Rituale der kollektiven Verlogenheit, denn obwohl alle ohne jeden Zweifel von der Verwesung der sterblichen

Überreste wissen, stehen im Widerspruch dazu sämtliche hochkomplizierten Verrichtungen, die die Verwahrung der Toten vor dem öffentlichen Anblick begleiten (man verwendet dazu Futterale aus holzigen Stoffen; um Nachforschungen zu erschweren, was mit den toten Körpern passiert, werden die Grabstellen mit schweren Konstruktionen aus Stein, Granit und anderen erstarrten Felsschmelzen überbaut).

So also sehen uns die Entianer, sagt Professor Schimpanser, und daran ist nichts zu ändern, weil sie über uns reden müssen wie ein Blinder über die Farben. Alle mit der Erotik und ihren geistigen wie sinnlichen Leidenschaften zusammenhängenden Begriffe müssen ihnen einfach unverständlich bleiben, weil die Fortpflanzung bei ihnen von der Natur nach einem radikal außerirdischen Muster geschaffen worden ist. Sie haben keine äußeren Geschlechtsorgane, sie paaren oder begatten sich nicht, und auch der Begriff der Familie entbehrt bei ihnen jeder biologischen Verbundenheit, da die Befruchtung der weiblichen Eizelle in Polymix erfolgt, also – um es weniger gelehrt zu sagen – der Samen von wenigstens zwei Männchen beteiligt sein muß. Um zu verstehen, wie es dazu kam, muß man bis an den Ursprung des Lebens auf der Entia zurückgehen. Eine faßliche Darstellung jenes uns so ungewöhnlich erscheinenden Sachverhalts findet sich in der »Vegetativen Prokreation«, dem fundamentalen Werk des Professors Horatius Gorilles. Auf diesen wurde ich von Professor Schimpanser verwiesen, der ihn immer wieder zitierte und ihm die Krone unter den Entiologen zuerkannte.

Vor drei Milliarden Jahren stellte sich der Planet dem Betrachter aus dem Kosmos als blaßgrüne Scheibe dar. Diese Färbung wurde jedoch nicht durch Wolken, sondern durch Trillionen Insekten verursacht, die beträchtlich kleiner als Mücken ware. Diese sogenannte Raumbegrünung (Gorilles Viridans Ohrentangi l.) erfüllte die Funktion unserer Algen, sie war zur Photosynthese fähig und sättigte, indem sie sich bis an die Stratosphärengrenze erhob, die Luft mit Sauerstoff. Da sich die dortigen Weideplätze nun, bildlich gesprochen, im Himmel befanden, schwang sich die Evolution der höheren Tiere empor, bereits die ersten Lurche und Reptilien brachten flugfähige Arten hervor, ein Pendant unserer Pflanzenfresser. Je flugtüchtiger eine Art war, um so wirkungsvoller kam sie in den Genuß des unerschöpflichen Nahrungsreservoirs in den grünen Insektenwolken der Entia. Bedecktsamer sind auf dem Planeten zu keiner Zeit entstanden, die Sumpfpflanzen aber enthielten kein Chlorophyll, sondern ein auf der Erde unbekanntes Atempigment, das die in Überfluß von den seismischen Hochplateaus in den Moorzean geschwemmten Sulfide und Sulfate abbaute.

Die Tiere, die sich der Ernährung durch diese schwefelhaltigen Gewächse angepaßt hatten, konnten sich nicht über den ganzen Planeten ausbreiten, sie waren einschließlich der größten, aus denen die Kurdel hervorgingen, an ihre sumpfigen Weideplätze gebunden. Sie hatten zahlreiche Parasiten und Symbionten von – wie Professor Gorilles sagt – »himmlischer« Herkunft: Viele Abarten der Grüninsekten hatten ihre Farbe und oft zugleich die Flügel verloren, waren auf blutige Kost umgestiegen und folgten den großen Zügen der Lurche und Reptilien über die Sumpfgebiete. Nach Doktor Achilles Paviani, auf den Gorilles sich beruft, entscheidet über die Entwicklungsperspektiven des Lebens die gesamte Nahrungskette auf dem Planeten, also wer wen frißt und von wem gefressen wird. Von den Schwefelgewächsen (Sulphuroidea Ohrentangi) ernährten sich die Kriecher, Kreucher und sonstigen Sümpfler einschließlich der Kurdel. Sie selbst fielen Räubern zum Fraß, die meist auf den Hinterbeinen sprangen (darin den zweibeinigen, känguruhartigen Reptilien unserer Jurazeit recht ähnlich) und dadurch schnell und wendig waren. Sie fingen ihre Beute, indem sie sie jagten. Nur Riesen wie die Kurdel suchten sich den Freibeutern durch Untertauchen im Morast zu entziehen, alles andere floh vor den Fängen und Klauen der hurtigen Beißer, Reißer und Schlinger, wie Abraham Gibbon sie in seiner »Historia naturalis praedatorum Entianum« nennt.

Schimpanser, Gorilles und Gibbon akzeptierten vorbehaltlos den Lehrsatz entianischer Biologen, wonach die Primaten, so unangenehm das ist, ihre Vernunft stets und allerorts dem Durchgang durch die sogenannte prädatorische Phase verdanken. Es handelt sich darum, daß für die Pflanzenfresser ausschließlich die Gegenwart existiert, denn sie haben das

Futter vor der Nase und damit genug. Das Raubtier hingegen ist naturgegeben der Zukunft zugewandt, es muß auf Beute warten, ihr auflauern, sie beschleichen, aufspüren, jagen und mit allen ihren Tricks fertig werden. Das Wachstum der Intelligenz wird um so stärker gefördert, je geschickter die Opfer sind. Die Vernunft ist nur potentiell vorhanden und schläft gewissermaßen, solange an Beute kein Mangel ist. Tritt dieser aber ein, wird es kritisch, und Hungers wird nur der nicht sterben, der nicht auf den Kopf gefallen ist.

Die Lebensbedingungen auf der Entia waren aber außerordentlich schwer und gefährlich. Nicht genug damit, daß die Epochen vulkanischer Tätigkeit das warme Hochplateau zu einer Region des Todes machten, bekam der in der Schar des Kalbes befindliche Planet oftmals furchtbare Strahlenschläge von den dort explodierenden Novae. Sie forderten Hekatomben von Tieren und vernichteten jedesmal auch den Löwenanteil der atmosphärischen Begrünung. Eben das veranlaßte die am Leben gebliebenen Arten zu größeren mutatorischen Veränderungen. Professor Paviani zieht den Vergleich mit einer Tenne, auf der mit Dreschflegeln gedroschen wird und die voller Mäuse ist – nur die flinksten und klügsten kommen mit heiler Haut davon.

Unsere Biologen schreiben, wie Professor Schimpanser ausführt, die entscheidende Rolle in der Anthropogenese dem Durchgang durch die arboreale Phase zu, scherzhaft auch als Veraffung und Entaffung bestimmter Urformen bezeichnet. Diese waren auf die Bäume gekrochen und hatten, weil sie sonst springend die Äste verfehlt hätten, die Greiffähigkeit der Hand, eine aufrechte Haltung und einen scharfen Blick erworben. Als die Eiszeit kam und die Bäume erfroren, mußten sie herunter auf die festgestampfte Erde und Nahrung suchen, die nicht so passiv auf den Verzehr wartete wie ein Apfel oder eine Banane. Wichtiger als die arboreale Phase ist jedoch die prädatorische. Wer als kompletter Idiot auf einen Baum klettert, wird auch beim Heruntersteigen nicht klüger. Auf der Entia gab es keine Wälder und damit nichts zum Klettern. Deshalb stammen die Primaten dort von großen Vögeln ab. Doktor Schimpansohn (nicht zu verwechseln mit Schimpanser) sieht die Ursache darin, daß die entianischen Großvögel ein für ihre Art ungewöhnlich großes Gehirn besessen haben. Dies wiederum habe daran gelegen, daß die Grüninsekten, die nicht wie Tiere, sondern wie Pflanzen atmeten, in der Stratosphäre so hoch steigen konnten, daß Lungenatmer keinen Sauerstoff mehr bekamen. Die Vögel erstickten also auf der Jagd nach ihrer flüchtigen Nahrung, und da bei Sauerstoffmangel zuerst die Nervenzellen des Gehirns absterben, entstand ein starker selektiver Druck, damit möglichst viele dieser Neuronen vorhanden waren. In diesem Falle konnte der Vogel überleben, wenn auch ein Teil des Gehirns abstarb, dessen Zellen bekanntlich nicht regenerationsfähig sind. Die Gehirnmasse der entianischen Vögel wuchs also und wurde gewissermaßen zum Überschußprodukt, aus dem Jahrmillionen später einsetzende Ereignisse den Funken der Intelligenz zündeten. Dies geschah erst, als sie nicht mehr flogen und als große zweibeinige Vögel in den Sumpfniederungen auf die Jagd gingen.

Der Entianer ist dem Menschen daher nur ähnlich, wenn er stillsteht. In der Bewegung wird sichtbar, daß er die Beine wie ein Strauß setzt – sie knicken im Knie nach hinten. Den Kopf kann er um 180 Grad drehen, die Brust ist bauchig, die Knochen der Hand sind dick und hohl, am Skelett sind in Spuren noch die Ansätze der Flugmuskulatur zu finden. Die Augen sind rund, das Gesicht hat für uns etwas höchst Abstoßendes, denn in seiner Mitte erhebt sich anstelle von Nase und Mund eine höckrige Verdickung mit zwei weit auseinanderliegenden Löchern, die keine Nüstern, sondern die Mündungen der Geschlechtsorgane sind. Bauch und Schoß sind glatt wie bei einer Puppe, denn da der Entianer kein lebendgebärender Säuger ist, hat er weder Nabel noch Genitalien.

Ich hatte nicht die Kraft, mich bis auf die letzte Seite der Lehrbücher von Schimpanser und Gorilles zu kämpfen, denn statt klipp und klar zu sagen, was womit wie wozu und warum, füllten sie Hunderte von Seiten mit der Populationsgenetik der Flugunfähigen und der Urentianer. Zum Glück fand ich bei Stanley Lemur, der nicht einmal Doktor war, einen kurzen organologischen Abriß, auf den ich mich hier beziehe. Wenn Lemur auch nicht den akademischen Rang Ohrentangs, Schimpansers oder Gorilles hatte und vielleicht ein bißchen weniger wußte als diese, so hatte ich doch daran genug. Wie er schreibt, vermehren sich alle höheren Tiere auf der Entia nach Art der Pflanzen, allerdings mit einem Unterschied: sie tun es stets im Laufschritt, ja sogar im schnellsten Rennen. Standhaft beharrt Lemur darauf, diesen Typ der Vermehrung als pflanzlichen zu bezeichnen, obgleich er dieser übertriebenen Vereinfachung wegen von den Autoritäten Prügel bezieht.

Die entianischen Vögel legen keine Eier. Die ältesten Archäopteryges mögen es getan haben, für die flugunfähigen Läufer jedoch, die sich täglich meilenweit die Hacken ablaufen müssen, um Nahrung zu bekommen, wäre das Gelege ein verderbliches Hindernis. Die Embryonen, die eher an Schwämme als an Eier erinnern, werden vom Weibchen in einer Bauchfalte getragen, die entfernt dem Beutel des Känguruhs ähnelt. Das wenigstens hat noch eine Beziehung zu irdischen Verhältnissen, beim eigentlichen Akt der Befruchtung fehlt eine solche ganz. Das Weibchen unterliegt der Besamung durch die oberhalb der Mundöffnung gelegenen orificia oviductales, die Männchen produzieren anstelle kolloidalen Spermas feinen Staub, den sie, wenn sie das Weibchen im rituellen Hochzeitslauf eingeholt haben, aus ähnlichen Gesichtsöffnungen blasen. Schimpansohn stimmt hier nicht mit Ohrentang überein, dieser wiederum nicht mit Gorilles. Lemur ignoriert deren Zwistigkeiten und erklärt alles aus den großen Nöten, von denen die Tiere des Planeten heimgesucht wurden. Ehe sich die Chance einer höheren Differenzierung bot, drang der Druck der Bedrohung auf anatomische Lösungen, die vererbbar sein mußten. Anders ausgedrückt, diese Fortpflanzung, die zwar geschlechtlich ist, aber nicht durch Kopulation erfolgt, ist weitaus primitiver als die irdische.

Redlicherweise muß ich jedoch hinzufügen, daß dies der Standpunkt von Forschern ist, die als Menschen von den Affen abstammen und der Meinung sind, je näher einer mit den Kriechtieren (von denen die Vögel sich ja direkt herleiten) verwandt sei, desto größeren Abbruch tue ihm das als einem vernunftbegabten Wesen. Die Entianer sind da ganz gegensätzlicher Meinung: Der Primitivismus – noch dazu von übelstem Geschmack – wird dort offenbar, wo Defäkation und

Prokreation nur ein paar Millimeter oder noch weniger auseinanderliegen. Das ist moralisch gleichgültig, solange es keine Moral gibt, und eine solche gibt es nicht, solange das Verhalten der Tiere vom vernunftlosen Instinkt regiert wird. Für die Vernunft jedoch, die eine Kultur aufbauen will, müssen Sparmaßnahmen verderblich sein, die so diametral entgegengesetzte Funktionen wie die Unflatentsorgung und den Liebesakt an einem Ort und in einem Kanal konzentrieren. Da jedes Lebewesen die eigenen Exkremente meidet, mußte dieser allgemeine Ekel überwunden werden – und die Evolution bediente sich dabei des ebenso simplen wie zynischen Tricks, die naturaliter abstoßenden Körperteile durch die dort zu gewinnende Wollust anziehend zu machen.

»Diese unseligen, grenzenlos naiven Menschen!« schreibt der entianische Anthropolizist Pixiquix. »Da zerbrechen sie sich seit wer weiß wie vielen Jahrhunderten den Kopf, warum die Kopulation ihren Weibchen sinnliche Lust gibt, dies aber bei keinem der niederen Tiere tut!« Es sei erstaunlich, setzt der gelehrte Geflügelnachkomme hinzu, daß sich jemand, der vernunftbegabt ist, überhaupt so lange und erfolgreich selbst belügen könne, wie das die armen Erdenbewohner tun. Wer sich unreflektiert paart, braucht nicht die Verheißung eines Genusses, der den Ekel überwindet. Die Schnecke, der Frosch, die Giraffe oder der Stier denken sich nichts, aber auch gar nichts, wenn sie die Brunst überkommt. Um aber bei denjenigen, die sich des Verstandes nicht nur bedienen können, sondern sogar müssen, jedes Denken zu betäuben, bedarf es der Autonarkose, und diese Aufgabe erfüllt der Orgasmus. Der benebelnd wirkende Spasmus verfliegt ja schnell, und die Klarheit der Gedanken kehrt zurück. »Arme, von der Evolution betrogene, unschuldige Opfer!« ruft Pixiquix an dieser Stelle in seiner »Komparativen Homologie« aus. »Die ganze Galaxis schuldet euch Mitgefühl wegen eurer geistigen Ratlosigkeit, mit der ihr bis auf den heutigen Tag vergebens ringt und aus der euch ein Gebrechen wie das eure nie entläßt!«

In dem Sektor für losannische Dichtung fand ich einige Werke, die unser sexuelles Unglück beweinten, ein Unglück, das vor allem die irdische Philosophie und Religion zu verzweifelten Ausflüchten gezwungen habe. Recht beeindruckt war ich vom »Unmoralischen Traktat« eines gewissen Hett Titt Xiurrxirux. Es begann mit folgenden Strophen:

Wie ist doch die Natur verklagt
Von der Erdenmenschen Unglückshorden,
In deren Liebespreis veranschlagt
Unkündbar stehen Abfallpforten.

Schier Mitleid treibt den Kosmos an,
Die Hand euch hinzustrecken,
Die das Ideal ihr suchen müßt
An des Körpers Ekelflecken.

Die Nachdichtung, die mir ganz gelungen erscheint, stammt von dem Schweizer Lyriker Rudi Wüetz. Ein bekannter Literaturtheoretiker, der Strukturalist Teodoroff, hält jedoch die Übersetzung der zweiten Strophe für verfehlt und schlägt folgende Version vor:

Im Wissen darum, wo den Armen
Die Ideale stecken unbedingt,
Der ganze Kosmos voll Erbarmen
Und Grauen die Antennen ringt.

Derselbe Wissenschaftler macht auf zahlreiche Apokryphen aufmerksam, die auf der Erde verfaßt und fälschlicherweise den Entianern zugeschrieben worden sind. Dies wird ersichtlich aus den darin vorkommenden lyrischen Requisiten wie Rosen, Bienen oder Schmetterlingen – auf der Entia gibt es weder solche Tiere noch solche Pflanzen.*

* Professor Teodoroff meint ein Lied, das angeblich aus Losannien stammt:

Bestäub mein Mägdlein ich im Rennen,
Bring Lieder ich ganz tanzestoll
Von Bienchen, Röslein, Schmetterlingen.
Auch du, unselig Menschnation,
Darfst heftig um dein Weibchen brennen,
Doch strebst du zu ihm brünstevoll,
Willst selig du es an dich bringen,
Mußt du durch seine Kanalisation...
Wie willst du das besingen?

Kommen wir jedoch auf die Dinge der Natur zurück. Das Leben stand in den Sümpfen unter einer so großen Bedrohung, daß die Bewohner weder auf Jagd noch bei der Fortpflanzung im Laufe innehielten. In der Brunstzeit veranstalten die Flugunfähigen rituelle Tänze, worauf zuerst die Weibchen aus der Herde ausbrechen und nach allen Seiten auseinanderstieben, verfolgt von den Scharen der Männchen. Die Eingeholten werden in Wolken von Zeugungsstaub gehüllt, den sie in vollem Galopp in die Nüstern ziehen. Eine Vaterschaft ist unter solchen Umständen begreiflicherweise nicht feststellbar, selbst wenn die Befruchtung ohne Polymix bzw. Polypollen auskommen könnte. Daß sie es mit Sicherheit nicht tun kann, haben Orr, Angutt, Thang und ihr Mitarbeiterstab im Massachussetts Institute of Sexual Technology in einem mit Computern nachgestellten Modellversuch bewiesen.

Ich habe den Eindruck, daß die interplanetaren Beileidsbezeigungen und Kondolenzkundgebungen Verärgerung bei unseren Wissenschaftlern ausgelöst haben, ohne daß diese sich in der Lage gesehen hätten, ihren Gefühlen freien Lauf zu lassen oder das doch von edlen Absichten geleitete Wohlwollen kategorisch zurückweisen zu dürfen. Daher nahmen sie sine ira et studio Revanche, indem sie wie nebenbei die große Unbequemlichkeit der Prokreation im Galopp hervorhoben. In den losannischen Biologen fanden sie jedoch harte Widersacher: Wenn die beste Gesundheit ohne jeden Zweifel derjenige aufweise, der möglichst schnell und lange laufen kann, so garantiere der entianische Hochzeitsmechanismus seit eh und je das Überleben der in jeder Beziehung tüchtigsten Individuen, was sich von Akten, die sich im Gras oder im Bett vollziehen, wahrhaftig nicht sagen ließe, denn hinlegen könne sich auch ein ausgemachter Klumpfuß. Um diese apodiktische These gab es einen gewissen Wirbel, weil sich nicht alle unsere Losannisten in der Übersetzung des letzten Wortes einig waren. Professor Digorilles (nicht zu verwechseln mit Gorilles!) beispielsweise ist der Ansicht, richtig müsse es heißen: »ein ausgemachter Pervertierter«. Andere bestreiten das mit dem Hinweis darauf, daß unter den Entianern jeder Begriff zumal für sexuelle Perversionen völlig fehlt, da für deren Unstehung dort keinerlei Chance gegeben war.

Um diese Frage abzuschließen, will ich erklären, woher die Lokalisierung des Sexus im Gesicht der Entianer stammt: aus dem Amphibien- oder – präziser – dem Sumpfleben ihrer ältesten Vorfahren vor einer Jahrmilliarde. Bestimmte Lurche suchten nach irdischer Art Eier zu legen, die jedoch schwerer waren als Wasser (das lag an ihrer chemischen Zusammensetzung, aber wenn ich auch das noch erklären sollte, käme ich nie zu Ende), untersanken und im Schlamm zugrunde gingen. Es kam zu Mutationen, zur Artenradiation und so weiter, bis nur noch die Sexofaciales und Spermonarinales überdauerten, die Blasen mit schwimmfähigem Laich bzw. Samen aus der Nase stießen. Später ging es noch recht wechselvoll zu, aber ich will den Bericht über meine Genfer Lektüre nicht in ein Lehrbuch der entianischen Evolution verwandeln. Wer sich für Einzelheiten interessiert, wende sich einfach an die Abteilung des Kalbes im MfAA und bitte um Zutritt zu den Archiven!

Meine Studien hatten bereits fünf Wochen in Anspruch genommen, von meinem Zwangsaufenthalt in der Schweiz verblieben mir knapp zwei Monate, aber das erschien gering angesichts der bisher noch nicht durchmessenen Räume der riesigen Bibliothek. Trotzdem ließ ich den Mut nicht sinken, obwohl ich ein richtiger Einzelgänger geworden war. Die Tage verschlief ich, um erst zu erwachen, wenn die Schweizer, in der Genugtuung, ihre Tagesgeschäfte erledigt zu haben, in die Pantoffeln oder unter die Bettdecke schlüpften. Ich hingegen stopfte die Aktentasche voll mit Kaffee, Zucker und Stullen (bei Crackers und Keksen wurde mir inzwischen schlecht, kaum daß ich das Etikett sah) und marschierte durch die verödenden Straßen zum MfAA.

Strümpfli ließ nichts von sich hören, und so hatte ich keine Ahnung, daß er und seine Vorgesetzten mein fleißiges Tun diskret verfolgten und mit meiner Person sehr konkrete Absichten verbanden, als gewiefte Diplomaten aber nicht vor der Zeit mit der Sprache herausrückten. Ich weiß selber nicht, was ich getan hätte, wenn ich von ihren Plänen unterrichtet worden wäre. Wahrscheinlich dasselbe, denn ich brannte von ehrlichem Wollen, die volle Wahrheit über unsere fernen Brüder im Geiste zu erfahren.

Das prinzipiell andere der entianischen Kultur entsprang

den grundlegenden Unterschieden in der Fortpflanzung. Auf der Erde ist das zentrale Element der Kampf um das Recht, das Weibchen zu decken, also ein Faktor der offenen Konkurrenz. Auf der Entia hat dieses Phänomen jedoch seit Urzeiten kollektiven Charakter. Wären die Weibchen schlechter oder wenigstens nur ebenso schnell wie die Männchen gelaufen, so wären die Rassen der großen Laufvögel nach einigen Dutzend Generationen schwerfällig geworden. Von daher drohte Verderben, und deshalb siegten im Kampf ums Dasein die Gattungen der langbeinigen Weibchen, die zu erjagen keine geringe Anstrengung erforderte. Auch war sehr wichtig, daß die Männchen augenblicklich erkannten, daß die Befruchtung oder vielmehr Bestäubung perfekt war. Das von Staubwolken umhüllte Weibchen gibt einen durchdringenden Schrei von sich, der unseren Ohren ziemlich weh tut, weil er beim Einatmen abgegeben wird. (Bei derartigen Marathonläufen dürfte es schwerfallen, beim Ausatmen zu schreien!) Zuweilen passiert in dieser Phase eine sogenannte momentane Fehlgeburt, wenn nämlich der in die Nase wirbelnde Staub das Weibchen zum Niesen bringt. Dann aber nimmt die Meute der Männchen von neuem die Verfolgung auf, buchstäblich bis zum Umfallen, denn die Schwächeren brechen unterwegs zusammen.

Die Fähigkeit, Schreie zur Verständigung auszustoßen, war der Grundstein für die Entwicklung der Sprache. Man sollte sich vergegenwärtigen, daß der Kehlkopf des Vogels sich dafür viel besser eignet als beispielsweise der des Affen. Einem Schimpansen wird man die menschliche Sprache nicht beibringen, Stare oder Papageien hingegen haben damit keine Schwierigkeiten. Interessantes ist von ihnen nur darum nicht zu hören, weil es ihnen an Gehirn fehlt.

Vom ursprünglichen Federkleid ist den Entianern so gut wie nichts geblieben, lediglich ein den Körper überziehender Flaum mit etwas dickeren Streifen an der Außenseite der Arme, dort, wo früher die Schwungfedern saßen. Ohne den Ausflug in die Vergangenheit, den ich mir hier erlaubt habe, bleibt der Abgrund unbegreiflich, der zwischen dem geistigen Leben auf der Erde und auf der Entia klafft. Die auffällige Menschengestalt der Entianer ist das Resultat entwicklungsgeschichtlicher Konvergenz, aber trotz der greiffähigen Hand, des Schädels, der in seinem Volumen dem des Menschen nahekommt, der vertikalen Körperhaltung, der Fähigkeit der Sprache dürften wir sie – wie entianische Wissenschaftler behaupten – schwerer verstehen als die höheren Affen, von denen wir abstammen.

Bevor ich einen Blick auf ihre Philosophie und ihren religiösen Glauben werfe, will ich aufzählen, was uns ganz vertraut, ihnen aber gänzlich unbegreiflich und unzugänglich ist. Sie kennen nicht – können es nicht kennen – all die erotischen Verstrickungen und Verirrungen, die Begriffe der Inbesitznahme des erotischen Partners, der Treue, des Verrats, der Monogamie und Polygamie, des Inzests, der sexuellen Hingabe und des Widerstrebens, sie kennen auch keinerlei genitofugal oder sexozentrisch geschaffene Kulturformationen, denn auch das ist schlechthin unmöglich. Wir haben uns von den dortigen Anthropologen manches an kategorischen Sprüchen über irdische Kulturen anzuhören. (Unsere Wissenschaftler haben sich die für die Entianer typische Schroffheit des Urteils nie erwerben können.) Die irdischen Begriffe des Reinen und Unreinen sowie die daraus resultierenden Rituale der Buße und Vergebung, der Askese als Kampf gegen die Sinnlichkeit, der Enthaltsamkeit als Rebellion gegen den Geschlechtstrieb, dessen Verdammungen und Erhöhungen haben – so behaupten die Entianer – zu einer Parzellierung des Körpers durch dessen menschlichen Besitzer geführt, so daß in bestimmten Epochen, zum Beispiel im Mittelalter, die Kultur diesen Körper wahrhaften Folterqualen aussetzte, indem sie den oberen Teil gen Himmel zog, den unteren jedoch in die Hölle trat. Kein Theologe hat (obwohl dazu zwei Jahrtausende Zeit war) je auch nur ein Wort darüber verlauten lassen, was die Menschen, denen das Christentum die Auferstehung des Fleisches garantiert, im Paradies mit ihren Genitalien anstellen werden. Und die von der Renaissance ausgehende hedonistische Zivilisation war – immer nach Ansicht der Entianer – auch nur eine Gleichberechtigung beider Körperhälften, die der Kultur nicht bekommen ist, weil im Effekt der Mensch des Unterleibs den Menschen des Herzens und Verstandes besiegt hat.

Der Unterleib war übrigens ein harter Brocken für alle Kulturen, sowohl für die des Westens mit ihrer Opposition von Sünde und asketischer Heiligkeit als auch für die des Ostens, wo dieser Dualismus von den Begriffspolen der Zügellosigkeit und der totalen Negation des Leibes (Nirwana) ersetzt wurde. Der unglückliche Homo schlug sich, so sagen die Entianer, mit diesem Körper herum und fand kein endgültiges Mittel, sich mit ihm zu versöhnen, sondern nur Surrogate und Phantome, wenn nicht sogar die Moraste des Selbstbetrugs. Wie muß das die Menschen aufgehalten haben, wenn sie über Jahrtausende hinweg einen riesigen Teil ihrer Geisteskräfte investierten, um die unwiderruflich in ihrem Körper befindlichen Verhältnisse zu entschuldigen, zu rechtfertigen oder schlechtweg zu verdrehen. Wie haben sie sich abrackern und selbst belügen müssen, damit die These von der Schöpfung nach dem Bilde des Allerhöchsten sich vereinbaren ließ mit jener Organverwachsung, über die der heilige Augustinus den panischen Schrei tat: »Inter faeces et urinam nascimur.« Stets mußte das eine idealisiert, das andere verschwiegen werden, mal war etwas zu verstecken, ein andermal etwas umzubenennen. Auch gab es keine Revolution im geistigen Leben, die je das volle Einverständnis mit der einmal vorhandenen Anatomie geboten hätte. Allenfalls änderten sich die Phasen, die Prüderie wurde vom Zynismus oder der ihm verwandten Ostentation überwältigt – so, als hätten sich die Menschen gesagt: »Wenn dem schon nicht abzuhelfen ist, dann machen wir von den vorgefundenen Organen unablässig Gebrauch, und sei es nur, um die Prokreation unmöglich zu machen. Erheben wir uns wenigstens auf diese Weise gegen die Natur, wenn wir anders nicht können!«

An den großen Zeitenwenden erschienen die buchstäblich genitalen Probleme nicht im Vordergrund, was auch unschwer zu verstehen ist: Die zunehmend der Vernunft anhängende Zivilisation wollte sich selbst nicht eingestehen, bis zu welchem Grade sie in ihrem Rationalismus durch die Biologie beschnitten ist. Die Renaissance war dennoch das öffentliche Bekenntnis des Menschen zu seinem Körper auch in jenen Teilen, die das Grauen der Theologen weckten. Im Fernen Osten hingegen erblickten die Denker im Nichts das einzige wahrhaft radikale Mittel gegen die zwischen den Sinnen und dem Geist, zwischen delectatio moroea und ratio zerrissene Person. Entweder Wollust, die über den Abscheu siegt, oder Abscheu, zu dem man sich nicht bekennen darf, weil derjenige, der die Norm in Frage stellt, allein schon dadurch unnormal wird. So formulieren die Entianer unser ewiges Dilemma.

Ich suchte irdische Experten, die den Handschuh (oder eigentlich etwas ganz anderes) aufnahmen, fand aber merkwürdigerweise nichts, was überzeugend geklungen hätte. Schließlich ging es nicht um Sophistik, sondern um eine logisch schlüssige Widerlegung jener Einlassungen. Wenn die Unsrigen den Entianern nichts schuldig blieben, so nicht in Kontern auf dem Felde des Sex, sondern auf gänzlich anderen Gebieten. Dadurch ergaben sich in der Auseinandersetzung unausweichlich Brüche und Verwerfungen, und das war schade. Die Überlegungen, die Geschöpfe von anderen Planeten über den Menschen anstellen, können nicht als Beleidigung angesehen werden. Sie sind nur betrüblich als ein weiterer Beweis dadür, daß der menschliche Anspruch auf kosmischen Universalismus einmal mehr hinfällig geworden ist.

Ein alter Philosoph hat gesagt, es sei bitter, eingestehen zu müssen, daß wir ein weiteres Mal vom Thron gestoßen wurden und unsere hohen Ansprüche zerronnen sehen müssen – und dies nicht durch abstrakte Überlegungen, sondern durch den augenfälligen Beweis in Gestalt vernunftbegabter Wesen. Diese unwiderlegliche Tatsache hat uns gezeigt, wie eitel die Anstrengung des Menschengeistes war, für rein lokale irdische Fälle einen notwendigen und damit allgemeingültigen Vernunftgrund zu suchen. Welche Berge halsbrecherischer Argumente haben wir zusammengetragen, um aus der menschlichen Kondition eine Konstante im Maßstab des Universums zu machen! Bis zu welchem Grade hat der Mensch sich von Illusionen über die Objektivität wiegen lassen, die ihm die Welt mindestens erweist, wenn sie allem trostspendenden Glauben zum Trotz schon keine wohlwollende, wohlgesonnene Welt ist. Was irgendwelchen Urmollusken, Trilobiten und Panzerfischen vor einer Jahrmilliarde zustieß, was einfach eine Frage des Maßnehmens und Mischens von Organkopplungen war, was außer der jeweils akut werdenden Funktion keinerlei allgemeineren Sinn hatte, ist unser Erbe geworden und hat – wie wir jetzt sehen – einen so heftigen und aussichtslosen Kampf unserer besten Geister ausgelöst, die alle Kräfte auf eine Karte setzten, um etwas, was sich als Einrichtung des Körpers so nicht verteidigen läßt, auf die ungetrübten Wasser einer Schöpfung zu manövrieren, die sich zu ihren Kreaturen loyal verhält.

Der Philosoph setzte hinzu, man solle übrigens aus den entianischen Signalen nicht den voreiligen Schluß ziehen, denen dort sei dank eines günstigeren geschichtlichen Zufalls ein besseres Los beschieden als den Menschen. Das Nichtvorhandensein fremden Unglücks macht noch nicht das eigene Glück. Die dort haben es zum Paradies genauso weit wie wir. Jede vernunftbegabte Art hat ihre Dilemmata, wobei die unüberwindlichen nicht den geringsten Anteil stellen, und die Regel des Vom-Regen-in-die-Traufe-Kommens scheint es wert zu sein, als Manifest an das ganze Weltall gerichtet zu werden. Übrigens fehlt es auch nicht an Leuten, die im menschlichen Sex die Überlegenheit des Homo sapiens über den Homo entianensis erblicken, aber solche Vergleiche sind schon vom Prinzip her Unsinn, denn weder ist es so, daß die uns unzugänglichen Gefühle und Erlebnisse anderer erlesener wären als die unseren, noch ist es so, daß sie minderwertiger wären. Akzeptiert man die Gleichheit in der Vernunft (die offenbar vorhanden ist) und die Unterschiede im Bau der Körper, die vom Rührwerk der Evolution auf eine planetarische Bühne geschleudert wurden, so kann man nur Feststellungen treffen. Der Rest, die Beurteilung der Lebensqualität, ist in jedem solchem Falle anständigerweise und notgedrungen – Schweigen.

Der Glaube und die Weisheit

Am ersten oder zweiten September riß mich genau um Mittag das Klingeln des Telefons aus tiefstem Schlaf. Rechtsanwalt Finkelstein bat mich um einen Besuch. Ich machte mich sofort auf den Weg in der Hoffnung, nachher bis zum Abend noch ausschlafen zu können. Das war unabdingbare Notwendigkeit, denn heute wollte ich zum Sturm auf die letzte, die philosophische Bastion der Archive ansetzen. Hätte ich jetzt geduscht, wäre ich zu munter geworden, hätte ich es nicht getan, wäre mir in der Schläfrigkeit womöglich entgangen, was mir der Anwalt mitzuteilen hatte. Ich wählte den Mittelweg und nahm ein Sitzbad, dann ging ich zu Fuß zu Finkelsteins Büro, reichlich verwundert über den Straßenverkehr, den ich nicht mehr gewohnt war. Ich bin zwar kein Solipsist, dennoch überkommt mich zuweilen das Gefühl, daß dort, wo ich nicht bin, vor allem aber dort, wo ich war und fortgegangen bin, alles Leben erstirbt oder wenigstens ersterben sollte. Das sind private Gedanken, die ich nicht überschätze, sondern nur mitteile, um es meinen künftigen Biografen leichter zu machen. Ich tue es rein prophylaktisch, denn wenn den Biografen echte Details aus dem Leben eines berühmten Mannes fehlen, saugen sie sich massenweise falsche aus den Fingern.

Der Rechtsanwalt empfing mich mit einem strahlenden Lächeln und bot mir Kaffee an, den ich jedoch ausschlug, sonst hätte ich nachher nicht mehr schlafen können. Finkelstein hatte, wie ich bemerkte, auch eine neue Sekretärin, so hübsch, als könnte sie nicht Maschineschreiben. So war es auch, der Anwalt verhehlte es gar nicht. Sie machte auch gräßliche Rechtschreibefehler und steckte – was das schlimmste war – die Briefe in die falschen Kuverts. Sie war aber so schön anzuschauen, daß die Klienten öfter vorbeikamen, als nötig gewesen wäre. Das erinnerte mich an ein Buch, das ich in der Nacht zuvor studiert hatte, und ich sagte dem Anwalt, daß der Bann, in den uns ein schönes Frauengesicht schlägt wie ein Schlangenblick, im Grunde ein komplettes Rätsel ist. Richtig klar geworden war mir erst bei jener Lektüre, in der ich auf ein verblüffendes interplanetares Mißverständnis stieß.

Eine zur Untersuchung der irdischen Fernsehprogramme eingesetzte Expertenkommission von Menschenkennern hatte – vor allem dank der Betrachtung von Schönheitswettbewerben – festgestellt, daß bei uns bestimmte weibliche Gesichtstypen den Vorzug vor anderen erhalten. Man zerbrach sich darüber den Kopf und kam zu der amtlich verlautbarten Hypothese, das Gesicht erfülle bei den Menschen die Funktion eines Datenschilds, etwa wie die Messingtäfelchen, die man mit Angabe von Leistung und Spannung an Elektromotoren anbringt. Die Entianer als andere Gattung sind, wie die Kommission erklärte, außerstande, von den Frauengesichtern die Parameter abzulesen, da diese weder digital noch analog gespeichert sind. Einen Kode müsse es dennoch geben; die Farbe der Iris, der Schnitt von Nase und Mund, die Anordnung der Kopfbehaarung – all das seien für die Menschen lesbare Zeichen. Vielleicht erkenne man daran die Funktionstüchtigkeit des Stoffwechsels, die Immunität gegen irdische Krankheiten, die Tüchtigkeit im Laufen (was man freilich leichter direkt von den Beinen ablesen könne), das allgemeine Niveau der Intelligenz. Etwas habe das bestimmt zu bedeuten, denn die Gesichter der Schönheitsköniginnen unterscheiden sich von denen durchschnittlicher Menschenweibchen nicht mehr als die Buchstaben des Alphabets. Um die ästhetische Seite handele es sich also nicht, denn ein paar Millimeter mehr oder weniger Nase könnten keine ernsthafte Rolle spielen.

Die Kommission arbeitete sehr gewissenhaft und prüfte elf alternative Hypothesen, beginnend selbstverständlich mit der biologischen, in der Annahme, das Menschenmännchen lese aus dem Gesicht des Weibchens die Merkmale ab, die es seinem Nachkommen wünscht. Diese Konzeption brach jedoch im Lichte der Überlegung zusammen, daß weder im gesellschaftlichen noch im beruflichen Leben auf der Erde eine Bevorzugung der schmalen zuungunsten der plumpen Nasen oder der abstehenden zuungunsten der anliegenden Ohren festzustellen sei. Wenn das Männchen aber starke Nachkommen will, wird aus der weiblichen Muskelbildung mehr zu erfahren sein als aus einem Blick in die Augen. Falls es um leichtes Gebären geht, sollte die Breite des Beckens gemessen werden. Die Menschen verfahren aber nicht so. Da ihre Beine in den Knien nach vorn knicken und ein beträchtlicher Teil des Lebens sitzend verbracht wird, könnte die federnde Wirkung der Hinterbacken eine gewisse Auslesefunktion haben, und in der Tat sieht es so aus, als spiele das für die Männchen eine Rolle. Dem Gesicht geben sie jedoch deutlich den Vorrang, und das läßt sich durch das Sitzen auch auf härtesten Schemeln nicht erklären.

Die unglückliche Kommission prüfte an die 800000 Fotos von Schauspielerinnen, Fernsehansagerinnen und Hausfrauen, um eine Korrelation zwischen den Gesichtszügen und der Anfälligkeit für Gallensteine, Krampfadern, Fußschweiß und sogar der Sanftmut des Charakters aufzuspüren, fand davon jedoch nicht die Spur und steckte in der Klemme.

Als einige Erdenbewohner auf dem Planeten erschienen, befragte man schließlich diese, konnte aber nichts Wissenschaftliches von ihnen erfahren. Die Kommission schloß daraus, daß die in den Gesichtern schöner Frauen verschlüsselten Attribute auf der Erde Staatsgeheimnis seien und nicht mitgeteilt werden dürften, weil das Hochverrat sei. Überhaupt nicht in den Kopf wollte den gelehrten Entianern, daß die befragten Menschen selber nicht wußten, warum vor dem Gesicht Marilyn Monroes jeder Mann weit die Augen aufriß, während sie ihm beim Anblick seiner Bürokolleginnen eher zufielen.

Rechtsanwalt Finkelstein lachte lange und meinte, ich vergeude meine Zeit keineswegs, wenn ich mich so tiefsinnigen Studien hingebe. Dies freue ihn um so mehr, als er eine günstige Nachricht für mich habe. Küßmich zeige eine gewisse Kompromißbereitschaft. Die Sache beginne sich hinzuziehen, weil Geschmacksprüfer aufgetreten seien und behaupteten, jenen goldenen Kaffee werde niemand auch nur in den Mund nehmen. Küßmich habe bisher nicht feststellen können, ob das ehrliche oder von Nestlé untergeschobene Experten seien. Kurz, wenn ich auf das Schloß verzichte, erstatte Küßmich 75 Prozent der von mir aufgewendeten Renovierungskosten, und die verleumderischen Aussagen, die er gegen mich gemacht hatte, würden unter den Teppich gekehrt. Als Rechtsanwalt Finkelstein fertig war, sah er mich erwartungsvoll an.

»Was weiß ich«, sagte ich nachdenklich. »Im Grunde ist dieses ganze Schloß für mich schon Schnee von gestern. Aber warum soll ich dabei einbüßen? Es geht nicht um Geld, sondern um die Gerechtigkeit. Wie alt ist denn eigentlich dieser Herr Doktor Küßmich?« fragte ich, von einem neuen Gedanken berührt.

»Achtundsiebzig.«

»Dann sollte er nicht mehr das Geld im Kopfe haben«, erklärte ich streng. »Und Sie, was raten Sie mir?«

»Ich kann weitermachen«, sagte er kichernd, »ich wollte mich nur vergewissern, daß auch Sie dazu stehen. Wir haben noch fünf Wochen bis zur nächsten Verhandlung.«

»In dieser Zeit kann viel passieren«, sagte ich und hatte keine Ahnung, wie prophetisch diese Worte waren. Zum Abschied bat ich den Anwalt, mich künftig möglichst nicht tagsüber anzurufen, wenn ich schlief, sondern abends zwischen sieben und acht Uhr, wenn ich dabei war, mich vor dem Aufbruch in die Bibliothek frischzumachen.

Zu Hause angekommen, hatte ich mich kaum ausgezogen und hingelegt, als es wieder klingelte, diesmal an der Tür. Wütend öffnete ich und sah vor mir einen würdigen Herrn mit einer Aktentasche. Ich wollte ihn schon für einen neuen Anwalt Küßmichs halten, aber er war Mitarbeiter der Redaktion eines Weltmagazins und wollte von mir ein Interview über kosmische Angelegenheiten.

Im ersten Moment wollte ich ihm die Tür vor der Nase zuschlagen, dann fiel mir ein, daß Rechtsanwalt Finkelstein darüber sehr unzufrieden gewesen wäre. Meine Äußerungen für ein weltweit vertriebenes Presseorgan konnten die Verhandlungsposition im Streit mit dem Schurken stärken, der sich an der Naschsucht von Kindern bereicherte. Ich hatte den Namen der Zeitschrift zwar nicht verstanden, aber im Treppenhaus zog es, und so bat ich den Gast herein. Als er es sich bequem gemacht hatte, erfuhr ich, daß er die Redaktion von »Penthouse« vertrat. Mir lief es kalt über den Rücken, offenbar wurde ich von den Zeugungsorganen der höchsten irdischen Säugetiere verfolgt, da ein Magazin, das sich auf die Reklame für diese Körperteile spezialisiert hatte, mich nicht schlafen ließ.

»Was wünschen Sie von mir?« fragte ich. Dieser Redakteur entsprach in keiner Weise meiner Vorstellung von »Penthouse«-Mitarbeitern. Er trug auf dem Leib keine grelle Kleidung, im Gesicht keine wollüstige Miene und auf den Lippen kein laszives Grinsen, aus seinen Taschen quollen keine Pornofotos. Er sah aus wie ein Diplomat aus dem Modejournal, er hatte graue Schläfen, ein diskret gestutztes Schnurrbärtchen, den tiefen Blick des Intellektuellen und die flache schwarze Tasche des Advokaten. Er schlug ein Bein übers andere, durchleuchtete mich mit einem Strahlenlächeln und sagte, es sei höchste Zeit, daß die Geheimnisse des kosmischen Sex angemessene Verbreitung fänden. Ich entnahm daraus, daß dieser vornehme Pinkel von meinen Studien im MfAA wußte. Jetzt, da er mich aus dem besten Schlaf gerissen hatte, konnte es mir keine ausreichende Genugtuung mehr bieten, ihm einfach die Tür zu weisen. Ich mußte ihm eine größere, sorgfältig durchdachte Gemeinheit antun und erst dann sagen, er solle sich zurück in seinen Genitalienspeicher scheren.

»Ich gebe Ihnen ein Interview unter der Bedingung, daß alles, was ich sage, völlig unverändert abgedruckt wird. In Anbetracht gewisser Erfahrungen, die ich hierzulande gemacht habe, gebe ich mich mit einer mündlichen Zusage nicht zufrieden. Ich verlange zuverlässigere Garantien!«

Eine langwierige Verhandlung begann, denn der Redakteur hatte angebissen. Er wurde, je solidere Garantien ich forderte, um so sicherer, ich würde Obszönitäten, von denen nicht einmal er eine Ahnung hatte, nur so aus dem Ärmel schütteln. Er stimmte sich telefonisch mit seiner Redaktion ab, ich verständigte mich mit meinem Anwalt, um sicherzugehen, daß die Erklärung, die der Redakteur mir ausstellte, als Rechtsgrundlage ausreichte, die Zeitschrift bei Unterlassung oder Entstellung meines Interviews auf 800000 Dollar zu verklagen. Ich nannte absichtlich eine so hohe Summe, damit der Bande das Wasser im Munde zusammenlief. Rechtsanwalt Finkelstein diktierte mir den Text der Erklärung, damit sie in jedem Punkte unanfechtbar war, ich schloß sie in den Schreibtisch und bekam immer größere Wut, denn von Schlafen konnte an diesem Nachmittag keine Rede mehr sein. Ich schenkte dem Redakteur von einem widerwärtigen Weinbrand ein, den mein Vormieter in der Hausbar zurückgelassen hatte, nahm mir – angeblich wegen meiner Nieren – eine Tasse Tee und gab, während der Recorder lief, folgende Erklärung ab:

»Ich rede nicht im eigenen Namen, sondern als Sprecher der galaktischen Zivilisationen. Der Sex irdischen Stils ist ihnen unbekannt. Wir stellen in dieser Hinsicht im Universum so etwas wie ein Monster dar, dem das Gesicht ins Gesäß gewachsen ist – und dies in globalem Maßstab. Die Fortpflanzung soll von Beginn an unter der Kontrolle des Blicks erfolgen, und so ist es überall. Einmal in zwei Trillionen Fällen verwechselt die Evolution die Richtung von Körperein- und Körperausgängen. Die kosmischen Sachverständigen sind sich in der Behauptung einig, daß eben diese Peinlichkeit auf der Erde vorgefallen ist. Die Prokreation liegt in dem Teil des Körpers, der für die Ausscheidungen zuständig ist. Den irdischen Arten stellte sich die Alternative, diese Gegenden liebzugewinnen oder auszusterben. Alle Organismen, die den Tod höher schätzten als den Unflat, sind in der Tat ausgestorben. Geblieben ist das, was bereit war, Gefallen an den Ausscheidungsgängen zu finden. Das ist unsere unverschuldete Tragödie, ein Gebrechen in astronomischer Dimension.

Bekanntlich ist der Prokreationsprozeß insgesamt alles andere als angenehm. Der Zustand der Schwangerschaft ist nicht ergötzlich, und auch die Entbindung kann nicht als ausgesprochenes Vergnügen angesehen werden. Jeder kindesschöpferische Prozeß umfaßt vom ersten Anlauf bis zu dem Zeitpunkt, da der Prototyp ante portas erscheint, neun Monate, also 398000 Minuten. Spaß bereiten davon allein die ersten fünf bis acht oder meinetwegen zehn. Die restlichen 388990 bieten überhaupt kein Vergnügen mehr, sondern im Gegenteil mancherlei Beschwerlichkeiten, die in großen Schmerzen enden. Nach Ansicht der galaktischen Ökonomen ist dies das schlechteste Geschäft, das man sich denken kann: als hätte man eine Minute Genuß beim Verzehr einer Praline mit einem Monat Bauchschmerzen zu bezahlen. Der Körper kann nichts für die Transaktion, die er anbieten muß, sie ist ihm unverlangt zuteilgeworden und trägt nicht die Zeichen des bösen Vorsatzes oder Betrugs, ist also niemandes Schuld. Das hat sich jedoch geändert, seit sich das Großkapital der menschlichen Instinkte bemächtigt hat, um Profit zu machen, indem diese Instinkte in entflammter Bereitschaft gehalten werden. Es ist sträflich, die Durstigen durch Vorführung großer Mengen von Sodawasser und hochwertigen Erfrischungsgetränken zu reizen, wenn man ihnen damit den letzten Groschen aus der Tasche zieht und den Durst doch nicht stillt. Es ist niederträchtig, den Hungrigen mit Fotografien von Brathähnchen in Salat und malerischen Sahnetorten etwas vorzugaukeln. All das aber ist gar nichts gegen die Machenschaften derjenigen, die damit Profit machen, daß sie verschiedene mehr oder minder unappetitliche Körperöffnungen als Pforten des Paradieses preisen.

Die Galaxis hat, nachdem ihr diese Ausbeutung des Menschen durch den Menschen bekannt geworden ist, den Beschluß gefaßt, ihr ein Ende zu machen. In Kürze werden uns Rettungsexpeditionen zu Hilfe eilen. Die entsprechende Dokumentation wird seit langem auf den fliegenden Untertassen gesammelt, die man zu diesem Zweck hierher entsandt hat. Die Ausbeuter und Nutznießer werden zur lebenslänglichen Praktizierung all dessen verurteilt, was sie der unglücklichen Öffentlichkeit angeboten haben, unter Zwangsanweisung des gesamten Arsenals der von ihnen produzierten Lustinstrumente. Der Kosmische Rat hat vergeblich nach mildernden Umständen gesucht. Es ist richtig, daß der Mensch aus seiner Not bestimmte Erfindungen abgeleitet hat wie Dampfmaschinen, Hobelmaschinen, Sägewerke, dazu auch Schubladen und Flaschenkorken. Redaktionskollegien in der Art des Ihren können nicht einmal so etwas zu ihrer Verteidigung vorweisen. Eure Publikationen schreien zum Himmel, und dieser wird demnächst erscheinen und tun, was er für notwendig hält. Das ist alles. Auf Wiedersehen.«

Der Redakteur suchte meine Worte ins Spaßhafte zu kehren, aber ich half ihm hinaus. Ich war so wütend, daß ich bis zum Abend kein Auge schließen konnte und sehnsüchtig der glücklichen Vögel auf der Entia gedachte, die sich jagen und bestäuben wie die Schmetterlinge. Nach acht Uhr ergriff ich wie immer meine Tasche mit dem Proviant und machte mich auf den Weg zu meinem Studienort. Ich war sehr unzufrieden mit meinem Interview, es war nutzlos gewesen, haßerfüllt die glänzenden Knöpfe am Anzug des Redakteurs anzustarren und mit dem Blick die tadellos gebundene Krawatte in Flammen stecken zu wollen. Wie gern hätte ich ihn an dieser Krawatte über den Fußboden gezerrt! Ich habe gehört, daß die Herren aus diesen Redaktionen – ganz wie die Rauschgifthändler niemals selber ihre Ware genießen – ausschließlich die Abenteuer der Biene Maja lesen. Darüber dachte ich nach, bis das schmiedeeiserne Tor des Ministeriums vor mir aus dem hereinbrechenden Dunkel tauchte. Zusammen mit dem Erdenstaub streifte ich auch die irdischen Gedanken ab, denn mich erwartete der Aufstieg in die höchsten Regionen fremder Geistesarbeit.

Die Lektüre der Theologien, Theodizeen und Philosophien verlangte die ganze Spannkraft des Verstandes. Darum öffnete ich das Fenster, machte dreißig tiefe Kniebeugen, setzte die Kaffeemaschine an, schluckte vorbeugend eine Aspirintablette und griff nach dem ersten Band des bereits zurechtgelegten Bücherstapels, wobei sich meiner Brust unwillkürlich ein leiser Seufzer entrang. Die kleinen Schrullen großer Denker sind eine allgemein bekannte Tatsache, von den Lehrbüchern der Philosophie allerdings werden diese unschönen und anfechtbaren Geschichten in der Regel verschwiegen. Der eine hat eine alte Dame die Treppe hinuntergeworfen, daß sie sich beide Beine brach, ein anderer hat ein Kind gemacht und es verleugnet. Das waren individuelle Streiche und Flegeleien. In einem Faß zu sitzen oder Kollegen zu denunzieren, das ist vielleicht häßlich, aber auch nur banaler Unfug. Auf der Entia war es anders, vor allem im späten Mittelalter, als die Philosophie in Blüte stand. Die dort entstandenen Schulen (gleich sage ich mehr darüber) bekämpften sich auf eine anderswo unbekannte Weise. Jedermann kennt Wahrheitsbeteuerungen wie »Der Schlag soll mich treffen«, »bei meinem Leben«, »die Erde soll mich verschlingen«. Zwei Schulen nun, die firxirische und die tirtrakische, machten diese Drohungen zu einem Mittel der eristischen Argumentation.

Die Ursache lag darin, daß sich die Hauptthesen der Philosophie nicht experimentell beweisen lassen. Man kann nicht beweisen, daß die Welt zu existieren aufhört, wenn niemand da ist, denn um zu beweisen, daß sie nicht existiert, muß man hingehen und nachsehen, und dann ist sie natürlich bombenfest vorhanden. Die Schüler des Firxatix gebrauchten dennoch ein empirisches Argument, das jeden Streit entschied.

Wollte der Widersacher nicht nachgeben und sich nicht überzeugen lassen, so drohten sie mit Selbstmord. Es mußte sich einer seiner Sache doch ausreichend sicher sein, wenn er bereit war, für sie zu sterben – und das auf der Stelle! Wer dem Argument noch mehr Nachdruck verleihen wollte, ließ sich die Haut abziehen und dergleichen mehr. Die Manier fand Verbreitung, und in der zweiten Hälfte des 17. Jahrhunderts wurden die Diskussionen auf Leben und Tod im Kollektiv geführt. Alle hatten es dabei schrecklich eilig, damit nicht zuerst die Gegner Hand an sich legten, denn dann hätte sie das entscheidende Argument nicht mehr erreicht. Einem Zeitgenossen, dem Philosophen Tiurr Möhöhöt, zufolge, hatte dieser Wahnwitz eine gute und eine schlechte Seite: einerseits befaßte sich mit der Philosophie nur derjenige, der sie mit tödlichem Ernst betrachtete, andererseits besitzt das Argument des Selbstmord natürlich keinerlei Beweiskraft und ist eine Form der Erpressung, nicht der Überzeugung. Einige Schulen, zum Beispiel die paletinische, haben sich durch dieses Verfahren stark ausgerottet, die übriggebliebenen Solipsisten aber allgemeine Rage ausgelöst. Das Argument konnte ihnen nichts anhaben, da die Welt aus ihrer Sicht nur in der Vorstellung existiert, folglich niemand wirklich Selbstmord begehen kann, sondern es ihm nur so scheint. Daher sei kein Grund vorhanden, sich aufzuregen.

Diese düstere Verirrung dauerte mehrere Jahrzehnte. Auf den ersten Blick fällt nur die kollektive Tollheit auf, die indessen auch von der Intensität zeugt, mit der man schon damals über die Natur der Welt nachdachte. Daß es Philosophen, die sich selbst entleibten, bei uns nicht gegeben hat, mag von unserer größeren Nüchternheit zeugen, entscheidet aber nichts im Bereich der aufgestellten Systeme. Bei uns ist der größte Einfluß auf die Entwicklung der Ontologie wohl von Plato ausgegangen. Ein Geist gleicher Stärke, aber gänzlich anderer Haltung war Xirax, der Schöpfer der Ontomission, einer Doktrin, die die Natur als grundsätzlich feindlich hinstellt. Die Beweisführung ist so bündig, daß ich sie hier im Wortlaut wiedergebe. Im Jahre 40 der Neuen Ära schrieb Xirax:

Der Unparteiische ist gleichgültig oder gerecht. Der Unpar-

teiische gibt all und jedem die gleiche Chance, und der Gerechte mißt alles nach einem Maß.
1. Die Welt ist nicht gerecht, denn in ihr ist
Vernichten leichter als Schaffen,
Peinigen leichter als Beglücken,
Verderben leichter als Erlösen,
Töten leichter als Beleben.
2. Xigronaus sagt, es seien die Lebendigen, die Lebendige peinigen, verderben und töten, also sei nicht die Welt ihnen feindlich, sondern sie einander. Aber auch derjenige, den niemand tötet, muß sterben, getötet vom eigenen Körper, der aus dieser Welt kommt – woher sonst? Also sagen wir: Die Welt ist ungerecht gegen das Leben.
3. Die Welt ist nicht gleichgültig:
Sie weckt die Hoffnung der Dauer, des Bestands und der Ewigkeit,
sie ist aber weder von Dauer noch von Bestand, und sie ist nicht ewig,
das heißt, sie ist trügerisch.
Sie läßt sich erforschen, führt aber die Forschenden in ein Erkennen ohne Boden, das heißt, sie ist perfide.
Sie läßt sich beherrschen, aber nur in launischer Weise.
Sie gibt ihre Gesetze preis, außer dem der Untrüglichkeit.
Dies hält sie uns verborgen. Das heißt, sie ist bösartig.
Also sagen wir: Die Welt ist nicht gleichgültig gegen die Vernunft.
4. Narzarox sagt, entweder existiere Gott und dann gebe es ein Geheimnis, oder Gott existiere nicht und so falle auch das Geheimnis fort. Wir erwidern: Wenn Gott nicht existiert, bleibt das Geheimnis, denn es steht so:
Wenn Gott existiert und die Welt geschaffen hat, dann ist bekannt, WER sie so ungerecht und parteiisch gemacht hat, daß wir in ihr nicht glücklich sein können. Wenn Gott existiert, aber die Welt nicht geschaffen hat, oder wenn ER nicht existiert, so bleibt doch das Geheimnis, denn wir wissen nicht, woher die feindselige Parteinahme der Welt kommt.
5. Narzarox spricht den Alten nach, daß Gott außerhalb der Welt ein glückliches Jenseits schaffen konnte. Wozu hat er, wenn das so ist, dann diese Welt geschaffen?

6. Austesaus sagt, der Weise stelle Fragen, um darauf eine Antwort zu geben. Dem ist nicht so. Er stellt Fragen, aber die Antworten gibt die Welt. Läßt sich eine andere Welt denken als diese? Es gibt zwei solcher Welten. In der unparteiischen wäre zerstören so leicht wie schaffen, verderben so leicht wie erlösen, töten so leicht wie Leben geben. In einer allgemein wohlgesonnenen Welt, die für das Gute Partei ergreift, wäre erlösen, schaffen oder beglücken leichter als verderben, töten und peinigen. Solche Welten lassen sich in dieser Weise nicht errichten. Warum nicht? Weil sie es nicht zuläßt.

Diese sogenannte Doktrin der Drei Welten ist zu Xirax' Lebzeiten und nach seinem Tode vielfach revidiert und interpretiert worden. Manche seiner Schüler vertraten die Ansicht, Gott habe keine bessere Welt schaffen können, da er Grenzen habe, andere meinten, er habe es nicht anders gewollt. Das gab den Anstoß, Gott als einem Andern unterworfenes, nicht unendliches Sein oder als unvollkommen gut anzusehen, aber es gab darüber hinaus noch viel mehr Auslegungen. Xirax mußte für die Verkündung der Drei-Welten-Theorie schwer büßen, Kaiser Zixizar verurteilte ihn zu einer zweijährigen Todesstrafe. Der Delinquent wurde so wohldosierten Martern ausgesetzt (der Henker mußte im Kaiserreich über medizinische Kenntnisse verfügen), damit er nicht vorzeitig starb, er wurde abwechselnd gefoltert und geheilt.

Die stärksten Argumente gegen die Xirax-Doktrin brachte Rahamasterax vor, einer der Begründer der Chemie im unteren Mittelalter. Er wies nach, daß sich das Leben in der neutralen und in der wohlgesonnenen Welt lawinenartig vermehren würde. Er würde die erstere also ausfüllen und rasch an sich selbst ersticken, während es in der letzteren spezielle Einschränkungen vorfinden müßte, die die selbstmörderische Fortpflanzung zügeln. Damit erweise sich die vorgeblich gleichgültige Welt als tödliche Falle, die wohlwollende aber als Gefängnis, denn immerhin beschneide sie die Freiheit alles Tuns. Dieser Beweis unterstützte jedoch indirekt den atheistischen Kern der Lehre von den Drei Welten, er bot eine Bestärkung in der Gottlosigkeit, indem er vor Augen führte, wie schief die Welt zum Leben liegt, das, da zufällig hineingeraten, ganz auf sich selbst gestellt ist. Daher mußte auch Rahamasterax für sein Werk zahlen, wurde als geringerer Übeltäter aber barmherzig geköpft.

Ihre letzte Renaissance erlebte die Theorie der Drei Welten in der Neuzeit anläßlich der stürmischen Entwicklung der Gravitationsphysik. Houshorux, der entianische Einstein, brachte es auf eine einfache Formel: Um zu sagen, warum die Welt so ist, wie sie ist, muß zuerst geprüft werden, ob eine andere möglich ist, die Leben hervorbringen könnte (könnte sie das nicht, wäre in ihr niemand anwesend – damit wird das Problem hinfällig). Auf die gestellte Frage läßt sich *niemals* eine Antwort geben, weil der Entwurf einer anderen Welt dem Entwurf einer anderen Physik gleichzusetzen ist. Dazu muß erst die Physik unserer Welt definitiv erkannt, also in Formeln der *äußersten* Wahrheit gefaßt sein – das aber zu schaffen ist aussichtslos. Genau hier kehrt das GEHEIMNIS der Philosophen des Altertums zurück: Wir wissen nicht, warum die Welt (also die Physik) sich erforschen läßt, ohne daß man an ein Ende gelangt. Wenn sie sich von keinem geistigen Modell endgültig fassen läßt, so heißt das, daß Vernunft und Welt nicht restlos reduzibel sind. Später unternommene Versuche des Beweises, daß es genauso in jeder Welt sein müsse, schlugen fehl, und das letzte Urteil, bei dem die entianische Philosophie steht, lautet: Es gibt einen Beweis weder für eine dauerhafte Verwerfung zwischen Welt und Vernunft noch für die Unmöglichkeit einer Projizierbarkeit von Physiken, die anders als die reale und dieser zugleich in der dem Leben erwiesenen Obhut überlegen sind. Die Schlacht, die 42 Jahrhunderte lang geschlagen worden war, um der Welt eine endgültige Diagnose zu stellen, endete nach Ansicht der einen unentschieden, nach Meinung der anderen mit einer Niederlage.

Dennoch hatte sie gewaltige Wirkung auf die Richtung der zivilisatorischen Entwicklung Losanniens und der in seinem Einflußbereich gelegenen Kleinstaaten im Norden. Die Konzeption einer Ethosphäre, die fehlerfrei die Gesellschaft in ihre Obhut nimmt, ist unleugbar aus der »Dritten Welt« des Xirax abgeleitet, und das Echo seiner Argumentation hallt ständig wider in den Distriben, mit denen frühere Entwürfe autoevolutionärer Wandlungen der Entianer zu Fall gebracht wurden.

Die verbissenen Auseinandersetzungen um dieses Projekt hielten die Öffentlichkeit länger als ein Jahrzehnt in Atem. Auf der Entia war die Philosophie nicht so heruntergekommen, wie das im Zeitalter der Wissenschaft mit der unseren der Fall war. Das beweist die Teilnahme der Philosophen an den Diskussionen für und wider die Autoevolution, vor allem aber die Rolle, die Xixoqt bei dem Nachweis des später nach ihm benannten autoevolutionären Paradoxons zufiel.

Jeder wünscht sich ein schönes und gescheites Kind, niemand jedoch an Kindesstatt einen schönen, klugen Digitalrechner, sollte der auch hundertmal intelligenter und kräftiger sein als jedes Kind. Das Programm der Autoevolution nun ist eine schiefe Ebene, auf der es keinen Halt gibt und die in den Abgrund des Unsinns führt. In der ersten Phase zielt es bescheiden auf die Beseitigung der Gene, die die Lebenskraft herabsetzen, Anfälligkeiten und erbliche Mängel verursachen. Die so in Gang gesetzten Reparaturen können aber in keinem der erreichten Zustände innehalten, denn auch die Gesündesten erkranken, auch die Klügsten erliegen dem Kräfteverfall im Alter. Der Preis für die Beseitigung auch dieser Mängel ist das allmähliche Abgehen vom entwicklungsgeschichtlich fixierten, natürlichen Bauplan des Organismus. Hier tritt das Glatzenparadoxon autoevolutionär in Erscheinung: Der Verlust eines Haares macht noch keine Glatze, aber es läßt sich nicht nachweisen, wie viele Haare verlorengehen müssen, bis eine solche vorhanden ist. Der Austausch eines Gens gegen ein anderes macht das Kind noch nicht zum artfremden Geschöpf, aber man kann nicht den Punkt weisen, an dem eine neue Art entsteht. Betrachtet man jede organische Funktion für sich, erscheint die Verbesserung einer jeden geradezu wünschenswert: Blut, das die Gewebe besser ernährt als das natürliche, Nerven, die nicht degenerieren, widerstandsfähigere Knochen, Augen, denen keine Erblindung droht, Zähne, die nicht ausfallen, Ohren, die nicht ertauben, und tausend andere Merkmale körperlicher Tüchtigkeit. Jede Vervollkommnung muß jedoch eine andere nach sich ziehen. Die verstärkten Muskeln erfordern mächtigere

Knochen, das rascher arbeitende Gehirn verlangt ein besseres Gedächtnis. Wenn eine weitere Etappe der Melioration es notwendig macht, werden Volumen und Form des Schädels verändert, bis schließlich die Zeit kommt, da das Eiweiß selbst durch einen universelleren Baustoff zu ersetzen ist, worauf die Leistungsfähigkeit weiter sprunghaft in die Höhe schnellt. Der nicht aus Eiweiß bestehende Organismus fürchtet weder Hitze noch Strahlung oder astronautische Belastungen, der blutlose Organismus, dem der Sauerstoff ohne die primitive Vermittlung des Kreislaufs direkt durch Elektronenaustausch zugeführt wird, ist viel weniger verletzlich und sterblich, die Rasse kann, solchen Umwandlungen unterzogen, die Schranken durchbrechen, in die ihr Mutterplanet sie bisher gezwungen hat.

Am Ende führen alle diese Schritte, einer nach dem anderen, zu einem Geschöpf, das vielleicht harmonischer gebaut, gegen Widrigkeiten und Verletzungen viel widerstandsfähiger als ein Mensch oder ein Entianer ist, zu einem vielseitigeren, gescheiteren, flinkeren Geschöpf, dank leichter Tauschbarkeit verbrauchter Organe und Sinne beständig bis zur Unsterblichkeit, zu einem Geschöpf, das mit jeder Umwelt, mit jeder für uns tödlichen Situation fertig wird, nicht Krebs, Hunger oder Krüppeltum zu fürchten hat, auch keine Altersschwäche, weil es nicht altern wird. Dieses Geschöpf wird dank der Korrekturtechniken, die der Erbmasse und dem gesamten Organismus aufgesetzt sind, zwar vollkommen sein – einem Menschen aber so wenig ähnlich sehen wie ein Digitalrechner oder ein Traktor. Das Paradoxon liegt darin, daß sich nicht der Punkt ermitteln läßt, an dem der nächste Schritt nicht mehr getan werden darf. Jeder Schritt bringt das Ideal der Tüchtigkeit näher, aber dieses Ideal ist ein Geschöpf, das mit dem Menschen nichts mehr gemein hat.

Wozu soll dann, da es diesen Punkt, diese unüberschreitbare Grenze nicht gibt, diese Sisyphusarbeit unternommen und über viele Generationen hingezogen werden? Ist es denn, wenn die jeweilige Generation die Veränderungen nicht an sich selbst, sondern an den Nachkommen vornimmt, nicht einfacher und besser, gleich einen Digitalrechner oder ein ganzes Rechenzentrum zu adoptieren? Die Verteilung der

Optimalisierung auf mehrere Generationen ist doch nichts als eine Tarnung des Selbstmords auf Raten, den die Art begeht. Warum soll das eigentlich etwas Besseres sein als die sofortige Selbstvernichtung? Nur wer bereit ist, ein Rechenzentrum auf Beinen (oder auch auf einem Luftkissen) zu adoptieren, kann furcht- und vorbehaltlos darangehen, die eigene Nachkommenschaft auf die Vollkommenheit der Urenkel hin zu programmieren!

Die Adoption eines Systems aus Silikonplättchen, mit dem man über die Dinge des Himmels und der Erde reden kann, erscheint uns völlig hirnrissig, sieht aber viel weniger absurd aus, wenn der Übergang vom natürlichen zum optimierten Zustand über viele Generationen hinweg in einer Serie allmählicher Veränderungen erfolgt. Die Absurdität kehrt sogleich zurück, wenn man diese Folge integriert. Soll die Autoevolution denn eine Entziehungskur sein, die dem Menschentum die Harmonie seiner Eigenschaften nimmt? Ist im Grunde nicht ganz egal, ob der Nachkomme erst in einer lebendigen Gebärmutter (später dann in irgendwelchen Uteratoren) ausgetragen oder gleich komplett von Technikern zusammengebaut wird? Wer der Autoevolution zustimmt, erklärt sein Einverständnis mit der Liquidierung der eigenen Art und der Übernahme des zivilisatorischen Erbes durch Geschöpfe, die uns, die wir hinfällig, sterblich, in Geist und Zeit beschränkt sind, in keiner Hinsicht auch nur im geringsten ähneln. Sollen die Fürsprecher der Perfektion sich also aller lästigen Mühsal auf einen Schlag entledigen und die gesamte denkende Technologie des Planeten an Kindesstatt annehmen! Warum sollen erst Individualcomputer an unsere Stelle treten, wo sie doch an Leistung weit zurückbleiben hinter dem planetenweiten Kristallhirn, unserem Nachfahren, Stammhalter und Erben!

In polemischer Rage verglich Xixoqt die Betreiber der Autoevolution mit Leuten, die einen Todeskandidaten nicht sofort, sondern durch wohlabgewogene Dosen Gift ins Jenseits befördern, weil sie sich an den Anblick der Agonie gewöhnen wollen. Der genannte Wissenschaftler prägte das Schlagwort »Gengenieure aller Länder, adoptiert Computer!« und brachte damit das große Projekt der Entianer stark in Mißkredit. Auf jeden Gegenangriff der Gengenieure hielt er einen bissigen Konter bereit. »Sie wollen dafür sorgen, daß die Vervollkommneten uns äußerlich ähnlich bleiben!« rief er aus. »Welchen anderen Zweck hat das als den des Betrugs – es geht um die Geläufigkeit bei der Produktion von Fälschungen! Die Ähnlichkeit soll die Gemüter beschwichtigen, das Äußere sei ja ganz unverändert, vervollkommnet aber das ohnehin unsichtbare Innere! Dann stopft doch gleich Schaufensterpuppen mit Computern aus, das kommt doch auf dasselbe heraus!«

Die Gengenieurkunst wird seiner Beweisführung zufolge um so absurder, je *weniger* Beschränkungen ihr auferlegt sind. Wer nur die Fähigkeit zu kleinen Retuschen erworben hat, stellt keine Gefahr dar. Hinter solchen Verschönerungen dämmert die Hoffnung auf ein besseres Leben, mit dem wir unsere Nachkommenschaft beschenken. Die Gengenieure berufen sich darauf, daß die Vorfahren Grünzeugfresser und nachher große, flugunfähige Stelzvögel waren, denen man an Körper und Geist auch nicht mehr allzu ähnlich sähe. Wenn man also in jenem in der Urzeit vollzogenen Übergang vom niederen Vogelstadium zu hoher Vernunft nichts Schlechtes erblicke, so müsse man in analoger Weise den nächsten Schritt tun!

Die Analogie ist falsch, die Ähnlichkeit gelogen. Die Vogelahnen der Entianer standen nämlich – anders als wir! – nicht vor der *Wahl*. Ihr Privileg waren Ignoranz und das gänzliche Fehlen von Bewußtsein – beides haben wir unwiderruflich eingebüßt. Mit dem Abwerfen der sterblichen Hülle verwerfen wir uns selbst, und als zusätzliches Unglück erweist sich die Freiheit in der Projektierung von Verbesserungen. Die Möglichkeiten sind zahlreich und vielfältig, verschiedene Entwürfe des Homo Novus Entianus werden miteinander konkurrieren, und man wird sich für *einen* Prototyp entscheiden müssen (unter mehreren würde es zu Konflikten kommen). Das heißt, daß wir eine Nachkommenschaft nach der von uns getroffenen Vereinbarung gewinnen. Mit dem Beschluß aber, daß unsere Kinder so und so sein sollen, betrügen wir uns selbst, denn es ist völlig gleich, ob sie, um die Entia in Besitz zu nehmen, von fremden Sternen oder aus der

Retorte kommen. Man kann die Selbstvernichtung natürlich in Erwägung ziehen wie alles andere auch, aber ohne falschen Schein und ohne Charakterisierung, die jeder Wahrheit Hohn spricht.

Ich habe über diesen Krieg der Geister soviel mitgeteilt, weil er, wie die Historiker versichern, Schlüsselbedeutung für die spätere Schaffung der Ethosphäre hatte. Der Gottesbegriff indessen machte in der Geschichte der Entianer eine besondere Entwicklung durch. Ursprünglich hielt man ihn für identisch mit der Natur: sie war ER, seine völlige Verkörperung, eine von vielen aufeinanderfolgenden. Die Himmelskörper waren seine Glieder, die lebenden Geschöpfe aber seine höheren und niederen Gedanken. Deren höchste waren die vernunftbegabten Wesen, also die Entianer selbst. Diese Selbstdeifikation erforderte gelegentliche Erläuterungen: Wie kann das sein, daß die einen Gottesgedanken mit anderen in Zwietracht stehen und sie sogar zu Tode bringen? Die Erklärung war einfach. Da Gott Alles ist, kann er alle möglichen Gedanken haben, also auch böse, denen sich die guten widersetzen. Hätte er nämlich nur gute, so wäre er nicht Alles.

Solange die religiösen Institutionen sich mit den staatlichen identifizierten, war diese Exegese ausreichend, da die zugleich weltliche und geistliche Macht darüber entschied, ob ein Gottesgedanke (sprich: ein Staatsbürger) böse oder gut war. Im Schoße dieser kosmisch-staatlichen Religion reiften indes die Häresien der Misianer, Theokrypten und Servisten. Den Theokrypten zufolge verkörpert sich Gott in den Menschen nur mit dem niedersten Teil seines Seins, und ihre Aufgabe ist ständig Vervollkommnung, damit sie immer höhere Teile der Gottesvernunft werden. Sie können Ihn weder begreifen noch zur Gänze repräsentieren – wie ein Finger nicht den Körper repräsentiert und ein Gedanke nicht den ganzen Geist zu fassen vermag. Den Misianern zufolge ist Gott seiner Natur nach »übermenschlich«, freilich nicht im Sinne der ihnen während der Verfolgungen unterstellten Behauptung, Er sei schlichtweg böse, sondern dadurch, daß ER Dingen zugewandt sei, die den Entianern unbegreiflich bleiben müßten. Die Kirche habe die Rolle der Kompaßnadel zu spielen, um die Orientierung der Geister auf die im Ganzen unerfaßbare Richtung des Göttlichen Wirkens abzustimmen.

Die Servisten wiederum hielten Gott für den Schöpfer vor allem dieser Welt und machten Ihn – ohne Rücksicht darauf, was ihn darüber hinaus eventuell noch beschäftigen sollte – komplett verantwortlich für alles, was auf dieser Welt geschieht. Gott gebührte Liebe und Dankbarkeit in dem nicht unkritischen Maße, in dem er dieser Verantwortung gerecht wurde. Ein gewisser Mixiquix suchte das naiv an einem Beispiel zu veranschaulichen: Ein Schuster, der eine Million wundersam singende Wolken und ein Paar schlechte Schuhe gemacht hat, ist ein schlechter Schuster, so schön jene Wolken auch singen mögen. Dafür wurde Mixiquix mit glühenden Zangen in Stücke gerissen – in Anwesenheit des Kaisers Sx (er rühmte sich eines kurzen Namens, aber das ist eine andere Sache, und ich glaube vernünftig zu handeln, wenn ich die ganze Toponomastik der entianischen Geschlechternamen und deren Verbindung mit dem ausgeübten Beruf hier einfach übergehe).

Daneben gab es geringfügigere Ketzereien, beispielsweise die Fragisten, die zwar anerkannten, daß Gott die Welt geschaffen hat, die Schöpfung ihm jedoch nicht in jeder Beziehung gelungen sei, da er – selbst von unendlicher Güte – die Geschaffenen zu nichts, nicht einmal zum Guten nötigen wollte und ihnen damit mehr Freiheit gegeben hat, als sie zu tragen vermochten. Diese Doktrin steht angeblich der Lehre von Erbsünde und Sündenfall noch am nächsten, mit dem Unterschied allerdings, daß die Schuld am Sündenfall der Kollision der Göttlichen Güte mit der Göttlichen Schöpfungsgabe zugeschrieben wird. Der Fragismus geht nämlich stillschweigend davon aus, daß Gott *nicht* imstande ist, einander widersprechende Dinge zu schaffen und etwa vollkommene Güte mit vollkommener Freiheit des Tuns zu vermählen. Folglich muß Gott unter der Herrschaft der Logik stehen, die das Miteinander sich logisch ausschließender Zustände nicht zuläßt. Damit sind der Allmacht Grenzen gezogen – aber davon legten sich die Urheber jener Häresie keine Rechenschaft ab.

Der Beginn der Neuzeit fällt nach den Begriffen der Entianer auf die Jahre 1811-1845. Die Öffentlichkeit – oder besser die Buchstäblichkeit – all dessen, was sich im Kaiserreich zutrug, erlag der kompletten Absorption durch die Regierungen der vier als Graphoklasten bezeichneten Pseudokaiser. Die Graphoklasie begann mit der Verbrennung sämtlicher Chroniken einschließlich ihrer Verfasser und erreichte eine solche Perfektion, daß nicht einmal ihr eigener Beginn genau zu datieren ist. Der Hergang wird von etlichen Apokryphen beschrieben, ich greife hier aufs Geradewohl die uvardische Version heraus. Danach pflegte Xixar, ein Herrscher der Xix-Dynastie, täglich vor der ersten Mahlzeit im Bestiarium seines Schlosses einen Kurdel zu erlegen, der dadurch besonders gereizt war, daß man ihm vorher tagelang das Futter entzogen hatte. Das angreifende Untier warf Xixar in einen trockenen Brunnenschacht, vielleicht verkroch der Kaiser sich auch freiwillig darin, jedenfalls schlug der Kurdel über der Grube sein Wasser ab, damit es den Flüchtling nach oben trüge. Der Erste Treiber der Krone, der bei alledem anwesend war, tötete das Monster und half dem Herrn aus der Verlegenheit, begriff aber sogleich, daß er das mit dem Leben bezahlen würde: Der andere würde auf die Staatsraison Rücksicht nehmen und den hilfreichen Zeugen seiner Schande einen Kopf kürzer machen müssen! Durch das Jagdwesen an schnelle Entschlüsse gewöhnt, stieß der Treiber den Geretteten wieder in den gefüllten Brunnen, hielt ihn unter Wasser, bis er tot war, und bestieg als Kaiser Xixar den Thron.

Das erscheint durchaus glaubwürdig, er hatte ja mit dem Ersäuften nur die Kleider zu tauschen brauchen – die Entianer jener Epoche hielten nämlich das Gesicht bedeckt, wie wir die schamhaften Stellen unseres Körpers verbergen. Zwar soll alles bald aufgeflogen sein, aber viele mächtige Höflinge hielten zu dem Pseudoxixar, weil sie darin für sich Vorteile erblickten. Er selbst handelte außerordentlich verschlagen, spielte die einen gegen die anderen aus und vervollkommnete die absolute Macht durch die absolute Umkehrung sämtlicher Termini, die direkt oder indirekt mit dem Regieren zusammenhingen. Zwischen der Herrschaft des echten Xixar und der eines Mannes, der einst das kaiserliche Bestiarium sauberzuhalten hatte, besteht keinerlei Unterschied – wir wissen nicht, ob er von sich aus oder durch Einflüsterungen zynischer Ratgeber dahinterkam. Die Graphoklasie nannte sich politische Verlängerung der Wahrheit, der Pseudoxixar war einfach der fortlebende Xixar. Er legte sich den Beinamen eines Obersten Volksfreundes zu und schaffte die Todesstrafe sowie die bisher in der Rechtsprechung übliche Folter ab. Personen, die dem Hofe oder der Polizei (die sich inzwischen als Arbeitskreis zur Hege öffentlicher Sanftmut bezeichnen durfte) mißliebig waren, kamen auf unerklärliche Weise abhanden oder durch Unfälle ums Leben. Die sogenannten Maulanten und Hämemacher fielen in die Hände von Banditen, die angeblich von den Hegern der Sanftmut auf sie angesetzt wurden. Schließlich kam auch das Ende für Kriegserklärungen und bald darauf für die Kriege selbst. Die kaiserlichen Chronisten fanden für derlei Ereignisse den Begriff der Abwehr feindlicher Gelüste. Daß diese Gelüste von einem Dutzend winziger Staaten, deren jeder kleiner war als eine einzige Provinz des Kaiserreichs, genährt wurden, setzte niemanden in Erstaunen, und selbst wenn jemand erstaunt war, so war er es stets nur für kurze Zeit. Besonders hartnäckige Querulanten, die auch als Schandmaulanten oder Nörgulierer verschrien waren, wurden auf den Marktplätzen vom Volk selbst zertrampelt – wie man hört, mit großer Bereitwilligkeit und Penibilität.

Wie lange der Pseudoxixar den Thron innehatte, ist nicht genau zu sagen, weil sein Tod niemals öffentlich bekanntgemacht wurde, wie man auch die folgenden zwei Jahrhunderte lang den Tod der jeweiligen Herrscher geheimhielt: Er paßte nicht in die höhere Ordnung der Dinge. Die losannische Politwissenschaft hält die Regierung der Pseudoxixare für die lokale Erscheinungsform einer für die gesamte Galaxis geltenden allgemeinen Gesetzmäßigkeit. Jede Zivilisation macht zumindest teilweise eine Phase der Verosion – der Erosion der Wahrheit – durch, wenn auch nicht unbedingt in der graphoklastischen Form wie auf der Entia. Die Verosion nimmt vielerlei Gestalt an, tritt aber überall in der gleichen historischen Periode auf: im Embryonalstadium der Industrialisierung. Die entsakralisierte und dadurch schwächer werdende Staatsmacht stützt sich auf eine administrative Hierarchie, die

Miragen (Pseudobilder) gesellschaftlicher Zustände produziert. Diese idealisieren die Wirklichkeit nach einem von den jeweils aktuellen Glaubensbekenntnissen abhängenden Exponenten. Diese Glaubensbekenntnisse wiederum sind nicht religiöser, sondern bürokratischer Natur, und das ganze Phänomen wird hier und da als sich selbst versetzende Selbsttäuschung oder auch als Autofatamorgana bezeichnet. An die Stelle des Glaubens von der überirdischen Macht der Herrscher tritt die Polizei, und der Kreislauf der Informationen weckt durch seinen immer stärkeren Einfluß auf das gesamte Leben die Versuchung, ihn zu monopolisieren. Die ökonomischen und informatorischen Monopole unterscheiden sich zwar nach der Art der von ihnen in Besitz genommenen Objekte, aber kaum auf dem Gebiet der von ihnen verursachten Erscheinungen: Sie führen zur sozialen Oszillation. Hier dominieren die ökonomischen Ausschläge (Blüte – Krise), dort die informatorischen (Wahrheit – Lüge).

Der Trost durch Fiktionen ist der simpelste Stabilisator gesellschaftlicher Strukturen und hat überdies die gute Seite, daß viele auf die Kenntnis deprimierender Tatsachen gegründete Ängste sich am Ende doch nicht bewahrheiten, so daß man, wenn diese Tatsachen nur im Kasten bleiben, den Leuten große Aufregung erspart.

Allerdings ist bei diesem Verfahren schnell das Maß überschritten. Das Syndrom der Autofatamorgana (Vermärchung) bedeutet, daß sich die Urheber der Fiktion an dieser selbst infizieren. Das kann zur sogenannten inneren Komplexreflexion und bürokratischen Kreislaufabsorption, zur Sozioschizophrenie (man sagt dies und glaubt das) und zu noch komplizierteren Symptomen der pathologischen Informatik führen. In einer normalen (durchschnittlichen) Zivilisation liegt die Lügenverschmutzung der informatorischen Umwelt bei zehn bis fünfzehn Prozent. Überschreitet sie siebzig Prozent, so kommt es in Zyklen von zwölf bis fünfzehn Jahren zu stark dröhnenden Schwingungen. Oberhalb der Achtzig-Prozent-Grenze wird die Abfiltrierung der reinen Wahrheit unmöglich, und es kommt zum Kollaps. Um diesen zu vermeiden, muß man nolens volens die Wissenschaft einfrosten, denn deren Entwicklung kollidiert mit der Entwicklung der Verosion. Diese beiden Entwicklungswege divergieren am Ende definitiv und bilden die nach ihrem Entdecker, einem Soziomatiker, benannte Siroxas-Gabel. Die weitere Entwicklung des Wissens muß der Verosion geopfert werden – oder umgekehrt. Es wäre nämlich eine gefährliche Illusion zu glauben, man könne innerhalb der allgemeinen Lüge eine Enklave der Wahrheit schaffen, eine der echten Erkenntnis hingegebene Insel mitten in einer desinformierten Gesellschaft. So etwas ist nirgends länger gutgegangen als ein knappes Jahrhundert. Auch ein tragender Kompromiß ist zwischen den Alternativen nicht möglich.

Wer es beidem rechtzumachen sucht, dem Herrgott eine Kerze und dem Teufel wenigstens ein Stümpfchen weiht, geht leer aus, sofern man schäbigen Schwindel und eine läppische Lehre nicht als Gewinn ansehen will.

Die unterdrückten Oszillationen verursachen das Abrutschen in den Irrationalismus, die Pseudodementia und anderes mehr. Je mehr sich die zivilisatorische Entwicklung beschleunigt, desto schwerer sind Information und Desinformation auseinanderzuhalten, die Gesellschaft pendelt hin und her zwischen den Extremen Pseudowirklichkeit und Scheinglauben. Solche Dröhnungen (die Wellen der Ökonomie überlagern sich mit den informatorischen, sind aber nicht phasensynchron; die daraus resultierende Interferenz bringt Resonanzen und Dröhnungen hervor) traten gegen Ende des 19. Jahrhunderts im losannischen Kaiserreich auf und brachten es zum Einsturz, dem machtvoll angeschlagenen Tone gleich, der ein Glas so ins Schwingen bringt, daß es am Ende birst. Es gab zwei Revolutionen und die dazwischenliegenden Jahrzehnte des Durcheinanders, für das die traditionellen Geschichtsschreiber den Begriff des chaotischen Anarchismus fanden. Kurdland blieb von solchen Katastrophen verschont, weil man dort bewußt oder unbewußt die Verosion gegen den Panverismus gewählt hatte, was sich in einer kompletten sozialen Erstarrung äußert. Eigentlich sitzen die Menschen – wie Tetrarxis behauptet – nicht deshalb in ihren schauderhaften Viechern, weil sie von nichts anderem träumen, sondern sie träumen von nichts anderem, weil sie so total in ihre Kurdel verspundet sind. Ein Pansen kann noch so groß sein, Wissenschaft läßt sich darin nicht betreiben. Das ist es, was das Staatsschreitwerk vor zunehmenden Oszillationen und dem endgültigen Zerfall bewahrt.

Kommen wir nach diesem Ausflug in die galaktische Politologie jedoch aufs eigene Vorwerk zurück, besser gesagt, in die eigene Lämmerhürde, denn nun geht es um Glaubensfragen. Die Kirche stellte sich – möglicherwiese eher vom Instinkt geleitet – gegen die Verosion und blieb beim Verismus, ihre hyloistische Doktrin sah ja jede neue Entdeckung und jede Erfindung als Beweis für die eigene Wahrheit an: Wenn die Maschine den Entianern die schwere Arbeit abnahm, der Bergbau ihnen das Leben erleichtern konnte, dann hieß das nichts anderes, als daß Gott die Natur zur Dienerin bestimmt hat, die nur bescheiden darauf wartet, gerufen zu werden. Gott selbst hat den Entianern ja nicht nur die Umwelt geliefert, die sich in Besitz nehmen läßt, sondern auch die Vernunft, durch die diese Besitznahme vollziehbar wird. Wohl nicht einmal absichtlich wurde die Seite der Göttlichen Natur in den Vordergrund gerückt, die man als die Dienstbarkeit gegenüber ihren Geschöpfen bezeichnen könnte. Daher erlebte die Entia zwar manchen Zusammenstoß zwischen Politik und Wissenschaft, aber fast kaum zwischen Wissenschaft und Religion. Das war auch der Grund für den Eifer, mit dem schon die ersten Projekte einer Ethosphäre als wissenschaftlich veredelter Umwelt akzeptiert wurden. Diese Umwelt, die zwar durch und durch künstlich, nach Rezepten der Psychotechnik, nicht nach dem Tenor der Kirche geschaffen ist, stand mit diesem Tenor dennoch in höchstem Einklang: Das war ja vergegenständlichter Göttlicher Schöpfungsplan. Gott bot seinen Geschöpfen damit die Chance, Verbrechen, Hinterlist, Not, Unglück und alles sonstige Böse vollständig auszumerzen, er wollte, daß sie durch eigene Arbeit und eigenen Gewerbefleiß erreichen, was er ihnen schon vor der Schöpfung bestimmt, aber nicht von vornherein und sogleich in der Form des Paradieses aufgedrungen hat, damit sie fast völlig freie Hand hatten.

Man darf also tatsächlich behaupten, daß die Hauptreligion auf der Entia stärker materialistisch und weniger bilanzierend war als das Christentum, denn sie schrieb das Reich Gottes *dieser Welt* zu und setzte kein Jenseits dahinter, in dem es zur Aufrechnung von Sünden und Verdiensten kommen soll. Die Tendenz, Himmel und Hölle in bestimmten lokalen Transpositionen zu entwerfen, mag potentiell im Hyloismus vorhanden gewesen sein (so heißt dort die Hauptreligion, aber ich flehe euch an, zwingt mich nicht, die Herkunft dieses Namens zu erklären – sie ist historisch, also sehr verwikkelt, für die Sache selbst aber ohne jede Bedeutung), konnte auf der Entia jedoch nicht hervortreten, weil das Paradies hier nicht am Anfang, sondern am Ende der Schöpfungsgeschichte steht. Was mich angeht, so habe ich von kompetenten Personen stets einmal erfahren wollen, ob das Paradies, das die irdische Kirche den Tugendhaften verheißt, dasjenige ist, aus dem unsere Urahnen vertrieben wurden. Ich vergesse leider immer wieder zu fragen, sooft sich die Gelegenheit auch bietet. Trotzdem meine ich, jenes erste Paradies müsse etwas weniger komfortabel gewesen sein als das nach dem Tode.

Die Hoffnung auf ein ewiges Leben erschien in den Glaubenskanons lediglich im Altertum in Gestalt nebelhafter Schwärmereien: Die Entianer hatten ihre Ähnlichkeit mit den großen Vögeln des Südsumpfs entdeckt und glaubten daraufhin, nach dem Tode werden ihnen Flügel wachsen, auf denen sie in den Himmel emporschweben. In der sakralen Ikonografie allerdings kommt nie ein Geschöpf vor, das auch nur entfernt an einen Engel erinnert. Ich habe dafür keine Erklärung. Dem gesunden Menschenverstand müßte das logisch erscheinen, aber in so hauchzarten Fragen wie der Angelologie hat er augenscheinlich nicht mitzureden. Der Hyloismus vereitelte die Verlegung des Paradieses in ein Jenseits durch seinen wichtigsten Glaubensartikel. Danach hat Gott seinen Geschöpfen vollen Spielraum für die Vervollkommnung der Existenzbedingungen gegeben. Man durfte, ohne den Boden der Kirche zu verlassen, der Annahme folgen, daß die Gläubigen sich die diesseitige Unsterblichkeit selber erarbeiten, sofern ihr Streben nur in die richtige Richtung geht.

Die irdischen Theologen, zumal die Christologen, machen dem Hyloismus den Vorwurf der Seichtheit. Tatsächlich enthält er kein solches Geheimnis, wie es im Christentum die Erbsünde, der Sündenfall, die Vertreibung aus dem Paradies und die von der Hoffnung auf Erlösung erhellte Verderbtheit der menschlichen Natur darstellen. Die entianischen Theologen halten dem entgegen, daß ihre Religion von ihrem Ursprung an die Übereinstimmung des Göttlichen Schöpfungsplans mit der Natur der Schöpfung voraussetzte: Was Gott wollte, hat er auch geschaffen. Die Theologie der Entianer unterscheidet sich vom Christentum und den anderen großen monotheistischen Religionen jedoch auf eine noch prinzipiellere Weise: Sie besteht nicht auf der Einzigkeit der Offenbarung. Den Erdenbewohnern zufolge – so sagen die Hyloisten – offenbarte sich Gott den ersten Menschen unmittelbar. Dadurch beschränkte er ihre Ungewißheit in bezug auf seine Ratschlüsse und seine Person – unbeschränkt hingegen ließ er die Menschen in der Freiheit des Tuns, wodurch es zu ihrem Sündenfall kam. So behaupten es Mosaismus und Christianismus und stehen damit in Widerspruch zu anderen bedeutenden Religionen besonders des Nahen und Fernen Ostens, die eine gleichermaßen ausdrückliche Offenbarung entweder gar nicht oder aber unter anderem Inhalt kennen.

In dieser Situation der Koexistenz verschiedener Konfessionen blieb jedwede Verständigung aus, aber jede Kirche hält sich für den ausschließlichen Treuhänder der Göttlichen Wahrheit und schreibt die Irrtümer allen anderen zu. Die Entianer hingegen – sei es, daß sie von Natur aus rationaler denken als die Menschen, sei es, daß andere, unerforschte Ursachen vorlagen – machten die auch bei ihnen herrschende Vielzahl der Religionen einfach zur obersten Direktive der Theologie. Danach legt Gott niemandem Beschränkungen auf, weder im Tun noch im Denken. In dem Streben, seine Geschöpfe mit der höchsten Freiheit auszustatten, hält der Schöpfer sich vor ihnen gewissermaßen verborgen und ist nur zu erreichen durch die Reflexion über das Dasein. Wäre es anders, hätte Gott – so der Hyloismus – sich tatsächlich offenbart, so hätte er es so machtvoll und eindeutig getan, daß der Inhalt der Offenbarung überall der gleiche sei und es nicht zur Aufspaltung in viele Religionen gekommen wäre. Daß Gott sei, werde deutlich in der kosmischen Universalität der Theogenie, in der Pluralität der Bekenntnisse zeige sich aber, daß er nicht durch eine einzige, authentische Offenbarung den einzig gangbaren Weg baut, auf dem er zu erreichen ist, daß er stillschweigend sein Einverständnis mit einer Vielzahl gottsucherischer Wege gibt. Niemand, der da glaubt, ist im Irrtum – im Irrtum aber ist jedermann, der da glaubt, im Besitz der alleinigen Offenbarten Wahrheit zu sein. Die so erworbene Einzigkeit ist ein theologischer Irrtum.

Die irdischen Theologen halten dem entgegen, daß dieser ganze Gedankengang auch auf dem Hyloismus anwendbar sei, der keiner Religion das Recht auf Einzigkeit zugestehe, so daß dieses Gesetz sich auch auf ihn beziehen müsse. Ein Dominikanermönch erklärte: »Dieser Streit stürzt uns aus dem Himmel des Glaubens in die Hölle des Paradoxons.« Die Losannier weisen die Argumente der Menschen jedoch zurück, weil sie der Ansicht sind, daß die Erde sich – verglichen mit der Entia – in einem niedrigeren Stadium der theozentrischen Bewegung befindet. Auf der Entia nämlich gebe es seit langem keine einander widersprechenden Religionen mehr. Hier weisen nun wieder die Unsrigen auf den beträchtlichen Anteil hin, den an der religiösen Vereinigung der Entianer die Gewalt hatte, aber an dieser Stelle will ich es mit weiteren Auseinandersetzungen um die Revelatio genug sein lassen.

Die dortige Kirche war dem Erscheinen vernunftbegabter Dienstleistungsmaschinen zugetan, denn es war ihr nur recht und billig, daß seelenlose Puppen den Lebendigen kraftraubende Plackerei abnahmen. Daher war es eine peinliche Überraschung, als die Roboter (im dortigen Sprachgebrauch Ardriten genannt) zunehmend an Intelligenz gewannen und am Ende gar die rechtliche Gleichstellung mit den Entianern verlangten – einschließlich des Rechts, der Kirche anzugehören. Sie beriefen sich dabei auf deren Doktrin, die sie großzügiger als erwünscht interpretierten, indem sie behaupteten, sie seien von den Entianern aufgestachelt worden. Gott habe das ermöglicht, weil er die Welt so eingerichtet habe, daß geistbegabte Maschinen konstruierbar wurden, die eben dadurch aufhörten, Maschinen zu sein. Er muß es gewollt haben, denn sonst wäre niemand imstande, solches zu bewirken. Mir klingt das sehr einleuchtend, und für die dortige Kirche war es peinlich genug. Sie entzog sich dem Dilemma nicht aus eigener theodiktischer Spitzfindigkeit, sondern dank der Entstehung von Vernunftsystemen der Nachcomputer-Generation: der Gripser. »Im Verlaufe einiger Jahrzehnte verschwanden die Roboter« – ein Euphemismus, der scheußliche Vorfälle verschleiert, die von manchen Leuten geradezu als Kybernozid bezeichnet werden. Es gebe keinen Entianer, der jemals Hand an einen Ardriten gelegt habe? Das ist mir eine schöne Rechtfertigung. Freilich, es waren die Gripsersysteme, die das erledigt haben, aber auch der Treiber hetzt ja bei der Jagd die Hasen nicht selbst zu Tode oder zerreißt sie mit eigenen Zähnen und Klauen. In Wäldern und Höhlen sollen sich schreckliche Dinge zugetragen haben, und es sollen sogar Entianer vorgekommen sein, die mit ihren Ardriten lieber untergehen wollten, als sie der Verschrottung auszuliefern. Sonderbar, wie einen das an gewisse Dinge in unserer Geschichte erinnert. Trüge sich ähnliches bei uns zu, fänden sich Leute wohl gleich bereit, alles Übel dieser Welt den Robotern anzulasten, als sei in ihnen die Schlange wiedererstanden, die Adam und Eva verführte. Man mag das für reine Spekulation halten – aber was nicht war, kann noch werden.

Die Herausbildung einträchtiger Beziehungen zwischen Religion und Wissenschaft wurde in bedeutendem Maße von der Pterygenese der Entianer begünstigt, denn es gab, als die Naturwissenschaft diese Diagnose stellte, nichts von dem Lärm, der bei uns angesichts der äffischen Offenbarungen geschlagen wurde. Der Affe als Vorfahre – das wurde von vornherein zum Stein des Anstoßes, denn unter den Völkern der Erde gilt dieses Tier seit jeher als eine Karikatur des Menschen, wie sie boshafter nicht sein kann. Etwas nachäffen, ein äffisches Wesen an den Tag legen – das sind Begriffe, die den Betreffenden in allen Sprachen herabsetzen. Kaum ein Tier eignet sich so wenig zur Idealisierung wie der Affe. Die als Vorfahren anerkannten Vögel hingegen weckten weder weltlichen noch geistlichen Widerspruch, die Überlieferung bezeichnete den Himmel als ihre Wohnung, folglich konnte die entianische Kirche in dieser Abstammung nur die wissenschaftliche Nobilitierung ihrer eigenen Lehre sehen: Die Urentianer waren gleichsam vom Himmel auf die Erde herabgestiegen, und in dieser einträchtigen Zweisamkeit von Glauben und Wissenschaft barg sich die Bestätigung, daß beide die Wahrheit sagten. So hatte Gott ihnen zu erkennen gegeben, daß die Mutmaßungen in beiden Ordnungen gleichermaßen richtig sind. Die Früherkennung der Evolution beschleunigte überdies die Entwicklung der Naturwissenschaft, und deshalb gelangten die Entianer gegen Ende des 20. Jahrhunderts zur Gengenieurskunst. Damals entstanden die Prototypen der Ardriten.

Es erscheint höchst sonderbar, daß nicht die Theologie, sondern die Philosophie zuerst für die Unantastbarkeit des natürlichen Leibes eintrat (ich sprach bereits davon, als ich Xixoqt zitierte). Boshafte Personen behaupten, die Theologie ziehe – im Gegensatz zur Philosophie – eher unterklassige Geister an, denn was in der ersteren als Endergebnis der Forschung ohnehin stets im voraus bekannt sei, stelle in der letzteren ein komplettes, niemandem und nichts untergeordnetes Rätsel dar. Daraus soll sich die naive Hilflosigkeit und gar ein willfähriges Entgegenkommen der Hylologen gegenüber dem Plan der Autoevolution ergeben haben: Die fleischliche Vervollkommnung der Entianer schien ableitbar aus dem grundsätzlichen Dogma von einer Welt als Material, das Gott so zubereitet und der Herrschaft der Leute überlassen hat, daß sie für sich den besten Nutzen daraus ziehen können. Da sie selbst Teilchen dieses Materials waren, gab es keinen Hinweis darauf, daß Gott etwas gegen ihre perfektionistische Selbstumwandlung haben könnte. Xixoqt und seinesgleichen mobilisierten jedoch die öffentliche Meinung gegen diesen allzu vertrauensseligen Glauben.

Was wäre noch zu sagen? Unsere Theologen werfen den Entianern vor, auf die Ewigkeit verzichtet zu haben, müssen sich selber aber vorhalten lassen, daß das Christentum das Zeitlich-Irdische verschmäht und sozusagen für die Wartehalle oder das Proszenium eines Jenseits hält, von dem, was man auch sagen möge, nichts so genau bekannt ist über diese Welt. Dabei wurde diese doch – nach übereinstimmender Ansicht beider Planeten – von Gott geschaffen, und so kann es keinen verschrobeneren Glauben geben als den, der das Ergebnis der Göttlichen Schöpfung für ein Provisorium ansieht, das beim Jüngsten Gericht weggefegt wird. Welche Usurpation und Anmaßung unter dem Lärvchen der Demut, sich nicht mit dem Göttlichen Spatz in der Hand zu begnügen, sondern nach der Taube auf dem Dache zu verlangen, wo es mehr Komfort und ewige Genüsse gibt. Für die Theologen auf der Entia gibt es einen ausreichenden Grund, auf der Seite des Diesseits zu stehen: Es ist der sterblichen Vernunft unterworfen. Hätte Gott es nicht gewollt, so würde der Geist gegen die Welt bestehen, aber nicht imstande sein, diese Welt zu erkennen und alle in ihr verborgenen Schätze und Mächte in seine Gewalt zu bringen. Daß es so und nicht anders ist, beweist die Ausrichtung der Schöpfung auf vernunftbegabte Geschöpfe, obgleich das noch nicht die Weichenstellung bedeutet, durch die jede Gesellschaft glatt in ihr planetares Paradies fahren kann.

Insgesamt üben sich die dortigen Theologen in vornehmer Zurückhaltung beim Austausch interkonfessioneller Gutachten, andererseits treten aber auch Leute wie Xix Xass auf, die erklären, auf dem Grunde unserer Theodizee ruhe das Böse – nicht »im Reinzustand«, sondern untrennbar verschmolzen mit dem Sexus. Xass behauptet, der Mensch habe das seit Urzeiten gewußt oder wenigstens vage vermutet, es sich selbst aber nicht eingestehen wollen und sich des Gefühls der »unverschuldeten Schuld« nur zu erwehren gesucht mit dem Gemeinplatz von der »von Kindesbeinen an verderbten Menschennatur«. Hier ließ Xass in seiner Darlegung der irdischen Dinge auch noch den Affen auftreten. Aus der dämonologischen Ikonografie kenne man die Ähnlichkeit des Teufels mit dem Affen. Der Teufel habe ebenfalls einen Schwanz, sei im allgemeinen behaart wie die großen Anthropoiden und besitze den abgeflachten Schädel und das fletschende Gebiß des Affen. Nachprüfbar sei alles das auf den von den Malern des Mittelalters überlieferten Visionen des Jüngsten Gerichts. Wenn es sich dabei auch unzweifelhaft um Ausgeburten der Phantasie handelt, muß man doch fragen, warum als Vorbild ausgerechnet der Affe dient und nicht etwa ein Raubvogel. Warum sind die Attribute der Vögel eher unbefleckten Wesen wie den Engeln zugeschrieben worden? Warum haben die gemalten Teufel nicht nur Greifhände, sondern auch Greiffüße? Warum gehen die Teufel auf zwei Beinen wie die höheren Affen und nicht vierbeinig wie die Drachen? Entianische Anthropologen, die der Religion fernstehen, erklären derlei Konzeptionen für falsch, da es um die Vorstellung nur eines einzigen irdischen Glaubenskreises gehe, während dem Taoismus oder dem Buddhismus die europäischen Verkörperungen des Bösen ganz unbekannt sind. Sollte jemand Gefallen an extremen Ansichten finden, so sei ihm die »Vergleichende Anatomie des Teufels« empfohlen. Sie ist im Institut für Heilige Hylozoistik in Urx erschienen, dessen Schirmherr der erwähnte losannische Theologe ist. Mag er auch noch so sehr auf dem Holzweg sein, so ist er doch interessant.

Kehren wir zurück zu ernsthafteren Dingen.

Während die Neue Ära, als Zeitrechnung mit Christi Geburt beginnend, im Herrschaftsbereich des Christentums ein großes Warten auf das Ende der Welt und das Jüngste Gericht war (wobei die ersten christlichen Gemeinden dieses Endes jeden Tag gewärtig waren, während die späteren es in immer größere zeitliche Ferne schoben, bis das Jüngste Gericht tief in der unbekannten Zukunft verschwand), hing das entianische Mittelalter, das weder Angst noch Hoffnung der Eschatologie kannte, einer anderen Vision an: dem Eintreten unbegreiflicher Veränderungen und Schicksalswendungen, die das von Gott gegebene Versprechen in die Tat umsetzen, mit Seiner Hilfe, aber aus eigener Kraft werde das Volk Seuchen, Not, Bresthaftigkeit, Hunger und endlich auch den Tod bezwingen. Hier wie dort wurde also gewartet, aber die Erwartung galt so Verschiedenem wie Himmel und Erde.

Allein hieraus erklärt sich, wo für die Entianer die Anfänge der Felizitologie und der Hedonistik als doktrinaler Disziplinen lagen, die, zunächst in der Kirche selbst gepflegt, dann aber immer mehr verweltlicht, die Bedingungen für persönliches und allgemeines Wohlergehen bestimmen sollten. Zu dieser Orientierung trug auch die Biologie bei, die den Umschlag des Nießbrauchs in den Mißbrauch vereitelte: Über den Entianern hängt ja nicht wie ein vielschneidiges Damoklesschwert die erotische Orgiastik, und wenn sie auch an Grausamkeiten Genuß finden, so ist auch darin eine sexuelle

Beimischung nicht möglich. Es gibt nur jenes Mal, das allen – wie auch immer – vernunftbegabten Wesen von der prädativen Passage aufgeprägt wird: daß es keine Zunahme tierischer Intelligenz gibt ohne den Durchgang durchs Blutvergießen.

Der Hyloismus kannte Schismen und eine Scholastik, die den irdischen aber ganz und gar nicht glichen. Unsere Scholastiker schlugen sich mit Problemen herum, wie Himmel und Hölle eingerichtet seien, wohin die ungetauften Neugeborenen gelangten, was im Fegefeuer passiere, wie die Lebendigen den auf Zeit oder auf Ewigkeit Verdammten helfen können und wie viele Engel auf einer Nadelspitze Platz fänden. Solche Sorgen hatten die Entianer nicht, dort konzipierten die Theologen eine Scholastik, die wie gerufen kam, als die Technik der Eindämmung des Bösen und der Propagierung des Guten entstand. Ein Jahrtausend danach wurden zwar Stimmen laut, die prätechnische Hedonistik habe dem Fatalismus den Boden bereitet: Ihre Zöglinge seien allzu geschwind, geradezu leichtfertig und sogar versessen an die Realisierung der religiös erdachten Pläne gegangen. Nach Erkenntnis von Experten macht man es sich mit solchen Urteilen zu leicht, es sei Unsinn, anzunehmen, daß die Technologie ihre Ausführungsprogramme vom Glauben bezogen habe. Von einer bündigen felizitologischen Scholastik läßt sich dennoch nur schwerlich reden, da sie Berge von Inkunabeln und Handschriften umfaßt, die im Laufe von Jahrhunderten entstanden sind.

Die kirchlichen Hedologen, die das Problem der allgemeinen Beglückung erforschten, suchten zunächst herauszufinden, wie viele Arten seligen Befindens es gebe und was sie bewirke. Der Kurzzeitgenuß ist etwas anderes als ein Status delectationis, der sich wiederum stark von der Schlaraffostase unterscheidet. Obgleich es solcher Differenzierungen die Menge gab, bürgerten sich die summarischen Begriffe eines Maximums und Minimums des Guten ein. Das Minimum entspricht der Abwesenheit alles Bösen, das Maximum dem vollendeten Glück. Als Kuriosität führe ich die nach einem Doktor der Hedomantik benannte Scirrux-Theorie an: Das Erleben des Maximums deckt sich nicht mit dem eigentlichen Maximum, sondern ist zweigeteilt – in die Antizipation und die Rekapitulation, die Phase direkt vor dem Scheitelpunkt der Sättigungskurve und die direkt nach ihm. Wer den Scheitelpunkt erreicht hat, weiß nichts davon; er kann es nur in der Erwartung und in der Erinnerung beurteilen. Wie aus dieser Kostprobe zu ersehen ist, trug jene Scholastik beträchtlich an Verwicklungen.

Ich will nur einige Kapitelüberschriften aus dem »Codex Felicitomanticus«, einem aus dem 13. Jahrhundert stammenden Nachschlagewerk der Perfektbeglückung, zitieren: Der Beinahkontakt von Erleichterung und Glück. Bedacht und Heftigkeit bei Lustbezeigungen. Wonnen der Askese bei deren strammer Verwerfung. Der Infinitesimalismus des Glücks. Das Letztere war eine angeblich sehr wesentliche, später aber in Vergessenheit geratene Entdeckung, wonach man mit erreichtem Glück gegen dieses ertaubt und daher einer Psychoakkupunktur bedarf, die die geschwächte Sensibilität verstärkt gegen angenehme Erlebnisse unempfindlich macht. Eine Sonderstellung nimmt die »Schwarze Familie der Lustgefühle« ein – der Spaß, ein Opfer zu haben, jemanden zu demütigen, ihm Steine in den Weg zu legen und Qualen zu bereiten, kurz: glücklich darüber zu sein, daß andere unglücklich sind. Hierher gehört auch die Pantoklastik (die der Zerstörung entspringende Befriedigung), die sich in eine – eigentlich schon in die Domäne der Psychiatrie fallende – dellusionär-traumhafte und eine abseitig-autozide teilt. (Ein mittelalterlicher Mönch hatte altruzide Spiele erfunden – der Spaß ergab sich daraus, Drittpersonen erfolgreich zum Selbstmord zu überreden. Wer nämlich andere überlebt, zieht daraus einen Profit an Vergnügen. Jener Mönch übrigens, das muß betont werden, brauchte durchaus kein Dämon des Bösen zu sein, er gehörte einfach zum Orden der Feliziten – und diese untersuchten *alles,* was Lust bereitete, ohne Rücksicht darauf, unter welches *moralische* Urteil solche Erscheinungen fielen.)

Es ist schon frappierend genug, bloß die Titelverzeichnisse der alten kirchlichen Hedonistik durchzusehen. Eigentlich gab es nämlich kein Unglück, das einem in angemessener Abstimmung von Zufällen und Umständen nicht zur Quelle angenehmer Empfindungen werden könnte. Mit der Rangfolge des in Würde oder Schmach erworbenen Glücks befaßte sich die Bruderschaft der Fipraxiten. Fiprax, von dem sie ihren Namen hatten, soll sich den exquisitesten Foltermethoden unterzogen haben, um festzustellen, ob sich daraus nicht wenigstens manchmal ein Quentchen persönlicher Befriedigung gewinnen lasse, und dank seiner Selbstverleugnung wurde er gar auch ein Schutzpatron der Wissenschaft.

Wie es aussieht, kann von Ökumene zwischen den beiden Planeten bisher keine Rede sein. Unsere Theologen haben Schmähschriften in großer Zahl gegen den Hyloismus losgelassen, von denen ich hier wieder nur ein Beispiel anführen will: eine Kritik der entianischen Vorstellung vom Schöpfer als einem »Gott der Dinge«, der seinen Geschöpfen sagt: »Hilf Dir selbst, so hilft Dir Gott.« Dies – so der auf Erden verlautbarte Zweifel – reduziere jene Religion auf die pfiffige Suche nach gottgegebenen Sanktionen kollektiven Eigennutzes oder günstigstenfalls auf eine Doktrin der sozialen Besserung, hinter die sich, ohne den geringsten Abstrich machen zu müssen, auch weltliche Atheisten aller Couleur stellen könnten. Die Entianer bezeichneten das als eine Unterstellung, die der in verschiedenen Welten notwendig entstehenden Verwerfung und Divergenz der Begriffe entspringe. Dem Hyloismus sei der Begriff des Gottes*dienstes,* eines von jedwedem Eigennutz freien Dienstes an Gott, durchaus nicht fremd, seit dem unteren Mittelalter jedoch, seit dem ersten Konzil, seien die Gläubigen in die Pflicht genommen, ihren Dienst an Gott allein durch ihre Lebensweise zum Ausdruck zu bringen.

Die entianischen Kirchenväter lassen in ihren Enzykliken verlauten, daß man den Namen des Herrn, seines Gottes, nicht unnötig anrufen, sondern Ihn auch um nichts bitten solle. Man darf Ihm nur Dank sagen, daß man lebt – aber auch das ohne Worte, still, im Herzen. Um etwas ersuchen darf man Ihn nicht, denn das wäre ein Akt entweder kindlicher Naivität (dann also keine Sünde) oder bösen Glaubens. Der Schöpfer der Welt betrachtet die Dinge nicht in ihrem augenblicklichen Erscheinungsbild, und das Leben eines jeden mitsamt der unbekannten Zukunft liegt vor Ihm wie ein aufgeschlagenes Buch, denn Gott ist über der Zeit. Sein ist die immerwährende Ewigkeit. Er hat die Welt mit allen ihren Sternen und Bewohnern geschaffen, sie also so werden lassen, wie er sie haben wollte – in jeder Galaxie und in jedem Staubkorn. Demnach wäre es kindisch oder ungehörig, aus einem Individual- oder Gruppeninteresse von Ihm Änderungen, Interventionen, Hilfe, Dienstleistungen oder auch Unterlassungen zu fordern. Wie man sieht, trieben die Entianer das auch uns bekannte Verbot, Gott nicht unnütz anzurufen, auf die Spitze. Ihrer Ansicht nach beweisen die Versuche, durch Bitten, Gebete und sogar die Intention selbst auf den göttlichen Willen einzuwirken, nichts weiter als einen schwachen, unvernünftigen Glauben. Als solcher nämlich erweist sich das mangelnde Einverständnis mit den Urteilen Gottes und das fehlende Vertrauen auf Seine Güte. Wenn der Preis feststeht, ist alles Feilschen umsonst, und niemand, der bei Vernunft ist, wird sich darauf einlassen. Tut er es dennoch, so nur aus Spaß am Feilschen.

Den Theologen der Entia scheinen also der im Gebet enthaltene psychologische Nutzen, die diesen begleitende Erleichterung und Hoffnung auf Erfüllung der Bitten wohlbekannt zu sein, aber worin unsere Geistlichen ein Verdienst erblicken, sehen jene den Zweifel. Wer nicht zweifle, bitte um nichts, hat Vater Hyxion II. erklärt. Wer Mahnungen an den Herrgott richtet, behandelt Ihn wie einen gestörten Telefonanschluß, das Gebet gleicht dem Schlagen auf die Gabel und dem Klopfen gegen den Apparat. Das inbrünstige Gebet bedeutet, daß man innerlich die Stimme erhebt, um gehört zu werden. Alles das aber stellt die nicht mehr verbesserbare, bereits als endgültig feststehende Allwissenheit und Allmacht des Guten in Frage. Die Vorstellung, Gott schaue woanders hin, nicht dorthin, wo er gebraucht werde, ist reiner Kinderglaube. Wenn er alles weiß und sieht, braucht man sich ihm nicht aufzudrängen oder durch in Stoßgebeten hochkomprimierte Frömmigkeit Seine Aufmerksamkeit auf sich ziehen zu wollen. Gott sieht in uns hinein, tiefer, als unsere den Lippen entfließenden Erklärungen reichen.

Bis zum zweiten Konzil durfte man zwar nicht für sich selbst, aber immer noch für andere beten. Damit wurde

Schluß gemacht. Der psychologische Nutzen, den man dem Gebet verdankte, verfiel der Liquidierung, andernfalls hätte – so wird behauptet – der Egoismus, die Sorge für sich selbst, über den Glauben an die Unfehlbarkeit Gottes gesiegt. Man dient Gott, indem man den anderen dient, denn so erfüllt sich der Plan der Schöpfung als einer Bewegung zur Vollkommenheit. Es scheint unbegreiflich, wie die Glaubensdoktrin in einer Situation Bestand haben konnte, da geistliche und weltliche Macht eng gekoppelt waren. Sie hätte den von der Erde her bekannten Wandlungen gemäß der herrschenden Interessen unterliegen müssen (der Anglikanismus beispielsweise hat daher seinen Ursprung genommen). Zu einem beträchtlichen Teil erklärt es sich aus dem in die Zukunft gerichteten Dogma des »Paradieses im Diesseits«, das errichtet werden wird, wenn die Mittel dafür vorhanden sind.

Dieses Hinauszögern, als Anerkennung eines bei der gesellschaftlichen Vervollkommnung unvermeidlichen Zeitverzugs sogar in der Dogmatik enthalten, läßt sich natürlich als gewöhnliches Verschleppungsmanöver der Machthaber deuten, das die Aufmerksamkeit des Volkes von aktuellen Nöten und Gebrechen ablenken sollte. Genau dieser Vorwurf wurde der Kirche denn auch von den entianischen Freidenkern und Ketzern gemacht. Die »in den Glauben eingebaute Retardierung der Wunscherfüllung« trug allerdings bemerkenswert zu einem kollektiven Klima des »schweigenden Abwartens« bei, sobald die Regierung an Unholde kam, beispielsweise an die drei Pseudoxixare. (Ich weiß nicht, warum es sich eingebürgert hat, von dreien zu sprechen, da nicht einmal von einem etwas bekannt ist. Ich finde aber, in unserer Weltgeschichte wird jeder Entianer mindestens ebenso viele Ungereimtheiten antreffen.)

Von den Priestern und Theologen des Mittelalters ließe sich schwerlich behaupten, sie hätten die Voraussetzungen besessen, die Entwicklung oder eigentlich *Entstehung* einer Wissenschaft (es gab eine solche ja noch gar nicht!) vorherzusehen, die den Entianern erst die reale Möglichkeit gab, es mit dem Gebot einer »Vervollkommnung der sichtbaren Welt« aufzunehmen. Es muß jedoch angenommen werden, daß man, wenn sich solche Erwartungen auch vom Stand der

Kenntnisse her nicht belegen ließen, an ihre Wahrhaftigkeit doch auf eine nicht weniger unerschütterliche Weise glaubte wie die Irdischen an eine Erlösung nach dem Tode. Anfang des 22. Jahrhunderts verlor der Glaube, der die sozialen Bewegungen gezügelt hatte, unter den Volksmassen zusehends an Einfluß. Das Güterangebot nahm zu, die Pyramide der sozialen Differenzierung flachte sich ab, und in der für den industriellen Schub typischen Weise verfiel alles der Beschleunigung: das Tempo von Produktion, Handel, Kommunikation, Bevölkerungsverschiebungen. Der gemäßigte Wohlstand, der damit allgemein zugänglich wurde, unterwusch die Fundamente des Glaubens. So behaupten es jedenfalls die Historiker. Das Volk harrte der von der Religon verheißenen allseitigen Befriedigung, deren Perfektion um so großartiger erschien, als sich niemand konkrete Vorstellungen davon machen konnte, nach den ersten Kostproben aber eine Ernüchterung hervorrief, als hätten alle den Gedanken: »Ach so, und das soll wohl schon alles sein?«

Genau damals kam es zu einem Weltkrieg, dessen Merkwürdigkeit darin bestand, daß er bis zuletzt Staatsgeheimnis blieb. Er trug verschiedene Namen wie Kryptobellum oder Mirumbellum, und das wenigste geben die losannischen Quellen her, wenn man sie nach dem Gegner in diesem verborgenen Kampf durchforscht. Von ihm selbst gibt es gar keine Äußerungen, weil er nach zwei oder drei Jahrzehnten von der Bildfläche verschwand, als hätte es ihn nie gegeben. Nicht einmal der Name des feindlichen Staates ist in seiner eigenen Version überliefert. Von den Losanniern wurde er Clivia Nigra, von den Kurdländern Kahledonien genannt. Sein Territorium war so groß wie das Losanniens und lag auf den Antipoden, in der Nähe des Südpols auf dem zetländischen Kontinent. Geblieben ist von ihm nichts als eine vergletscherte Einöde, Hunderte Meter tief gefrorener Boden, ewiges Eis. Die losannische Regierung hat über das zerstörte, ausradierte Gebiet eine unbefristete Quarantäne verhängt, die – jedenfalls nach zugänglichen Informationen – allen wissenschaftlichen oder militärischen Expeditionen den Zutritt nach Zetland verbietet. Unsere Losannisten stellen dazu mancherlei Vermutungen an, aus denen sich jedoch kein klares Bild ergibt.

Dieses Clivia Nigra oder Kahledonien hat Losannien nie den Krieg erklärt oder mit ihm einen offenen, bewaffneten Konflikt ausgetragen, sondern versucht, die ganze Entia allmählich und auf Umwegen zu unterwandern und in den Griff zu bekommen. Seine Bewohner waren zwar ebenfalls Entianer, gehörten jedoch einer anderen Rasse oder gar einer anderen Art an. Einst hatte es am Äquator eine Landenge gegeben, über die Nomadenzüge von der Taraxis nach Zetland gelangten – etwa zur selben Zeit, da andere das vulkanische Nordplateau erkundeten, wo später Losannien entstehen sollte. Infolge von Erdbeben versank die Landbrücke in einem Tiefseegraben, beide Kontinente und damit auch die Urentianer wurden getrennt, und im Verlaufe von mehreren hunderttausend Jahren vollzogen sich unter den rauhen Bedingungen des subpolaren Lebensraums an den Eroberern Zetlands auffällige körperliche Veränderungen. Sie waren kleiner, hatten keine so langen Beine, ihre Körperhaltung war nicht aufrecht, sondern leicht gebückt. Im Altertum und im Mittelalter zeichneten sie sich durch eine spezifische Grausamkeit gegenüber Fremden, also den Entianern von der Taraxis aus: Angeblich hatten sie sämtliche Expeditionen, die über den Moorzean zu ihnen gelangt waren, einfach abgeschlachtet. Ursprünglich sollen sie in einzelnen Stämmen von der Jagd gelebt, sich dann über Jahrhunderte zusammengeschlossen und dann wieder in einzelne Staaten getrennt haben. Die Ursache dafür, daß es an genauen Angaben über ihre Geschichte fehlt, sehe ich darin, daß die Losannier, von dem nie erklärten und offiziell auch gar nicht geführten Krieg gereizt, zu einem furchtbaren Gegenschlag ausgeholt haben, dessen erschreckende Wirkung ihnen ein Gefühl unauslöschlicher Schuld beigebracht hat.

Die Clivianer sollen von einem spezifischen Imperativ beherrscht gewesen sein, den man der religiösen wie der weltlichen Sphäre zurechnen kann und ihnen jedenfalls die größten Entbehrungen im Namen des allgemeinen Ka-Undrium abverlangte. Was das nun wieder war, konnte ich nicht herausbekommen, obgleich ich alles durchstöberte, was diese Abteilung der Bibliothek enthielt und was alles andere als wenig war. Der Name stammt übrigens von den sogenannten Intriten, einem hyloistischen Büßerorden, der des schauerlichen Schicksals der Clivianer gedenkt und von der losannischen Regierung geduldet wird, sofern er nicht versucht, mit der Bevölkerung in kommunikativen Kontakt zu treten oder interne Angelegenheiten an die Öffentlichkeit zu bringen. Daher weiß man nur aus durchgesickerten Indiskretionen, daß die Clivianer im Gegensatz zu den Entianern im Norden keine Selbstlaute kannten, also nur zu einem heiseren Flüstern imstande waren. Die Wörter dieser klanglosen Sprache kennen daher weder im Kurdländischen noch im Losannischen eine Entsprechung. Ka-Undrium ist ein Schlagwort, das die Intriten erfunden haben – aber wofür? Die Staatsräson der Clivianer? Das Symbol der Staatlichkeit? Die Idee der Eroberung der Planeten? Den Weg zum Glück? Gar das Glück selber? Ich hätte mich gern bei einem Mönch dieses Ordens erkundigt, wie sich das eigentlich verhält, denn – ich erwähnte es schon – der Vertrieb von Veröffentlichungen zu diesem Thema war untersagt. Eines scheint sicher: Ka-Undrium war eine Idee allgemeinen Charakters, die extreme Opfer einschließlich dem des Lebens verlangte.

Auf die anderen Entianer sollen die Clivianer die Bezeichnung »Hs-Hsze« angewandt haben. Das heißt: »Die Nichts Verstehenden.« Da diese sich nicht zum Ka-Undrium bekehren ließen und in ihrer Ignoranz der Erfüllung – ich weiß nicht, wessen – im Wege standen, suchte man alle, die keine Clivianer waren, zu unterjochen oder zu vernichten. Es hat den Anschein, als habe sich dabei ein merkwürdiger Wandel vollzogen: Erst bekämpfte man die Nichts Verstehenden nur symbolisch und durch die Magie (jeden, den sie erwischten, schlugen sie tot und nannten das seine Konversion), später aber schon immer realer, in dem Maße, in dem man die Ursprünge der Technologie zu fassen bekam. Sie waren Meister in allen Künsten der Mechanik, konstruierten als erste selbsttätige Kriegsapparate, aus denen nachher die sogenannten Ultimaten entstanden, und zwangen Losannien allmählich in einen Rüstungswettlauf.

Da eine clivianische Version dieser Ereignisse, die sich im oberen Mittelalter und im ersten Jahrhundert der neuen Zeitrechnung zutrugen, nicht vorhanden ist, die Losannier indes gewiß nicht objektiv sind, hat der redliche Forscher die ganze Angelegenheit mit einem dicken Fragezeichen zu versehen. So halten es übrigens die meisten Losannisten.

Die achttausend Meilen Moorzean, die die Taraxis und Zetland voneinander trennen, machten ein Wettrüsten bei den Landstreitkräften von vornherein zu einer beiderseitigen Aberration ohne jeden militärischen Sinn und Zweck. Es gab zwar militante Stabsoffiziere, die ein losannisches Landungsunternehmen in Zetland verlangten, aber jedes dieser Vorhaben wurde von weitsichtigeren Politikern bereits im Planungsstadium zu Fall gebracht. Die Clivianer, in der Mathematik sehr beschlagen, waren eiskalte Rechner. Der mystische oder wenigstens geheimnisvolle Charakter des Ka-Undrium, das allen ihren Bemühungen Schlüssigkeit verlieh, war der Nüchternheit ihres Vorgehens keineswegs abträglich. Die ihnen vorschwebende Idee der Eroberung mag sinnlos gewesen sein, aber sie gingen mit außerordentlicher Systematik an die Verwirklichung. Die Kosten müssen gigantisch gewesen sein, denn man befand sich bereits in der Epoche der industriellen Akzeleration, wo man nicht anders konnte, als aller paar Jahre völlig neue, immer kostspieligere Waffenarten zu projektieren und zu produzieren. Losannien, das nicht nur über natürliche Reichtümer und ein günstigeres Klima verfügte, sondern überdies zuerst ins Industriezeitalter eingetreten war, hielt mit den Antagonisten zwar ohne weiteres Schritt, aber mit den Rüstungslasten, die als rein der Verteidigung dienend ausgegeben wurden, wuchs auch sein Grimm. Der große Weltkrieg begann in aller Stille, ohne einen Schuß und ohne jede Truppenbewegung. Sämtliche Operationen waren kryptomilitärisch. Man weiß nicht einmal, ob die Behauptung mancher kurdländischer Quellen stimmt (Kurdland übte in dem Konflikt eine – wie ich nachher erklären werde – höchst relative Neutralität), wonach die Gegner einander durch fernausgelöste Klimastörungen und Erdbeben zu bekämpfen suchten. Vielleicht waren das nur Drohungen, Einschüchterungsversuche oder psychologische Manöver, die den Feind veranlassen sollten, seine Mittel in Kampfmethoden zu investieren, die nachher nicht die erhoffte Wirkung haben würden. Die großen Zentralseen Zetlands sind zwar in der Tat in einer seismischen Versenkung verschwunden, aber es gibt keinen Hinweis darauf, daß die Katastrophe nicht natürlicher Herkunft gewesen sei. Wie auch immer – zum direkten Aufeinandertreffen kam es überhaupt nicht. Nahezu gleichzeitig traten Taraxis und Zetland in die Ära der Biotechnik. Es ist nicht herauszukriegen, welche Seite zuerst die sogenannte Konzeptionswaffe anwandte. Man muß sich vergegenwärtigen, daß die sich über ozeanische Weiten hinweg bekämpfenden Gegner Entianer waren, bei denen die Fortpflanzung durch Bestäubung erfolgt. Es sind wohl doch die Clivianer gewesen, die »Pathofertile«, pathogene Fertilisatoren, einsetzten. Losannien hatte mehrere Jahre ernste Probleme mit dem Bevölkerungszuwachs: eine Unzahl von Kindern mit angeborenen Scheußlichkeiten kam zur Welt. Nicht einmal damals aber gaben die Losannier zu erkennen, daß diese Endemie von geschwulstkranken Geburten etwas mit Clivia zu tun haben könnte, und schon gar nicht bekannten sie sich dazu, daß sie diesen verkappten Angriff mit einem völkermörderischen Gegenschlag beantwortet hatten.

Die Bibliothek des MfAA verfügt – ich weiß nicht, warum – über keine Abteilung für Militärliteratur. Auf die Arbeit von General Dr. Brümmel (oder Brümmli – ich erinnere mich nicht mehr), der sich mit dem transkontinentalen biologischen Krieg auf der Entia befaßt, stieß ich ganz zufällig. Brümmli vermutet, es habe sich von Anfang an um einen genetischen Krieg gehandelt, und er selber scheint Spezialist auf diesem Gebiet zu sein. Der promovierte General (heutzutage kann man ohne einige Doktorate keinem Generalstab mehr angehören) geht davon aus, daß Clivia damit begann, über Losannien Pathogene oder Pathofertile zu versprühen, die in biomilitärischen Komplexen gezüchtet worden waren. Allerdings war nur ein Teil der so gezeugten Kinder lebensunfähig. Nüchtern und sachlich bezeichnet es der gelehrte General als eine in militärischer Hinsicht sehr schwierige Aufgabe, die Lebenskraft des Feindes auf biologischem Wege, durch Fernbestäubung, zu vernichten. Die Art der natürlichen Fortpflanzung der Entianer komme solchen Absichten zwar entgegen, der Kern der Sache bestehe aber darin, daß eine vom normalen allzu stark abweichende Samenzelle von der Eizelle abgestoßen wird, nicht ausreichend pathogene Samenzellen hingegen die Geburt von Kindern bewirken, die heilbar sind. Die Projektierung einer Samenzelle, die vom weiblichen Organismus akzeptiert wird, diesem aber in der Embryonalentwicklung Schaden zufügt, ist eine Sache höchsten Wissens und leistungsfähiger Produktion (es war von Projektierung die Rede – um eine solche handelt es sich ja, und sie muß von Büros ausgeführt werden, in denen nicht nur verantwortungsbewußte, sondern auch hervorragende Fachleute sitzen). Kurz: Was die Clivianer läppisch begonnen hatten, trieben die Losannier zur Perfektion, denn sie waren in der Biotechnik oder vielmehr der militärischen Technobiotik weiter fortgeschritten. Sie überstürzten nichts und ließen es nicht bei Halbheiten, sondern versetzten den Clivianern einen so massierten Schlag mit der »schmutzigen Fertilisationswaffe«, daß die Bevölkerung Zetlands innerhalb einer Generation ausstarb: Die Embryonen brachten allen gebärfähigen Clivianerinnen den Tod. Nach General Brümmli verwendeten die Losannier »Letofertile«, letale Fertilisatoren, die die Befruchtung vornehmen, den Fötus jedoch in eine bösartige Geschwulst verwandeln, die den mütterlichen Organismus angreift, ehe er von diesem ausgestoßen werden kann. Bei sich selbst setzten die Losannier nicht näher bestimmte antinatalistische Abschirmtechniken ein, weil sie aus Clivia analoge Schläge befürchteten. Die dortigen Rüstungsexperten waren jedoch außerstande oder schafften es nicht mehr, ähnliche tödliche Inseminatoren zu züchten.

Auf unbestimmbare Weise kamen Gerüchte von dieser Katastrophe sogar irdischen Journalisten zu Ohren. Ein gewisser Howard Pintel ließ sich in Science-Fiction-Magazinen darüber aus, daß auf der Entia »kontrazeptive Springerbrigaden« und »Abschreckungsmörser« im Einsatz seien. Das ist kompletter Unsinn, die Entianer vermehren sich ja nicht so, wie sich der journalistische Ignorant das vorgestellt hat.

Freilich gab es auch Versuche, das Gleichgewicht der Ökosphäre zu stören, aber nicht sie versetzten Clivia den Schlag des Genozids. Auch hat es in Losannien keinerlei »militärische Abtreiber« gegeben, denn der innere Abwehrdienst setzte sich aus entsprechend geschulten Ärzten und Biologen zusammen.

Am Ende war das sich immerhin über Jahre hinziehende Aussterben der gesamten clivianischen Bevölkerung nicht zu verbergen. Sie wäre wohl auch nicht gänzlich ausgestorben, wenn nicht die Losannier über dem Kontinent die entsprechende Konzentration des tödlichen Staubs aufrechterhalten hätten. Dieser läßt sich nicht hundertprozentig herausfiltern, die Clivianer suchten durch den Bau gewaltiger unterirdischer Schutzbunker zwar wenigstens einen Teil der Bevölkerung zu retten, schafften es aber nicht mehr, weil sie auf eine so vernichtungsträchtige Aktion des Losannier nicht vorbereitet waren. Übrigens liegt auch da etwas im unklaren, man weiß nämlich nicht, warum die mittlere Jahrestemperatur auf der südlichen Halbkugel innerhalb von sechs Jahren um neun Grad zurückging. Sollten die Losannier dabei die Hand im Spiele gehabt haben, so schwiegen sie sich auch hierin aus. Die Ruinen der clivianischen Städte versanken unter Gletschern, und ganz Zetland soll Hunderte Meter tief in ewigen Frost geschlagen sein. Ein Jahrhundert später erwärmte sich das Klima der Südhalbkugel wieder, erreichte aber nicht mehr die Temperaturen der Zeit vor dem großen Kriege.

Doktor Brümmli zitiert in einer Anmerkung die Ansicht eines anonymen Fachkollegen, der sinngemäß ausführt: Wer sich eines lästigen Insekts, eines Reptils oder einer Maus erwehrt und das zudringliche Geschöpf endlich erwischt, aber nicht sofort getötet hat, gerät beim Anblick der Zuckungen in Panik und *muß* ihnen – womit auch immer – auf der Stelle ein Ende machen. Die Agonie bereitet Furcht und Ekel zugleich, man will sie so schnell wie möglich beenden, und dazu ist jedes Mittel recht. Da ich finde, daß daran wirklich etwas ist, setze ich von mir aus folgendes hinzu: Die Losannier mögen eine so schreckliche Wirkung ihrer Genoplane, wie die Waffen von manchen Experten im Hinblick auf die Schwebe- und Flugfähigkeit des Befruchtungsstaubs auch genannt werden, nicht erwartet haben, setzten aber alle in ihrem Arsenal vorhandenen Mittel ein, um die Clivianer mit Stumpf und Stiel auszurotten, obwohl sie diese Absicht ursprünglich vielleicht gar nicht hatten. Möglicherweise wollten sie den Gegner nur schwächen, seinen Lebensnerv treffen, wie die Konfliktologen das in ihrer Fachsprache nennen, ihn zur Aufgabe zwingen, vielleicht zu einem Vergleich, zu Waffenstillstand oder Friedensschluß, aber allein das unglaubliche Ausmaß des angerichteten Sterbens (Clivia hatte eine nach Millionen zählende Einwohnerschaft) machte jede Verständigung zwischen Siegern und Besiegten schlechtweg unmöglich. So jedenfalls lautete die Ansicht des Generals Brümmli und seiner Fachkollegen. Die biologische Waffe genetischen Typs – so ein Zusatz Brümmlis – zieht leicht einen Effekt der Selbsteskalation nach sich. Selbst eine simple bakterielle Epidemie ist leichter in Gang zu setzen als zu stoppen. Der promovierte General bezeichnet diese Waffen als nichtregulierbar, die Entianer hätten gegen Clivia zweifellos lieber tote Fernsteuerwaffen eingesetzt, über die sie aber eben, als der Konflikt in die kritische Phase trat, nicht verfügten. Beide Seiten standen zu jener Zeit noch unterhalb der sogenannten Computeroberschwelle im Rüstungswettlauf. Überhaupt hat Brümmli in dieser Angelegenheit sehr viel mitzuteilen, so gut wie nichts jedoch über den gemordeten Staat, der seinem Ka-Undrium (der General nennt es dennoch »KON-UNDRIUM«) den selbstmörderischen Waffengang mit einem stärkeren Gegner verdankte.

Ich war von diesen Enthüllungen betäubt, als hätte ich einen Schlag über den Schädel bekommen. Schon hatte ich mir von Losanniern und Kurdländern mein Bild gemacht, durchaus keine Idylle, aber doch recht unschuldsvoll selbst in dem, was über meinen Verstand ging. Der Hyloismus schien die Losannier zu einer Friedenspolitik geradezu zu zwingen, und die Verstiegenheiten des kurdländischen Staatsschreitwerks konnte man als eine dort übliche Form der Verbundenheit mit rustikalen Lebensformen verstehen. Soviel hatte ich von den einen wie den anderen schon erfahren, und auf einmal blieb mir nichts anderes übrig, als meine Vorstellungen nicht nur zu korrigieren, sondern durch völlig neue zu ersetzen! Kurdland soll sogar ziemlich schwer unter dem Krieg gelitten haben, obwohl es gar nicht zu den kriegführenden Parteien gehört hatte. Der Wind jedoch, der die Wolken des Fruchtstaubs vor sich hertrieb, nahm auf Staatsgrenzen keine Rücksicht. Dies ist wiederum eine losannische Vermutung. Kurdland selbst nämlich hat kriegsverursachte Verluste nie zugegeben. Überhaupt ist die Geschichte dieses Krieges ein teuflisches Labyrinth. Die beiden Staaten, die überlebt haben, halten bestimmte Angelegenheiten und interne Informationen unter Verschluß und bedienen sich unterschiedlicher Systeme mit mehrfachen Geheimhaltungsstufen. Da ist es kaum verwunderlich, daß die Informationen, die höherstufige Siegel tragen, nicht in den kosmischen Äther geschickt werden – hauptsächlich über diesen Kanal aber hat das Ministerium seine Bibliothekssäle mit Tausenden Bänden füllen können. Die sehr spärlichen Quellen über den großen Krieg gaben mir mehr Fragen auf, als sie Antworten brachten. Warum war Zetland mit Inlandeis überzogen worden? Warum lag, wenn – wie General Brümmli zu erkennen gibt – die Losannier die Verursacher waren, der Gletscher selbst nach den drei Jahrhunderten, die seit dem globalen Konflikt vergangen sind, noch immer über den Ruinen der clivianischen Städte? Als Erklärung drängt sich zwar der Gedanke auf, die Losannier wünschten sich nicht die Bloßlegung dieser Ruinen und zögen es vor, diese Spuren eines Völkermords unter ewigem Eis begraben zu sehen, aber man muß auch bedenken, daß die mittleren Jahrestemperaturen des gesamten Planeten durch die Nachkriegsabkühlung um zwei Grad gesunken sind, was sich ja auch auf das Territorium Losanniens negativ auswirken muß. Sollte ein großer Staat so wenig vergeßlich sein können, daß er sich jahrhundertelang seiner Kriegsverbrechen schämt?

Einen stillen Trost zog ich aus alledem doch, keinen Grund zur Ruhmredigkeit, sondern eher etwas in der Art der heimlichen Genugtuung, die uns beschleicht, wenn wir von Leuten, die gemeinhin als ehrenwert und solide gelten, erfahren, daß sie nicht weniger Dreck am Stecken haben als wir.

III. Unterwegs

Wir schreiben Oktober, die Sterne sind gelber geworden, es ist kühler geworden, und ich bin auf dem Fluge. Ich will nicht sagen, daß ich eher mein Ableben als diese Expedition erwartet hatte, mir schwante von Anfang an, daß die außergewöhnliche Freundlichkeit des Regierungsrates mit der Zugeherin in Zusammenhang stand. Das war inzwischen übrigens auch egal, was hätte ich in der Rakete mit einer Zugeherin anfangen und von wo aus hätte sie auf mich zugehen sollen? Jedenfalls liege ich jetzt auf Kurs zum Sternbild des Kalbes und trage einen Halbpelz, was insofern ganz gut paßt, als ich als diplomatischer Halbkurier reise. Mit dieser Definition ist das Departement für Konfliktprophylaxe nach langen Konferenzwehen niedergekommen. Weder mit allen Vollmachten ausgestatteter Kurier, da wir mit der Entia noch keine Botschafter ausgetauscht haben, noch Privattourist, da es nicht nur um eine Berichtigung in der nächsten Ausgabe der »Sterntagebücher«, sondern um die Verhütung eines Zwischenfalls geht, wie ihn die Module des Instituts für Geschichtsmaschinen geschlußfolgert haben. Von meiner Reise wird das Ergebnis erwartet, das die Juristen als annullierte Schuld, die Futurologen hingegen als sich selbstzurücknehmende Prognose definieren. Ich werde die lautere Wahrheit vermelden, die alten Ausgaben werden klammheimlich aus den Büchereien entfernt – und ich werde nicht mehr Urheber eines Steins des Anstoßes sein. Ich schreibe das nicht nur im Halbpelz, sondern auch im Halbtraum. Daher weiß ich nicht, ob man von Urheberschaft an einem Stein sprechen kann. Bei Nieren- oder Gallensteinen mag es noch hingehen, aber bei Anstößen? Meine Gedanken verstolpern sich in metaphorischer Mineralogie. Ich wollte im Fremdwörterbuch nachschlagen und warf mir dabei das Bügeleisen auf den Fuß, ich verfluchte die künstliche Gravitation dieser modernen Raketen und schwor Stein und Bein, daß die primitiven Expeditionen, bei denen man wie ein Geist durch das ganze Raumschiff schwebte, viel besser gewesen sind.

Damals hatte ich immer darauf verzichtet, meinen Schlafsack an der Wand zu verankern, denn erstens war da morgens schwer herauszukommen, und zweitens fand ich es lustig, zwar zu wissen, wo ich mich zur Ruhe legte (oder vielmehr in die Schwebe hängte), aber immer wieder überrascht zu werden, wo ich in schwarzer Morgenstunde erwachte. Der Schlafsack trieb mit mir da- und dorthin, manchmal strandete er am Bücherbord, und wenn ich davon erwachte, zog ich unterm Kopfkissen die Handlampe hervor, griff mir eines der Bücher, die wie ein aufgescheuchter Vogelschwarm durcheinanderflatterten, und begann zu lesen, stets neugierig, was der nächtliche Zufall mir zur Lektüre beschert hatte.

Die künstliche Schwerkraft hat eigentlich nur die eine gute Seite, daß man in den ersten Wochen nach der Rückkehr zur Erde nicht so viel Schaden im Haushalt anrichtet. Wer daran gewöhnt ist, das Zahnputzglas, während er die Zahnpasta auf die Bürste drückte, einfach neben sich in den Raum stellen zu können, um es dort unbedingt auch wiederzufinden, wird dies automatisch auch auf der Erde tun, und leider gilt das gleichermaßen für Suppenterrinen und Teller, so daß man unablässig Scherben wegzuräumen hat.

Was den Raumfahrtspiritismus angeht, so habe ich stets alle ausgelacht, die darauf schworen, zwischen Beteigeuze und Antares habe es gespukt. Das waren doch keine Gespenster, sondern schlicht und einfach trocknende Wäschestücke! Manchmal hört man ein Knabbern und Knuspern und spürt ein freudiges Erheben bei der Vorstellung, in einem Mäuschen einen Gefährten in der Einsamkeit zu finden. Freilich pflegt eine der Schwerkraft enthobene Maus jegliche Selbstbeherrschung zu verlieren, sie taucht dann an den unwahrscheinlichsten Stellen auf, und da ich davon ein Lied zu singen weiß, stehe ich in diesem Falle auf Seiten des Fortschritts.

Ich habe mir übrigens einen Discuter in das Raumschiff einbauen lassen. Wie schon der Name andeutet, soll er einem durch das Gespräch eine Stütze sein. Professor Bourre de Calance hat sich für mich noch um die neueste Ausführung mit Vielfachspeicherung bemüht. Dazu bekam ich die Modelle aller Personen geliefert, mit denen ich mich gern einmal unterhalten möchte. Man kann nur staunen, wie simpel die Idee dieser Modelle ist und wie lange es gedauert hat, bis jemand darauf kam: Von der gewünschten Person wird ein bioelektrisches Porträt gefertigt, sie wird in Bits zerlegt, in ein Programm verwandelt. Dann steckt man die Kassette einfach in den Discuter, und im Raum läßt sich die Stimme des Betreffenden vernehmen. Dabei ist das keinerlei Person, man kann sie ohne Scheu jederzeit abschalten, gegen eine andere Kassette austauschen oder zu Bett gehen. Ein gewisses Minimum an Anstand und Savoir-vivre ist unter solchen Umständen natürlich zu wahren, nicht weil der Programmierte beleidigt sein könne (er sollte es nicht können, da dies ja nur ein reiner Extrakt seiner Ratio ist) sondern weil es bestimmte Umgangsformen schon um der geistigen Hygiene willen stets zu beachten gilt.

Es ist gut, eine solche Psychothek an Bord zu haben, aber es schadet auch nicht, sich mit ihr richtig auszukennen. Sieht man es in aller Einfalt, so enthält jedes Backbuch sämtliche Informationen, die beispielsweise für die Herstellung einer Nußtorte nötig sind. Die nach eben diesem Rezept von zwei verschiedenen Hausfrauen gebackenen Torten können sich dennoch genausowenig ähneln wie ein Chopinstück, das von Rubinstein, und eines, das von mir gespielt wird. Das Rezept enthält zwar alles, ist aber tot und muß, um erblühen zu können, Leben eingehaucht bekommen. Die fabrikmäßige Konditorei ist, das muß endlich einmal ausdrücklich gesagt werden, eine Form käuflicher Prostitution, nicht aber der Hingabe aus Liebe. Das Verhältnis zur Tortenform muß ein individuelles, ja sogar von Sendungsbewußtsein beseeltes sein, und deshalb bewahrt solch ein Backwerk, das neben frischen Nüssen auch zarte, keusche Gefühle als Zutaten hat, eine so jungfräuliche Intimität, als gäbe es sich, solang die Welt besteht, zum ersten Mal der Tortenschaufel hin.

Der Discutercomputer nun ist solch ein Backbuch: formal gesehen, enthält er alles. Diesem allem aber kommt es auf gar nichts an, diesem allem ist alles egal. Erst das Modell eines konkreten Menschen macht von diesen passiven Informationsablagerungen geistigen Gebrauch und liefert Weisheit. Mit einem Wort: es geht um den Stil. Ich hatte mir ein paar Leuchten der Losannistik geordert, dazu Bertrand Russell,

Popper, Feyerabend, Finkelstein, Shakespeare und Einstein selbst.

Der Flug durch unser Sonnensystem war für mich wie gewöhnlich sehr fesselnd gewesen, ich hatte die Route so programmiert, daß ich den Mars betrachten konnte, für den ich seit der Kindheit eine Schwäche habe. Auch als draußen die alten Donnergloben von Jupiter und Saturn vorbeizogen, stand ich am Bullauge. Ich denke mir immer, daß ich gehörigerweise wenigstens einen mal betreten sollte, aber was hilft es? Mir geht es mit diesen doch so respektablen Klamotten wie mit dem Museum meiner Heimatstadt. Das kann ich jederzeit besuchen, also fahre ich lieber erst mal nach Italien...

Ich hatte mich endlich einige Lichtmonate von der Sonne, der Erde und der Schweiz abgesetzt, wo die Sache Küßmich gegen Tichy noch nicht zur Verhandlung stand und auch so bald nicht stehen würde, und überlegte mir, was ich machen sollte. Das ist eine so heikle Angelegenheit, daß ich sie bisher stets peinlich verschwiegen habe. Einmal muß man aber die Karten aufdecken: Raumfahrt stinkt mächtig nach Knast! Wären nicht die Bullaugen, so könnte man sich wahrhaft vorstellen, man sei eingebuchtet worden, nicht für ein oder zwei, sondern ganz solide für zwanzig Jahre. Und etwa Päckchen von zu Hause, Verwandtenbesuche oder gar vorzeitige Entlassung wegen guter Führung – von wegen! Zwischen transgalaktischer Raumfahrt und einer Haftstrafe bestand früher ein Unterschied, der sich in der Schwerelosigkeit der ersteren versichtbarte, mittlerweile aber praktisch ausgemerzt ist. Kein Wunder, daß es Naturen gibt, die für solche Reisen besonders prädestiniert sind. Der Gedanke eines Theoretikers, die Raumschiffbesatzungen aus den Lebenslänglichen der Hochsicherheitstrakte irdischer Gefängnisse zu rekrutieren, war durchaus nicht so unsinnig, wie er damals genannt wurde. Du kannst stehen, liegen oder an der Decke schweben – du steckst in vier Wänden, das heißt, du sitzt! Und da bringt es auch keine Erleichterung, wenn draußen statt der Wärter und Mauern leerer Raum ist. Aus dem Gefängnis kann man ausbrechen, mag es noch so perfekt sein, aber wo willst du hin, wenn du aus einer Rakete steigst, die zwischen den Sternen hängt? Das ist an meinem Job die düstere Seite, an die ich bisher nie gerührt habe. Per aspera ad astra. In Prosa übersetzt heißt das: Der Weg zu den Sternen führt über langjährige Haft.

Gewiß, ich wollte und will es nicht anders. Auch diesmal habe ich mich im Kollegium des MfAA bockig gestellt und jede Reiselust geleugnet, aber das tat ich nur, damit sie nicht größenwahnsinnig wurden und dachten, sie könnten mich als galaktischen Laufburschen behandeln. In Wirklichkeit wollte ich – schon von dem Augenblick an, da ich die Schwelle der Bibliothek überschritt.

Nun war die liebe alte Sonne verschwunden, zergangen in der schwarzen Suppe des Nichts, und ich sah mich so von der mir wohlbekannten, weil oftmals verspürten flauen Gähnsucht befallen, daß ich es für notwendig hielt, unverzüglich eine Entscheidung zu treffen: Schlafen oder den Discuter benutzen.

Ein hundertjähriger Schlaf ist jedoch keine Kleinigkeit, man spart zwar am Essen, und das hat durchaus seinen Wert, aber es gibt allerhand herzurichten. Ich stellte den Wecker auf fünf Millionen Meilen von der Entia und ging noch einmal ans Großreinemachen, obwohl mir klar war, daß in einer so langen Zeit alles wieder verdreckt. Am ärgsten ist immer das Aufwachen: der Bart ein riesiger Strohbesen, die Haare bis in die Kniekehlen, Fingernägel wie Lanzenottern! Ich lege mir immer Schere und Rasierapparat griffbereit, beim letzten Mal hatte ich es vergessen und mußte, fluchend und mich immer wieder im eigenen Bart verheddernd, im ganzen Raumschiff das Unterste zuoberst kehren. Wer hätte gedacht, daß es ohne das Handwerkszeug der Friseure keine Raumfahrt gäbe!

Beim Griff in den Wäscheschrank stellte ich fest, daß die Laken steif wie Bretter waren, und dabei hatte ich der Zugeherin extra eingeschärft, in der Wäscherei aufzupassen. Voller Wut fetzte ich die von der Stärke zusammengepappten Tücher auseinander. Bei den Bezügen prüfte ich nach, ob sie nicht etwa Knöpfe hatten, die auf den Wangen des Schläfers ihren sichtbaren Abdruck hinterlassen. Davor sollte sich jeder Raumfahrer hüten, denn er hätte nach hundertjährigem Schlafe eine seltsam gemusterte Physiognomie zur Schau zu tragen, und die Bewohner fremder Sterne hielten diese Knopfnegative für integrale Bestandteile des menschlichen Gesichts.

Ich war schon dabei, die widerlichen Getränke zu mixen, die man zur Hibernation braucht, als mir auf einmal die Lust daran verging. Wozu hatte ich eigentlich diesen Computer samt Personalzusatzgerät und diese vielen kassettengespeicherten Berühmtheiten an Bord? Ich ging die Kassetten einmal durch. Auf einer jeden stand der Name, darunter die Gebrauchsanweisung und der rote Aufdruck LIVE oder POST MORTEM. Die Kassette Shakespeares trug natürlich die Aufschrift POST MORTEM, die des Rechtsanwalts Finkelstein LIVE, denn dieser lebte, während jener tot war. Welchen Wert hatte das aber bei der Wiedergabe?

Ich schlug in der Bedienungsanleitung des Personalisators nach und erfuhr, daß die Persönlichkeit Verstorbener aus deren Gesammelten Werken extrahiert wird, was unter anderem zur Folge hat, daß die Auferweckten nicht sprechen, wie sie es zu Lebzeiten taten, sondern so, wie sie schrieben. Von Lyrikern wird man also ausschließlich Lyrik hören. Wie das bei Instruktionen so üblich ist, gab es auch hier eine Unmasse unverständlicher Fachausdrücke und Unklarheiten, etwa in der Art des Hinweises, jemand sei um so weniger »lehrbar«, je länger er tot sei, folglich empfehle es sich nicht, eine Resurrektion stark verjährter Persönlichkeiten vorzunehmen. Dies bliebe allenfalls Historikern überlassen, denn niemand sonst könne mit jenen Gestalten eine Konversation führen, es sei denn, er verfüge über einen Explikator. Ich könnte nicht behaupten, daß mich das erleuchtet hätte, und so fütterte ich den Computer nach kurzem Besinnen mit der Kassette von Rupert Trutti. Von einem »Professor of Computer Science« sollte man die erforderlichen Klarstellungen erwarten dürfen.

Ich drückte die Taste »GO«, setzte mich nieder und lauschte einem angenehmen Bariton, etwas erstaunt freilich, daß er gar nicht erst meine Fragen abwartete, sondern loslegte, wie aufgezogen.

»Ich bin Rupert Trutti vom Massachusetts Institute of Autofuturology und befasse mich, wie bereits der Name meiner heimischen Lehranstalt andeutet, mit der Prognoseprognostik, das heißt, der Erforschung dessen, was in einem Prognosezeitraum von mehreren Jahrhunderten an Prognosen erstellt werden wird. Ich weise Sie höflich darauf hin, daß ich als Kassetton, wie kassettengespeicherte Personen geläufigerweise genannt werden, die Gedächtnisspeicher des Computers, an den ich angeschlossen werde, ohne jede Einschränkung in Anspruch nehmen kann.«

»Eben, Professor«, fiel ich ihm ins Wort, »warum können Sie das, und Leute, die schon sehr lange tot sind, können das angeblich nicht? Ich habe das in der Instruktion gelesen...«

»Um etwas erfahren zu können, muß man vorher schon etwas wissen«, versetzte Trutti. »Das Erfahren besteht darin, etwas Gehörtes im Kopf unterzubringen, ohne daß dabei eine bestimmte Ordnung gestört wird. An die ersten Erlebnisse des Säuglingsalters behält man eben darum keine Erinnerung, weil man damals noch nichts gewußt hat. Gleichwohl, mein sehr verehrter Resurrektor, je mehr einer in seiner Epoche erfahren hat, um so weniger kann er in der nächsten erfahren, denn er hat den Schädel vollgepfropft mit altem Gerümpel. Damit ist er vernagelt und verbohrt, denn die heilige Wahrheit von gestern ist heute nur Vorurteil und leeres Geschwätz. Ich bin zwar Ziffroniker, kann aber auch andere Gebiete des Computers nutzen, an den Sie mich angeschlossen haben. Immerhin habe ich auch von Biologie, Psychonik und Physik einiges mitbekommen, daher weiß ich auch, was Expertolyse und Enspertolation ist. Nun schließen Sie einmal Plato hier an, und Sie werden sich überzeugen, daß er sich nichts von alledem zu eigen machen kann...«

»Was ist denn das?« fragte ich neugierig.

»Expertolyse ist die Auflösung des Expertentums durch Informationsschwemme, Enspertolation ist die Abwehrreaktion der Experten – Einkapselung aus Angst. Was nun die Expertolastik betrifft, so...«

Vielleicht war es unhöflich von mir, aber ich mußte den Professor abschalten. Ich fürchtete, er werde durch seine weiteren Ausführungen verdunkeln, was er mir bereits erhellt hatte.

Da saß ich nun vor meinem Kassettenstoß und grübelte, wie ich ein gelehrtes Gremium komponieren könnte, dessen

Diskussion mir intellektuelle Lustgefühle verschaffen würde. An die Hibernation dachte ich überhaupt nicht mehr, wie denn auch – ich hatte die Chance, mit den größten Geistern der Geschichte zu plaudern, und da sollte ich mich ein paar Jahrhunderte sinnlos aufs Ohr legen? Ich nahm die Kassette von Bertrand Russell, Karl Popper, Rechtsanwalt Finkelstein (zwar ein Geist minorum gentium, aber ich wollte in der Gesellschaft einen Bekannten haben, der mir sympathisch war) und – allen Warnungen des Professors Trutti zum Trotz – Shakespeare. Ich hätte schwören mögen, daß ich auch einen Kassette mit Einstein bestellt hatte, aber obwohl ich sämtliche Schachteln auf den Fußboden schüttete, fand ich nur Feyerabend. Wütend, weil ich keine Reklamation mehr geltend machen konnte (immerhin war ich schon etliche Trillionen Meilen von der Erde entfernt), machte ich alles für das Streitgespräch fertig, das heißt, ich stellte Salzstangen und Tonic in Reichweite auf einen Tisch, stopfte mir ein Kissen unter den Rücken und schaltete den Computer ein. Nachdem ich alles aufgegessen und ausgetrunken hatte und immer noch nichts hörte, wurde ich stutzig und merkte endlich, daß meine kassettengespeicherten Reisegefährten längst im heftigsten Disput standen, nur daß der Ton weggedreht war. Ich regelte das Notwendige und vernahm die Stimme Bertrand Russells.

»Intelligenz, Herr Feyerabend, ist die Kraft, eine Sache durchzuboxen, und deshalb läßt sich auch die glänzendste für die dümmsten Dinge gebrauchen. Weisheit hingegen erstreckt sich darauf, die Wahl dieser Dinge selber vorzunehmen.«

»Ich nehme mir die Freiheit, Euer Lordschaft zu widersprechen«, erklärte Feyerabend darauf. »Weisheit ist eher Selbsterkenntnis im klassischen Sinne, zeitgemäßer ausgedrückt aber die Entdeckung der Lücken und Scharten im eigenen Verstand. Das ist offenkundig sokratisch. Idioten, das weiß man doch, glauben sich in allem auszukennen. Ein Idiot, zumal wenn er ein Vollidiot ist, wird, wenn sie es ihm anbieten, auf der Stelle bereit sein, Präsident der Vereinigten Staaten zu werden. Ein Mann von Bedacht wird erst einmal nachdenken, ein Weiser sich lieber aus dem Fenster stürzen. Ein sehr starkes Konzentrat von Klugheit wirkt lähmend und macht sogar stumm, wenngleich ich das Verstummen Wittgensteins auf andere Gründe zurückführe.«

»Nach Ihrer Eloquenz zu schließen, sind Sie, Herr Kollege Feyerabend, von einem Überschuß an Klugheit eher unbedroht«, sagte Russell. »Nicht nur Menschen pflegen dumm zu sein, es gibt auch bornierte philosophische Systeme, die sich aus einem Phänomen ableiten, das ich als Effekt der historischen Monumentalisierung von X-Beliebigem bezeichnen würde. Es gab einmal einen englischen König, der einerseits religiös bleiben, andererseits aber mit einer Frau schlafen wollte, die nicht die ihm angetraute war. Was tun? Da er nichts an seinem Begehren ändern konnte, änderte er etwas an der Religion. Er sagte sich von Rom los, und so entstand die Anglikanische Kirche. Jedermann, der meine Werke gelesen hat, weiß, daß Hegel als Denker der Gattung der sogenannten dunklen Schaumschläger zugehört. Eben dieser Tatsache verdankt er seine dauerhafte Popularität, die in den letzten hundert Jahren freilich etwas nachgelassen hat. Der durchschaubare Dummkopf ist weniger schädlich als der dunkle, dessen Schaum das Licht fernhält. Ich habe mir erlaubt, das in meiner Geschichte der abendländischen Philosophie anzudeuten, und selbstverständlich bissen sich ganze Rudel von beleidigten Dummköpfen an meinen Waden fest. Nehmen Sie als Beispiel nur Dewey. Leider ist man nicht nur im House of Lords, sondern auch in der Polemik mit Philosophen dem Savoir-vivre verpflichtet, und so kann man es sich erst nach dem Tode erlauben, ohne Umschweife die ganze Wahrheit zu sagen. Dieser Wahrheit habe ich indessen ohnehin stets das Wort geredet, und das hat mich einiges an Gesundheit gekostet. Wer ein neues philosophisches System vorlegt, gibt damit zu verstehen, daß er der Wahrheit nähergekommen zu sein glaubt als alle anderen Menschen vor ihm. Ein jeder solcher Vorschlag setzt also voraus, daß sein Urheber an Gescheitheit nicht zu übertreffen ist. Nun betrifft der Streuungsgrad, in dem Intelligenz sich über eine Gesellschaft verteilt, doch auch die Philosophen, und also gibt es auch unter diesen eine beträchtliche Menge von Schafsköpfen. Es war für mich interessant, daß diese meine gänzlich unadressierten Beobachtungen eine solche Zahl verbiesterter Reaktionen auslösten ...«

»Wo würden Euer Lordschaft sich denn selbst einordnen auf dieser Kurve der Intelligenzstreuung?« fragte Feyerabend scheinheilig.

»Höher als Sie, wenn ich objektiv sein soll. Ich habe alles verstanden, was Sie verfaßt haben, während Sie das Meine überhaupt nicht begriffen oder zumindest stark entstellt haben.«

»Ja, aber Sie waren doch schon tot, als ich publizierte!«

»Ich war kassettengespeichert, als ich es las. Sie haben manches von mir übernommen. Daran wäre nichts zu tadeln, wenn man sich nur zu seinen Lehrern bekennen würde.«

»Da ich hier nur als rein geistiger Extrakt auftrete«, erklärte Feyerabend, »so merke ich an, daß ich meine Worte begleitet wissen möchte von einem leichten Achselzucken und einem nachsichtigen Lächeln. Lord Russell war stets bemüht, vom Kuchen der Philosophie ein größeres Stück abzubeißen, als ihm zuträglich war.«

»Das haben Sie von Quine«, meinte kühl der Lord.

»Es tut mir leid, aber ich kann nicht jede meiner Äußerungen mit einer bibliografischen Anmerkung versehen!« sagte Feyerabend etwas verärgert. »Lord Russell, der nach seinem Tode noch weniger höflich ist als zu Lebzeiten, läßt mich keinen Satz zu Ende bringen. Lord Russell hat nicht nur mehr abgebissen, als er verdauen konnte, er hat sich auch immer wieder von einer anderen Seite auf dieses Backwerk gestürzt, als wäre die allgemeine Ontologie ein Christstollen oder ein Aschkuchen, aus dem es nur die Rosinen herauszupicken gelte...«

Hier ließ sich eine gedankenschwere, tiefe Stimme vernehmen.

»Einstein hat das eher einem Brett als einem Kuchen verglichen«, sagte Karl Popper. »Er meinte, die Dummköpfe suchten stets die dünnste Stelle, um dort möglichst viele Löcher zu bohren. Die Genies hingegen versuchten sich an härtestem Urgestein.«

»Der letzte Satz ist allerdings schon von Ihnen, Lord Popper«, stellte Feyerabend voller Sarkasmus fest. »Ein Glück, daß es in der Philosophie weder Dienstgrade noch Dienststellungen gibt, sonst dürfte ich mich, von zwei Lords flankiert, nicht einmal mucksen. Meiner Ansicht nach müssen sich Intelligenz und Gelehrsamkeit die Waage halten. Zuviel Gelehrsamkeit zieht einen kleinen Verstand an den Beinen in den Sumpf, ein Geist wiederum, der nicht vom Ballast soliden Wissens beschwert ist, verliert den Boden unter den Füßen und flattert davon, meist unverantwortlichen Fiktionen entgegen. Am wichtigsten ist der goldene Mittelweg. Allerdings halte ich für einen solchen nicht die Taktik, die auf der ausschließlichen Verwendung des Selbstzitats beruht, zumal in jener bösartigen Form, wo jemand der inhaltlichen Auseinandersetzung aus dem Wege geht und in Fußnoten lediglich auf uralten Ramsch verweist, indem er der Frage irgendwann bereits einmal Beachtung geschenkt haben will. Der Leser muß sich also eine Sammlung der Opera Omnia eines solchen Autors anlegen, weil er, ehe er dazu kommt, ein kleines Artikelchen des Mannes zu lesen, durch Verweise und Fußnoten von Pontius zu Pilatus geschickt wird. Ich halte das heutzutage für übertrieben.«

»Ich fürchte, Mr. Feyerabend hat meinen ehrenwerten Kollegen aus dem Oberhaus im Sinn«, sagte Russell. »Es war etwas daran, aber vielleicht ist es nun genug der Anzüglichkeiten ad personam? Ich habe in diesem kalten Kassettengrab viel über meine Theorie der Typen nachgedacht. Sie ist nicht nur auf die Logik, sondern auch auf die Ontologie anwendbar. Es gibt ontologische Voreingenommenheiten, ähnlich wie es derlei günstige Vorurteile auch beim Manne gibt. Ich persönlich habe stets Blondinen bevorzugt und hatte meine Probleme dadurch, daß die Blondinen nicht immer mich bevorzugten. Es mag auch verschiedene TYPEN der Erkenntnis geben. Das sage ich natürlich als Modell. Diese Versächlichung übrigens, DAS Modell, erscheint mir auf uns bezogen höchst unzutreffend, immerhin sind wir männlichen Geschlechts, wenngleich auch längst im Plusquamperfekt.«

»DAS Modell, kassettenverpackt – DAS Paket!« sagte Feyerabend. Er kicherte leise und ironisch, steigerte sich dann aber in brüllendes Gelächter, daß es in den Verstärkern kreischte.

»Was finden Sie denn so lächerlich an meiner kleinen terminologischen Anmerkung?« fragte Russell.

»Ach, nichts«, gab Feyerabend zurück, noch immer mit etwas erstickter Stimme. »Ich habe da nur an so etwas Dunkelblondes denken müssen, weil Euer Lordschaft...«

»Meine Herren«, sagte ich mit mildem Tadel, »ich bin so kühn, Ihre Aufmerksamkeit darauf zu lenken, daß mich diese Kassetten etwas über 9000 Franken – Schweizer Franken! – gekostet haben. Ich lechze danach, in die höchsten Phänomene des Seins eingeweiht zu werden, ich erwarte von Ihnen – natürlich im bildlichen Sinne – die hilfreich ausgestreckte Hand, ich hoffe, obzwar geistig weit unter Ihnen stehend, auf die Früchte jahrhundertelangen Umgangs mit solchen Geistern – und was höre ich? Die alten Lieder: Ob blond, ob braun...«

Bertrand Russell fand sich zur Antwort bereit.

»Wer verreisen will, muß für gute Pferde sorgen und diese richtig vor den Wagen spannen. Nur, Mister Titschi« – wie der meinen Namen aussprach! – »wir sind keine Zugpferde und schon gar nicht gewöhnt, im Gespann zu gehen. Jeder von uns hat in der Philosophie eine andere Richtung eingeschlagen. Sollte Ihnen also wirklich an Auskunft gelegen sein, so drehen Sie bitte meine wertgeschätzten Kollegen ab.«

Protest und Empörung ertönten im Chor. Ich schrie sie nieder und verlangte, sie sollten sich zur entianischen Ethosphäre äußern. Sie gingen darauf ein.

»Diesen Söhnen der Vogelwelt mag es gelungen sein, die sogenannte Ethosphäre zu schaffen«, meinte Lord Russell, »aber damit haben sie jedermann einen unsichtbaren, individuellen Käfig gebaut, unsichtbare Zwangsjacken in gewaltiger Zahl. Jedwedes einigermaßen machtvolle Streben nach allgemeiner Glückseligkeit endet mit dem Bau von Zuchthäusern. Allein diese Idee ist ein irrationales Wahnbild der Vernunft.«

»Ich habe das schon immer gesagt«, erklärte mit kräftiger Greisenstimme Lord Popper. »Corruptio optimi pessima und so weiter. Das Spektrum der sozialen Zustände liegt auf der Achse zwischen der geschlossenen und der offenen Gesellschaft. Das Extrem zur Linken ist die totalitäre Tyrannei, die alles Menschliche reglementiert, bis hinab zum Inhalt der Lieder, die in Kindergärten gesungen werden dürfen. Das Extrem zur Rechten ist die Anarchie. Die Demokratien liegen mehr oder weniger in der Mitte. Die Entianer haben ganz offenkundig jene Extreme zu vereinen versucht, damit jeder in einer zugleich geschlossenen wie offenen Gesellschaft leben kann. Er darf nach Belieben ausflippen – steckt aber in der unsichtbaren Blase unverletzlicher Gebote. Als Tyrarchie könnte man das bezeichnen. Gutes wird aber nicht herauskommen. Ich kann mir vorstellen, daß es dort mehr Gram und Kummer gibt als anderswo.«

Ich war erstaunt.

»Wie das, Euer Lordschaft?«

»Wer in der Folterzelle eines Polizeistaats steckt, darf wenigstens hoffen, nach dem Ende der Folter gemeinsam mit anderen Menschen eine glückliche Welt zu errichten. Wer aber unter staatlicher Aufsicht unentwegt von dieser sogenannten Syntur gehätschelt wird, kann an Flucht nicht einmal denken. Es gibt einfach nichts mehr, wohin man flüchten könnte. Erträglich sind einzig die mittelbaren Zustände sozialer Aggregation.«

Feyerabend meldete sich zu Wort.

»Wo nicht LAW AND ORDER herrschen, obsiegen Zähne und Klauen, und wo LAW AND ORDER herrschen von der Wiege bis zur Bahre, ist das Unglück das gleiche, nur daß es anders schmeckt. Lord Popper hätte bei seiner Apologie der offenen Gesellschaft bedenken sollen, daß dies die brave Bezeichnung für eine Situation ist, in der es große und kleine Hunde gibt, die sich gegenseitig ankläffen, aber nicht auffressen dürfen. Als unbedarftes Kind verschlang ich die Wundergeschichten von einer künftigen Welt, in der sich Hausmütter zu Dozentinnen der Limnologie und Hausmeister zu Professoren der allgemeinen Gesamtheitstheorie umschulen ließen, andere aber schöpferisch tätig sein durften, soviel es einbrachte, wodurch die Kunst zu ungeahnter Blüte gedieh. Man kann nur staunen, wie viele durchweg gescheite Leute diesen Blödsinn ernst nahmen. Den meisten Menschen kommt es doch gar nicht darauf an, ihr Leben lang alte Muscheln zu sammeln, sie interessieren sich für die brandneue Kackmuschel in ihrer Toilette, und ans Jenseits denken sie erst, wenn ihnen der Arzt auf ihr dringliches Fragen nur ausweichende Antworten gibt. Die totale Automatisierung wird sich auswirken müssen als eine Neuauflage der aus dem Mittelalter bekannten HÖLLENFAHRT. Die Wege dorthin sind verschieden, manche rosengepflastert, andere honigversiegelt. Die offene Gesellschaft hat der geschlossenen nur das eine voraus, daß man ihr leichter entfliehen kann. Wohin, ist eine ganz andere Frage. Allerdings ist es stets anheimelnder, den Rücken frei zu haben, statt dort eine vergitterte und vernagelte Tür zu wissen. Das fasse jedenfalls ich so auf.«

»Wo habe ich denn geschrieben, daß die offene Gesellschaft das Ideale sei?« fragte Popper entrüstet. »Ich bin Skeptiker, und ein solcher hält sich immer ans kleinere Übel.«

»Nur schade, daß Sie es nicht dabei bewenden ließen«, sagte Feyerabend. »Ihre Konzeption der wissenschaftlichen Erkenntnis ist nämlich haltlos. Ich habe das nachgewiesen, übrigens weder als erster noch als letzter.«

»Einstein selbst hat mir recht gegeben...« setzte der ins Mark getroffene Popper zu einer Erwiderung an, aber Feyerabend ließ ihn nicht ausreden.

»Über die Umstände, unter denen Einstein, der ein herzensguter Mann war, dies getan hat, haben Euer Lordschaft so oft geschrieben, daß es genügte, den entsprechenden bibliografischen Verweis zu geben. Wie Doktor Chippendale mir erzählte, litt Einstein damals schrecklich unter Migräne und stand unter der betäubenden Wirkung, die bekanntermaßen von in großer Zahl genossenen Kopfschmerztabletten ausgeht.«

Popper sagte nichts mehr, er war beleidigt. Schließlich unterbrach Russell das Schweigen.

»Mein verehrungswürdiger Philosophenkollege aus dem House of Lords hatte das Unglück, zum systematischen Philosophen geboren worden zu sein, als die Zeit der systematischen Philosophie abgelaufen war. Man muß der Wahrheit ins Auge schauen, Herr Kollege Popper! Mister Feyerabend ist ein gemäßigter anarchistischer Extremist in der Erkenntnistheorie, ich bin ein imperativfreier antiintuitiver Kategorialist im analytischen Stil, und Lord Popper ist der Schöpfer einiger scharfsinniger Konzepte, dazu ein nichtsynkategorematischer Aufwärmer von ontologisch neutralisierten Bouletten in einer Sauce à la Circulus Vindobonensis. Eine Hinterlassenschaft jenes Kreises also, in dem Wittgenstein sein Licht leuchten ließ, bis er aufgab und den Kreis an den Nagel hängte. Der eklektizistische Synkretismus der Schriften des Herrn Popper...«

»Sie haben die Meinung öfter gewechselt als die Unterhose«, schrie erbost Lord Popper, völlig aus dem soziostatischen Gleichgewicht gebracht. »Lord Russell, ich frage Sie, was ist Ihnen aus den Jahren der ersten Jugend geblieben? Die ›Principia Mathematica‹, drei Bände, die Sie sich in Jahren mühsam abgequält haben. So vernehmen Sie denn, daß Tschuang Wen oder ein anderer Ping Pong – ich kann mir die chinesischen Namen nicht merken – einen Computer so programmiert hat, daß dieser alles von Bertrand Russell in seinen ruhmreichen ›Prinicipia‹ Bewiesene innerhalb von acht Minuten vollzog, mit der Durchschnittsgeschwindigkeit eines Selbstmörders also, der sich im neunzigsten Stockwerk aus dem Fenster stürzt, freilich auf dem Jupiter, dessen Schwerkraft die der Erde bekanntlich um soviel übertrifft, wie sich Mister Tichys Zugeherin bei den Wäscherechnungen zu ihren Gunsten irrte.«

Diese letzte Bemerkung fand ich so schockierend, daß ich eine unglaubliche Anstrengung unternahm und tatsächlich die Augen aufbrachte. Ich wußte nicht mal, zu welchem Zeitpunkt ich der Müdigkeit nachgegeben hatte, schämte mich jedoch, es überhaupt zuzugeben. Allzu viel war mir nämlich nicht entgangen, sie stritten sich zwar, aber durchaus nicht so, wie ich es geträumt hatte. Um sie ein bißchen auf Trab zu bringen, steckte ich zwei Losannisten in den Discuter. Der eine hieß Bionysos Röhren, der andere Pierre Saumon. Offenbar unter dem Einfluß jener Geistesträgheit, die sich nach einem langen Aufenthalt im All einstellt, kam mir der Gedanke, sie würden, wenn sie eine Person und dazu indianischer Abkunft wären, den Kriegsnamen Röhrender Lachs führen.

Professor Saumon, ein Kenner der losannischen Philosophie, erwies sich sogleich als Gewinn für unsere Gesprächsrunde. Es handle sich, wie er uns erläuterte, seit dem 22. Jahrhundert um eine subjektiv relativistische, aber objektiv angewandte Philosophie. Anders ausgedrückt: Auf Erden ist das Subjekt, also der Philosoph, stets ein Mensch, während auf der Entia auch Maschinen und sogar die Wolken philosophieren können. Bestimmte Formen der Gripser nämlich, vom Winde hinweggetragen, sammeln sich am Rand der Troposphäre zu hochintelligenten Zirrokumuli und Nimbostrati, die, da sie nichts anderes zu tun haben, den Sinn des Lebens zu ergründen suchen. Die Zeiten, da Ax Titorax wirkte, jener bilderstürmerische Denker, der noch auf dem Totenbett umringt war von treuen Jüngern und der Polizei – diese Zeiten sind unwiederbringlich vorbei. Auch die Probleme, ob Herrschaft so oder so ausgeübt werden solle, gehören der Vergangenheit an. Das wahrhafte Dilemma erhebt sich für die Philosophie erst dann, wenn der Wohlstand erschreckende Ausmaße annimmt. Wenn es der unangenehmen Dinge immer weniger, der angenehmen aber immer mehr werden soll, so folgt daraus mit logischer Konsequenz, daß sich das Optimum mit einem Maximum an Gütern, Freiheiten, Genüssen und Zerstreuungen und einem Minimum an Gefahren, Krankheiten und Beschwerlichkeiten deckt. Das Minimum geht gegen Null, also keinerlei Arbeit, weder Krankheit noch Gefahr, und das Maximum liegt dort, wo die Süße des Lebens unerschöpflich wird. Das mit solcher Präzision festgelegte Optimum ist aber für niemanden zu ertragen. Der Fortschritt kippt irgendwo in seinem Fortschreiten in sein Gegenteil um, aber niemand weiß, an welchem Punkt. Darauf beruht das sogenannte Paradoxon von Schlappenrock und Knacks.

Professor Röhren, der nach seinem Kollegen das Wort ergriff, legte uns dar, daß es so schlimm, wie zu vermuten, nun doch nicht stünde: In jeder Gesellschaft gibt es Tetriten-Retriten, die sich zur sogenannten guten alten Zeit zurückgezogen fühlen. Eine Rückkehr in die Vergangenheit kann es aber nicht geben. Im Gegenteil, die Ethosphäre muß auf eine neue Stufe der Entwicklung gehoben werden. Vorläufig handelt es sich dabei nur um ein vom Rat der Entophilen erarbeitetes, aber immerhin regierungsamtliches Projekt. Die Grundidee ist recht einfach. In jeder Gesellschaft gibt es einen Menschenschlag, dessen Angehörigen die jeweilige Gesellschaft optimal zupasse kommt. Sie müssen dabei nicht einmal der

Oberschicht angehören. Dank ihrer angeborenen Natur führen sie leidenschaftlich gern genau das aus, was ihre Zeit für groß und machbar hält. In einer Epoche imperialer Expansion sind sie Konquistadoren, und sie sind Kaufleute, wenn ferne Gebiete durch solche Expansion in Besitz genommen sind. Sie werden Wissenschaftler sein, sobald die Wissenschaft den Reigen anführt, sie sind Geistliche in den militanten Zeiten der Kirche. Auch gibt es Naturen, die einfach nicht in Frieden leben können. Sie brauchen sich darüber nicht einmal richtig klar zu sein, gewinnen aber gerade in allgemeiner Not und Kriegsgefahr gewaltig an Potenz. Hinzu kommen diejenigen, die voller Hingabe sind und davon leben, daß sie anderen Hilfe bringen, und die Entsagungsvollen, die vom Verzicht profitieren. Die Geschichte ist ein Theater, und die Völker stellen die Truppe, jede Rolle findet ihren Darsteller, aber *kein* Stück hat jemals in der Geschichte *allen* Akteuren den Raum gegeben, sich hervorzutun. Wer zum großen Tragöden geboren ist, hat in Farcen nichts zu tun, ebensowenig wie ein geharnischter Ritter in einem Biedermeierzimmer. Der Egalitarismus ist ein Lebensprogramm, in dem alle gleichberechtigt und zu gleichen Teilen auftreten sollen. Niemand kann dort eine große romantische Rolle spielen, weil dafür einfach kein Raum ist. Solch ein Unglücksrabe ist verdammt, an Wettkämpfen im Verzehr hartgekochter Eier, im rückwärtsradelnd ausgeführten Violinvortrag eines a-Moll Scherzos oder sonstigen Narreteien teilzunehmen, die sämtlich nur die Kluft zwischen seinem Ehrgeiz und der plärrenden Wirklichkeit bekunden. Kurz, verschiedene Zeiten bevorzugen verschiedene Charaktere, und jedesmal bietet ein beträchtlicher Teil der Gesellschaft den Hintergrund für die vom Schicksal Erkorenen: Nur der reine Zufall nämlich kann bewirken, daß das geeignete Temperament genau auf den entsprechenden historischen Zeitpunkt trifft.

Man kann es auch anders ausdrücken. Die Welt kommt einem Individuum um so mehr entgegen, je größere Entfaltungsmöglichkeiten sie seinen spezifischen geistigen Anlagen bietet, aber es gibt keine universelle Wohlgesonnenheit der Welt, die mit gleicher Intensität jede Art der menschlichen Natur zufriedenstellen würde. Eine solche Möglichkeit liefert erst die synthetische Umwelt. Diese Umwelt kann einzelnen Personen eine Wohlgesonnenheit erweisen, die auf die Individualität zugeschnitten und dieser angepaßt ist (bei bestimmten Naturen muß man, da sie dazu geboren sind, Widerstände zu überwinden, selbst eine gewisse Widersetzlichkeit der Welt als Gunst betrachten!). Die Umwelt wird also alles sein – eine Herausforderung für die Risikofreudigen, sicherer Hafen für die Sanftmütigen, terra incognita für Entdeckernaturen, eine Kammer verborgener Schätze für abenteuersüchtige Romantiker, Betätigungsfeld für die Uneigennützigen, Schlachtfeld für die Strategen, Acker der Mühsal für die Fleißigen. Bis jetzt ist nur noch unklar, was diese Welt für die Niederträchtigen tun soll, denn die gibt es ja auch noch. Die eindringlichere Prüfung verrät ein riesiges Spektrum von Nuancen – des Heldenmuts wie der Feigheit, der Wißbegierde wie der Gleichgültigkeit, der Kriegslust wie der Friedenssehnsucht – und dasselbe gilt auch für die Gemeinheit.

Die Umwelt sollte folglich so wohlwollend und zugleich verschlagen sein, daß sie den Stoff des Lebens jedermann so auf den Leib schneidert, wie es ihm am besten zusagt. Freilich ist da – selbst wenn alle technischen Mittel bereitstehen, eine Umwelt zu bilden, die sich der menschlichen Natur fehlerlos anpaßt – noch eine einzige, dafür aber eminente Schwierigkeit: Jeder soll doch das Gefühl haben, eine ganz authentische eigene Existenz zu führen. Niemand soll annehmen müssen, er spiele auf einer Bühne und könne jederzeit abtreten, niemand soll glauben, er sei von Dekorationen umringt, die extra für ihn gebaut worden sind. Wenn das ein Spiel oder vielmehr ein System vieler den Bewohnern von der Umwelt gebotener Spiele ist, darf es keine Zurücknahme und keine Unterbrechung geben, alles muß mit tödlichem Ernst zugehen wie im Leben, nicht wie nach den abgesprochenen Regeln eines Gesellschaftsspiels. Keiner der Spieler darf vom Schachbrett herunter, um es etwa mit Abstand von außen betrachten zu können. Die Kenntnis dessen, was ihm vorherbestimmt ist, darf für ihn nicht zu erlangen sein, niemand soll es wagen dürfen, das Spiel nach Regeln zugunsten seiner selbst oder anderer Leute zu ordnen, denn das sind Prärogativen, die in solch einem Sachverhalt denen Gottes gleichkommen.

Hieraus ergibt sich eine Frage, die so alt ist wie die Welt: Quis custodiet ipsos custodes?

Wer soll nun dieser Deus ex machina sein, der auf die Schutzengel der einzelnen Leute aufpaßt und durch diese Wächter wiederum für die ebenso gerechte wie vollkommene Existenzoptimierung sorgt? Hinter jeder noch so einfallsreichen Antwort auf diese Frage taucht aus dem Dunkel unweigerlich das Gespenst der Kryptokratie, die es auszuschalten gilt, damit die Distribution der synthetischen Schicksale völlig dezentralisiert ist.

Dieses soziotechnische Problem bedeutet, in die Sprache der traditionellen Religionswissenschaft übertragen, nichts weniger als die Inbetriebnahme des Pantheismus. Den Kryptokraten wird man nicht aufsuchen können wie Gott, denn er befindet sich immer überall. Was aber, wenn an dieser vorgefertigten Harmonie etwas kaputtgeht, wer übernimmt dann die Reparatur? Da sie im übrigen ja auch von jemandem entworfen und produktionsreif gemacht worden sein muß, wird dieser Jemand oder das Kollektiv, dem er angehört, prädestiniert, sich in diesem existentiellen Gesamtkunstwerk in aller Öffentlichkeit oder – was noch schlimmer ist – in aller Heimlichkeit die Rolle Gottes anzumaßen. Vorläufig ist nur die Rede von einem phasenweisen Übergang von der normalen zur kryptoprovidentiellen Ethosphäre. Wieder einmal läuft das ähnlich ab wie in der Bibel: Urgripser zeugen Gripser, Gripser zeugen Gripsetten, und diese begründen den Stamm künftiger Generationen bis hin zu den Kompaktstabilisern, die in ihrer selbstregulierenden Zuverlässigkeit den Elementen der Natur gleichkommen. Das wird dann eine wahrhaft Rekreative Schöpfung innerhalb der Kosmischen Urschöpfung sein. Ein weiter, mit Hindernissen gespickter Weg, dessen Ziel aber schon sichtbar ist! Optimisten glauben, daß in zwei bis drei Jahrhunderten die Paradisierung Losanniens vollendete Tatsache ist.

Dieser Vortrag machte auf die Kassettierten einen ebenso starken wie negativen Eindruck. Lord Russell erklärte, allein das Bewußtsein eines so unermeßlichen Arrangements des Schicksals sei eine Katastrophe für den Verstand und fordere zur Rebellion heraus. Für diese völlig neue Gesellschaft sei eine Unzahl neuer Formen des Wahnsinns, des Leides und der Verzweiflung zu befürchten. Hierin stimmte selbst Karl Popper mit Russell überein, während Feyerabend feststellte, so arg brauche das gar nicht zu kommen: immerhin gebe es Dinge, die sogar noch schlimmer seien als die wohldosierte allgemeine Glückseligkeit. Dem wollten die anderen aber nicht zustimmen, bis auf einmal Rechtsanwalt Finkelstein ums Wort bat. Bisher hatte er geschwiegen, und ich bat die beiden Lords und Mr. Feyerabend, den Advokaten seinen Gesichtspunkt vortragen zu lassen, wozu sie sich endlich widerstrebend herabließen.

»Meine Herren«, begann Finkelstein, »ich bin zwar nur ein bescheidener kleiner Anwalt mit einer – den hier anwesenden Herrn Ijon Tichy ausgenommen – eher langweiligen Klientel, und ich habe mein Leben lang nicht so viele Weisheiten gelesen wie Sie alle an einem Tag, möchte aber, da ich nun einmal mit Ihnen dieser Kassettengemeinschaft angehöre, meine drei Groschen dazugeben.

Mein Vater selig hatte zu Czortków ein Buchantiquariat und viel freie Zeit. Folglich las er die Philosophen, und dem Alkohol ließ er nur einmal jährlich Zutritt zu seinem Körper. In Lemberg erschien damals zur Bekämpfung der Trunksucht die Zeitschrift ›Strahlende Enthaltsamkeit‹, und ein Redakteur, dem die höheren Neigungen meines Vaters bekannt waren, bat diesen um einen Beitrag. Mein Vater antwortete darauf mit der Feststellung, der Alkoholismus sei eine schlimme Sache, die es am besten gar nicht geben dürfte. ›Aber‹, so sagte er, ›Sie können dagegen Argumente auffahren wie Geschütze, es wird doch nichts helfen, weil die ›Strahlende Enthaltsamkeit‹ nicht von Trinkern gelesen wird, sondern von Abstinenzlern, die sich in der Überzeugung bestärkt fühlen wollen, die besseren Menschen zu sein. Bekommt nun ein Trunkenbold die Heringe in diese Zeitung eingewickelt und wirft einen Blick auf meinen Artikel, so macht er entweder häßlichen Gebrauch davon oder er besäuft sich auf der Stelle – vor Kummer, einem so verderblichen Laster verfallen zu sein.‹

Ich bitte herzlich um Vergebung, aber ich glaube nicht, daß die klugen, tiefen Bücher über Glück und Moral, wie sie auch

Lord Russell geschrieben hat, nur eine Fliege davor bewahren, daß ihr jemand die Flügel ausreißt. Wenn ich als kleiner Junge beim Spielen war, rief meine Mutter von Zeit zu Zeit aus dem Nebenzimmer: ›Sputnik, laß das sein!‹ Sie wußte gar nicht, was ich machte, nahm aber nicht an, es könnte etwas Gutes sein. Dasselbe kann man von der Menschheit sagen. Sie kann es leider nicht sein lassen. Mein Vater hielt eine Wochenillustrierte mit Bildern von der schweren Arbeit des weißen Mannes, der, auf dem Kopf den Tropenhelm und in der Hand die Winchester, den Fuß auf ein erlegtes Nashorn setzt. Hinter ihm steht eine Menge schweißüberströmter nackter Neger mit Traglasten auf den Köpfen und Henkeln von Kaffeetassen in der Nase. Damals träumte ich, diese Schwarzen würden jene Lasten abwerfen und die Weißen aus Afrika vertreiben, nachdem sie ihnen zuvor mit diesen Winchesterbüchsen den Buckel verdroschen haben. Ich sammelte Stanniolpapier und drehte es zu großen Kugeln, um damit kleine Negersklaven loszukaufen, nur konnte ich nie in Erfahrung bringen, wo man die Kugeln abgeben mußte, um so ein Negerlein freizubekommen. Heute nun gibt es nicht mehr die weißen Ausbeuter, sondern die schwarzen Ex-Feldwebel der Fremdenlegion, die ihre ebenholzfarbenen Stammesgenossen mit Cambridge-Diplomen entweder eigenhändig abschlachten oder dies ihrer Leibgarde überlassen. Das Schlächtereigerät importieren sie aus England und anderen hochindustrialisierten Ländern. Heute lassen sich Schwarze zu Königen der Schwarzen krönen, und nur die Eingeweide, die sie ihnen auspressen, sind noch genauso rot wie früher. Heute sind das keine Strafexpeditionen mehr, heute heißt es Staatsraison, aber ich glaube nicht, daß dieser Unterschied den Opfern etwas ausmacht. Deutsch-Ostafrika ist ebenso verschwunden wie alle anderen Kolonien, überall nur Unabhängigkeit, und keiner darf sich von außen einmischen, keiner darf stören bei diesen souveränen Metzeleien.

Meine Herren, Sie sagten hier vom allgemeinen Glück, man könne nicht das ganze, sondern nur ein Stückchen haben. Glück ist etwas sehr Relatives. Mit fünfzehn kam ich in ein Vernichtungslager, wo Menschen vergast wurden wie die Läuse. Ich blieb am Leben, denn Katzmann, der zweite Stellvertreter des Lagerkommandanten, hatte mich ausgesucht, damit ich ihm die Wohnung saubermachte. Es war im Sommer, ich bohnerte den Fußboden, auf den Knien, und das Hemd hatte ich ausgezogen. Katzmann gefiel mein Rücken, soviel ich weiß, wollte er seiner Frau, die in Hamburg wohnte, ein Geschenk machen – einen Schirm für die Nachttischlampe. Unter den Häftlingen fand er einen Fachmann für Tätowierungen – das war nicht schwer, dort gab es sogar Leute, die Sanskrit konnten, was für sie freilich keine praktischere Bedeutung hatte – und befahl ihm, mir ein stimmungsvolles Bild auf die Schultern zu gravieren. Dieser Tätowierer war ein sehr anständiger Kerl, er arbeitete so langsam, wie er konnte, obgleich Katzmann ihn dauernd antrieb, denn der Geburtstag der Frau Katzmann rückte näher. Auf meinem Hosenriemen kerbte ich die Tage ein, die mir noch verblieben, bis Katzmann einen Brief aus Hamburg bekam: Frau und Kinder waren bei einem Bombenangriff ums Leben gekommen. Er mochte keine neuen Gesichter, vielleicht wollte er auch sehen, wie die Ausführung des Bildes vorankam, jedenfalls habe ich weiter bei ihm saubergemacht und seine Verzweiflung gesehen. ›O Gott, o Gott!‹ rief er immer wieder aus, ›womit habe ich eine solche Strafe verdient?!‹ Er bekam Urlaub, fuhr zur Beerdigung und kam nicht wieder. Dadurch habe ich überlebt, denn sein Nachfolger hielt mich in Reserve, falls Katzmann wieder heiraten und der Lampenschirm von neuem aktuell werden sollte. Er betrachtete mich manchmal nur und meinte, es sei eine sehr elegante Arbeit des Tätowierers, der zu dem Zeitpunkt bereits durch den Schornstein gegangen war.

Glück und Unglück verketten sich auf mancherlei Weise, meine Herren. Ich würde Ihnen, wäre ich nur persönlich anwesend, gern meinen Rücken zeigen. Seit damals bin ich der Ansicht, den Menschen sollte es völlig genügen, wenn ihnen Unglück erspart bleibt, wenn keiner einen anderen wie eine Laus zerquetschen und dazu behaupten kann, dies sei höhere geschichtliche Notwendigkeit, lediglich ein Übergangsstadium zu künftiger Vollkommenheit oder aber gar nicht wahr und nur feindliche Propaganda. Ich will keinen der hier gespeicherten Herren beleidigen, ich nehme keinen aufs Korn, übrigens trinke ich weder Korn noch sonst etwas, aber eine Unmenge Blut ist gerade im Gefolge verschiedener Philosophien vergossen worden. Immerhin haben die Philosophen entdeckt, daß alles anders ist, als es einem vorkommt, und interessanterweise führten die humanen Systeme zu gar nichts, während andere, etwa in der Art des Nietzscheanischen, furchtbaren Konsequenzen hatten. Es ist sogar gelungen, die Gebote der Nächstenliebe und der Errichtung des Paradieses auf Erden in recht geräumige Massengräber zu verkehren. Jeder Philosoph wird natürlich behaupten, solche Verkehrungen hätten nichts mit der Philosophie zu tun, aber ich kann dem nicht zustimmen. Sie hatten damit zu tun, und zwar viel! Man kann für diese Verkehrungen auch andere Namen finden, denn es gibt nichts, was sich nicht anders benennen ließe, und darin steckt ja gerade das Unglück der Vernunft. Man kann beweisen, daß die gewöhnliche Freiheit gar nichts ist gegen die wahre Freiheit, der Entzug jener gewöhnlichen also zum allgemeinen Heile führt. Wer hat sich diese Verdrehungen ausgedacht? Peinlich, es auszusprechen – es waren ebenfalls die Philosophen. Mir scheint, ich besitze, nachdem ich meine Haut vor dem Lampenschirm gerettet habe, nicht das Recht, so zu tun, als sei das alles nicht gewesen. Heute schreibt man darüber mit Grauen und Reue, zumal in Deutschland, wo es die demokratischste Demokratie Europas gibt – heute. Zuvor aber war der Faschismus. Eine finstere Zeit der Geschichte sei es gewesen, die jedoch nicht wiederkehren werde. Dabei dauert sie immer noch an, sie ist immer noch da! Das Herz krampft sich einem in der Brust zusammen, wenn man an die Abschaffung der Kolonien geglaubt hat und nun lesen muß, daß die Schwarzen den Schwarzen mehr Blut abzapfen als früher die Weißen. Ich bin daher der Ansicht, daß bestimmte Dinge niemals im Namen irgendwelcher anderer Dinge getan werden dürfen. Niemals! Weder im Namen guter, böser noch erhabener Dinge, weder im Namen einer Staatsraison oder des in einigen Jahrzehnten erreichbaren allgemeinen Heils. Mit Argumenten nämlich läßt sich alles beweisen.

Warum denn gleich der Idealzustand? Ist es nicht besser, wenn niemand mehr aus einem anderen einen Lampenschirm machen kann? Das ist konkret, zur Messung des Idealzustands aber ist noch nicht das Metermaß gefunden. Daher würde ich diese Ethosphäre nicht in Acht und Bann tun. Gewiß, sich in der Ausübung des Bösen gehindert zu sehen, ist etwas Böses für die vielen Leute, die sich sehr unglücklich fühlen ohne das Unglück der anderen. Das aber sollen sie ruhig ertragen, einer muß immer der Unglückliche sein, anders geht es nicht. Mehr habe ich nicht zu sagen, ich hatte hierbei nicht die Absicht, jemanden zu kränken.«

In den Kassetten herrschte offenkundige Betroffenheit, denn es blieb lange still, bis endlich Lord Russells Stimme das kosmische Schweigen durchbrach.

»Sie haben recht, Herr Finkelstein, und Sie haben auch unrecht. Wenn die Philosophie zuweilen Böses gesät hat, so deshalb, weil das Böse die Kehrseite des Guten ist und das eine ohne das andere nicht sein kann. Die menschliche Welt ist ein in Raum und Zeit erfolgender Vorbeimarsch sich selbst quälender vernunftbegabter Geschöpfe (von Einzelfällen einmal abgesehen). Es ist nie berechnet worden, aber ich halte die Summe an Qual und Leid für historisch konstant, allenfalls für proportional zur Zahl der Lebenden, womit sie konstant bleibt in der Umrechnung pro Kopf. Ich habe mich stets zu glauben bemüht, es gebe doch eine allmähliche Besserung, aber die Wirklichkeit hat meine Hoffnungen immer wieder Lügen gestraft. Ich würde sagen, daß die Menschheit heute bessere Manieren als in Assyrien, keineswegs aber eine bessere Moral an den Tag legt. Die freche Prahlerei der Massenmörder von einst ist heute durch verschiedene Vorwände und Tarnungen ersetzt worden. Es gibt – wenigstens in den meisten Ländern – keine öffentlichen Hinrichtungen mehr, weil sich das für einen anständigen Staat nicht gehört. ›Es gehört sich nicht‹ ist aber nicht dasselbe wie ›Es darf nicht sein‹! Das erstere gehört dem Savoir-vivre, das letztere der Ethik an. In ihrem Kern verändert sich die Menschheit nur sehr langsam und unbeträchtlich. Niemand erinnert sich daran, daß die Begrüßung durch den Händedruck darauf zurückgeht, daß man prüfen wollte, ob der andere nicht etwa einen spitzen Stein bereithielt. Außerdem gilt in der Ethik keinerlei Arithmetik. Wenn hier fünf Millionen Menschen in Todeslagern umkommen und dort achtzigtausend Kinder an Hunger sterben, so läßt sich keinerlei Vergleich anstellen, damit man sagen könnte, was besser sei. Es gibt keinen Rechenvorgang, der festlegen würde, daß das Unglück einer Mutter, die ihr Kind verhungern sieht und ihm nichts bieten kann als ihre verdorrten Brüste und ihr schmerzzerrissenes Herz, geringer sei als dasjenige, das ein an der Sorbonne ausgebildeter Bursche anrichtet, der in Asien ein Viertel seines Volkes ausrottet, weil er meint, eben dieses stehe ihm im Wege bei der Verwirklichung seiner leuchtenden Idee vom allgemeinen Glück.

Ich will mich mit Ihnen nicht einmal über die Reichweite der Philosophie streiten. Lassen wir es dabei, wie Sie es sagen: Die Philosophie ist alles. In gewissem Sinne stimmt das, denn die Henne, die ein Ei legt, veranschaulicht damit eine empirische, rationalistische, optimistische, kausalistische und aktivistische Weltanschauung. Sie legt ein Ei, sie handelt, ist also aktiv. Sie setzt sich auf das Ei in der Überzeugung, es ausbrüten zu können – das ist bereits ein beträchtlicher Optimismus. Sie hofft auf ein Küken, das sich wiederum zu einem Huhn auswachsen wird, erweist sich demnach sogar als vorausschauend und ursächlichkeitsbewußt, denn sie erkennt ja den Kausalnexus zwischen ihrer Körperwärme und der Entwicklung des Kükens an. Nur herausgackern kann sie das alles nicht, ihre Philosophie hat automatischen Charakter – sie ist in das Hühnergehirn programmiert. Wenn das aber so ist, Herr Rechtsanwalt Finkelstein, dann gibt es vor der Philosophie keine Flucht und kein Entrinnen. Der Satz ›Primum edere, deinde philosophari‹ ist nicht wahr. Solange das Leben währt, so lange währt die Philosophie. Gewiß, der Philosoph sollte den eigenen Überzeugungen die Treue halten. Meist tut er es nicht, also sollte er sich wenigstens darum bemühen. Ich habe mich bemüht, ich habe mich dem Bösen widersetzt, auch auf naive, lächerliche und wirkungslose Weise, indem ich mich auf das Straßenpflaster setzte, um gegen den Krieg zu protestieren. Ich habe nichts ausrichten können, würde aber, wenn ich diese Kassette verließe, wieder genauso handeln. Jeder soll das Seine tun, und damit basta. Ich glaube übrigens nicht, daß wir unserem einsamen Gastgeber Zerstreuung und Erheiterung geboten haben. Warum sagen Sie nichts, Mister Titschi?«

»Ich möchte nach den Philosophen und Rechtsgelehrten einem Künstler das Wort erteilen«, sagte ich und setzte die Kassette mit Shakespeare in Gang. Zuerst kam nur ein unwilliges, undeutliches Murren, dann ertönte die Stimme.

Aus tiefen Todesschlafs Vergessen
Emporgerissen in ein Weißnichtwo,
Bin, erweckt von unbekannter Macht, ich
Wieder da. Des trägen Körpers freilich ledig,
Und dieser Finsternis Geviert hier
Ist meines Sarges bleiern Düstern nicht,
Noch ists ein Fenster, das hinausgeht
Auf Nachtgeraun in feuchtem Buchenlaub.
Englands Fluren also sinds nicht, die
Mich tragen, noch Engelsscharen gar.
Ist gleich mir auch der Geist gehorsam,
Besitz ich doch, des Leibes gänzlich
Bar, nichts außer Stimm und Ohr.
So war es nicht die Allmacht, die mich rief,
Ihr Antlitz nähm sonst unverdunkelt ich
Mit allen Sinnen wahr. Ein andrer demnach tat
Den Ruf an den Verblichenen, der nun,
Durch der Mysterien Magie erweckt,
Aus Asche aufsteht – nackt und bloß, doch
Strotzend vor Denkkraft, neu verliehen.
Wer dies verursacht und zu welchem Zweck,
Aus wessen Antrieb und Gelüst ich,
Zur Nachtzeit und des Augenlichts entbehrend,
Gar Possen treiben muß und dienen
Dem Gaudium von Genossen, die
Mir fremd – wer mich rief und was er sann,
Ich glaub's zu wissen, und ich weiß doch nicht:
Ist Feuerstein, ist Zunder er, der Neuerweckte,
Der einst, bevor die Wassersucht hinweg
Ihn raffte, turmhoch erhaben über
Englands Königshäusern stand mit seiner
Gauklerkunst und hier sich finden muß,
Voll Furcht und Staunen, gesteckt zwar in
Den Kerker nicht, doch in ein leeres Faß,

Das in Milliarden öden Meilen des
Unermeßlichen Unendlichkeit durchmißt.
Die größte Angst indes bereitet
Dir, armer Shakespeare, nicht dies Bottichs
Knirschend Schlingern durch den Sternenkies –
Dein eigen Innres vielmehr ist es, das
Unbegriffen wallend webt in dir
Gleich einer Spinne von Allwissenheit
Ein Netz, ein dünn Gespinst aus Wortesfäden –
Von Bits und Estern und Spinoren.
Wie könnt davon nur haben ich den
Leisesten Begriff, woraus die Luft
Gemacht und was da sei ein fotografisch
Konterfei. Falstaff, ja, den kannt ich einzig,
Doch wußt ich damals nicht und weiß es heut,
Daß Hämoglobin dem Blut die Farbe beut.
So tot und von mir nicht gewollt,
Läuft aus mir auch dies hölzern Reimen,
Wo seltsam holpernd eins ins andre greift
Und klappert, wie in Gang gebracht
Von einem Pendel, des Schlag ich nicht begreif.
Als zög mein Mund in finstrer Kiste
Der Spieluhr ihre Feder auf, und
Buhlend schaukelt die Gewichte
Die Todesfurcht – schwatzhaft und schellenlaut...

»So beruhigen Sie sich doch, Master Shakespeare. Sie sind weiter nichts als ein Konstrukt. Meine Herren, kann ihm das einer von Ihnen nicht viel besser erklären?«

Durch diese Worte des Rechtsanwalts sah sich Bertrand Russell aufgefordert, dem kassettengespeicherten Shakespeare klarzumachen, woher er kam, wie das gemacht wurde und welchem Zweck es diente. Der Vortrag war gemeinverständlich und ziemlich ausführlich, aber ich wußte dennoch nicht, ob der solchermaßen mit den Grundzügen der Kybernetik und Psychonik Erleuchtete sich darin zurechtfinden würde. Als Russell fertig war, blieb zunächst alles still, dann ließ der Instruierte sich vernehmen:

Habt Dank, Mylord, der tröstenden Belehrung,
Daß eines Wunders Gnad mir nicht geschehen
Und gleich dem Lazarus nicht auferstehen
Vor euch ich muß als Würmerzehrung.

Denn in eine Maschine setzt' ihr mich ein,
Wo außer Leben und Tod ein Drittes sich findet
Und im Griffe von Formen alleine sich windet
Die Seele, gelöst vom vergilbten Gebein.

Um eine Kunst, die nicht des Lebens Röte sucht,
Habt ihr der Menschen Lustbarkeit vermehrt,
Und ich steh da als dritte Antwort, die sich nicht kehrt
An »Sein *oder* Nichtsein« – doch nicht, daß ich euch flucht.

So bin zugleich ich hier und doch auch nicht,
Da Rasen auf dem Kirchhof meine Reste deckt,
Und wer aus ihnen meine Seele bricht,
Nicht mich – sich selbst blutschänderisch befleckt.

Ist euer Neugier Trieb damit gestillt,
So öffnet euer Ohr des Narren Flehn:
Sollt er sich bald der nächsten Antwort gegenübersehn,
Ist er, dem Nichts entrungen, sie zu ertragen nicht gewillt.

Fahrt freilich fort, ihr Herren, in der Spielerei,
Treibt trugvoll Blendwerk weiter ihr mit mir,
So hört ihr statt der Verse gleich von Shakespeare
Nur noch todwunden Tieres Schmerzensschrei.

Ich weiß, daß Höll und Himmel sich nicht unterscheiden,
Und dieses Wissen ist um nichts mir feil.
Mag denn verbissen dauern fort das Würfelspiel.
Mein Rest ist Schweigen.

IV. Lokaltermin

Schlamm, Modder, schmatzender Pfuhl, faulige Schwaden, Gasblasen, bräunlich-graue Dünste, die in der Kehle kratzen – das ist mein kurdländischer Landungsort, dafür bin ich, wie das Zählwerk angibt, 249 Jahre unterwegs gewesen. Den strahlenden Mond, auf den ich einst hereingefallen war, hatte ich von ferne umflogen und Nordkurs gehalten, um den grauen Ausschlag der Städte hinter mir zu lassen und das Grün zu erreichen, das sich an die polare Eiskappe anschloß. Als ich das erste Mal von Bord ging, wäre ich fast im Schlamm ertrunken, denn der nässeglitzernde Grasteppich erwies sich als ein Vlies über grundloser Tiefe. Noch nie im Leben habe ich etwas so Verdrecktes gesehen wie das Heck meiner Rakete. Vom Aufschlagen eines Lagers kann keine Rede sein. Ich werde mir eine Piroge bauen oder am besten die Schlammwasserski benutzen. Nachts Blubbern, Gurgeln und Schmatzen, das Brodeln und Glucksen der Sumpfgase. Und wie das hier stinkt! Die ganze Eile war überflüssig gewesen.

Die Rakete versackt langsam im Modder. Nach meiner Berechnung ist sie in einer Woche weg. Ich muß meine Erkundungen beschleunigen. Aber wie soll ich das unter diesen Umständen? Der gestrige Tag war der Tag Null, folglich gebe ich dem heutigen die Nummer 1. Ich bin von einem Erkundungsgang zurück, unmenschlich verdreckt, aber insoweit zufrieden, als ich einen Kurdel gesehen habe. Übrigens kann es ebensogut ein Khuerdl oder QRDL gewesen sein, es war zu dunkel, nicht einmal mit dem Nachtsichtgerät war Genaues auszumachen. Ein scheußliches Vieh. Es kam an mir vorüber und nahm kein Ende, ich steckte hinter einem morschen Baumstamm, der Vorbeimarsch wollte und wollte nicht aufhören, und dabei ging das alles im Trab! Der Sumpf machte dem Vieh nichts aus, es hatte Beine wie Türme. Ich schätzte seine Länge auf das Viertel einer englischen Meile beziehungsweise – mit Rücksicht auf die wäßrige Beschaffenheit des Terrains – einer Seemeile. Jedenfalls habe ich einen naturreinen Kurdel gesehen. Die Kurdel existieren. Es sind

Tiere, keine Stadtschreitwerke. Aber welche Beweiskraft hat meine Beobachtung? Schließlich kann ich so ein Ding nicht in mein Raumschiff packen. Ich muß mal überlegen. Morgen gehe ich wieder auf Kundschaft, diesmal bei Tage.

Der zweite Tag. Auf diesem Planeten passieren Sachen, unglaublich oder vielmehr ekelhaft. Ich bin jetzt noch außer mir. Ich sah mit eigenen Augen, wie ein großer Kurdel auf einen kleineren lostrottete – es war auf freiem Feld, sogar ziemlich trocken, mit jenem rötlichgelben Graswuchs, der auf der Erde das Vorkommen von Reizkern verspricht –, der Große tappte also auf den weidenden Kleinen los, beschnupperte ihn ausführlich und erbrach sich. Da fiel der andere erst auf die Vorder-, dann auf die Hinterbeine (genau wie ein Kamel, aber groß wie ein Blauwal), fraß das alles auf, leckte sich und begann zu heulen. Das klang so wild, dumpf, heiser und sehnsüchtig, so hoffnungslos und trübsinnig, als schrie dieser ganze ewig düstere Raum. Mir fuhr es kalt durch die Glieder, die ohnehin noch vor Ekel zuckten. Nachher nahm der Große den Knienden bei einem Ohr, biß es auf einen Hieb ab und begann zu kauen, methodisch mit den Kiefern mahlend wie eine Kuh, die frisches Laub frißt. Dann biß er ihm auch das andere Ohr ab, spuckte es aber gleich wieder aus, als schmeckte es nicht. Da bewegte sich der Kniende, dem offensichtlich Übelkeit zu schaffen machte. Der große und der kleine Kurdel glotzten sich gegenseitig in die gläsern vorspringenden Augäpfel und brüllten, daß ich eine Gänsehaut bekam. Dann standen sie auf, zerwühlten mit den Hinterpfoten den Boden und gingen ohne Eile davon, jeder in eine andere Richtung. Was hatte das zu bedeuten? Vorsichtig näherte ich mich dem zerstampften Ort, wo ich die reinsten Brunnenschächte vorfand – Spuren ihrer Füße, deren Fersen abgeplattet und breiter als ein Einfamilienhaus waren. Aus einer teichgroßen grünlichen Lache kamen still und verstohlen kleine, gebückte Wesen gekrochen, sie erschienen, da sie auf zwei Beinen gingen, durchaus humanoid, trugen aber hinten ein zusätzliches Paar gestutzter Gliedmaßen, die nicht so sehr von Wasser als vielmehr einer Brühe trieften, über deren Herkunft ich lieber nicht genauer nachdenken möchte. Die Geschöpfe waren zivilisiert, das bewies die Kleidung, die sogar zweireihig war, mit Knöpfen sowohl vorn als auch auf dem Rücken, wo es dazu noch breite Spangen gab. Die erwähnten zusätzlichen Auswüchse waren so etwas wie kleine Frackschöße. Ich hatte sie für Gliedmaßen gehalten, weil sie, sackartig ausgestopft, schwerfällig jeder Bewegung ihrer Träger folgten, erkannte meinen Irrtum jedoch, als der eine oder andere hineingriff, worauf in seiner Hand eine Flasche blinkte, die sogleich an die Lippen gesetzt wurde. Sie trugen dort also Taschen für Speise und Trank. Sie sammelten die auf der Oberfläche des Tümpels treibenden Wasserpflanzen in kleine Säckchen und nahmen öfter einen kräftigen Zug aus ihren Feldflaschen, bis ein Hochgewachsener ein lautes Schnarren von sich gab. Daraufhin bildeten sie eine lange Reihe, und auf einmal erschien – ich hatte keine Ahnung, woher – ein Schreibtisch. Wahrscheinlich hatte ihn einer zusammengeklappt auf dem Rücken getragen wie einen Rucksack. Der Hochgewachsene setzte sich davor, und die lange, ordentliche Schlange, in der die Geschöpfe sich angestellt hatten, rückte langsam voran. Vor dem am Schreibtisch Sitzenden (es unterlag für mich keinem Zweifel, daß er hier einem Amtsgeschäft nachging) wies jeder ein weißliches Dreieck vor, etwas wie einen Ausweis, eine Karte aus Papier oder Plastik. Mit weit nach hinten gespreizten Beinen saß der Amtsträger da und wiederholte bei jedem, der vor ihn hintrat, dieselbe Verrichtung: Er sah sich erst die Karte, dann das Gesicht des Überprüften an, schlug in einem Buch oder Heft nach, das nicht groß, aber sehr dick und zudem naß und schmutzig war, und fuhr suchend mit dem Finger die Seiten auf und ab. Zugleich nahm er die Karte des Kontrollierten, legte sie auf den Schreibtisch, drückte einen Stempel darauf und ließ ein kurzes Schnarren hören. Ich wunderte mich die ganze Zeit, wie er das alles auf einmal schaffte – um in seiner Kladde blättern zu können, hätte er eine dritte Hand haben müssen, aber er hatte deutlich sichtbar nur deren zwei. Schließlich entdeckte ich, daß ihm zum Sitz nicht etwa ein Stuhl, sondern einer seiner Stammesbrüder diente, der ihm, unter der Last des Amtsinhabers gebeugt, jedesmal das Verzeichnis oder den Katalog, was immer es sein mochte, unter die Nase hielt. Das ging sogar recht zügig, trotzdem waren mir, da ich in unbequemer

Haltung hinter einem Dreckhaufen hockte, am Ende der Kontrolle die Beine eingeschlafen. Endlich wanderte der Tisch mit zusammengeklappten Beinen auf einen Rücken, man bildete eine Kolonne aus Dreierreihen und setzte sich in Marsch, schnurstracks auf den am Horizont blauenden Wald zu. Ich war die ganze Zeit hockengeblieben und hatte nicht gewagt, mich zu zeigen. In meine Rakete zurückgekehrt, wusch ich mich, säuberte meine Kleidung und vor allem die Schuhe und dachte über das Geschehene nach.

Der dritte Tag. Ich gäbe viel dafür, wenn ich verstehen könnte, was mir heute begegnet ist. Ich hatte mich gute fünfzehn Seemeilen von der Rakete entfernt, die Gegend war schon viel trockener, aber vom Sumpf nebenan trieben weißliche Nebelschwaden dicht über den Boden hin. Dort stieß ich auf einen Kurdel, der in der Sonne schlief. Es war ein alter Einzelgänger, der offenbar von bösen Träumen heimgesucht wurde, denn er gurgelte und röchelte entsetzlich. Wenn er atmete, fegte es wie eine Orkanbö aus dem halbgeöffneten Maul und trieb die Dunstschwaden auseinander. Da der Gestank mich fast von den Beinen holte, schlug ich einen Kreisbogen und näherte mich dem Kurdel von der Luvseite her, um ein paar Fotos zu machen. Sie gelangen ausgezeichnet, leider fielen mir die Kassetten beim Filmwechsel in den Abdruck eines Kurdelfußes, ein Schlamm- und Wasserloch. Ich brachte es nicht über mich, in der klierigen Brühe nach den Filmen zu tauchen. Aber der Kurdel war der reinste Koloß. Von weitem hatte ich ihn für ein Schiff gehaltend, das der Sturm aufs Land geworfen hatte, aber dann sah ich, wie sich die Seiten des Rumpfes beim Atmen bewegten. Vom Rücken hingen ihm lappige Fetzen herunter, offenbar häutete er sich. Vom Schwanz fehlte ein großes Stück. Im Reiseführer fand ich später die Beschreibung derartiger Exemplare, die den Schwanz dadurch einbüßen, daß sie ihn selber anfressen. Solch ein in der Regel schon eisgrauer und beträchtlich von der Sklerose befallener Kurdel wird Caudiperdit genannt. Ich konnte mich bald überzeugen, daß der Veteran bewohnt war. Ich fotografierte ihn von verschiedenen Seiten und nahm die Ächzer auf, die er im Schlaf von sich gab, dann bekam ich Hunger und griff nach meiner Kaltverpflegung.

Als es zu dunkeln begann, erschienen in dem immer noch gähnenden Maul auf einmal Lichtfünkchen. Die Kerle speien also doch Feuer, dachte ich und glaubte an Selbstentzündung, aber dann waren es Blendlaternen in den Händen von Geschöpfen, wie ich sie vom Sehen bereits kannte, nur daß diese hier etwas anders gekleidet gingen als die vom Vortage. Auf dem Kopf trugen sie eine Art Dreispitz, dessen Fasson freilich durch triefende Nässe schlappgemacht hatte. Über ihren Fräckchen trugen sie Schärpen von verschiedener Farbe. Darauf glitzerte es, vielleicht von Orden oder Medaillen, ich konnte diese Objekte von meinem Versteck aus nicht einmal mit dem Feldstecher identifizieren, denn es wurde zusehends dunkler. Diesmal kamen sehr viele aus der Kurdel, wohl an die zweihundert. Vor meinen Augen stürzten sie wie zum Angriff aufeinander los, schlugen sich aber nicht, sondern kletterten mit Sprüngen und Schwüngen übereinander. Es sah nach einer akrobatischen Geschicklichkeitsübung aus, denn bald standen neben dem schlafenden Koloß vier bebende Säulen aneinandergekrallter Körper, und dabei sprangen, wie von einer Massenpsychose befallen, immer neue hinzu und klommen hastig hinauf, als wollten sie in gemeinsamer Raserei eine Himmelsleiter errichten, einen lebenden Turm zu Babel! Als sie aber, durch Arme und Beine verflochten, von diesen vier Säulen aus Bögen zueinander spannten, verschlug es mir den Atem: Ich begriff, was sie da eigentlich machten. Sie schufen mit ihren Leibern ein Konterfei des Kurdels! Das war alles andere als Wahnsinn, doch selbst wenn es welcher war, so steckte darin Methode, denn ein großer Bursche, ganz behängt mit Schärpen und Auszeichnungen, auf dem Kopf einen Kalpak mit Federbusch, gab durch ein Trichtermegaphon Schreie von sich, die offenkundig die ganze emsige Klammerei und Kletterei dirigierten. Mir fiel ein, was ich im Archiv des MfAA in den ältesten Expeditionsberichten gelesen hatte, und ich erwartete, daß der Pseudokurdel sich sogleich in Marsch setzen würde, obwohl ich doch wußte, daß das physikalisch rein unmöglich war. Mittlerweile war der Mond aufgegangen, und obwohl ich ihm nicht wohlgesonnen war, weil er mich an meine Blamage erinnerte, half er mir doch jetzt sehr mit seinem Schein, zumal er voll war.

Mit dem Nachtfernglas musterte ich den Pseudokurdel, bis ich herausfand, daß er nach einer speziellen Ordnung errichtet war. Die Manschen, die die Beine bildeten, trugen einzelne, ziemlich schmale Schärpen von unbestimmbarer dunkler Farbe – ich glaube, sie waren ganz einfach schmutzig. Die darüber hatten breitere und hellere Schärpen, wohl von Gelb oder einem hellen Orange, diejenigen jedoch, die ganz oben die Schultern und den Rücken bildeten, waren über Kreuz mit glitzernden, wie von Silber durchwirkten Bändern umgürtet. Übrigens konnte sich dieses lebende Gebäude nicht lange halten, vor allem die Beine und der Bauch kamen vor Anstrengung immer sichtbarer ins Schlottern, aber ihr Anführer oder Dirigent stieß, von einem kleinen Gefolge umgeben, immer wieder herrische Schreie aus, bis auf ein Zeichen von ihm Trompeter aufzogen und unter den Klängen ihrer Instrumente ein gedämpfter, aber deutlich vernehmbarer Gesang ertönte. Die Wirkung war so schaurig wie stark, und ich grübelte immer noch darüber nach, wozu sie das eigentlich taten. War es eine Art Zirkusnummer, eine staatliche Zeremonie, ein Vorbeimarsch auf der Stelle? Oder ein Ritus religiöser Prägung? Selbstverständlich konnte es ebensogut etwas anderes sein, wofür wir keinen Namen haben. Von Zeit zu Zeit fiel einer der Akteure von dem Pseudosaurier herunter, um schleunigst auf allen vieren ins Dunkle zu kriechen, als sei er tief beschämt oder erschrocken über seine ungewollte Abtrünnigkeit. Das dauerte eine halbe Stunde oder gar noch länger, dann wurde der schlafende Kurdel allmählich wach. Im Handumdrehen fiel die vierfache Pyramide in sich zusammen, hunderte Leiber kullerten nach allen Seiten, ein Trompetenstoß erklang, in vier Kolonnen hastete man im Gänsemarsch auf den gähnenden Giganten zu, und hüpfend verschwanden die Funken der Blendlaternen in dem klaffenden Schlund. Eine Wolke schob sich vor den Mond, ich sah kaum noch etwas, konnte aber noch erkennen, wie die Metropolechse sich erst auf die Hinter-, dann auf die Vorderbeine erhob und sich majestätisch in Bewegung setzte. In ihrem Bauch kollerte und dröhnte es wie von Verdauungsstörungen.

Im Finstern kehrte ich zur Rakete zurück, tief verwundert,

denn da heißt es immer, es gebe nichts Neues unter der Sonne, jede Erscheinung der Natur sei erklärbar, da deren Gesetze universell gelten. Aber warum sind diese Leute erst aus dem widerlichen alten Kerl herausgekommen, um dann wieder hineinzukriechen? Warum haben sie sich so schrecklich abgemüht, um sich für einen Moment in einen Kurdel zu verwandeln? Was hat sie dazu veranlaßt? Wilde Lust? Der Wille? Zwang? Biome? Der Glaube? Anpassung? Die Staatsraison? Eine Genabweichung? Ein polizeilicher Befehl? Mir schwirrte der Kopf, vor allem aber war ich neugierig. Der Reiseführer ließ gar nichts verlauten, denn er stammt aus der Feder von Experten, die die Existenz der Stadtschreitwerke als zugleich lebendiger und bewohnter Kurdel in Abrede stellen. Übrigens ist mir inzwischen völlig klar, daß ich mich vor allem auf meine eigenen Augen und Ohren verlassen muß, nicht aber auf die mitgeführte Literatur.

Der sechste Tag. Ich notiere lakonisch meine heutigen Beobachtungen.

A) Kollision zweier Stadtschreitwerke; aus dem einen stürzte eine ganze Familie mitsamt dem gelähmten Großvater.

B) Vier kleine Kurdel griffen einen großen an und zwangen ihn durch Stöße in die Weichteile zur schmählichen Flucht; unterwegs überfiel ihn ein Brechreiz, er spie einen kleinen Kurdel aus, der sich sogleich in einem Tümpel wälzte, herumtollte und munter in den Wald entsprang. Offenbar handelte es sich also um eine Hilfsaktion unter Verbündeten, mit der die vier Kleinen dem Verschluckten beigesprungen waren.

C) Ein Kadaver auf Wanderschaft. Dieses Phänomen bedarf einer genaueren Schilderung.

Schweißüberströmt kämpfte ich mich durch dickes Röhricht zwischen zwei flachen Hügelketten, als ich auf dem Kamm einer dieser Anhöhen einen Kurdel erblickte, dessen Silhouette sich vom Himmel abhob. Er machte mich nicht besonders stutzig, weil er nichts weiter tat, als etwa in der gleichen Richtung zu gehen wie ich, allerdings eine gute Meile entfernt. Außerdem hatte ich mit dem Schilf zu tun, in dem ich mit Rucksack und Atemgerät, mit dem Behälter für die Kassetten und mit der Kamera immer wieder hängenblieb.

Ich dachte also weniger an jenen einsamen Koloß als vielmehr daran, festeren Boden zu erreichen, denn ich steckte in einem Schlamm, dessen Gestank mir für mein Leben lang mit diesem angeblich so hochentwickelten Planeten in Verbindung bleiben wird. Schließlich ging mir die Luft aus, ich mußte stehenbleiben und verschnaufen, und erst da kam mir der in der Ferne dahinschreitende Kurdel ein bißchen seltsam vor. Er schritt zwar ziemlich hurtig aus, tat es aber anders als alle, die ich bisher gesehen hatte. Den Kopf hielt er so steif auf dem langen Hals, als hätte er einen Stock oder vielmehr den schiefen Turm zu Pisa verschluckt, der Schwanz schleppte hinterher, als sei er gebrochen. Breit setzte er die Beine, und bei jedem Schritt kam er ins Schwanken, zuweilen so stark, als solle er auf die Seite fallen und könne sich erst im letzten Moment wieder fangen.

›Sicher krank‹, dachte ich, ›schließlich verbringen die ja alle ihr halbes Leben auf der Reise nach Speier.‹ Ich wischte mir den Schweiß von der Stirn und drang wieder in das Ried, das sich in einiger Entfernung zu lichten schien. Dabei behielt ich den Kurdel im Auge und verpaßte auch nicht den wichtigen Augenblick, als er so unvermittelt stoppte, daß ihm die Beine auseinanderfuhren. Ungeschickt versuchte er kehrtzumachen, wobei er sich in seinem Schwanz verhedderte, der ihm buchstäblich wie ein Klotz am Bein hing. Nach vollzogener Kehrtwendung humpelte er auf dem Weg, den er gekommen war, zurück, und wenn er auf den Unebenheiten des Bodens stolperte, wackelte sein Kopf, als hätte er im Hals statt der elastischen Wirbelsäule einen starren Träger oder eine Stütze. ›Und sein Schwanz ist wie tot‹, dachte ich, ›sollte er einen Unfall gehabt haben?‹ Ich nahm das Fernglas aus dem Futteral. Der Riese schwankte beim Gehen wie ein Schiff bei starkem seitlichem Wellengang. Zwischen den Schulterblättern waren ihm sämtliche Haare ausgegangen, und auf dieser großen kahlen Stelle leuchtete etwas Buntgestreiftes. Ich stellte das Glas schärfer ein und erstarrte vor Staunen. Dort oben auf dem Kurdelrücken, zwischen den im Marsche arbeitenden gewaltigen Spanten der Schulterblätter, sonnten sich mehrere Personen in Liegestühlen! Als ich meinen Blick jedoch auf den Kopf des sonderbaren Kurdels richtete, schlug mein Erstaunen in Entsetzen um: Unter Fetzen verrotteter Haut sah der blanke Schädel hervor, anstelle der Augen gähnten tiefe schwarze Höhlen, und was ich zunächst für einen im Gebiß hängengebliebenen Bissen, einen belaubten Ast oder ein Birkenstämmchen, gehalten hatte, war ein gräßlicher Zungenrest. Ein Kadaver also, der sich dennoch bewegte, und das sogar in ziemlich munterem Marsch! Ich beobachtete ihn lange, bis mir der Wind auf einmal ein regelmäßiges Geräusch zutrug, in dem ich das Dröhnen einer Pauke oder eines anderen Schlaginstruments erkannte. In dem Kurdel – wo anders sollte das Geräusch herkommen? – spielte ein Orchester. Er marschierte im Takt zu der Melodie, zu den dumpfen Paukenschlägen, die natürlich gedämpft klangen, denn sie kamen ja tief aus dem Bauch.

Zur Basis zurückgekehrt, setzte ich mich vor eine Büchse Pfirsichkompott (der Vorrat ist inzwischen leider aufgebraucht) und dachte über das weitere Vorgehen nach. Die Rakete war nur zu einem Drittel versackt und zum Stehen gekommen, dank ihrer Tarnfarbe war sie fast unsichtbar, ich hätte eigentlich an diesem Orte bleiben können, glaubte aber nicht, von einem weiteren Aufenthalt in dieser Wildnis viel gewinnen zu können. Ich entschloß mich zu einem weiteren Erkundungsgang mit der Absicht, einen Gefangenen zu machen, den ich aushorchen konnte. Übertriebene Hoffnungen machte ich mir dabei nicht, denn die Kurdländer traten nie einzeln auf. Ich war niemals einer Horde begegnet, die weniger als dreißig Personen zählte, und mit einem solchen Haufen wollte ich mich auf keinerlei Unterredungen einlassen, vom Instinkt gewarnt, das könne für mich ein böses Ende nehmen. Da man jedoch nicht voreilig von Forschungsprojekten abläßt, für deren Gelingen man mit Jahrhunderten eisigen Schlafs, eines wenngleich rückgängig zu machenden Todes, gezahlt hat, riß ich mich zusammen und machte die Nachtausrüstung fertig, also das Nachtfernglas, die Handlampe, eine größere Menge Schokolade, eine Thermosflasche sowie das Dolmetschgerät, ein laut Firmenkatalog überaus handliches Modell, aber wiederum auch nicht so federleicht für jemanden, der sich durch Sumpfdickicht zu schlagen hat. Es wog nämlich fast acht Kilo. Immerhin war es ein Modell für den »Erstkontakt« und enthielt ein Programm von achtzehn ober- und niederkurdländischen Dialekten, genau das Richtige also, wenn ich schon Leben und Gesundheit aufs Spiel setzen wollte. Ich weiß nicht recht, warum ich, als der Mond aufging, die Richtung nach Nordosten einschlug, nach jener Gegend also, wo ich am Tage dem Kadaver auf seinem Marsch über die kahlen Hügel begegnet war. Ich muß jedoch, obgleich ich auf den Azimut achtete, den Weg verfehlt haben, denn ich fand mich in einem Dschungel wieder, von dem ich nur sagen kann, daß es darin entsetzlich stank und die Zweige mir ins Gesicht schlugen. Ohne die Sauerstoffmaske, die mir die Augen schützte, hätte ich kleinlaut umkehren müssen.

Schließlich drang ich doch durch diesen Urwald und stieg auf eine Art einsames Hügelgrab, um im Vollmondschein Ausschau zu halten. Auf den Lichtungen lag Bodennebel. Bis auf ein Zirpen, das eher von einem Insekt als einem Vogel stammte, war es still. Nur in der Ferne, unterhalb des schwarzen Horizonts, war etwas in Bewegung. Ein Griff zum Nachtglas – und wie schon mehrfach seit meiner Ankunft stürzte ich von Verwunderung in immer größere Panik: Ich erblickte eine lange Linie von Kurdeln, die sich quer durch die Sümpfe zog und in einem Halbkreis direkt auf mich zukam. Dazwischen blinkten Lichter, die offensichtlich von Leuten zu Fuß getragen wurden. Ich weiß nicht, weshalb ich das Ganze sogleich für ein Fahndungsunternehmen hielt, und verschwendete gar nicht erst einen Gedanken daran, ob die Fahndung mir oder einem anderen galt, denn dieser feine Unterschied war hier gänzlich ohne Belang. Ich mußte mich verstecken, und zwar gut. Wenn die Kurdel auch im Schritt gingen, so kamen sie doch voran wie ein Mensch in schnellem Lauf. Am gefährlichsten aber waren die Fußgänger mit den Lampen, denn sie waren wendig wie ich. Von den Nächsten trennten mich etwa zweitausend Schritt, vielleicht auch weniger. Ich hatte mich augenblicklich zu entscheiden, ob ich den Rückzug antreten oder mich auf eine Begegnung mit unausdenkbaren Folgen einlassen sollte. Ich weiß nicht, warum, aber besonders haarsträubend wirkte auf mich die Erinnerung an den Kurdliten, der, den Stempel in der Faust, rittlings auf einem Untergebenen saß. Dieses Bild verlieh meinen Bewegungen Flügel.

Ich habe in jener Nacht wahrscheinlich eine persönliche Bestleistung im kombinierten Cross- und Hindernislauf aufgestellt. Rennend, stürzend und wieder auf die Beine springend strebte ich genau nach Norden, weil dort die Fahndungskette zu Ende war und ich darauf hoffte, sie in einem großen Bogen umgehen und im Röhricht entkommen zu können, ehe der Morgen graute. Zum Glück mißlang mir das. Für Glück halte ich es aus zweierlei Gründen: Erstens hätte ich es wohl nicht geschafft und wäre ins Garn geraten, und zweitens hätte ich nicht das Geschöpf getroffen, das ich bis heute in freudiger Erinnerung meinen Freitag nenne. Ich hatte keine Ahnung, daß ich geradewegs auf vermintes Gebiet losrannte, das überdies durchfurcht war von alten, verfallenen Unterständen mit morschem Balkenwerk, und ich wußte auch nicht, daß genau dies der einzige Weg zur Rettung war. Die Raumfahrt verlangt, wie übrigens etliche andere Unternehmen ebenfalls, neben dem Verstand auch ein Quentchen Glück. Keuchend wie ein Dampfroß galoppierte ich unter Aufbietung aller Kräfte dahin, riß verzweifelt die Füße zwischen krummen, glitschigen Wurzeln heraus in dem sicheren Gefühl, daß es, sollte ich mir den Fuß verstauchen, eher trübe aussehen würde. Plötzlich gab die Erde unter mir nach, ich flog in eine schwarze Tiefe, der Aufprall wurde von Schlamm gemildert, und gleichzeitig rannte ich in der ägyptischen Finsternis mit einem Wesen zusammen, einem vernunftbegabten Geschöpf, einem Eingeborenen, denn während wir beide einen Schrei der Überraschung oder des Schreckens ausstießen, spürte ich unter den Händen den schweren, derben, durchnäßten Drillich der Kleidung.

Das war mir vielleicht ein »Erstkontakt«! Ich konnte ihn ebensowenig sehen wie er mich. Wir sprangen voneinander weg wie mit siedendem Wasser übergossen. Sicher wäre er sofort geflohen, und ich hätte ihn nie wiedergesehen oder vielmehr betastet (er hielt sich nämlich schon länger in dieser Unterwelt versteckt und kannte sie wie die eigene Tasche), mein langjähriges Training tat jedoch das Seine, mit einem Griff hatte ich das Dolmetschgerät betriebsbereit.

»Fliehe nicht, fremdes Wesen, ich bin dein Freund«, keuchte ich in das Mikrofon, »ich komme von weither, trage mich aber mit friedlichen Absichten und will dir nichts zuleide tun.« So oder ähnlich rief ich ihn an, denn mit der Herkunft von einem anderen Stern muß man schön hinterm Berg halten; jeder kann sich leicht ausmalen, was einem hochentwikkelten Losannier passieren würde, wenn es ihn nachts in den Iran oder sonst nach Asien verschlüge – er könnte von ausgesprochenem Glück reden, wenn er nur sechs Monate abzusitzen hätte. Ich rechnete, ehrlich gesagt, nicht mit einer positiven Reaktion des anderen, und so war schon seine plötzliche Reglosigkeit eine freudige Überraschung.

»Wer bist du?« fragte er vorsichtig.

Ich gab mich für einen Naturforscher aus, der hergekommen sei, um das Leben der Kurdel zu studieren. Er legte sein Mißtrauen noch nicht gleich ab, folgte endlich aber doch meinem sanften Zureden und überzeugte sich durch Abtasten von der Ausrüstung, die ich trug. Seltsamerweise identifizierte er auf der Stelle das Nachtsichtgerät, obwohl er das Modell gar nicht kennen konnte, denn es war japanische Produktion. Ein Wort gab das andere, freilich ging es nicht ohne zahlreiche Mißverständnisse ab, aber wir konnten uns letztlich doch verständigen, und ich erfuhr von meinem nächtlichen Schicksalsgefährten das Folgende: Er war ein vielversprechender junger Wissenschaftler aus Kurdland, und da er dem Vorsitzenden ebenso restlos ergeben war wie der Idee des Staatsschreitwerks, hatten ihm die zuständigen Stellen eine Fortsetzung seines Studiums in Losannien ermöglicht. Nach jedem Semester kam er nach Hause, d. h. in seinen Kurdel. Beim letzten Mal nun war er leider Opfer einer Phasenverschiebung geworden und hatte fünf Jahre Zukur bekommen. Er hatte keine Berufung eingelegt, weil diese als Zeichen besonderer Renitenz des Verurteilten angesehen wurde und in der Regel eine Urteilsverschärfung hervorrief. Ich begriff nicht das Geringste. Das Dolmetschgerät funktionierte einwandfrei, aber es übersetzte die Wörter, nicht die hinter ihnen stehenden gesellschaftlichen Erscheinungen. Wir saßen in der schwarzen Finsternis nebeneinander auf einem im Schlamm steckenden Stumpf und aßen Schokolade. Sie schmeckte ihm, er sagte, so etwas Ähnliches habe er in Lullavit gegessen, der losannischen Stadt, an deren Universität er seinen Doktor der Astrophysik gemacht habe.

Gemächlich und geduldig klärte er mich auf, worin sein Unglück bestand. Die kurdländischen Zeitungen gelangen zwar nach Losannien, aber die »Stimme des Kurdels«, die er regelmäßig las, verschweigt alles, was die Leser deprimieren könnte, und so erfuhr er nicht, daß es einen neuen Vorsitzenden gab und der alte zusammen mit drei anderen Obskuren eine sogenannte Viererbande gebildet hatte. Kaum hatte er am Grenzübergang die Grußformel gerufen, in der man die Allerteuersten Obskuren durch die Aufzählung ihrer Titel, Auszeichnungen und Namen – alles in der richtigen Reihenfolge – zu ehren pflegte, wurde er festgenommen. Rechtfertigungen halfen nichts. Er wußte übrigens, daß sie niemals helfen. Er bekam fünf Jahre Zuchtkurdel. Vor zwei Wochen war er ausgebrochen. Der Zuchtkurdel, aus dem er dank der Unaufmerksamkeit der Wärter entkommen war (er sagte, sie seien sehr nachlässig im Dienst und nähmen lieber Sonnenbäder draußen auf dem Rücken), war eigentlich tot, ein Kadaverlaufwerk oder Farzel, wie die Häftlinge sagen, die ihn in gemeinsamer Arbeit fortbewegen wie eine Galeere. Hier fiel mir ein, daß ich in der Archiven des MfAA darüber gelesen hatte. Ich stellte aber keine Fragen, sondern ließ meinen Gefährten ausreden. Als Mann der exakten Wissenschaften, geschult noch dazu in der Astrophysik, nahm er die Kunde von meiner irdischen Herkunft ganz gelassen auf. Er hatte übrigens von der Erde gehört und wußte, daß es bei uns keine Kurdel gibt. Er sprach mir deswegen sein tiefes Mitgefühl aus. Ich hielt das zunächst für bittere Ironie, aber nein, er meinte es ganz ernst. Interessanterweise verübelte er niemandem, was ihm widerfahren war, weder die Verurteilung noch die schwere Arbeit, wenngleich er Klage führte, daß das Schmieröl für die Gelenke fast durchweg von den Wärtern verschoben würde. Dadurch berste einem das Kreuz bei der Bedienung dieser fürchterlichen Knochen, die außerdem kreischten und knirschten, daß man verrückt werden könne. Dennoch stand er in unverminderter Treue zum Natiomobilismus, merkte allerdings an, die im Ausland weilenden Stipendiaten sollten vor ihrer Rückkehr von der Botschaft ihres Landes angemessen unterrichtet werden. Oder sei es etwa nicht schade um die Jahre, die begabte Leute im Farzel verlören? Niemand dürfe der Gefahr ausgesetzt sein, Opfer einer Phasenverschiebung zu werden! In Losannien, so versicherte er, gebe es eine große Zahl von Enthusiasten der Staatsläufigkeit, insbesondere unter der studentischen Jugend und im Lehrkörper. Man verkümmere dort geradezu vor allgemeiner Glückseligkeit.

Schokolade und dergleichen sei zwar besser als Brrbrrdl (eine Suppe aus fauligen Moosen und Flechten), aber man dürfe eine Erscheinung nie losgelöst vom Ganzen betrachten. Ich gab vorsichtig zu bedenken, daß niemand einer Gefahr wie er ausgesetzt würde, wenn die »Stimme des Kurdels« objektive Informationen brächte. Er zuckte die Achseln. Ich sah es nicht, fühlte es aber, weil wir uns vor der durchdringenden, nassen Nachtkälte auf diesem rauhen Baumstamm aneinanderschmiegten. Wenn das so wäre, meinte er, dann müßte unvermeidlich auch über die Näschereien Losanniens berichtet werden, dem Volk würde der Kopf verdreht, es würde massenweise aus den Kurdeln fliehen. Und was würde aus der Idee des Staatsschreitwerks? Nun ja, sagte ich, nehmen wir an, das Volk haut ab. Bekäme der Himmel davon ein Loch? Diese meine Worte trafen ihn tief. Was denn, rief er aus, anderthalb Jahrhunderte Ideenarbeit, Rustikalisierung und Naturalisierung der Gesellschaft – all das solle auf einen Schlag vor die Hunde gehen, nur weil es irgendwo etwas gibt, was besser schmeckt als Brrbrrdl?

Um ihn zu beschwichtigen, erkundigte ich mich nach der Razzia. Er antwortete wieder mit seiner gleichmäßigen, etwas trübsinnigen Stimme, und das Dolmetschgerät quäkte mir seine Worte ins Ohr. Ja freilich, er wußte von der Aktion, deshalb hatte er sich doch hier versteckt. Es war ein ehemaliger Politschießplatz, vor drei Jahren hatte er hier seine Ausbildung genossen, deshalb kannte er das Gelände in- und auswendig. Er kannte den Weg durch die Minenfelder, denn er hatte sie selber mitangelegt. Daß ich nicht hochgegangen war, verwunderte ihn ein bißchen, aber er hatte an Wichtigeres zu denken. Wir verbrachten im Gespräch die halbe Nacht. Die Razzia war an uns vorüber-, der Mond untergegangen, es war still wie in einer Gruft. Ich nannte den Ex-Zukurgast Freitag, weil ich seinen richtigen Namen, den er mir ein halbes dutzendmal vorbuchstabierte, nicht aussprechen konnte. Was hatte das übrigens auch zu sagen? Ich meinerseits wurde von ihm mit »Herr Tobler« angesprochen. Warum? Weil die Nußschokolade, mit der ich ihn bewirtet hatte, von dieser Firma stammte und er dachte, ich hieße so. Mit Eigennamen haben die Dolmetschgeräte die größten Schwierigkeiten. Tichy, meinen richtigen Namen, hielt er offenbar für eine Bezeichnung meines Charakters (als wäre ich ein heimlicher Schelm oder ein stilles Wasser). Ich unterließ jede Gegendarstellung, weil ich mehr über den Natiomobilismus erfahren wollte. Wie sich denn in einem Kurdel Astronomie treiben lasse?

Gar nicht natürlich, versetzte er voller Nachsicht, das Staatsschreitwerk sei vor allem eine *Idee,* wenngleich man von ihr allein nicht leben könne und Handfestes für den Alltag brauche – in diesem Fall die Kurdel. Das Leben im Kurdel sei übrigens eine hervorragende Schule für den esprit de corps, für den Geist der Zusammenarbeit unter erschwerten Bedingungen und für die Perspektiven der Zukunft. Welche Perspektiven? Nun, die Aussicht, den Kurdel zu verlassen und sich in der Nähe von Kikirix (oder Rikikix?) anzusiedeln. Dort sei das Klima sehr gesund, keine Spur von Sümpfen und übrigens auch von Kurdeln nicht, im Zentrum liege das Regierungsviertel, der Vorsitzende und der Rat der Obskuren allerdings wohnten woanders. Ich hatte den Eindruck, daß ihm die Adresse dieser höchsten kurdländischen Politiker wohlbekannt war, er mir aber, obgleich er sich in der dunklen Wildnis mit mir verbrüdert hatte, dennoch nicht restlos traute. Immerhin ließ er mich in verschwörerischem Tone wissen, es gehe die Rede, keiner der Obskuren habe jemals einen lebendigen Kurdel gesehen, sondern stets nur Demonstranzen. Das sind malerische Gruppierungen, in denen die Bürger an staatlichen Feiertagen die Figuren der gewaltigen Tiere nachbilden, zumeist vor einer Ehrentribüne mit dem Vorsitzenden persönlich. Demnach bin ich neulich in der Nacht wohl Zeuge einer Probe für diese Schauspiele gewesen, denn es muß fleißig geübt werden, wenn man im Flattern der Fahnen und unter dem Klang der Hymne vor den hohen Würdenträgern Ehre einlegen will. Meinem Gefährten war bei einer solchen Demonstranz einst das Glück zuteil geworden,

den Spann des linken Hinterfußes bilden zu dürfen. Er geriet ins Schwärmen und seufzte tief. Selbst auf die Gefahr hin, seinen Zorn herauszufordern, fragte ich, was er denn eigentlich an solch einem finsteren Ungetüm schön finde. Er regte sich aber gar nicht auf, lachte ironisch und sagte, er sei in irdischen Angelegenheiten durchaus kein solcher Ignorant, für den ich ihn offenbar halte. »Ihr habt doch Staatswappen, nicht wahr?« fragte er. »Löwen, Adler, auch andere Vögel. Was ist denn schön an dem Federvieh? Wißt ihr denn nicht, daß es mit Schnabel und Fängen unschuldige Geschöpfe zerreißt und in seinem Nest unter sich macht? Und hindert euch das etwa, vor seinem Bild das Haupt zu neigen?« – »Wir wohnen aber weder in den Löwen noch in den Adlern«, versetzte ich. Er zuckte die Achseln. »Natürlich nicht. Ihr paßt ja nicht hinein. Wir hatten da einfach mehr Glück. Der Natiomobilismus ist eine heilige Tradition, der Kurdel ist ihre Verkörperung im Fleische, seine Futterrationen sind die Ratio des Staates, wer aber ein bißchen Grütze im Kopf hat, beschließt sein Leben nicht in diesem Bauch, und ohne die verdammte Phasenverschiebung hätte ich spätestens in einem Jahr in Kikirix an einem anständigen Importfernrohr gesessen.«

Übrigens sitze in einem gesunden Körper einen gesunder Geist. Keiner jener Freiläufer, wie er die Losannier nannte, würde es auch nur drei Tage aushalten, in solch einem Loch zu hausen und sich von Wurzeln zu nähren, er aber lebe schon zwei Wochen hier und finde es nicht ausgesprochen schlecht, denn im Zuchtkurdel sei die Kost nicht viel besser gewesen. Ich fragte ihn nach dem Eindruck, den er von Losannien hatte. War es ihm dort nicht gut gegangen? Freilich, sagte er, und er wolle auch wieder über die Grenze, zurück nach Lullavit an die Fakultät von Professor Gzimx, bei dem er seinen Doktor gemacht hatte. Dort würde er seine Habilarbeit schreiben, allerdings sofort nach Hause kommen, falls eine Amnestie erlassen oder der jetzige Vorsitzende zum Dämon und Ungeheuer erklärt würde. Schließlich sei er ein Patriot und bekenne sich zu dem Grundsatz: Right or Wrong – my Country. Was heiße hier übrigens »wrong«. Jeder, der in einem Kurdel stecke, lebe in der Hoffnung, eines Tages in Kikirix zu wohnen, die Losannier hingegen hätten vor sich nur das absolute Nichts. Von der Syntur, der Hedustrialisierung und der felizitativen Lizitation, der sogenannten Felizitation habe ich doch gehört? Na also, da könnte ich es ja sehen. Den Kurdel dürfe man, wenn man eine Ausgangskarte habe, alle halben Jahre für vierundzwanzig Stunden verlassen, die Schlingen und Fesseln jenes vergripserten Glücks, jene Ethosphäre indessen nie! »Wissen Sie, wie mich meine jüngeren Kollegen beneidet haben, wenn ich in den Ferien nach Hause, nach Kurdland durfte!« Ich erkundigte mich, was ihn erwartet hätte, falls er bei der Razzia aufgegriffen worden wäre. Er war beleidigt oder gar empört, nannte mich einen unverschämten Fremdling, ließ sich vom Baumstumpf auf den Boden gleiten und schlief ein. Ich blieb ein Weilchen vor ihm hocken, dann legte ich mich daneben und war ebenfalls im Handumdrehen eingeschlafen.

Als ich im Morgengrauen erwachte, war ich allein. Von meinem Freitag keine Spur. Er hatte mir nicht einmal hinterlassen, wie man durch die Minenfelder kam. Zum Glück waren meine Fußstapfen im kalten Schlamm erstarrt, vorsichtig folgte ich ihnen und langte gegen Mittag bei meiner Rakete an. Unterwegs begegnete ich lediglich einem Kleinkurdel, der in einem Tümpel herumtollte. Von Freitag hatte ich erfahren, daß es sich bei solchen Exemplaren um Leerbestände oder um Eigenheime für mittlere Regierungsbeamte handelte. Mir war das egal, ich hatte genug von Kurdeln aller Größe, Art und Laune. Ich wusch meine Sachen, bügelte den Ausgehanzug auf, nahm einen kleinen Imbiß und startete. Ich wählte die Flugbahn so hoch, daß ich den Wiederanflug mit kosmischer Geschwindigkeit unternehmen konnte, denn ich hatte nicht die Absicht, den Losanniern meinen Aufenthalt in Kurdland zu verraten, und wollte auf den Radarschirmen als ein direkt von seinem Heimatplaneten einfliegender halboffizieller Emissär der Erde erscheinen. Das machte sich besser. Ich bekam Funkkontakt mit dem Kosmodrom von Lullavit. Auf dem Ferngrußkanal empfing ich ein herzliches Willkommenssignal, woraufhin ich die unter solchen Umständen unerläßlichen Vorbereitungen traf. Immerhin hatte man mir zu verstehen gegeben, daß neben der vom Präsidenten geleiteten Abordnung der Gesellschaft für Entianisch-Irdische

Freundschaft zu meiner Begrüßung auch Vertreter der Regierung erscheinen würden.

Es war kurz vor Mitternacht, als Losanniens Hauptstadt auf meinem Monitor erstrahlte wie ein Diamant erster Größe, umfangen von der sanften smaragdenen Glut der Satellitenstädte Tlitalutl und Lullavit. Ich warf mich in meinen besten Anzug, vollführte eine Bilderbuchlandung und wartete, in einen Klappsessel gestreckt, bis die Luke aufging. Aus dem Bordradio drang eine unerträgliche Katzenmusik. Ich müßte mich sehr irren, wenn die Losannier, die ja meine irdische Staatsangehörigkeit nicht kannten, da nicht die Hymnen sämtlicher in der UNO vertretenen Staaten auf einmal abspielten. Die Wirkung war entsetzlich, aber ich konnte die Leute verstehen: Ihr Schritt war von politischen, nicht von musikalischen Motiven bestimmt. Drei nach zwölf stand ich in der offenen Luke meines Raumschiffs. In gleißendem Scheinwerferlicht, unter Orchesterklängen stieg ich langsam die teppichbeschlagene Gangway hinab; übers ganze Gesicht strahlend, winkte ich beidhändig der Menge zu, die sich zu meiner Begrüßung eingefunden hatte. Ich konnte dabei nicht unterlassen, auf die Außenhaut meiner Rakete zu schielen, um mich zu vergewissern, daß die Schlammfladen, Zeugen meines Abstechers nach Kurdland, in der atmosphärischen Reibung verglüht und vergangen waren. Fast im Laufschritt führte man mich durch die Jubelspaliere, immer weiter, natürlich, dachte ich, die wollen dir den Rummel mit den Presse- und Fernsehleuten ersparen. Von dem gigantischen Empfangsgebäude habe ich nur Getöse und Licht in Erinnerung. Ich bekam nicht einmal mit, wer mich da eigentlich umringte, sanft geleitete, lenkte und auch mal mit einem Schubs nachhalf, bis ich in etwas Weiches sank und wir losfuhren, fragt mich nicht, womit und wohin. Der jähe Wechsel vom öden, dunstigen Sumpfland in den Lichterrausch der nächtlichen Metropole hatte mich betäubt, die vorüberjagenden Rampen und Bauten verschlugen mir die Sprache, von überall her drängte, blitzte, heulte und fauchte es auf mich ein, als hinge ich knapp überm Chaos, um ein Haar davon entfernt, zu Brei gemahlen zu werden. Schon verschwammen vor meinen Augen Dächer und Straßen, Fahrzeuge und Lampen, wie auf eine platzende Saite gespannt, hätte ich mich unter diesem Licht und in der rasenden Fahrt krümmen mögen wie ein Wurm, ich mußte mich zusammenreißen, um gelassen zu erscheinen.

Ich hatte keine Ahnung, wo es hinging, am Ende kam ein Park, eine Auffahrt, ein Lift, in dem unser Fahrzeug aufklappte wie eine zerschnittene Apfelsine, wir stiegen aus, mir waren die Ohren wie verstopft, ein dicker Losannier mit einem ganz menschlichen Gesicht steckte mir ins Knopfloch eine Orchidee, die sprachbegabt, also ein Mikrodolmetschgerät war. Wir durchschritten etliche Säle, die mich an ein Schloß und ein Museum zugleich erinnerten, Statuen gingen uns aus dem Weg – Roboter? Nein, sagte jemand, das sind Theoiden. Oder meinte er Idioten? Teppiche wie von Rasen – in einem Haus? –, Bronzen, Altäre – oder waren es Tische? Jemand bemerkte, daß ich keine dunkle Brille hatte, ich bekam eine und bedankte mich dafür, es gab hier ja so viele goldgleißende Flächen, die Türen öffneten sich wie die Iris eines Katzenauges, rosenfarben rieselte von der Decke ein staubiger Dunst oder dunstiger Staub, Möbel oder Spieluhren sangen, und auch der Hut meines losannischen Nebenmannes trällerte vor sich hin, bis er, einem Theoiden übergestülpt, verstummte. In einem halbrunden Saal, dessen konkaves Fenster auf das in der Dunkelheit erstrahlende Sternbild der Stadt hinausging, wurden wir von Amoretten umflattert, die Tabletts mit Appetithappen anboten. Ehe ich nachsehen konnte, was das war, scheuchte einer meiner Führer den Schwarm davon. Der nächste Saal war oben dunkel, unten leuchteten Palmen und Buschwerk. Daran schloß sich ein weiterer Raum an, kahle Wände, etwas wie eine Heimwerkerecke, ein weißer Fußbodenbelag mit Schmutz- oder Ätzflecken, ein in die Wand gemauerter Haken, daran eine Kette mit einer Halsschelle.

Unangenehm überrascht, verhielt ich den Schritt, aber sie luden mich ein, näherzutreten und alles anzusehen, einer nahm das Halseisen, legte es sich um und verdrehte wie vor Entzücken die Augen. Dann nahm er es wieder ab, gespannt sahen die anderen mich an und lächelten gezwungen. Was denn, sollte ich mir etwa dieses Halsband umlegen?

Vielleicht war das hier so Brauch, aber ich wollte nicht. Ich weiß nicht, was mich warnte, es mochte daran liegen, daß sie nicht mit mir sprachen, sondern nur per Gesten ihrer unterwürfigsten Herzlichkeit Ausdruck gaben. Wie ich trugen sie im Jackettaufschlag Dolmetschgeräte, sagten aber trotzdem nichts. Ich stand mitten im Raum und tat nicht dergleichen. Sie versetzten mir sanfte Stupser und vollführten Gesten wie gegen jemanden, der taubstumm oder schwer von Begriff ist, aber nun war ich verstockt, ich suchte sie abzuwehren, zuerst noch in aller Höflichkeit die Formen wahrend, immerhin befanden wir uns in einem Palast, aber der Übergang war gar zu jäh, was hatte das alles nur auf sich, die Kerle rempelten mich inzwischen an wie die Rüpel, um so stärker, je mehr ich mich wehrte. Ich habe keine Ahnung, zu welchem Zeitpunkt die Komplimente umschlugen in Keilerei. Eigentlich schlugen nicht sie mich, im Gegenteil, ich war es, der sie vermöbelte! Dem Dicken setzte ich die Faust in die gedunsene Visage, dann rannte ich ihm den Kopf in den Wanst, hau bloß ab, Kanaille, ich bitte, die Finger von mir zu lassen, das ist ein Mißverständnis, ich bin Ausländer und habe Diplomatenstatus! Das Dolmetschgerät wiederholte piepsend jedes meiner Worte, sie konnten es einfach nicht überhören, drängten mich aber dennoch zur Wand hin. So ist das also? Dann wollen wir mal anders miteinander reden! Da hast du eins ins trällernde Kostüm, und wenn du jetzt noch einen Fußtritt brauchst ... Das Dolmetschgerät knackte und sagte nichts mehr, es war kaputt. Die anderen drängten in ihrer ganzen Masse auf mich ein, trotzdem wehrte ich mich nicht so, wie ich es vermocht hätte, denn ich kannte ja den Einsatz nicht, um den es hier ging. Ich weiß nicht mehr, wie und wann mir die Schelle um den Hals schnappte, jedenfalls sprangen die Kerle, kaum daß sie mich an der Kette hatten, von mir fort. Der Dicke aber steckte bei mir im Schwitzkasten und bekam die Abreibung für die anderen mit, er brüllte wie ein Stier, sie zerrten an seinen Beinen, bis ich ihn losließ, weil mir das alles dämlich vorkam. Sie hielten von mir Abstand wie vor einem bissigen Hund, sie keuchten, und ihre Anzüge konnten nicht mehr richtig singen, ich hatte sie anständig ramponiert. Trotzdem glänzte aus aller Augen die helle Freude – eine ganz andere als die mir auf dem Flughafen erwiesene, eine Freude nicht für mich, sondern an mir. Drücke ich mich deutlich genug aus? Sie weideten sich an meinem Anblick wie an dem einer fetten Beute. Mir mißfiel das außerordentlich.

Nachdem sie sich sattgesehen hatten, zogen sie im Gänsemarsch hinaus. Alleingeblieben, angekettet, sah ich mich noch einmal in dem Raume um. Ich hätte mich gerne hingesetzt, mir zitterten noch die Knie von der Anstrengung, immerhin hatte ich die Nase des Dicken verformt und das Ohr eines anderen zermalmt. Aber so einfach an der Wand zu sitzen, ein Eisen um den Hals – dazu konnte ich mich nicht ohne weiteres überwinden. Auch herumlaufen mochte ich nicht, das hätte etwas allzu Hündisches an sich gehabt. Unter meinen Augenlidern lag noch golden der Prunk dieses Palastes, an der Zimmerdecke schwirrten die Amoretten mit ihren Tabletts, aber keine ließ sich herab, mir ihre Näschereien anzubieten. Vergebens suchte ich mir einzureden, das alles sei ein großes Mißverständnis. Den schlimmsten Argwohn weckte in mir nicht einmal so sehr die Ankettung als vielmehr die Wonne, mit der man mich hinterher beäugt hatte. Ich dachte darüber nach, wie ich mich verhalten sollte, um meine Würde zu wahren. In einer solchen Lage kommen einem die einfältigsten Gedanken: Sollte ich das Halseisen mit dem Hemdkragen und die Kette mit meinem Körper decken? Meine Blicke richteten sich unterdessen immer wieder wie von selbst auf die Werkbank in der Ecke, wo irgendwelche Messer und Zangen lagen. Oben an der Decke lief eine Stange entlang, über die sich Rollen mit einem Vorhang bewegten, der jetzt zurückgezogen war. Die Messer kamen mir bekannt vor, sie ähnelten Sägen, hatten aber keine Zähne. Ein Griff, daran eine halbrunde Klinge. Aber ja, genau wie sie im Gerberhandwerk zum Zurichten von Leder verwendet werden. Was konnte das alles mit mir zu tun haben? Natürlich nichts! Zehnmal ungefähr sagte ich mir das vor, aber es überzeugte mich nicht. Laut um Hilfe zu rufen, schämte ich mich. Am Taschenmesser hatte ich eine Feile, aber nicht für eine Kette, die nicht nur eine Dogge, sondern einen Sechsspänner gehalten hätte.

Nach etwa einer Stunde öffnete sich plötzlich die regenbogenschillernde Tür, und meine Kidnapper traten ein, angeführt von einem hochgewachsenen, ebenfalls sehr dicken Losannier, den ich noch nicht kannte. Er trug eine rosa Brille und tat sehr gravitätisch, war dabei aber ein bißchen kurzatmig, als hätte er es weiß Gott wie eilig gehabt, hierherzukommen. Schon von der Schwelle machte er mir eine tiefe Verbeugung und schaltete das Lied seines Anzugs oder Hutes ein. Die anderen zeigten auf mich, schwatzten durcheinander und suchten einander zu überschreien – und das alles mit dem bereits erwähnten glücklichen Behagen. War ich womöglich eine Geisel? Vielleicht gar eine politische? Und sollte es um ein Lösegeld gehen?

Die Beschau hatte kaum ein paar Sekunden gedauert, als der Gravitätische die unverhüllte Werkbank sah, auf die anderen losbrüllte und einem sogar die Faust unter die Nase hielt. Um die Wette sprinteten sie zum Vorhang und zerrten ihn zu, die Blödmänner, das Kind lag längst im Brunnen, und daß sie nun ihren Stahl- und Eisenwarenladen versteckten, ließ mir endgültig das Blut in den Adern gerinnen. Der Dicke gab einen Befehl, zwei Mann stürzten hinaus und kamen gleich darauf mit einer jener Statuen zurück, die sie Theoiden nannten. Diesmal war es ein Engel, wie ihn unsereiner daheim schon mal in jeder Kirche gesehen hat, nur daß der hier sich bewegte. Als Stühle gebracht wurden, schob mir der Engel einen unter den Hintern, dann stellte er sich neben mich und begann einen unwahrscheinlichen Redeschwall abzuscheiden: Er war der Dolmetscher. Zudem fächelte er mit den ausgebreiteten Flügeln, was für mich insofern eine Wohltat war, als ich im Laufe der Konversation und der Anschläge auf mein Leben schwitzte wie eine Sau.

Man umsaß mich in einem Halbkreis, dessen Radius vorsichtigerweise etwas über die Länge meiner Kette betrug. Dann ging es los, aber was da losging, ist schwer zu definieren. Erst einmal stellten sie sich vor, manche, nicht alle. Die Verbissensten setzten sich im Schneidersitz auf den Teppich und halfen mit Geheul, Gejohle und Salven satanischen Gelächters den Rednern nach, die sich nacheinander in dem leeren Raum vor mir aufbauten und Leidenschaften freien Lauf ließen, deren Feindseligkeit nicht so sehr mir, als vielmehr der ganzen Welt galt. Einst war ich schon wegen eines Lösegelds entführt worden, ich wußte auch manches von Entführern, die ihr Geschäft um einer Idee willen betrieben, und für ebensolche gaben diese Leute hier sich aus, aber da konnte was nicht stimmen. Verdammt noch mal, ich weiß nicht, wie ich das ausdrücken soll, dabei hegte ich doch an der Ehrlichkeit ihrer fiesen Absichten keinerlei Zweifel!

Der Majestätische mit der rosaroten Brille, so bekam ich zu hören, war der Präsident oder vielmehr der Antipräsident des hiesigen Schriftstellerverbands, manche von ihnen widmeten sich dem Antipriestertum, andere waren ·Pantinisten (Pananti-artisten), möglicherweise auch Autoisten, auf dem Teppich hockte ein Neonist (er leuchtete nicht wie eine Neonröhre, dazu fühlen sich nur die Neonihilisten berufen), neben ihm lümmelten zwei Sozioschaffotten (Verfechter der Endfertigung). Dem Engel zur Seite saßen ein Letztling (Eschatolist), zwei Permanentbekämpfer diverser Antiwirkungen, ein Fetzer und eine Unterart von Ultrafalotten. Die letzteren dienten aber wirklich nur als Claqueure. Man spielte sich auf, als wollte man mir die Augen auskratzen, steigerte sich von der Tollwut zur Verzückung, alles schien echtem Gefühl entsprossen, den Akteuren irgendwie aber doch nicht die rechte Befriedigung zu verschaffen. Es war wie ein Theaterstück mit lampenfieber- und premierenangstgebeutelten Schauspielern, wie der um den Marterpfahl kreisende Tanz von Indianern, die sich ihres Manitou und der Ewigen Jagdgründe nicht mehr ganz sicher sind, die Schritte zwar wie ihre Großväter setzen, aber dennoch beunruhigt sind – nicht daß sie sich von Barmherzigkeit befallen fühlten, durchaus nicht, es ist eher eine Prise Unglauben, betäubt durch gemeinschaftliches Geheul... Oder wie Leidtragende bei einem Begräbnis, jedoch nicht Klageweiber, die Geld kriegen, damit sie schluchzen und sich die Haare raufen, sondern Angehörige und Verwandte, die sich in einen höheren Grad der Verzweiflung steigern wollen, als die ganze Sache sie eigentlich angeht – deswegen müssen sie sich mehr Haare ausraufen als nötig, und sie müssen schluchzen, daß es auch draußen vor der Friedhofsmauer zu hören ist. Kurz, der Aufwand erschien mir seltsam übertrieben. Die Leute hatten menschliche Gesichter, keine

Masken, aber man sah, daß es nicht ihre gewöhnlichen Gesichter waren. Damals wußte ich noch nicht, wie sie das machten, und es war auch keine Frage, die mich in dem Augenblick besonders beschäftigt hätte. Der Engel, der mir zur Seite stand, schlug alle kosmischen Dolmetschrekorde, er übersetzte sogar das Gebrüll der Sprechchöre: »Freiheit und Wohlstand! Von wegen, nur das nicht erleben! Nehmt sie an die Kandare, die räudigen Kybernanzen und die lausigen Retortillen, die im Kolben der Giftköche Programmierten, die Schlabberer in der allgemeinen Vermolkung, die vom Stich getroffenen Superquabbler!«

So heizten sie sich gegenseitig auf, bis einer die übrigen beiseiteschob, wie ein Hahn auf der Stelle hüpfte und die Arme schwenkte, als wolle er zu den Amoretten an die Decke schweben. »Erdling!« schrie er. »Kurierischer Diplomast! Jedermann, ob groß oder klein, schön oder häßlich, verderbt oder rechtschaffen, krumm oder gerade, jedermann, der noch nicht an dem oder jenem krepiert ist und tief gebückt sein fades Leben, ich wollte sagen, seinen Lebensfaden spinnt – jedermann ist ein Geschöpf, das in uns Zuneigung, Wohlgefallen, Mitleid, Bewunderung, Verdruß, Erbarmen, Vaterunser, Amen und allgemeine Achtung weckt. Ein röhrender Bocksgauch hingegen, ein geiler Brünftling, ein mastwanstiger Blauschlund, ein glotzäugiger Maulwalker, der auf Blumen und Welten herumtrampelt – das ist eine zweibeinige Verschmutzung des Seins, ein Schocksakramentsprotzklotz, ein zynischer Rotzschleimer oder vielmehr ein rotzschleimender Zyniker. Stimmt das etwa nicht? Triffst du im Sumpfe aber einen jener anderen, in löchrigem Kittel, im Armengrau des Bauernrocks, so schwindet dir gleich alle Galle aus den Innereien, und ein sorgliches Gefühl glimmt fahl in deinem Herzen auf! Ach, fände ich doch richtig leibhaftig eine arme Waise mit zwei Buckeln oder etwas weniger verwachsen, träfe ich einen Krüppel oder einen halbgefrorenen stotternden Bettler, hilfsbedürftig und ohne Unterhosen, ach, wie wollte ich ihn pflegen und herzen, wie wollte ich ihn speisen und ihm mein Lied ins Ohr jubeln, in das ungewaschene, kernige Ohr des Volkes! Doch es ist schade um jedes Wort, mein Ruf schwebt nicht empor, die Syntur läßt es nicht zu, die verdammte Gripse! Als ich den Konfessionator um Rat fragte, gab er mir zur Antwort, ich solle meinen Trieb der Barmherzigkeit durch eine Dosis Synthesentiment dämpfen. Hast du das gehört, irdische Hundehachse? Synthesenten anstelle Echten Erbarmens! Ich bin sofort nach Hause gerannt, habe einen Benzinkanister geholt und den Konfessionator eigenhändig angezündet, was mir, wie du leicht begreifen wirst, niemand verwehrt hat. Schon am nächsten Tag stand an der gleichen Stelle ein neuer mit hundert Kanälen für Simultanbeichte. Da habe ich begriffen, daß die Zeit gekommen ist, das Volk an die Kandare zu nehmen! Das ist die Einzige Rettung! Oh, wie hat diese Entdeckung mich erleuchtet! Erlöser der Massen kann nur jemand sein, der sie mit Terror beim Wickel nimmt, die brodelnden, millionenfach wie in zerlassenem Speck ausglitschenden Freiheiten einschränkt und beschneidet. Anschließend Deckel drauf und zugenagelt! So erhebt sich aus dem allgemeinen Übermut erst ein Krächzen und Wimmern, dann aber mit großem Knall das Höhere Gesicht, das mir wie die Morgenröte durch die dunkle Nacht des klierigen Liberalismus leuchtete... Oh, ich setze den Fuß meines gerechten Zorns auf die leergedroschenen Liberalen und die strohköpfigen beschissenen Egalitaristen! Ach, blaue Ferne, ach, zerlumpt sein unter Bewachung! Komm herbei, so rief ich, komm, süßes Haus der Gefangenschaft, der rauhbeinigen, normalen Knechtschaft, die einen ruckzuck beim Kragen nimmt! Oh, erblühe, du mein Blütentraum! Die Verwalter schädlicher Güter sollen blaue Flecken tragen, so viel Stern' am Himmel stehen! So bin ich in den Untergrund gegangen. Weder ich noch meine Kollegen haben etwas gegen Euch, aber Ihr müßt sterben, weil man den Anfang nicht mit jedem X-beliebigen machen kann. Wenn wir nicht wären, würde alles in saccharingesüßtem Kyberschmalz ersaufen. Reden ist Silber – Schlachten ist Gold! Jeder große Umsturz hat so angefangen, selbst ohne Idee! Was werden dann wir erst vollbringen! Kurz, Schluß mit dem Gequassel, raus mit dem Gedärm!«

»Was fällt Ihnen ein?« rief ich und klirrte mit der Kette. »Des Lebens wollt Ihr mich berauben?«

Ich weiß selber nicht, warum ich mich so geschwollen ausdrückte, aber der Kleine erblaßte und taumelte, statt seine blutige Ankündigung wahrzumachen, in die Arme seiner Kollegen, die ihn mit kleinen Klapsen aufzumuntern suchten. Er keuchte, als sei er solche Sachen nicht gewohnt.

Ein anderer trat in den Kreis, reckte beide Arme empor zu den Amoretten mit den Vorspeisen und sprach mit dumpfem Raunen: »Wir gehen unter, Herr Tichy!«

Er brachte das in einem so ergreifend mystischen Ton hervor, daß er mir trotz meiner Halsschelle ein bißchen leid tat. Daher fragte ich: »Wodurch und weswegen denn?«

»Aus Wohlstand...«

»Ist das zwangsläufig?«

Er schlug ein giftiges Hohngelächter an, das in Schluchzen umkippte. Auch die übrigen Entführer wischten sich verstohlen die Augen.

»Nein, durchaus nicht«, ächzte er. »Wenn das Brot des Paradieses auch bitter schmeckt, so leistet doch niemand freiwillig Verzicht. Der absolute Wohlstand führt zur absoluten Verderbtheit! Das Volk läßt schon nicht mehr locker! Auf das Volk ist Verlaß, solange die Not ihm zusetzt, aber nicht mehr, wenn Pomp und Luxus es vergewaltigen. Es will nicht, daß es anders wird, denn ›anders‹ heißt nur mehr ›schlechter‹, nicht mehr ›besser‹. Freilich, einst war Anspruchslosigkeit Mode – Suppe aus Waldwurzeln, eine strohgedeckte Hütte, ein Kurdel im Stall, ein Hakenpflug, Barfußfestspiele, zerlumpte Kleidung, aber alles synthetisch, die Wurzeln aus Trüffeln, der Kurdel auf Kufen, das Stroh aus Nylon, der Hakenpflug transistorgesteuert. Diese Askese war so läppisch, daß man sich bald daran überfraß. Ach, Herr, Ihr wißt nicht, wie die Allgemeinheit sich quält! Allein beim Anblick des selbsttätigen Lustselektors, der Anstalten zu einer neuen Hätschelei macht, packt den Bürger das dezisive Beben, und schon mancher hat seinen Selektor zerlegt oder zerhauen, aber was nützt das, wenn der sogleich zur Selbstreparatur schreitet. Am schrecklichsten ist dabei, daß das Volk uns haßt – uns, die wir um sein Wohl kämpfen. Es will nicht begreifen, daß es am Haken des Verderbens hängt. Das ist der Grund, aus dem wir Euch umbringen müssen, verehrter Herr.«

Möglicherweise war das der Pressesprecher dieser Leute,

die durch sein Exposé freilich alles andere als zufriedengestellt waren. Er habe hinzuzufügen vergessen, so schrien sie durcheinander, daß eine große Sache ein großes Opfer verlange! Er habe versäumt, die gesamtgeschichtliche Seite des bevorstehenden Ereignisses gebührend herauszustellen! Was nämlich sollte geschehen? Eine Abpellation. Keine Appellation, sondern ein Abpellen, die Entfernung der Pelle, der Haut. Die Perspektive solchen Tichymords (in der Übersetzung des unverdrossen dolmetschenden Engels klang das wie Schwarzschlachtung – mein Name hat es eben in sich) setzte mich eigentlich keinem zusätzlichen Schock aus, denn ich sehe lieber einer konkreten Gefahr ins Auge, als daß ich mir von moderigen Anspielungen das Rückgrat kitzeln lasse. Mein Geist war wieder hellwach, mein Körper spannte sich, ich dachte nicht daran, meine Haut zum Nulltarif zu lassen.

Ich suchte den Leuten erst mal begreiflich zu machen, daß hohe Ideen ihr Fundament nicht durch Mordtaten bekommen, aber da hätte ich ebensogut zu einer Wand reden können. Aus den idealistisch vorstehenden Augäpfeln glupschte ein so verstockter Fanatismus, daß ich mir eher zugetraut hätte, als Truthahn einer Köchin vor Weihnachten jeden Gedanken an Blutvergießen auszureden, als hier und jetzt diesen Eiferern, die mich umbringen wollten, um damit weiß der Teufel was zu erkämpfen. Ich griff schon nach dem Taschenmesser, erlebte aber sogleich die nächste Überraschung. Was ich für den Epilog gehalten hatte, erwies sich als Einleitung: Man gab Wortmeldungen ab, der vorsitzführende Theologe oder Antikaplan notierte die Rednerliste, dann wurde über die Tagesordnung abgestimmt und eine Antragskommission gewählt.

Ich hörte mir das alles an und begriff allmählich auch, worum es ging: Daß ich abgetan werden sollte, war in der Sache beschlossen, aber nicht in der Interpretation. Es handelte sich jetzt darum, von welcher Position aus das Ganze vorgenommen werden sollte. Nach stürmischer Debatte trat ein Vertreter der Extremistischen Kunst in die Mitte, verneigte sich und hob an:

»Ehrwürdiger Gast, ach, fielest du von meiner Hand! Ich halte es für meine Pflicht, dir zu vermelden, warum ich die geliebte Palette um deinetwillen verließ. Dürste ich denn nach Blut? O nein, niemals! Wonach dürste ich? Nach dem Werk, nach der Malerei! Die Beichte meiner Träume in Farben auf die Leinwand bannen, jemanden kommen sehen, der beim ersten Anblick aufschreit vor Entzücken! Mehr wollte ich nicht, ich schwöre es. Doch sieh selbst: Was ist das für ein Malen, wenn man nur den Auftrag zu geben braucht und die Wand sich dank ihrer Mäanderkomplexe und Wunschableser frisch und flink ein Fresko aufsetzt?! Äußerte ich als Kind also Lust zum Malen, so stellte man mich mit dem Gesicht zur Wand. Was sollte ich dagegen tun? Ich machte eine Weile mit, aber der Groll fraß mir am Herzen. Übrigens war bald darauf Schluß mit den Wänden, eine neue Strömung brach aus: der Eloquentismus. In die schlechteste Richtung ging er nicht, aber was half es? Ehe ich ihm beitreten konnte, hatte er sich selbst computerisiert! Sechs Wochen später wurde uns der Doublismus geboren: Wenn ein Bild mit sich selber reden kann, muß es ja auch selbst malen können. Das ist doch ganz natürlich, nicht wahr? Ich aber blieb hartnäckig und wartete. Der Exkrementismus erschien: Ein Eßlöffel Rizinusöl auf eine Leinwand von vier mal sechs. Ging die Inspiration aus, griff man zum Absaugschlauch. Was vermag man gegen die Tyrannei der Kunst? Wie ein Mann vergifteten wir uns mit Zinkweiß und Elfenbeinschwarz, aber auch das war bald nicht mehr aktuell, denn es kam der Suizidismus, auch Selbstung oder Samidasmus genannt. Im Anfang war der Ventrismus, der Künstler ging hin und stellte seinen Bauch aus, auf Hochglanz poliert oder – per Heftpflaster oder Transplantation – mit diversen Extras ausgestattet. Das Publikum sah sich auch daran satt. Daraufhin stand auf der Vernisage nur noch eine Betonwand, der Künstler salbte sich mit Fixativ und rannte mit kräftigem Anlauf gegen die Mauer, um klebenzubleiben: eine *nature morte – selfsacrified.* Das ging zwar nur einmal, aber an Uneigennützigen war dennoch kein Mangel. Ich freilich hatte einen gar zu harten Schädel, außerdem wich inzwischen der Beton – man weiß ja, die Gripser halten uns heil und warm... Als ich in mein achtundzwanzigstes Jahr trat, war der Genismus im Schwange. Man nahm einen Mixer, rüttelte verschiedene Gene durcheinander, versetzte sie mit Lilien und Petersilien und erzielte ein *monstre pittoresque*. Auch diese Ikonalschöpse sind nicht mehr aktuell. Nachher kam der Destruktionismus, also das Fertigmachen und Fleddern der Kollegen. Auch das aber mußte einer neuen Strömung weichen. Kreationismus! Kein Lehm- oder Gipskneten mehr, sondern Werke nach dem Maß der Epoche, güldene Altarsatelliten mit eingebautem Aquarium, wo jeder Hai ein Gebiß mit Selbstreinigung trägt! Schwerkraftbefreite, multikonfessionelle Urbanistik, die Glockentürme gleich Langustenscheren ins Leere reckt, aber alles leider ohne Seele, ohne Glauben, dazu ganz intim und privat, jedes Werk mußte, damit es Außenstehenden nicht erst auffiel, schwarz eingeglänzt oder noch besser gleich granuliert werden. Auch das war nicht gerade dienlich, der schwindenden Schaffenskraft aufzuhelfen...«

»Xicio, du verzettelst dich!« rief man ihm zu. »Du weichst zu sehr auf die Flügel aus! Geh in die Mitte, tank dich durch! Geh aufs Ganze! Wir stehen dir bei, Kumpel, Hauptsache, du kneifst nicht!«

»Ich und kneifen!« brüllte er. »Ars pro arte heißt Mord, wir machen Misericordias, mieseren Kord kann es nicht geben! Heissa, Theoid, nimm den Erdling beim Schlund, ich will aus seiner Haut ein Kunstwerk machen!«

»Gürtel für das Kunstgewerbe!« grölten die anderen und erhoben sich von den Plätzen. Es war wohl ihre Hymne.

Dann rannten sie hinter den Vorhang, es konnte sich nur darum handeln, das Werkzeug zu holen! Ich sprang auf, daß die Kette klirrte.

»Wohl übergeschnappt, was?« brüllte ich. »Stillgestanden!«

Aus den Augenwinkeln sah ich, daß der Engel den Befehl zwar übersetzte, selbst aber nicht ganz befolgte. Zwei Köpfe größer als wir, stand er da und schlug mit den Flügeln. Eine gute Belüftung. Besser wurde mir davon dennoch nicht.

»Was heißt denn das!« schrien sie den Engel an. »Du sollst den Erdling festhalten! Was? Du willst nicht?«

Sie stutzten, fanden aber sofort die Fehlerquelle.

»Der Krimistor hat ausgesetzt! Macht nichts, wir packen selber zu! Xicio ist einmal in Form, ej uchnjem, Fiederfledерflattervögel, macht die Kolonne nun zum Kegel!«

Sie bauten sich tatsächlich in einer geschlossenen Dreiecksphalanx vor mir auf und rückten sogar auf mich los. Komischerweise kehrten sie mir den Rücken zu, schubsten mit ihren Gesäßen den Maler vor sich her, der einen Dolch in der Hand trug. In der meinen blitzte das Taschenmesser. Wenn mich mein Gedächtnis nicht trügt, hat der Große Makedonier solche Schlachtordnungen benutzt, allerdings erfolgreicher, denn denen hier rutschten auf halbem Wege die Beine weg, als sei der Teppich eine Eisbahn. Zu meinen Füßen kullerten sie übereinander. Als erster erhob sich blökend der dicke Präsident der Antiautoren – er hatte seine Hose im Hinfallen auf die Klinge gespießt, die ich in der Hand trug. Ich hatte sein Sitzfleisch unabsichtlich und noch dazu unerheblich geritzt, aber er brüllte wie ein Stier. Die anderen hatte das Fiasko so geknickt, daß sie es gar nicht eilig hatten, wieder auf die Beine zu kommen. Jeder lag da, wie es ihn hingehauen hatte, nur ein Ächzen und Lispeln ging um:

»Nicht zu fassen...«

»Nur weil Xicio keine Traute hatte! Der Scheißkerl, der feige!«

»Das ist nicht wahr! Ihr seid schuld! Ihr!« ließ sich schluchzend der Malerextremist vernehmen.

»Waas? Hau bloß ab, du Gockel! Aber im Galopp!«

»Ich habe gleich gewußt, daß der Kleckser Schwanzfedern kriegt!«

Der Maler sprang auf und begann sich die Kleider vom Leib zu reißen.

»Laß das sein, Xicio!« donnerte der Pressesprecher des Verbandes. »Ihr anderen aber laßt ihn zufrieden in seinem Unglück. Jetzt ist der Nächste dran. Gänserich – dein Auftritt!«

»Gänserich! Jawohl!« schrien sie begeistert. »Steck den Pinselknaben in die Tasche, Gänsi! Noch sind die Kohlen nicht verloren! Wir liefern dir das Feuerholz!«

»Mit einem Stoß den schwarzen Schoß!«

»Nimm Kolophonium, damit du nicht ins Trudeln kommst!«

»Vibramen müßte man haben, das wäre noch besser...«

Der Engel dolmetschte wie besessen, die Extremisten stellten sich in neuer Ordnung auf, der schmachbedeckte Maler war verschwunden, und ich hatte nun mit dem Burschen zu tun, den sie Gänserich nannten: eine breitschultrige Mißgeburt, die – offenbar infolge der Rauferei – die Nase plattgequetscht und verrutscht unter dem linken Auge trug. Eine Maske, dachte ich, genau wie die anderen.

»Ruhe!« brüllte in tiefstem Baß mein neuer Gegner, obgleich seit einem guten Weilchen keiner auch nur einen Mucks getan hatte. Er trat von einem Bein auf das andere, wippte mit den Fersen vor und zurück, und unterdessen fand auch seine Nase wieder zu ihren angestammten Platz.

»Irdischer Säuger!« sprach der Gänserich mit Grabesstimme. »Nabelschlauchgekapptes Pipettenprodukt! Dein zottiges Schicksal klopft an die Pforten! So erfahre denn während der letzten paar Schnaufer, die dir verbleiben, mit wem du zu tun hast! Ich bin Kurdlist, ein unerschrockener Kämpfer und kompromißloser Idealist, ich habe die Hymne verfaßt, die das Große Schreiten verherrlicht. Es lebe der Kurdel, der herrlich soziale Organismus, das organisch erstrahlende System! Ich weiß, du würdest mich, wenn du die Kurve kratzen könntest, sofort verpfeifen, aber das Halseisen der historischen Gerechtigkeit und die Kette des Fortschritts halten fest, da helfen dir auch keine Gripser, du Hämling aus der Fremde! Die Schmach des Wohlstands wird von meinem Volke fallen wie die Knorpel von deinen Knochen, und es wird aus seinen kollektiven Gebeinen aufbrechen in eine lichte, helle Ferne! Nun denn, es naht die Vergeltung – für all die Verleumdungen, die gegen die ehrwürdigen Ideale geschleudert, für die Kübel verlogenen Spülichts, die über die Köpfe der Natiomobile ausgegossen wurden. Ein edler Zorn faßt mich an, zum Kampf, erhebt das Feldgeschrei! Heissa, Brüder, leiht mir eure Kraft, blast zum Marsch, ich tret' ihn in den...«

»Ziemlich schwache Leistung«, sagte ich.

»Was?« raunzte er. Ein Backstein hätte ihn nicht stärker aus der Fassung bringen können. »Wie kannst du es wagen! Halt den Mund, Opfer!«

Warum sollte ich ihm etwas schuldig bleiben? »Lulle lulle Blase, eine Warze auf der Nase. Wenn Tante durch die Finger pfeift, dann wird der Onkel eingeseift...«

Er zitterte am ganzen Leibe, und die anderen stöhnten vor Entsetzen. Es dürfte mir schwerfallen, die Gründe ausfindig zu machen, die mich zu solcher Stegreifdichtung veranlaßten, eigentlich hatte ich ja keine Ahnung, was die Leute von einer schnellen, blutigen Exekution abhielt, aber irgendein Instinkt sagte mir, daß sie sich gegenseitig hochschaukeln mußten, gerade als entschiede über den Erfolg der mörderischen Veranstaltung eine entsprechend eskalierte, eindeutig makabre Stimmung.

»Komm nur her, du kastrierter Erpel!« sagte ich. »Ich möchte dir was ins Ohr flüstern.«

»Steckt ihm auf der Stelle einen Knebel ins Maul!« keifte Gänserich der Kurdlist. »Ich kann so nicht weitermachen, der Kerl schmeißt mich vom Tablett...«

»Was soll denn das Knebeln«, sagte verzweifelt der Antipräsident der Literaten. »Hau ihm das Messer ins Gekröse, und fertig...«

»Ich bin der wüste Gänserich«, grunzte laut der Kurdlist, zog ein Gerbermesser aus dem Gürtel und kam auf mich zu. Die Kette bebte und schrillte wie eine Saite, denn ich war hinter den Engel gesprungen. Der bekam den Stich ab und wankte. Der Gänserich rutschte aus und lag vor dem Engel auf den Knien.

»Ich... Moment... Ich versuche es noch mal...« stammelte er verzweifelt. Er war völlig durcheinander, ich hätte ihm ohne weiteres das Messer wegnehmen oder eins hinter die Vogelohren geben können, tat aber keine Bewegung. Ich beobachtete drei Kerle, die vor einem Weilchen in der irisschillernden Tür erschienen waren und sich von da aus alles anhörten. Niemand außer mir hatte sie bemerkt, denn die übrige Gesellschaft hielt die Blicke auf mich gerichtet, der ich, durch das Halseisen und die Situation gezwungen, mit dem Rücken zur Wand stand. Ich hielt jene Burschen zuerst ebenfalls für irgendwelche Kunstextremisten, sah mich aber getäuscht.

»Keine Bewegung! Das ist ein Überfall!« donnerte der Größte von ihnen und trat mitten in den Raum. Der Kurdlist verschluckte sich und verstummte. Nur zwei große Tränen, in Reserve gehalten für den Fall des Unterliegens, kullerten ihm über die Wangen. Die eine sickerte ins Revers seiner Jacke, die andere tropfte auf den Teppich. Gott allein weiß, warum man solche Kleinigkeiten im Gedächtnis behält – noch dazu unter solchen Umständen! Aufgescheucht begannen meine Entführer zu protestieren, es gab ein wütendes Gezänk. Der Engel übersetzte weiterhin jedes Wort, aber die Leute gingen aufeinander los und brüllten, daß ich bald den Faden verlor. Nur ungefähr wurde mir der Sinn des Streites klar. Die Eindringlinge waren Extremisten einer Gruppierung, die mit der Kunst, der Theologie oder der allgemeinen Theorie des Seins nicht das Geringste zu tun hatte. Die Rauferei (man hatte sich bereits bei den Kehlen) ging um mich. Alsbald zeigte sich die Überlegenheit der Profis über die Amateure, wie Leute der Kunst und andere Humanisten es kraft der Dinge sein müssen. Am längsten wehrte sich der Vizepräsident des Antiverbands der Schriftsteller: In die Ecke gedrängt, wo sich die Werkbank befand, hatte er eine der Enthäutungszangen erwischt und gebrauchte sie als Streitkolben. Dennoch waren die Neuankömmlinge binnen weniger Minuten Herr der Lage. Es war offenkundig, daß sie Experten waren. Sie gaben keine Erklärungen ab, stellten keine Theorien auf und hielten sich nicht mit Kleinigkeiten auf. Jeder hatte seine konkrete Aufgabe, die er ausführte, daß einen das Staunen ankam. Unter anderen Umständen hätte ich meine extremistischen Künstler bedauert: Geknickt, in zerknautschten Anzügen, aus denen statt betulicher Kammermusik jetzt eine klägliche Kakophonie schrillte, saßen sie – welch merkwürdiger Umschwung des Schicksals – neben mir an der Wand. Nur der Antivizepräsident wehrte noch die Angriffe ab, wurde aber immer schwächer. Bei dem Gerangel bekam der Engel einen Stoß, daß er in die Ecke taumelte und aufhörte zu übersetzen. Statt dessen trat auf sein bisher so starres Himmelsantlitz ein sonderbares Lächeln, und unterhalb der Brust begannen auf seinem alabasternen Leib bunte Leuchtschriften zu flimmern: »Dydr beuns ganatoproxul? Fornicalorissimur, Dominul? A dryxi pixi kuazk supirito? Milulolíng, alter Freund?«

Gleichzeitig packte er mich am Arm, setzte eine geheimnisvolle Miene auf und zerrte mich so heftig nach vorn, daß ich, als die Kette sich straffte, keine Luft mehr bekam. Das Halseisen würgte mich, daß ich nicht einmal um Hilfe rufen konnte. Zum Glück eilte mir der Bezwinger des Vizepräsidenten zu Hilfe. Ich weiß nicht, was er und sein größerer Begleiter mit dem Engel gemacht haben, jedenfalls stand er, als ich die Augen aufschlug, wieder in Habtachtstellung, wedelte mit den Flügeln und dolmetschte. Übrigens hatte er nicht viel zu tun – meine neuen Entführer erwiesen sich als Männer der Tat. Sie schoben mich beiseite, entnahmen einer Tasche einiges Werkzeug und lösten ohne den geringsten Aufwand, ohne Hitze, Gestank oder Qualm, den Ring aus der Mauer. Es ging wie geschmiert. Ich enthielt mich jeder Danksagung – zu Recht, denn ihr weiteres Verhalten ließ von Befreiung nichts erkennen. Einer zerrte mich an der Kette, die zwei anderen stießen mich vorwärts, ohne eine Spur jener Rücksichtnahme, an die ich mich zuvor in Gesellschaft der Künstler hatte gewöhnen dürfen.

Wir verließen den Palast nicht durch die Suite der Prachträume, sondern offenbar mit einem Küchenaufzug, so daß ich die Orientierung verlor. Draußen herrschte ägyptische Finsternis, die Nacht war kalt, ich trug nur seidene Socken und bekam in einer Pfütze sofort nasse Füße. Mit meinen Lackschuhen hatte ich schwer gelitten – ich bin sehr empfindlich, ja sogar hilflos gegen ungetragene Schuhe, hatte sie zur Landung aber angezogen, weil ich ein Festbankett erwartete. Wie aus obigem ersichtlich, war nicht alles nach meinem Sinne verlaufen. Als ich an der Kette hing und mir all die Deklarationen und Faseleien anhören mußte, hatten die Lackschuhe gedrückt, ich hatte sie, bis über die Knöchel im Flaum des Teppichs versunken, diskret von den Füßen gestreift. Da ich mich gewissermaßen auf meiner Beerdigung befand, hätte ich es als Verstiegenheit ansehen müssen, krampfhaft an den Regeln des guten Benehmens festzuhalten. Unter dem Eindruck der Vorgänge hatte ich gar nicht mehr daran gedacht. Als ich jetzt im Mondlicht am Jackenaufschlag eines der Entführer eine Dolmetschrosette erblickte, nutzte ich die Gelegenheit, um einen kurzen Aufschub zu bitten: Ich wollte nur rasch nach meinen Schuhen springen. Ich erwähnte die Eventualität, mir einen Schnupfen zu holen, aber der Entführer war ein ungehobelter Kerl. Er lachte heiser und meinte: »Einen Schnupfen holen? So viel Zeit wird dir gar nicht bleiben, du Boulette!«

Schimpfworte aus dem Bereich der Fleischgerichte erfreuten sich hier also keiner geringeren Anerkennung als in Italien. Ich wurde in eine Kiste oder Truhe gesteckt, und die Fahrt begann – querfeldein, wie aus dem Holpern und dem dadurch verursachten Klirren meiner Kette zu schließen war. Nach einer Viertelstunde fand ich mich, halb erstickt, in einem Keller aus Beton. Ich weiß nicht, wie das Fahrzeug der Entführer hereingekommen und wieder verschwunden war, es gab jedenfalls keine Spur von ihm. Die niedrigen kahlen Wände machten einen finsteren Eindruck. Die Einrichtung bestand aus einigen dreibeinigen Schemeln, einem Hackklotz mit einer hineingehauenen Axt, einem Stapel Holzkloben, einem einfachen Tisch auf einem Kreuzuntergestell und natürlich einem in die Wand eingelassenen Ring, an dem sogleich meine Kette befestigt wurde. Ich hatte also recht getan, mich keinen übertriebenen Hoffnungen hinzugeben.

An dem Tisch stand auch eine Bank. Ich setzte mich, zog die nassen Socken aus und sah mich nach einem Orte um, wo ich sie zum Trocknen aufhängen konnte. Darauf gab der Entführer, der sich schon vorhin so unfreundlich geäußert hatte, ein Knurren von sich:

»Verlorene Mühe!«

Er warf seinen Kittel ab, zog aus dem Herd einen angebrannten Fladen und kaute gierig darauf los. Es war sonderbar: Obwohl ich doch wußte, daß die Entianer anders aussahen als wir, hatte ich mich bereits so an die Menschengesichter meiner ersten Entführer gewöhnt, daß ich mich nicht des Eindrucks erwehren konnte, der Lümmel, der mich jetzt bewachte, trage eine Maske – aber gerade das war eben nicht der Fall! Das Gesicht des Entianers wirkt auf den Menschen ebenso abstoßend, wie umgekehrt das menschliche auf den Entianer. Durch die weit auseinanderstehenden Nüstern, die runden Glotzaugen gleichen, entsteht eher der Eindruck eines Gauls oder Tapirs als eines Vogels. Übrigens ist der eigene Augenschein durch keinerlei Beschreibung zu ersetzen. Als mein Bewacher sich vollgefressen hatte, schlug er sich mehrmals auf die faßförmige Brust, die wirklich der einer Gans oder eines Straußen ähnelte, denn sie war dicht mit wolligem, weißlichem Flaum bewachsen. Dann kratzte er sich eine Weile unter den Achseln, zupfte sich ein paar kleine Federn aus, die ihn offensichtlich in den Nüstern kitzelten, und begann endlich voller Konzentration in der Nase zu bohren. Schließlich war es wohl die Langeweile, die ihn zum Reden brachte, wobei er das Wort nicht an mich, sondern vor sich hin gegen die Tischplatte richtete, auf der er durch gelegentliche Fausthiebe auch die Akzente setzte. Als ich dazu schwieg, reckte sich der entianische Rohling heftig empor und erklärte, traditionsgemäß sei der Entführte darüber zu unterrichten, wer ihn weswegen dorthin befördere, wo er den Rettich von unten wachsen sehe. Obgleich ich als ein besonders schädlicher Schurke gar nicht würdig sei, von ihm eine Erklärung zu bekommen, wolle er sich, da er einen Ausländer vor sich habe, dennoch dazu herablassen. Seine Begleiter blieben immer noch aus, er aber begann – nicht ohne zuvor aus der Tasche seiner Kluft einen Zettel zu ziehen und nachher alle Naselang davon abzulesen.

Ansprache des Anführers der zweiten Kidnapper

Das Erdige Gesicht leihe mir aufmerksam sein Ohr, denn ich liebe der langen Rede nicht. Vor Hunderten von Großen Sonnen lag hier kein Losannien, sondern das Land Hydia, bis man kam und uns das Erbe der Väter entriß. Wir sind die rotgefiederten Hydianer, als solche aber nicht mehr zu erkennen, weil das lichtlose Dahinkümmern im Untergrund uns der Farbe beraubte. Alles Land über uns aber gehorchte einst uns und unseren Gesetzen. Der Große Geist gebot uns, den Bösen aufzulauern, und so fingen wir sie und baten sie zum letzten Tanz. Jetzt aber geschieht nichts mehr, wir warten, wachen und lesen Zeitung. Kürzlich nun stand darin, ein Bruder werde uns besuchen, hier auf diesem Körper des Himmels, von weit her und ein Fremder zwar, aber ein Bruder im Geiste. Daher fragten wir unsere gelehrten Stammesgenossen in den Ämtern, was für ein Bruder das sei, der als Gast kommen wollte in unser altes Land. Diese Stammesgenossen, die zwar weiße Daunen tragen, im Herzen aber immer noch rotgefiedert sind, sagten uns die reine Wahrheit. Mit großen Ehren solle der Gast empfangen werden, denn er komme von den Sternen und stamme nicht von Vögeln ab. Wofür aber, so fragten wir, diese Ehren des Empfangs? Verdiente er sie? Ein Gesandter, so hieß es, aber woher hatte er seine Gesandtschaft? Und sie sagten uns, was ihr für welche seid. Ihr liebt den Krieg und rüstet euch dafür. In der Tiefe des Friedens brütet ihr Verrat. In eurem Kriegertum schwelt die Tücke, denn schon haltet ihr für jeden von euch achtzig Atomstreitäxte bereit, und auch das genügt euch nicht! Ihr rüstet weiter, braut starke Gifte noch und noch, und wenn einer die Rede darauf bringt, dann lächelt ihr, es sei ja Frieden, Frieden. Nicht gleichen Kampf habe ihr im Sinn, sondern Arglist und Verrat. Ihr martert eure Nachbarn und verseucht euch selber, und jetzt ist euch die Lust angekommen, Besuche zu machen, nach Beute zu schnüffeln und zu spähen!«

Er brüllte und schlug mit der Faust auf den Tisch.

»Aber auch wir haben uns zu deiner Begrüßung eingefunden, räuberischer Gesandter! Das fehlte noch im Sternenschwarm der Milchstraße, daß die Erdigen Gesichter, die ihresgleichen mitsamt den zirpenden Kindern abschlachten, sich auf dem ausgerollten Friedensteppich vor den Augen der tapferen Hydianer spreizen, die nicht vergessen haben, was ihre Väter von fremden Eroberern lernten! Die begriffsstutzigen Losannier mögen den Schmeicheleien auf den Leim kriechen, aber es gibt hier Leute, die wachsamer sind. Uns hintergehst du nicht! Oh, wie wird sich deine von Aas genährte höhere Vernunft getäuscht sehen! Bei euch fehlt es wohl inzwischen an Gelben, Grünen und Schwarzen, die ihr schinden könnt? Wärst du in deiner Tundra sitzengeblieben, bei den Gräbern, die ihr verschuldet habt, dann wärst du davongekommen mit deiner nackten Haut, die das Gerben nicht wert ist. Aber nicht hier, wo da wacht der Rotgefiederte Mann! Glaubst du, das geht einfach so – die Seinen abschlachten und ausrauben, in die Grube werfen, einen besseren Überrock anziehen und – heissa! – auf ein Schwätzchen zu den ›Brüdern im Geiste‹ reisen? Dein roter Bruder im Geiste wird es dir schon klarmachen, er scheut die Mühe nicht, er wird sich der

Sache annehmen, das Kriegsbeil ausgraben und den Bruder in den Sack stecken. Er wird die Rechnung auf die Bruderhaut schreiben und zum Andenken räuchern ... Hört das Erdige Gesicht seinen rotgefiederten Bruder im Geiste? Ich sehe, daß es ihn hört ... Und es gibt keine Antwort? Ich höre, daß es keine Antwort gibt ... Nun, so wird der Bruder jetzt den Bruderschurken eigenhändig in die Ewigen Schandgründe senden, wo schon mancher Bösewicht hingekommen ist, aber so einer wie das Erdige Gesicht noch nie ...«

Er stieß mich mitsamt der Bank um, sprang über den Tisch, warf den unnötig gewordenen Zettel mit der Rededisposition beiseite und sang, niederhockend und wieder aufspringend, mit wilder, schrecklicher Stimme:

»Holla, seht das Säugetier,
Das ich mir gefangen hab'.
Ich mach' es kalt noch heut und hier
Und tanze barfuß auf dem Grab.«

Ich lag in der Ecke neben dem Rauchfang und unterließ es, auch nur ein einziges Mal mit meiner Kette den Takt zu klirren. Es stand schlimm um mich, schlimmer hatte es gar nicht kommen können. Der Entführer war leider gar nicht so ungebildet, wie ich anfangs vermutet hatte. Ihm waren etliche Brocken aus unserer Geschichte bekannt, und allein die Entfernung, die zwischen unseren Welten lag, machte jeden Rechtfertigungsversuch von vornherein zunichte: Er hielt mich für den Spion einer mörderischen Rasse, und ich konnte mir nicht vorstellen, ihn mit Erfolg zu Differenzierungen hinzuführen, die vor jedem irdischen Gericht als stichhaltig anerkannt würden – nicht aber hier in einem Keller auf einem fremden Planeten. Ich war wie gelähmt und hatte weder die Kraft noch den Willen, erneut nach dem Taschenmesser zu greifen.

Plötzlich erhob sich verworrenes Geschrei, ein Getrampel kam näher, und lärmend brach ein Knäuel von Entianern zur Tür herein. Ich erkannte den Kunstmaler Xicio, den Antivizepräsidenten und den Gänserich, die immer noch wie Menschen aussahen. Die übrigen hatte ich bisher noch nicht gesehen, möglicherweise waren es Gefährten meines Wächters, die ich auch gar nicht kennen konnte: Es war ja völlig dunkel gewesen, als sie mich in die Kiste gesperrt hatten. Im ersten Moment glaubte ich, sie alle kämpften miteinander, aber dann merkte ich, daß hier viel Unglaublicheres zuging: Jeder kämpfte sozusagen mit sich selbst!

Mein Bewacher schien davon keineswegs überrascht. Er sprang auf und rief: »Schnell, die Klamotten runter! Los, los! Das Mistzeug ist durch die Filter gekommen, es nimmt uns bei den Unterhosen! Na los, Tempo, es fängt schon an, taub zu werden!«

Während er dies schrie, suchte er die Pluderhosen auszuziehen, aber es fiel ihm immer schwerer, es ging immer langsamer, und auch die anderen zappelten wie die Fische auf dem Trockenen, die einen kämpften mit den Jacken, die anderen mit dem Hemd oder der Tunika, aber ihre Bewegungen erstarben, als steckten sie in einem unsichtbaren, gerinnenden Leim oder Gelee. Keine Minute verging, und sie zuckten höchstens noch mit den Beinen wie Fliegen in einem unsichtbaren Spinnennetz. Mein Entführer hatte dadurch, daß er vor seinem Tanz das Obergewand abgelegt hatte, nur mit der Pluderhose zu tun, aber diese hielt ihn so gefangen, daß er, auf dem Rücken liegend, die Beine nach dem Holzstoß gereckt, sich nur die Federn vom Kopfe raufen und alle Welt verfluchen konnte.

Was war hier los? Kam mir jemand zu Hilfe? War es die Rettung? Aber im Keller war niemand außer mir, der ich mich, obwohl angekettet, frei bewegen konnte – und den anderen, die auf dem Bauch, dem Rücken oder der Seite lagen und in verzweifelter Wut herumbrüllten:

»Dieses ekelhafte Zeug... Der Krimifilter hat versagt... Ich kriege keine Luft, Gurgax, zu Hilfe, du hast eine Hand frei... Halt deine Gräten ruhig, du Trottel... Das bin ich nicht, das ist die Unterhose... Präsident, hast du einen Krimistor?... Wo soll ich den jetzt hernehmen?... O verflucht, gegriffen und kein Greifer!... Ich sterbeee!!!«

Dieses Stöhnen und Heulen betäubte mich derart, daß ich von der Bank aufsprang, ohne an die Kette zu denken. Von der Halsschelle gewürgt, sank ich zurück, spürte ein neuerliches, allerdings sogleich nachlassendes Zerren und traute meinen Augen nicht: Die Kette war geborsten. Mir wurde schwindlig, ich ging in die Knie, wieder kniff die Schelle, ich griff automatisch mit der Hand danach, meine Finger fuhren in eine Art Teig – und lösten die Fessel mit größter Leichtigkeit! Mit weichen Knien stand ich auf und sah mir meine Entführer an, die vom ersten Wurf wie auch die vom zweiten. Hilflos strampelnd lagen sie mir zu Füßen, keineswegs in der Agonie – mir war inzwischen klargeworden, daß ihnen eigentlich nichts fehlte. Allein die Kleider waren es, wie zu Gipsabgüssen versteint, die ihnen Körper und Gliedmaßen lähmten...

»Der Säuger ist frei, die Milch soll ihm sauer werden! Haltet ihn, wenn ihr Ehre im Leibe habt!«

Gurgax war es, der das gurgelte, derselbe, der vorhin noch auf meinen Untergang gesungen und getanzt hatte. Offensichtlich war er rabiater als die anderen, denn diese taten – was weiß ich, weshalb –, als nähmen sie mich gar nicht wahr... Ich aber stand da, schnappte immer noch nach Luft, knetete in der Hand einen Rest der weichgewordenen Halskrause und wußte nicht, ob ich schleunigst das Weite suchen oder lieber eine Rede halten sollte. Sollte ich diesen Leuten meine Hilfe antragen? Ich gebe ehrlich zu, daß ich das nicht übers Herz brachte. Ich umkurvte den versteiften Xicio und den Gänserich, dessen Hände in den zu Fels gewordenen Jakkenärmeln hoch über den Kopf ragten, und huschte zur Tür hinaus, dauernd in der Furcht, auch mein Anzug könne plötzlich auf jene unerklärliche Weise rebellisch werden. Doch nichts dergleichen geschah. Ich stieg eine Treppe hinauf und kam an eine starke stählerne Tür. Die mächtigen Riegel hingen herab, als seien sie unter starker Hitze geschmolzen. Sie waren kalt, aber ich scheute mich dennoch, hier allzuviel zu berühren, vermied auch sorglich den Türrahmen und folgte weiter der Treppe. Sie führte mich stetig aufwärts, ich sah den bestirnten Himmel, spürte einen kühlen Windhauch. Ich war frei.

Von Mondschein keine Spur, nur schwarze Finsternis. Ich streckte die Arme nach vorn und begann zaghaft auszuschreiten unter dem funkenübersäten Himmel, bis einer der Sterne plötzlich die Farbe wechselte und auf mich zukam. Bevor ich begriff, was da vor sich ging, hörte ich ein Geräusch, der Stern wurde zu einer pulsierenden Lampe, die mich und meine Umgebung mit grellem Licht übergoß. Ich ergriff sofort die Flucht, landete aber kopfüber in einem Dornengestrüpp. Von oben kam sachte etwas herab, ich schrie auf und verlor das Bewußtsein.

Ich weiß nicht, wie lange ich bewußtlos blieb. Als ich zu mir kam, hörte ich unverständliche Laute, wagte aber nicht, die Augen zu öffnen. Ich lag auf einer kühlen, sehr leichten Unterlage, wie auf einem Luftballon. Arme und Beine hatte ich frei. Ich öffnete spaltbreit ein Auge. Ein Entianer in silbernem Mantel, auf der Stirn ein Lämpchen, beugte sich über mich.

»Xi xa«, sagte er.

Gleichzeitig sprach etwas unter mir aus dem aufgeblasenen Luftkissen heraus: »Lieber Herr Ijon Tichy, seien Sie guten Mutes. Sie befinden sich unter Freunden und werden von den erfahrensten Medikatoren und Medikanzen betreut. Es wird Ihnen kein Haar gekrümmt. So Ihr sprechen könnt, seid so gütig, Eurer Existenz irdische Töne zu entlassen, damit wir erkennen, ob Ihr uns versteht.«

»Ich verstehe, o ja, ich verstehe«, ächzte ich und wunderte mich selbst darüber, denn mir fehlte überhaupt nichts.

»Xu xu«, meinte der nach wie vor über mich geneigte Silberentianer und löschte sein Stirnlämpchen. Die zärtlich modulierte Stimme aus dem Kissen sagte:

»Der offizielle Teil der Begrüßungsfeierlichkeiten für den teuren Herrn Ijon Tichy wird erfolgen, sobald dieser der gehörigen Ruhe gepflegt hat. Die Gemächer des Regierungshotels stehen Herrn Tichy offen, und es droht Euch – Dir – nichts. Der unglückliche Zwischenfall beruht auf einer Doppelfalle. Wir werden alles aufklären, den Vorfall bereinigen und uns überbieten, Abbitte zu tun. Euer Hochwohlige Existenz mögen schlafen, wir geleiten Euch zur Ruhe...«

Hoffentlich nicht zur ewigen, dachte ich, aber in dem Augenblick machte der silberne Entianer: »Xo xo...«, und mich überfiel übermächtig der Schlaf.

Man behielt mich, da man sah, daß ich in guter Verfassung

war, nur einen Tag im Krankenhaus und entließ mich in ein Hotel. Ich weiß nicht, warum die Dolmetschgeräte in der Klinik sich so wunderlich ausdrückten, anderswo begegnete ich ihnen nie wieder. Dafür erfuhr ich, wie geschickt die Entführer sowohl der Gruppe um den Gänserich und Xicio als auch des Schriftstellerischen Antiverbands gegen mich vorgegangen waren. Freilich, ich hatte auch nicht aufgepaßt. Der Sprung von den dunstigen Sümpfen und brünstigen Kurdeln in die Megalopolis war so jäh, daß ich die Fassung verloren und die vier eleganten Losannier, die mir auf dem Kosmodrom entgegengekommen waren, für eine Delegation der Gesellschaft für Entianisch-Irdische Freundschaft gehalten hatte. Von der ebenso prächtigen wie respektvollen Erscheinung dieser Personen überwältigt, hatte ich mich zu einem Fahrzeug bringen lassen und war nicht einmal durch den lüsternen Schwung stutzig geworden, mit dem man mich ins Innere befördert hatte. Während ich zu dem Palais gebracht wurde und mich, geblendet von Gold, Jaspis und Gott weiß was, zwischen den Prunkaltären des Mobiliars hindurch zu der bewußten Stätte führen ließ, führte ein Strohmann, der sich für Ijon Tichy ausgab, die wirkliche Delegation hinters Licht und suchte bei der ersten passenden Gelegenheit das Weite, so daß die Abgesandten weder den Spatzen in der Hand noch eine Ahnung hatten, wo ich zu suchen sei. Die Entführung war bereits auf dem Kosmodrom erfolgt, weil die Ethosphäre mich noch nicht kannte und daher nicht mit dem nötigen Vorlauf zu meinem Schutze eingreifen konnte. Man stopfte mir den Kopf voller Dinge, von denen ich nichts begriff, aber da ich nicht als Dämlack erscheinen mochte (hatte ich mich nicht wie ein solcher an die Kette legen lassen?), zog ich es vor, diplomatisch zu schweigen.

Der Wechsel ins Hotel erwies sich als Umzug auf den Olymp. Die armen Kerle wußten selber nicht, was sie mir antun sollten, um die mir anfangs widerfahrenen Unannehmlichkeiten wiedergutzumachen. Mein Schlafzimmer war von Gold, dessen Leuchtkraft sich durch einen Schalter in meiner Hosentasche regulieren ließ, und in den Winkeln der Kassettendecke saßen Amoretten, die bei mir zwar unangenehme Assoziationen weckten, aber jedesmal, wenn ich den Mund aufmachte, herabgeflogen kamen, um mir Schalen mit Naschwerk zu reichen. Doch damit nicht genug: Meine Kleidung wurde von Merkur besorgt, und in den Nischen neben den Kristallsäulen meines Himmelbetts standen zwei Venusfiguren – die Anadyomene und die Kallipygos. Ich wußte nicht, was sie da sollten, fand es aber plump, mich danach zu erkundigen. Die Schuhe bekam ich von Zeus geputzt, übrigens mit einem Gerät, das an einen Schafskäse aus der Hohen Tatra erinnerte. Dem Bett gegenüber hing an der Wand ein gläserner Schild mit dem Haupt des Meduse, ein eher unsympathischer Anblick, zumal sich die Schlangen sehr lebendig um diesen Kopf ringelten und mich keinen Augenblick aus den Augen ließen. Da ich aber sah, welche Mühe sich meine Gastgeber machten, wollte ich ihnen nicht gleich mit Beschwerden kommen. Dennoch ging mir dieser ganze Olymp, der doch extra eingerichtet worden war, damit ich mich heimisch fühlen sollte, gewaltig auf die Nerven.

Wie gesagt, Nörgeln ging nicht an, mir war ohnehin unbehaglich genug, denn der Vorsitzende der Freundschaftsgesellschaft war mit zwei Gepäckträgern erschienen, die einen Sack schleppten – voller Asche, wie sich erwies. Der Vorsitzende nun warf sich vor mir auf die Knie und streute sich diese Asche auf das Haupt. Hinzu kam, daß der Mann mir ähnlich sah wie ein Ei dem anderen.

Als ich meine Hemden aufräumen wollte, fiel ich fast vom Stengel: Im Kleiderschrank stand ein Zentaur, zum Glück nicht größer als ein Pony. Er rezitierte etwas, was mir griechisch vorkam. Außerdem ist er Masseur und ein Weinkenner.

Am Morgen erwachte ich in einer erstickenden Wolke von Ambra, Narde und Moschus. Mit Räucherbecken standen die beiden Aphroditen vor meinem Bett, bis ich sie in ihre Nischen jagte. Röchelnd, mit tränenden Augen, wies ich Merkur an, das Zimmer zu lüften. Ich hätte lieber gesehen, daß diese Gastfreundschaft maßvoller gewesen wäre und auch diese Aphroditen sich endlich etwas übergezogen hätten. Ich konnte mir denken, wie das alles programmiert worden war: auf der Grundlage von Fotos aus dem Louvre und anderen irdischen Museen. Außer dem Zentaur steckte im Schrank auch ein Apoll. Er hatte das Singen eingestellt – auf meinen ausdrücklichen Befehl.

Der Übergang von den kurdländischen Morästen und dem bewußten Keller mit dem Halseisen in diesen phantastischen Luxus war so plötzlich gekommen, daß der Eindruck des Traums nicht weichen wollte. Das Essen war ausgezeichnet, abgesehen von einer dunklen Soße, mit der alles übergossen wird. Ich befand mich in der Hauptstadt namens HSPRX. Die Dolmetschgeräte sprachen das verschieden aus: das eine sagte Esprix, das andere Hesperis. Lassen wir es beim letzteren. Ich werde Tagebuch führen. Heute ist der fünfte Pfuhlmond. Jene Soße übrigens – das war Nektar! Woher die hier nur das Rezept haben, da doch *wir* es nicht kennen! Es schmeckt wie Mayonnaise mit Lakritzen. Ich gieße das Zeug ab und kratze die Reste mit dem Teelöffel vom Fleisch. Auch der Vorsitzende war heute wieder da, um mir das Programm meines Aufenthalts vorzulegen. Morgen soll ich dem Obersten Felizianten einen Besuch machen. Vielleicht nennt er sich auch anders, ich habe nicht achtgegeben. Der Vorsitzende ähnelt mir nicht mehr so wie am ersten Tag. Das ist hier offenbar so Sitte. Die Amoretten verscheuche ich, so gut ich kann – ich habe Angst um meine Linie. Ich muß auch darüber nachdenken, wie ich diesen olympischen Schwarm loswerden kann, ohne meine Gastgeber zu kränken. Der Meduse habe ich ein Handtuch, der Kallipygos meinen Bademantel übergehängt. Aber das ist nichts Halbes und nichts Ganzes.

Der Erste Inhibitor

Ich weiß nicht, der wievielte des Pfuhlmonds heute ist, denn ich habe den Kalender verloren. Gott sei Dank bin ich auch den Olymp und den Freundschaftsvorsitzenden los. Der letztere hatte sich einfach unmöglich gemacht: Er hatte mir versichert, mein Gesicht sei fast gar nicht grauenerregend. Die Befreiung verdanke ich Kikerix, einem jungen Historiker, der zugleich Menschler (Menschenkundler) ist. Er hatte mich im Hotel aufgesucht, nachdem er von der Ankunft eines Menschen gehört hatte, und mir gezeigt, wie man die von mir mit einem Handtuch verhängte Meduse einschaltet, damit sämtliche Götter zu Stein erstarren und zu einem weißen Pulver zerfallen, das von selbst unter dem Bett verschwindet. Was es dort hinzieht, weiß ich nicht, und ich habe auch nicht gefragt. Überhaupt stelle ich möglichst wenig Fragen, denn was würde man in einem Hilton-Hotel von einem Gast denken, der sich erkundigt, warum die Lampen brennen und wie bei dem Fräulein von der Rezeption die Vermehrung erfolgt?

Mein neuer Bekannter hat sich so mit mir angefreundet, daß ich ihn in aller Vertraulichkeit Kix nennen werde. Er führte mich zu einer historischen Lehrvorführung zum Soziomaten. Man stellt eine beliebige Gesellschaft ein, beispielsweise mit romantischen oder mittelalterlichen Parametern, und regiert sie. Gewöhnlich spielt man zu zweit, einer der Teilnehmer übt die Herrschaft aus, der andere ist die regierte Gesellschaft. An der simulierten Geschichte kann sich aber auch ein größerer Kreis von Personen beteiligen, die dann die Führung der Parteien, der Armee, des Mittelstands usw. übernehmen. Wer am Ende der halbstündigen Partie obenauf ist, hat gewonnen. Alles, einschließlich der sozialen Bewegungen, läuft mit tausendfacher Beschleunigung ab, und man muß sich gut auskennen. Ich war Kaiser, Kikerix der Führer der Massen. Nach fünf Minuten hatte er mich entthront, nachdem er sich ein starkes Charisma zugeschaltet hatte. Vergebens suchte ich durch Edikte eine Gegenwirkung zu erzielen, und als ich sah, daß es schlimm stand, beging ich einen grundsätzlichen Fehler: Ich senkte die Steuern. Theoretische Kenntnisse sind unerläßlich. Beseitigt man die Not, so kommt es zu einem galoppierenden Zuwachs des Gelüsts, über die eigenen Verhältnisse zu leben, und man riskiert, daß es stärker brodelt als zu Zeiten der Armut.

Die Soziomatik ist eine schwierige Kunst. Ich hatte zum Beispiel nicht gewußt, daß ein Minus an Minus nicht plus wird, sondern gleich Null ist, und daß es am meisten auf unsichtbare Parameter, insbesondere das persönliche Empfinden ankommt. Je höher jemand auf der sozialen Stufenleiter steht, um so weniger empfindet er, im Fette schwimmend, die Mängel seiner Zeit, und doch kann sich als wichtiger das erweisen, was nicht zu sehen ist. Die wahrnehmbaren Größen sind nicht gleich denen des Empfindens. Für eine Aristokratin wird das Nichtvorhandensein einer Einladung zum Hofball ein ebenso großes Unglück sein wie für eine arme Dörflerin das Nichtvorhandensein von Brot für die Kinder. Man glaubt das alles zu wissen, bekommt es aber erst am Steuer des Soziomaten am eigenen Leibe zu spüren. Das ist wirklich ein außergewöhnliches Spiel: Das Volk verhält sich wie ein lebendiges, es läßt sich beeinflussen, in seiner Meinung bilden, mit Versprechungen beschwichtigen – aber nur im Rahmen und zeitweise, denn es behält alles im Gedächtnis und reagiert auf seine Weise. Außerdem gibt es historische Spiele unterschiedlichen Schwierigkeitsgrads. Nach Einschaltung der wissenschaftlich-technischen Revolution wird eine Staatsmacht entweder ganz weich oder ganz hart, weil es verteufelt schwer ist, die Balance auf einem Mittelweg zu halten. Kikerix sagt:

»Der Neid der Niederungen treibt, unterstützt vom Edelsinn der Melioristen, die Geschichte einem Egalitarismus zu, der mehr Enttäuschung als Genugtuung bringt, denn auch unter Gleichen hat jeder den Eindruck, andere seien gleicher als er.«

Es mag erstaunlich klingen, aber ich habe in der Schweiz doch tatsächlich die Geschichte des Vor-Grips-Jahrhunderts übersehen. Man hatte damals, hineingeschlittert in Autoalptraum, Energiekrise, Währungschaos und Politwirren, die gleichen Sorgen wie wir, und wie bei uns war man auch dort der Ansicht, geradewegs in den Abgrund zu stürzen. Als die energiespendenden Rohstoffe ausgingen, kam es zur Synthese von Mikroben, die jedweden Müll in Treibstoff umsetzten. Man kaufte – in Tablettenform wie Weinhefe – den Bacillus benzinogenes oder die Spirochaeta oleopoetica, warf sie in den mit Abfällen gefüllten Tank, füllte Wasser auf und erledigte damit alle Scheichs und Multis.

Den ganzen gestrigen Tag habe ich mit Kix zusammen im Museum verbracht. In der Technischen Abteilung bekam ich eine bakterielle Weberei zu sehen. Man mußte sich nackt ausziehen, in einen wannenähnlichen Behälter steigen und eine Viertelstunde in der lauwarmen Lösung zubringen, um im fertigen Anzug, maßgeschneidert vom Bacterium Sarteriferum (dem Schneiderstäbchen), an Land zu steigen. Das gute Stück brauchte nur an den entsprechenden Stellen aufgetrennt zu werden, damit man es ausziehen, bügeln und in den Schrank hängen konnte. Knöpfe brauchte man nicht anzunähen, sie entstanden im Schrank aus der erstarrenden Absonderung winziger, durch Gengenieurskunst umfunktionierter Motten. Für Winterbekleidung setzte man, um Watteline zu erhalten, Vibrio Pelerinae oder ähnliche Stämme zu. Es gab sogar Unterfutterspirillen, außerdem bot sich dem Kunden die Wahl von Schnitt, Farbe, Gewebestruktur und dergleichen mehr. Die ganze konfektionelle Neuerung stieß allerdings auf die Mauer allgemeinen Ekels und starb ungenutzt eines natürlichen Todes. Dafür haben die sogenannten Weberbazillen fast die ganze Verpackungsindustrie ersetzt, die müllschluckenden und giftsaugenden Arten indessen die losannische Umwelt entlastet.

Parallel zur biotischen Mikroingenieurskunst war mittlerweile die Automatisierung fortgeschritten, und die Zahl der Arbeitslosen wuchs in geometrischer Reihe. Der Staat schwankte unter der Last der Subventionen. Arbeit wurde zur Ausnahme, Arbeitslosigkeit zur Regel. Es kam zu Krawallen, zur Demolierung der Industrieroboter, zu Straßenschlachten, es sah aus, als sei alles zu spät. Die Regierung mußte die gescheiten Männer der Praxis, insbesondere Erfinder und Rationalisatoren, in Bunkern verstecken, um sie vor dem Volk in Sicherheit zu bringen, das ihnen die Schuld an dem schrecklichen Zustand gab, wo der Fortschritt sich als Katastrophe erwies. Doch was half es, sie waren von ihrem Weg nicht mehr abzubringen, und die nächste Generation ließ von aller Verfolgung ab. In eben jener Zeit hatten sich die Schleusen für eine Energiezufuhr geöffnet, die unerschöpflich war, weil sie direkt aus dem Kosmos kam (ich weiß heute noch nicht, wie die das hingekriegt haben). Kikerix bezeichnete diese Periode als »Sintflut des Konsums«. Die Zahl der Autos, die jährlich zugelassen wurden, ging in die Millionen, und der Bau der Befestigungsanlagen, mit denen sie ausgerüstet wurden, erlebte eine Eskalation. Die Ursache lag in der Zunahme der allgemeinen Aggressivität. Die Autos damals (den irdischen übrigens recht ähnlich) wurden noch aus Metallblechen gefertigt, allerdings montierten die Hersteller auf Wunsch spezieller Kunden bereits verstärkte Karosserien. Bald darauf wurden die Stoßstangen mit besonderen Klauen und Spornen ausgerüstet, und wer in einem Panzerfahrzeug nicht sitzen mochte, fuhr Gefahr, an der nächsten Straßenecke zermalmt zu werden. Das Verkehrsgerichtswesen hielt der Flut und Fälle nicht stand, das Rammen wurde gesetzlich erlaubt, die Schäden bezahlte die Versicherung. Die Jugend fand ihr Vergnügen an der Jagd auf Dienstleistungsautomaten. Ihre besondere Vorliebe galt den Telefonzellen, und davon ließ sie sich weder durch Scheiben von Panzerglas noch durch stahlgebundene Telefonbücher abbringen.

Kikerix erzählte mir auch, wie das mit den Bomben und den Heimwerkern zusammengehangen hatte. Das Bombenlegen war so verbreitet gewesen, daß die Passanten gar nicht mehr reagierten, wenn eine Ladung hochging, und höchstens die dem Explosionsort am nächsten Stehenden sich zu Boden warfen. Ohnehin trug schon jedermann die Sicherheitsverwahrung auf dem Leibe – personengebundene Anzüge, die sich bei Detonationen automatisch mit splitterhemmendem Schaum füllten. Das war ganz unerläßlich, denn wenn jemand an einer Bäckerei, der Post oder einer Reparaturwerkstatt etwas auszusetzen hatte, hielt er sich nicht lange bei Beschwerden auf, sondern sprengte die verhaßte Institution einfach in die Luft. Man lebte immer wohlhabender und gefährlicher, denn die unentgeltlichen Freuden wuchsen zusammen mit der allgemeinen Bedrohung. Ich sah im Museum Abendanzüge, die mit gehärteter Tantalfaser gefüttert waren, und unter dem Druck höherer Gewalt gestattete die Mode auch das Tragen von gepanzerten Melonen. Dennoch stieg die Zahl der Opfer immer höher. Eine Automatik der Selbstverteidigung wurde zuerst von gemeinnützigen Einrichtungen eingeführt, aber das führte zu einer neuen Art Risiko. Wie mir Kikerix erklärte, brauchte sich jemand beim Betreten einer Telefonzelle nur ein wenig energisch am Kopf zu kratzen oder zu hastig nach dem Hörer zu greifen, um augenblicklich beim Kragen genommen und auf die Straße geworfen zu werden. Bei Widersetzlichkeit ging auch mal eine Rippe kaputt. Die Sensoren jener Zeit waren noch nicht selektiv genug. Den ganzen Tag heulten die Rettungswagen durch die Straßen, und abends wurden mit schwerem Gerät die Berge von Autowracks weggeräumt. Auch die Architektur war Wandlungen unterworfen – ein unangekündigter Besucher kam nicht in eine fremdes Haus, und wenn er am Tor klingelte, mußte er rasch zurücktreten und sich sprungbereit halten, falls die Torflügel mit heftigem Schwung nach außen aufflogen, um den lästigen Gast buchstäblich zu verprellen. Jeder Flur ließ sich im Handumdrehen unter eine gerinnende Flüssigkeit setzen, in der so mancher Eindringling umkam wie eine Fliege im Teer. In den Türklinken steckten Magnetometer, so daß derjenige, der seinem Nachbarn eine Bombe legen wollte, kein Metall verwenden durfte. Übrigens war auch das bald keine Erfolgsgarantie mehr, weil olfaktorische Sensoren entwickelt wurden, die auf brennbare und explosive Stoffe so empfindlich reagierten, daß man nur ein altes Benzinfeuerzeug in der Tasche zu haben brauchte, um durch eine Falltür vor dem Haustor in ein Verlies zu fallen, das über Monitor mit dem nächsten Polizeikommissariat verbunden war. Offene Zuschauerräume in Theatern und Konzertsälen waren Vergangenheit, seit der Musikfreund, verärgert über den ersten Kicks des Tenors und einen falschen Ton der Violinen oder schlechtweg unzufrieden mit der Interpretation eines Adagios, einfach unter den Sitz langte und den mitgebrachten Ballermann hervorzog. Folglich steckte jeder Platz, ob im Parkett oder auf den Rängen, unter einer durchsichtigen Haube, die sich beim Pausenklingeln öffnete. Wer mitten in der Vorstellung ein natürliches Bedürfnis verspürte, mußte damit fertig werden, ohne den Saal zu verlassen, denn eben der Vorwand, solchen Bedürfnissen nachgeben zu müssen, war typisch für die Bombardiere gewesen. In den Untergrundbahnen, aber auch in der Straßenbahn lieferte man sich regelrechte Schlachten, bis die Waggons endlich mit Katapultböden ausgerüstet wurden. Seitdem war es häufig, daß aus den über die Gleise jagenden Fahrzeugen ganze Trauben in sich verknäuelter Individuen herausflogen und über das Pflaster kullerten, geschickt umgangen von den gepanzerten Passanten.

Ich erlaubte mir Kikerix gegenüber die Anmerkung, dies sei doch widerwärtig, lächerlich und unglaublich, holte mir aber eine Abfuhr. Er war ja Menschenkundler, und so erinnerte er mich an unser diplomatisches Banditenwesen; immerhin rührten auf der Erde selbst Menschenfresser keinen Botschafter an, mochte er noch so schmackhaft sein.

Besondere Probleme bereiteten die Roboter, die zum beliebten Jagdwild in den Städten geworden waren. Das führt zu Massakern unter der Bevölkerung – wer nämlich seinen Hausangestellten vor der Erschießung bewahren wollte, kleidete ihn in seinen eigenen Anzug, jeder hitzigere Jäger wußte das und fragte den aufs Korn Genommenen nicht erst lange aus, sondern legte ihn um. Hinterher konnte er sich immer rechtfertigen, er habe sein Opfer für einen Roboter gehalten. Trotz strengsten Verbots rüsteten manche Leute ihre Roboter mit Waffen aus, damit sie das Feuer erwidern konnten. Unter den geistigen Gegnern jener Jagden wurde es sogar üblich, Lockroboter in die Schußlinie zu schicken, die weder bohnern noch Geschirr spülen, dafür aber Feuer auf die Jäger speien konnten. Auch gab es Spezialanfertigungen, die auf den Knall des Schusses hin umfielen, ohne getroffen zu sein. Trat nun der strahlende Schütze, triumphierend ins Jagdhorn stoßend, heran, so schlug ihm die vermeintliche Beute stählerne Klauen in die Wade. Dies wiederum brachte manche Miglieder des Jagdklubs auf die Palme und zum Einsatz ferngesteuerter Raketengeschosse, während andere diese Eskalation des edlen Weidwerks als unziemlich und auch wenig lustvoll empfanden, da sie den vom großen Wagnis verursachten Nervenkitzel für die Würze ihres Sports hielten: Schließlich ist die Tigerjagd ehrenvoller als ein Gemetzel unter Feldhasen. Als es aber Mode wurde, aus Autos zu jagen, die sich immer offensichtlicher in Panzerwagen mit Flammenwerfern verwandelten, als ein Stadtteil von Hesperis in Flammen aufging, weil zwei verfeindete Jagdgesellschaften aneinandergeraten waren, da endlich neigte sich die bisher unschlüssige Regierung den Verfechtern der Ethosphäre zu – eine Minute vor zwölf, wie ihre Anhänger heute noch sagen.

Den Schöpfern des ethifikatorischen Projekts war klar, daß sich die in der Gesellschaft angestauten Aggressionen nicht über Nacht abbauen ließen, sondern einen Auslauf brauchten, der keinen Schaden anrichtete. Daher sorgten sie dafür, daß beträchtliche Mittel für den Bau von rappelschluckenden Einrichtungen bereitgestellt wurden. Viele davon sind bis heute in Betrieb. Ich will einige aufzählen, weil ich meine, ähnliches könnte auch uns zupasse kommen.

Bei den Losanniern war es seit jeher Brauch, Personen Denkmäler zu setzen – sie mußten nur bedeutend und verhaßt zugleich sein. Es handelt sich um Schandmale, Denkmäler des Unruhms, häufig flankiert von bauchigen, an Bronzeurnen erinnernden Spucknäpfen. Eine derartige allegorische Gruppe von immenser Größe und mit in eherne Lettern gegossenen Verwünschungen hatten die Bürger schon ein Jahrhundert zuvor den Drei Pseudoxixaren zugeeignet. Darüber hinaus hat jeder Politiker, der durch besonders fatale Verdienste zum allgemeinen Unglück beigetragen hat, sein Standbild oder zumindest seine Büste. Gefertigt wurde dergleichen aus einem speziellen Material, das elastisch war, weil jeder andere Stoff zu rasch verschlissen wurde.

Wie Kikerix mir versicherte, stellte dieses Gebiet der bildenden Kunst überaus hohe Anforderungen sowohl an die Projektanten als auch an die Hersteller: Die Konterfeis der unehrenwerten Persönlichkeiten mußten aus einem Material bestehen, das tagsüber zwar nachgab, über Nacht jedoch wieder sein ursprüngliches Aussehen annahm. Die Praxis bewies übrigens, daß es sich bezahlt machte, aus diesem Material auch die Denkmäler von Persönlichkeiten mit durchaus großen Verdiensten zu fertigen, weil eben gegen die letzteren immer mal wieder jemand Vorbehalte anmeldete, was die Renovierungskassen zumal bei Kolossalmonumenten stark angriff. Für Reisegruppen aus der Provinz und für Schulausflüge, die die Altstadt besichtigten, stehen hinter jedem Denkmal des Unruhms, diskret von Hecken kaschiert, Kisten mit Werkzeug, das streng auf die Proportion zwischen dem eigenen Wirkungsgrad und der Haltbarkeit des Standbildes getrimmt ist. Eine Ausnahme von der Regel, die Ehre von Unruhe trennt, machen allein die Schöpfer der Ethosphäre, die sogenannten VÄTER. Um dem unaufhörlichen Stunk und Hader vor ihren Sockeln ein Ende zu machen, verewigte man sie in zwei weit voneinander entfernten Denkmalskomplexen: Jedermann kann nun seiner Überzeugung folgen, seine Schritte da- oder dorthin lenken – mit einem Blumengebinde oder dem ganzen Gegenteil, je nachdem...

Als sehr glückliche Fügung bezeichnete es Kikerix, daß die Automatisierung der Industrie aller körperlichen Arbeit genau zu dem Zeitpunkt ein Ende setzte, als die ersten Großgripsereien anliefen. Zwar fehlte ihnen noch viel bis zur Vollkommenheit, aber schon drei Jahre nach ihrer Inbetriebnahme zeigte bei plötzlichen Todesfällen der Trend nach unten – und das, obwohl Unterwelt, Jägervereine und Rowdybanden, zusätzlich aller Extremisten und Gruppierungen, die in einem Leben ohne Blutvergießen keinen Sinn mehr fanden, sich massenweise aus den Städten in die noch unvergripste Provinz abgesetzt hatten. Aus den solcherart heimgesuchten Städten und Dörfern wiederum zog ein Flüchtlingsstrom in die Ballungszentren. Die reinste Völkerwanderung!

Es war die Zeit kühner sozialer Experimente. In einem Landkreis, der im Einzugsbereich der Hauptstadt lag, wurde versuchsweise der schrankenlose Konsum zum Nulltarif eingeführt. Zuvor hatte man im Parlament den heftigen Widerstand der Großindustrie brechen müssen, die sich an die Gesetze von Markt und Waren klammerte, obwohl die Selbstkosten bei jedweder Güterproduktion sichtbar auf Null zurückgingen. Die Energie gab es bereits gratis, sie war verfügbar wie die Luft und – da aus dem Kosmos bezogen – unerschöpflich.

Sämtliche Güter und Dienstleistungen waren umsonst zu haben, und das hatte leider schlimme Folgen. Jeder häufte, soweit die Kraft reichte, überflüssige Habe an, quälte sich die verrücktesten Extravaganzen ab, um nur mit dem Flitter des Besitzes die Nachbarn, die Verwandten und wen auch immer zu blenden und zu übertrumpfen. Aber auch die so Herausgeforderten legten die Hände nicht in den Schoß. Hinter den Eigenheimen mußten Lagerräume angebracht werden, damit sich Kleidung, Wertsachen und Lebensmittel unterbringen ließen, der größte Teil dieser Dinge verdarb, und die Mühsal, sie zusammenzuraffen, erwies sich letztlich als so fruchtlos, daß die Neureichen, völlig frustriert, ihre Haushaltsroboter zu privaten Sturmabteilungen umformierten, um ihre Mitbürger zu schikanieren. So kam es zu Gefechten zwischen den Bürgern, zu regelrechten Bürgerkriegen, und worum ging es dabei? Um nichts. Einmal gar mußte eine Stadt, die bereits in Flammen stand, unter den mauerbrechenden Explosionen von Bomben und Kartätschen völlig von der Außenwelt abgeriegelt und entwaffnet werden.

Absoluter Wohlstand ist absolut korrumpierend. Das glaubte jeder von vornherein zu wissen, aber dennoch fanden sich Idealisten, die dem optimistischen Glauben anhingen, das Volk werde sich bald ausgetobt haben. Das heutige, vor reichlich einem Jahrhundert eingeführte System hat diese Schwarmgeister Lügen gestraft. Jedem Bürger ist ein Energiequantum zugeteilt, das er in einem Jahr verbrauchen darf – es steht ihm frei, zu welchem Zweck. Er kann die Zuteilung also umsetzen in 300000 Paar goldbetreßte Hosen, einen Berg schokoladenumhüllten Marzipanbruchs oder neunhundert platinierte Grammophopteryxe, die schallversorgt und derart phonbefrachtet sind, daß man ihre jerichonischen Klänge noch hört, wenn sie am Horizont verschwinden. Niemand ist aber so irrsinnig, seinen Vorrat derart zu verschwenden, man muß sparsam damit umgehen, und die Zuteilung darf auch nicht gehortet oder mit den Anteilen anderer Personen zusammengelegt werden, damit es nicht zu Geheimbünden oder anderen umstürzlerisch eingestellten Vereinigungen kommt. Man ruft das jeweils Benötigte ins Leben und schaltet es nach Gebrauch wieder ab wie das elektrische Licht. Gegenstände, von denen nur ein einziges Exemplar vorhanden ist, gibt es nicht, und als Geschenk kann nur eine völlig originelle Information über etwas dienen, was noch keiner hat, weil er nie davon hörte und auch selbst nicht darauf gekommen ist. Souvenir kann also lediglich so etwas wie eine Vorschrift oder ein Rezept sein. Im Grunde gibt es wirklich Neuigkeiten dieser Art überhaupt nicht, alles nur Denkbare steckt ja in den Güterverzeichnissen der Computer, und die Unzugänglichkeit entspringt allein dem erschreckenden Unmaß der gespeicherten Informationen.

Ich war mit Kikerix auch in einer Galerie für Malerei und

Plastik. Auf einem Ehrenplatz steht dort die Statue des Politikers Daxarox, der als erster die sogenannten Débaucherien oder Rappelschlucker konzipierte. Diese Einrichtungen stehen allen volljährigen Personen offen, die ihren aggressiven Leidenschaften nachgeben wollen. Manche Entianer halten Daxarox für einen echten Mann des Status der Hoffnungslosigkeit, aber er hat auch seine Kritiker. Auf Anraten meines Führers begab ich mich in den Autoklas, ein gewaltiges, von einer Kuppel überwölbtes Gebäude, das von außen an ein Velodrom erinnerte. Man muß sich in einer riesigen Tiefgarage ein Fahrzeug auswählen und fährt dann über eine Rampe auf einen normalen städtischen Platz unter freiem Himmel. Dort ist alles erlaubt – man darf andere Fahrzeuge rammen, Jagd auf Fußgänger machen und seine Fahrstrecke mit Wracks und Leichen säumen, man darf in Häuser rasen, um sie in Wolken von Mörtelstaub krachend zusammenbrechen zu lassen. Ich weiß nicht, wie diese Illusionen produziert werden, der Eindruck der Realität jedenfalls ist unabweislich. Es soll Leute geben, die sich tagelang in den Autoklasen aufhalten und die Ethosphäre so satt haben, daß ihnen schon bei dem Gedanken graut, unter ihre Obhut zurückkehren zu müssen.

In anderen Débaucherien kann man straflos Morde und Brandstiftungen begehen, ausersehene Personen prügeln und quälen, bis einem der Schweiß ausbricht und der Atem knapp wird. Ich hatte dazu keine Lust. Kikerix ist, vielleicht zu Recht, der Meinung, zwischen den Besuchern dieser Einrichtungen und den Liebhabern von blutigen Spektakeln wie Stierkämpfen oder Filmen, die von Verbrechen überschäumen, bestehe lediglich ein gradueller, kein grundsätzlicher Unterschied. Manche Experten sehen in den Austobzentren Verstärker niedriger Instinkte, die die Frustration von Individuen mit angeborener Grausamkeit erhöhen, andere wiederum bezeichnen das als Abflutkanal für böses Blut, als Sicherheitsventil und als eine Psychotechnik, die die überstark pazifizierten Seelen der Staatsbürger vom Frust befreit. Gerüchen zufolge befinden sich die Débaucherien unter der geheimen Kontrolle des Präventivministeriums, und jeder, der sich dort einmal ersatzweise und fiktiv ausgetobt hat, steht mit seinen lasterhaften Neigungen in einer Kartei, damit man ihm Gripser mit ensprechender Gegenwirkung zukommen lassen kann. Oppositionelle meiden diese Objekte wie die Pest und strafen sie mit größter Verachtung.

Auch außerhalb der Städte fehlt es nicht an Fata-Morgana-Simulanten: In speziellen Revieren fällt von den Waffen leidenschaftlicher Jäger das stärkste Wild – die Kurdel und sogar die Pyrosaurier, flammenwerfende Tausendtonner. Hier mag der Ursprung der widersprüchlichen Aussagen irdischer Dokumente über feuerspeiende Drachen liegen, denn es gibt sie, und es gibt sie nicht – sie sind Phantome. Ich war nicht der einzige, dem das peinliche Versehen unterlaufen ist, die Vergnügungen der fremden Zivilisation für deren Wirklichkeit halten. Das betrifft auch die sogenannte Püpplung: Jedermann kann sich bei einem Spezialversand für sämtliche Haushaltswaren auf individuellen Wunsch auch Puppen bestellen, die den jeweils ausersehenen Personen in Aussehen und Größe täuschend ähnlich sind. Niemand fragte den Kunden, was er mit den gewünschten Objekten vorhat – ebensowenig wie ein Konfektionshändler auf Erden nicht neugierig ist, was der Käufer mit der Kleidung zu tun gedenkt. Das interessiert einfach nicht, und der Unterschied liegt nur darin, daß man sich auf der Entia einen beliebigen Androiden bestellen kann wie einen Kühlschrank.

Wie Kikerix sagt, sind zwar nicht mehr als zehn Prozent der Entianer berufstätig, aber die Zahl der Arbeitenden nimmt von Jahr zu Jahr zu, weil trotz aller Sättigung und der ungezählten Möglichkeiten der Zerstreuung die Arbeitslosigkeit stärker drückte, als das in den alten Zeiten des Mangels und der Schinderei einer geglaubt hätte. Das Hauptdilemma bestand demnach darin, daß alle Güter und Freuden viel zu leicht erreichbar waren: Was man umsonst bekommt, ist einen Dreck wert. So entstehen Pläne einer spezifischen Erschwerung und Komplizierung des Lebens, denn das Dolce far niente stürzt einen beträchtlichen Teil der Bevölkerung in schwärzeste Verzweiflung, und so wäre es gut, wenn die Gesellschaft jene Projekte billigen würde. Was aber soll man tun, da sie es nicht will? Diese Abneigung tritt bei periodisch durchgeführten Plebisziten zutage, und als einziger Ausweg böte sich an, die Hindernisse auf dem Lebensweg in völlig neuer Form zu applizieren, da es ja nicht darum gehen kann, daß diese oder jene Produkte mal für einen Tag fehlen und die Leute sich nicht in die Débaucherie begeben, sondern sich nach Käse anstellen. Niemand weiß jedoch, wie Vorhaben dieser Art zu konkretisieren sind, denn jedwede Veränderung bedarf der Zustimmung der Gesellschaft – die Schwierigkeiten neuen Typus müssen gebilligt, dürfen also nicht aufgezwungen werden.

»Es ist schon ein schwieriger Fall«, sagte mein Führer und schüttelte seinen Vogelkopf. »Alles ist hin und her gerissen zwischen den Gelüsten der Kryptokratie und der Hedonisierung, auch die Zahl derer nimmt zu, die auf Lebensfreuden keinen Wert legen. Sie gehen nicht mehr aus dem Haus und tragen ihre Kleidung, bis sie ihnen vom Leibe fällt. Allein die Qual, sich aus dem Überfluß etwas heraussuchen zu müssen, legt ihren Willen völlig lahm.«

Ich erkundigte mich bei Kikerix nach Clivia Nigra und gewann den Eindruck, daß ihm diese Frage ungelegen kam. Statt zu antworten, nahm er mich ins Verhör, was ich denn von Clivia wisse. Als ich es ihm sagte, erklärte er, zu 98 Prozent sei das ein aus Verdrehungen und Mißverständnissen bestehender Schwindel, und der Rest sei zumindest zweifelhaft. Wie es dann also in Wahrheit gewesen sei, fragte ich.

»In Wahrheit haben wir für die Clivianer getan, was in unserer Macht stand. Infolge der schlechten klimatischen Bedingungen litten sie häufig unter Mißernten, wir lieferten ihnen massenweise Lebensmittel. Kurdland tat das übrigens auch. Sie aber, das heißt, ihre Regierungen, ließen die eigene Bevölkerung hungern, um eine strategische Reserve für die Zeit der gegen uns vorbereiteten Aggressionen anzulegen. Wenn den exportierten Produkten also Körperchen zugesetzt wurden, die eine längere Lagerung unmöglich machten, so war das von unserer Seite eine Maßnahme der elementaren Vorsorge, nichts weiter.«

»Was hätte denn weiter daran sein können?« fragte ich, aber er lächelte nur undurchsichtig und meinte, daraus seien so viele Verleumdungen und Nachreden entstanden, daß ich früher oder später davon hören würde.

Das Gespräch über Clivia hinterließ zwischen uns beiden eine sichtliche Verstimmung.

Von der Fahrt zum Institut zur Besserung des Milieus erinnere ich mich nur meiner Verblüffung, als der Lift emporschoß, mit dem Klacken einer in den Lauf schnappenden Patrone über das Hoteldach hinaus auf eine Bahn sprang, die an einen flachen Regenbogen erinnerte: Freitragend wölbte sie sich über die Stadt und leuchtete in den sieben Farben des Sonnenspektrums. Dann wurde es finster, der Fußboden gab sanft unter mir nach, die Kabine stand still, eine ihrer Wände öffnete sich an einer unsichtbaren Naht, und ich erblickte vor dem Hintergrund großblumiger, weißblühender Pflanzen einen hochgewachsenen Losannier mit menschlichem Antlitz. Er trug einen Einreiher und ein schneeweißes Hemd, als käme er soeben von einem Pariser Schneider. Sogar die Revers und der Hemdkragen hatten den Schnitt der neuesten Mode – von vor zweihundert Jahren! Auch das war Teil der mir erwiesenen Höflichkeit, denn hierzulande kleidete man sich nicht so. Der Losannier erwartete mich mit ausgestreckter Hand, als fürchte er zu vergessen, wie man einen Menschen begrüßt. Als ich ihm die Hand reichte, gab er mir die seine so, daß ich seinen Daumen am Handteller spürte.

Es war Tipp Tippilip Tahalat, der Direktor des IBM, ein blonder Mann mit schwarzen Augen. (Ich hätte gerne mal gewußt, wie die das mit diesen Gesichtern machten.) Statt des Dolmetschgeräts im Jackettaufschlag trug ich auf beiden Ohrmuscheln einen kleinen Metallring. Dadurch hörte ich alles so, als ginge den Losanniern die Erdensprache von den Lippen. Sie hörten mich wahrscheinlich genauso.

Das Ungeschick, das Tahalat bei dem Händedruck bewiesen hatte, wirkte auf mich einigermaßen erleichternd. Es hatte eine Lücke in seinem Wissen von irdischen Bräuchen bloßgelegt, und was kann einen schlimmer aus dem Konzept bringen als die Vollkommenheit von Fremden! Tahalat führte mich in einen wirklich erstaunlichen Raum: In seiner ganzen Einrichtung sah es aus wie der Konferenzsaal einer irdischen Großbank Ende des zwanzigsten Jahrhunderts. Ein langer, grünbetuchter Tisch, zwei Reihen schwarzer Ledersessel, Mattglasfenster, Glasschränke, die einen vollgestopft mit dicken Büchern, unter denen ich die Jahrbücher des Lloyd entdeckte, die anderen mit Dampf- und Segelschiffmodellen. Ich konnte mich wieder nicht des Gedankens erwehren, daß die Leutchen ihre Mühe wahrlich übertrieben. Dieser ganze Aufwand – bloß um mal mit einem Menschen zu reden!

An einem kleinen Tisch nahmen wir Platz, unweit vom Fenster, unter einem Rhododendron, der einem Topf von Majolika entsproß. Zwischen uns dampfte eine Espressomaschine, daneben stand – für mich – eine Tasse und eine silberne Zuckerdose mit dem britischen Löwen, während den Gastgeber etwas erwartete, was wie eine bebeinte Birne oder ein himmelblau behüteter Pilz aussah. Tahalat entschuldigte sich, daß er nicht das gleiche trinken werde wie ich, er sei es nicht gewohnt und rechne daher auf meine Nachsicht. Ich versicherte ihm, man mache mit mir viel zuviel Aufhebens, und so tauschten wir Floskeln der Ziererei, ich rührte Zucker in meinen Kaffee, und er spielte mit seinem Birnenpilz, der eine Flüssigkeit enthielt und dessen Stiel als Mundstück diente. Tahalat kam auf mein Abenteuer zu sprechen und erklärte, ich verdanke den glücklichen Ausgang, wenn ich mir darüber auch nicht klar sei, allein der Ethosphäre. Bei den Antikünstlern sei ich nicht in Gefahr gewesen, die Hydianer jedoch lebten in einem Reservat, das nur oberflächlich vergripst sei. Als man erfahren habe, daß ich von ihnen entführt worden war, habe man die lokale Gripskonzentration erhöht, damit sie auch den Untergrund durchdrang.

»Von Ihnen werde ich wohl endlich erfahren, wie diese Gripser wirken«, sagte ich, heimlich verwundert über den exzellenten Geschmack des losannischen Kaffees.

»Am besten in der Praxis«, meinte der Direktor. »Wären Sie bitte so gütig, mir eine Ohrfeige zu geben?«

»Eine Ohr... Wie bitte?«

Ich glaubte, die Dolmetscherei hätte versagt, aber der Direktor sagte es lächelnd noch einmal:

»Ich bitte Sie um die Freundlichkeit, mir eine Ohrfeige zu geben. Dabei werden Sie sich von der Wirkung der Ethosphäre überzeugen können, und anschließend unterhalten wir uns über diese Erfahrung. Ich werde lieber aufstehen und bitte auch Sie darum, denn dann geht es leichter...«

Gut, dachte ich, soll er haben, was er will. Wir nahmen voreinander Aufstellung, maßvoll – er sollte ja nicht aus den Latschen kippen – holte ich aus und... konnte den Arm nicht mehr bewegen! Er saß fest. Der Ärmel des Jacketts! Steif wie ein Rohr von Blech! Ich suchte wenigstens den Ellenbogen anzuwinkeln, was mir unter größter Anstrengung auch gelang.

»Sehen Sie?« meinte Tahalat. »Nun verzichten Sie bitte darauf, mich zu ohrfeigen.«

»Ich soll darauf verzichten?«

»Ja.«

»Also gut, ich haue Ihnen keine in die...«

»Nein, nein. Es geht nicht darum, daß Sie das sagen, Sie müssen es in Ihrem Innern zu einem feierlichen Entschluß wachsen lassen.«

Ich machte das, so gut ich konnte. Der Ärmel gab ein wenig nach, behielt aber nach wie vor eine unnatürliche Starre.

»Ja, Sie sind von Ihrer Absicht eben noch nicht gänzlich abgerückt.«

Wir standen noch ein Weilchen da und sahen uns an. Dann war der Stoff schlaff wie zuvor.

»Wie geht das vor sich?« fragte ich. Mein Jackett stammte von der Erde, es war aus Wolle, aschgrau mit kleinen graublauen Tupfern. Ich sah mir den Stoff aus der Nähe an und bemerkte, wie sich die winzigen Gewebehärchen glätteten. Sie waren gesträubt gewesen wie das Fell eines Tieres, das erst gereizt und dann beruhigt worden war.

»Aggressive Absichten rufen Veränderungen im Organismus hervor«, sagte der Direktor. »Das Adrenalin schießt ins Blut, die Muskeln spannen sich, das Ionongleichgewicht gerät ins Schwanken, und damit ändert sich auch die elektrische Ladung der Haut.«

»Aber den Anzug habe ich doch von der Erde mitgebracht!«

»Daher hat er Sie auch nicht von Anfang an beschützt, aber immerhin schon nach drei Stunden. Freilich auch dann nicht ganz vollständig, die Gripser hatten zwar den Kleiderstoff durchsetzt, Sie selbst aber waren für sie ein unbekanntes Wesen, und daher traten sie erst voll in Aktion, als Sie dort in dem Bunker keine Luft mehr bekamen.«

Ich war verblüfft. »Das Halseisen ist also von den Gripsern gesprengt worden? Wie kann das sein?«

»Das Halseisen ist von selbst zerfallen, die Gripser haben nur den Befehl gegeben. Ich werde Ihnen das etwas eingehender erklären müssen, denn es ist nicht ganz einfach...«

Ich ließ ihn nicht ausreden, mir war ein neuer Gedanke gekommen.

»Was wäre denn passiert, wenn ich das Jackett ausgezogen hätte?«

Ich erinnerte mich zugleich auch daran, daß dort in jenem Keller alle krampfhaft bemüht gewesen waren, sich auszuziehen.

»Ja, bitte sehr!« sagte der Direktor.

Ich hängte das Jackett über die Sessellehne und sah mir mein Hemd an. Auf der rosa karierten Popeline war etwas im Gange – die mikroskopisch kleinen Härchen sträubten sich. Ich erriet, was da vor sich ging.

»Das Hemd wird also auch aktiviert«, sagte ich. »Wenn ich nun auch das Hemd ausziehe?«

»Ich ersuche Sie herzlich, auch Ihr Hemd auszuziehen.« Er war ganz eifrig und geradezu aus dem Häuschen, als hätte ich ihm einen Wunsch vorweggenommen, den er selbst nicht zu äußern gewagt hätte. »Bitte tun Sie sich keinen Zwang an.«

Komisch war das schon, sich da auszuziehen in diesem eleganten Saal, am Fenster, in einer hellen Nische und unter einer Palme. In einer exotischeren Umgebung wäre mir die Entblößung leichter gefallen, aber ich löste den Knoten der Krawatte, und als ich den Oberkörper frei hatte, zupfte ich an meinem Hosenbund und fragte:

»Herr Direktor gestatten?«

Es war geradezu übertrieben, wie er mir das Gesicht hinhielt, aber ich sagte nichts mehr, setzte die Füße ein wenig auseinander, holte aus – und ging in die Grätsche, als wäre der Fußboden aus geöltem Eis! In voller Länge lag ich dem Losannier zu Füßen.

Besorgt half er mir beim Aufstehen, im Aufrichten rammte ich ihm wie aus Versehen den Ellenbogen in den Bauch und hätte am liebsten aufgejault: Es war, als wäre ich gegen Beton gerannt. Sollte er einen Panzer unterm Anzug tragen? Nein, zwischen den Schößen des Jacketts strahlte blütenweiß ein dünnes Hemd hervor. An diesem Hemd mußte es gelegen haben. Ich tat, als machte ich nicht einmal den Versuch, ihm eine aufs Grübchen zu verpassen, und setzte mich hin, um meine Schuhsohlen zu prüfen. Sie waren kein bißchen schlüpfrig. Das normalste Sohlenleder der Welt, die Profilabsätze aus Gummi, die ich seit jeher trage, weil sie den Schritt elastisch machen. Mir fiel der Massensturz der Künstler ein, als diese an der Hüfte des Engels vorüber mir an den Kragen wollten. Darum also! Ich schaute auf und begegnete dem gelassenen Blick meines Gesprächspartners. Er lächelte voller Nachsicht.

»Gripser in den Sohlen?« fragte ich.

»Jawohl. In den Sohlen, im Anzug, im Hemd – überall. Ich hoffe, Sie haben sich nicht weh getan?«

Der hinter diesen Worten verborgene Sinn war weniger höflich: Hättest du nicht so stark ausgeholt, wärst du auch nicht auf die Fresse gefallen!

»Nicht der Rede wert. Wenn ich mich aber nun ganz nackt ausgezogen hätte?«

»Dann, ja, das ist schwer zu sagen... Ich kann es Ihnen nicht erklären, weil ich es selber nicht weiß. Wer es wüßte, könnte die MORSCHEN, die Moralischen Schutzvorrichtungen, umgehen. Ich bitte gütigst zu bedenken, daß als Filter der Aggression nicht nur die Kleidung, sondern die gesamte Umwelt dient...«

»Und wenn ich Ihnen irgendwo an einem bestimmten Ort einen Stein an den Kopf werfe?«

»Ich nehme an, daß dieser Stein sein Ziel verfehlt oder beim Aufprall zerfällt.«

»Wie kann er denn zerfallen?«

»Mit Ausnahme weniger Orte – etwa der Reservate – gibt es bei uns heute schon keinerlei unveredelte Substanzen mehr.«

»Also auch die Platten auf dem Gehweg? Der Kies auf den Wegen? Die Mauern? Alles ist künstlich?«

»Es ist nicht künstlich, sondern vergripsert. Allein in diesem Sinne ist es, wenn Sie so wollen, künstlich.« Er sprach sehr gemessen und setzte seine Worte mit Bedacht. »Das war unerläßlich.«

»Also – es ist alles auf diesen logischen Elementen? das muß doch unwahrscheinlich viel gekostet haben.«

»Gewiß, die Kosten waren beträchtlich, aber wiederum nicht unwahrscheinlich. Schließlich handelt es sich um unsere grundlegende Produktionsmasse.«

»Die Gripser?«

»Jawohl.«

»Und im Winter? Die Wolken? Wenn das Wasser gefriert? Läßt Wasser sich überhaupt vergripsern?«

»Es läßt sich, mein Herr. Es läßt sich alles.«

»Auch Nahrungsmittel? Dieser Kaffee hier?«

»Ja und nein. Ich habe Sie wohl in die Irre geführt, was die Technologie angeht. Das lag nicht in meiner Absicht, Sie glauben jetzt, alles sei ausschließlich aus Gripsern gemacht. Das ist aber nicht der Fall, sie stecken nur überall drin. Man könnte es mit dem Bewehrungsstahl in Ihrem Stahlbeton vergleichen.«

»Ach ja? Dann lassen Sie uns doch konkret werden: Schwimmt etwas davon in diesem Kaffee? Ich habe beim Trinken nichts geschmeckt.«

Mein Gesicht zeigte offenbar eine angewiderte Miene, denn der Losannier breitete voller Bedauern die Arme aus.

»In dieser Kaffeemenge kann sich etwa eine Million von Gripsern befinden, aber sie sind kleiner als bei Ihnen die Bakterien, ja, sogar noch kleiner als die Viren. Das ist nötig, damit sie nicht in Filtern hängenbleiben. Ähnlich ist es mit den Fasern Ihrer Kleidung, dem Leder Ihrer Schuhe und allem anderen.«

»Sie durchdringen also unaufhörlich den Organismus? Was hat das zur Folge? Habe ich sie schon im Blut – und im Gehirn?«

»Aber nein!« Er hob abwehrend die Hände. »Sie lassen den Organismus unverändert. Der Körper ist für sie unantastbar, das ist in unserem Grundgesetz verankert. Freilich gibt es besondere antibakterielle Gripser, die jedoch nur von Ärzten eingesetzt werden, falls von außen eine Krankheit eingeschleppt wird. Über dem Territorium Losanniens gibt es nämlich keine krankheitserregenden Mikroorganismen mehr... Wollen wir nun zum nächsten Experiment kommen?«

Er ging zum Tisch und zog eine Schublade auf, in der sich Nägel verschiedener Größe sowie ein Hammer und eine Zange befanden.

»Würden Sie bitte einen Nagel in die Tischplatte schlagen?« Er klopfte mit dem Finger auf das Palisanderholz.

»Ich möchte nicht Ihre Möbel ruinieren.«

»Das spielt wirklich gar keine Rolle.«

Ich nahm den pfundschweren Hammer und einige große Nägel, die ich erst einmal gegeneinander klingen ließ. Dann trieb ich einen Vierzöller bis zur Hälfte mit so kräftigen Schlägen ins Holz, daß der Lack in glitzernden Schuppen absprang. Ich schlug den Nagel von der Seite an – er klang wie eine Stimmgabel. Der Direktor reichte mir die Zange, und ich zog den Nagel, der sehr fest saß, mit großer Anspannung heraus. Er war fast gar nicht krumm.

»Und nun?« Ich glaubte zu erraten, was folgen sollte. »Soll ich ihn jetzt Ihnen – in den Kopf schlagen?«

»Ich bitte darum.«

Er beugte sich leicht vor, damit ich es bequemer hatte, während ich ohne Eile Schuhe und Socken auszog. Schließlich wollte ich nicht nochmals auf dem Fußboden landen. Dann setzte ich den Nagel an und gab ihm einen Schlag, um die Stelle zu markieren. Der Schlag war ganz leicht gewesen, aber der Direktor fuhr zusammen. Als ich zögerte, trieb er mich mit den Worten an:

»Bitte mehr Entschlossenheit, keine Angst...«

Ich ließ also den Hammer niedersausen, und der Nagel verschwand. Er war einfach weg, nur in der Hand, mit der ich ihn gehalten hatte, war eine Prise aschgrauen Pulvers zurückgeblieben.

Tahalat stand auf und zog eine zweite Schublade heraus. Darin lagen Nadeln und Rasierklingen. Er nahm eine Handvoll davon, steckte sie in den Mund, kaute sie bedächtig und schluckte sie hinunter. Es war wie bei der Nummer eines Zauberkünstlers.

»Möchten Sie nicht auch probieren?« forderte er mich auf.

Ich nahm eine Rasierklinge. Mit der Fingerkuppe stellte ich fest, daß sie scharf war, und legte sie mir daher unter Wahrung der gebotenen Vorsicht auf die Zunge.

»Nur zu, keine Angst...«

Ich spürte den metallischen Geschmack auf der Zunge und konnte mich nur schwer des Gefühls erwehren, sie mir schrecklich zu verletzen. Da die Raumfahrt jedoch gewisse Opfer verlangt, biß ich zu. Die Klinge zerfiel an meinem Gaumen zu feinem Staub.

Tahalat bot mir noch einen Nagel oder eine Nadel an, aber ich lehnte dankend ab.

»Nun, dann wollen wir uns unterhalten...«

»Wie geht das alles zu?« frage ich und setzte mich wieder zu meinem Kaffee. Er war, obwohl er schon geraume Zeit in der Tasse stand, immer noch so heiß wie beim ersten Schluck. »Liegt es an den Gripsern? Die sind aber doch logische Elemente, während das hier« – ich wies auf die über den Tisch verstreuten Nägel – »doch wohl richtiges Eisen ist?«

»Ja, die Gripser allein könnten ohne unsere Festkörpertechnologie gar nichts ausrichten... Es wird Ihnen natürlich bekannt sein, wie ein Fernsehbild entsteht?«

»Gewiß. Es wird von Elektronen, die zu einem Strahl gebündelt sind, auf den Bildschirm gezeichnet.«

»Genau. Das ganze Bild entsteht als Eindruck des Auges, und würde man den Bildschirm mit sehr kurzer Belichtungszeit fotografieren, so würden die Fotos nur die einzelnen Positionen des Lichtpunkts registrieren. Dieses Prinzip nun liegt unserer Festkörpertechnologie zugrunde. Ein Nagel oder jeder andere Metallgegenstand existiert nicht anders als eine gewisse Zahl atomarer Wölkchen, die sich innerhalb der vom Programm vorgegebenen Form bewegen. Diese Atome bilden gewissermaßen mikroskopisch kleine Späne und rufen dadurch, daß sie mit großer Geschwindigkeit ihre Bahnen ziehen, den Eindruck eines Nagels oder eines anderen Gegenstandes aus Eisen oder anderem Metall hervor. Das ist übrigens nicht nur ein die Sinne täuschender Eindruck wie beim Fernsehbild, denn man kann mit einem solchen Nagel genau dasselbe machen wie mit jedem anderen, ob er nun gestanzt oder geschmiedet ist.«

»Da fliegen also nur Späne herum...« Ich war konsterniert. »Bloß lauter Atome... Und wie schnell fliegen die eigentlich?«

»Das kommt auf das Objekt an, das sie schaffen sollen. In diesen Nägeln hier wird die Geschwindigkeit bei 270000 Kilometern pro Sekunde liegen. Langsamer geht es nicht, weil einem der Gegenstand dann zu leicht vorkommen würde. Schneller darf es auch nicht sein, die Effekte der Relativität würden sich in einem zu starken Massenzuwachs bemerkbar machen und Ihnen den Eindruck geben, der Nagel wiege ein Vielfaches mehr als nötig... Bei der Imitation eines natürlichen Sachverhalts kommt es auf Perfektion an! Die Atomwölkchen kreisen auf genau festgelegten Bahnen und ›zeichnen‹ dadurch das gewünschte Objekt. Es ist, wenn Sie den primitiven Vergleich gestatten, wie mit der glimmenden Zigarette, mit der Sie einen Kreis in die Nacht zeichnen können.«

»Aber das erfordert doch einen unablässigen Zufluß von Energie!«

»Natürlich! Die Energie wird von einem gravitationserweiterten Nukleonenfeld geliefert. Es läßt sich durch nichts abschirmen, ebensowenig wie man die Schwerkraft abschirmen kann. Würden Sie freilich von hier« – er schlug mit dem Arm einen Kreisbogen – »etwas mit an Bord Ihres Raumschiffs nehmen, so würde der betreffende Gegenstand zu Staub zerfallen, sobald Sie unser Stabilitätsfeld verlassen.«

»Und das alles hier – die Möbel, der Teppich, die Palmen...«

»Alles.«

»Die Wände auch?«

»In diesem Hause ja. Es gibt aber noch einige alte Gebäude, die nicht vergripsert sind.«

»Und bei Ausfall der Energiezuführung würde dieser ganze Bau in Staub und Asche sinken?«

»Eine solche Havarie kann gar nicht eintreten.«

»Wieso nicht? Es kann alles mal kaputtgehen.«

»Nein, nicht alles! Das ist ein Vorurteil aus der vergangenen Epoche. Es gibt Kräfte, die, einmal geweckt, nie versagen. Atome zum Beispiel haben nie Havarien, stimmt es? Das Elektron kann niemals auf den Kern stürzen...«

»Das Atom verbraucht im Ruhezustand jedoch keine Energie.«

»Ja, also damit verhält es sich anders. Der Zustrom von Energie ist notwendig.«

»Er kann also aussetzen.«

»Nein. Wir beziehen die Energie direkt aus den Gravitationskräften unseres Planetensystems. Merken Sie etwas? Wir bremsen damit zwar den Umlauf der Planeten um die Sonne, aber diese Verlangsamung liegt bei 0,2 Sekunden pro Jahrhundert.«

Ich blieb hartnäckig. »Trotzdem muß diese Energie von Maschinen oder Aggregaten aufgenommen werden, und diese können anfällig sein.«

Er schüttelte den Kopf.

»Das sind keine Maschinen. Sie haben keinerlei mechanische Teile, die dem Verschleiß unterliegen könnten. In den Atomen gibt es solche Teile ja auch nicht. Hier wirken entsprechend gekoppelte Felder, die Interferenzfokussierungen liefern. Die Energie ist im Kosmos in unerschöpflichen Mengen vorhanden, man muß nur wissen, wie man an sie herankommt.«

»Ist Ihr Gesicht auch eben – bitte seien Sie mir nicht böse – dank dieser Technik menschlich?«

»Warum sollte ich böse sein? Ja, Sie haben es erraten. Es ist einfach eine Geste des Anstandes... Allerdings liegen hier manche Unterschiede vor. Was immer aus Metall ist, stellen wir so her, wie ich es Ihnen beschrieben habe. Die anderen Substanzen werden einfacher produziert, aber das hängt mit der Physik der konkreten Festkörper zusammen. Ich fürchte, die Erörterung dieser anderen Techniken würde uns zu weit führen: in Räumen einer Ihnen unbekannten Physik... Das Prinzip ist dennoch stets das gleiche. Jedes Ding der Materie ist ein Gewimmel von Atomen im leeren Raum, von Atomen, die in eine ihrem Zustand entsprechende Struktur gebracht worden sind. Wir dirigieren diese Strukturen nur. Das Orchester gibt es seit dem Ursprung des Universums, es hat nur auf die Dirigenten gewartet.«

»Ihr müßt ja eine ungeheuer ausgebaute Industrie haben«, brummte ich.

»Nicht so schlimm, wie Sie meinen, Sie bildet ein automatisches, geschlossenes, sich selbst kontrollierendes System.«

»Kann man wenigstens jemanden unter Wasser halten, bis er ersoffen ist?« fragte ich hoffnungsvoll.

»Nein. Wenn Sie es probieren möchten – wir haben im Hause einen Swimmingpool...«

»Das ist wohl schade um die Mühe«, sagte ich. »Es genügt, wenn ich erfahre, wie rettend bei euch das Wasser ist. Trägt es einen an der Oberfläche?«

»Nein, es zerfällt in Wasserstoff und Sauerstoff, eine Mischung, in der sich atmen läßt.«

»Der Zerfall wird von den im Wasser enthaltenen Gripsern ausgelöst?«

»Ja. Sie brauchen den im Griff der Kraftfelder gehaltenen Molekülen nur den Befehl zu geben.«

»Sie werden mich für einen Barbaren halten«, sagte ich, »aber ich muß gestehen, das ich alles, was Sie mir sagen, als Phantasterei betrachten muß, denn es ist einfach unglaubhaft...«

»Als würde ich Ihnen ein Märchen erzählen, nicht wahr?« Der Losannier lächelte, trat an einen Wandsafe und entnahm ihm einen gewöhnlichen grauen Stein.

»Das ist nicht vergripst oder synthetisiert«, sagte er mit geheimnisvoller Miene. »Es ist der gewöhnlichste Natursandstein. Und? Bitte fragen Sie sich, ob sein Aufbau ›simpel‹ ist.«

»Na ja«, meinte ich. »Atome, Siliziumverbindungen...«

»Das sagt sich so leicht dahin, und doch wissen Sie als gebildeter Mensch, daß es Milliarden und Billionen von Atomen sind, die diese, eben diese makroskopische Gestalt bewahren – dank des unablässigen Kreisens der Elektronenhüllen, die stabil gehalten werden von den Wellen der Kernpotentiale, dank der durch die in 8000 Arten vorkommenden virtuellen Pseudomoleküle ermöglichten Verankerungen in einem pseudokristallinen Gitter mit den für den Sandstein typischen Anomalien – und so weiter. Werfen Sie diesen Stein weg, und seine Atome, die Kraftfelder, die Elektronen werden kreisen und ihn in der unwandelbaren Gestalt eines Mineralbrockens erhalten. Jedes Ding in der Natur aber ist gleichfalls das Ergebnis einer Unzahl ähnlicher Prozesse... Wir nun haben gelernt, nach unserem eigenen Leisten und unserem Model etwas nicht mehr oder weniger, sondern nur *ein wenig anders* Kompliziertes zu machen. Die von der Natur gezogene Grenze, die die unzerstörbaren Technologien von den zerstörbaren trennt, verläuft knapp oberhalb der Atome. Wir mußten also – der Größenskala folgend – *hinab*steigen zu den Teilchen, aus denen die Natur die Atome baut – und aus diesen subatomaren Elementen all das konstruieren, was *wir* brauchten. Was ich hier sage, ist natürlich nur ein Wegweiser, kein Produktionsrezept... Wir produzieren die Festkörper so, wie wir sie brauchen, ihre Geschicke aber werden von den Gripsern gelenkt, denn diesen haben wir die Aufsicht übertragen.«

»Das heißt also, daß sämliche Nägel bei euch Intelligenz besitzen. Und auch die Steine, das Wasser, der Sand und die Luft.«

»Nein, so darf man das nicht sagen. Intelligenz setzt neben der Vielseitigkeit auch die Fähigkeit voraus, das jeweilige Programm zu ändern. Die Gripser können das nicht. Sie sind eher so etwas wie ein der Umwelt eingegebener, hochsensibler, jederzeit hellwacher *Instinkt.* Im normalen Gripsersystem steckt nicht mehr Denkfähigkeit als beispielsweise in einem Unterkiefer oder in einem Fliegenbein.«

»Schön«, sagte ich. »Kommen wir aber noch mal auf die Ethosphäre zurück. Ich weiß nicht, wie man aus vergripsten Fasern einen Stoff webt. Nehmen wir aber an, ich wüßte es. Was folgt daraus? Ich kann mir daraus einen Anzug schneidern lassen: klar. Aber wie kommt es, daß ich, sobald ich diesen Anzug trage, meinem Nächsten keine mehr in die Fresse hauen kann?«

Er zog die Brauen in die Höhe.

»Das geht Ihnen gegen den Strich, nicht wahr? Eine Abwehrreaktion, vielleicht sogar ein Schock, verständlich durch den Kontakt mit der Technologie eines anderen Stadiums der Zivilisation. Nein, nein, ich bitte Sie, es geht nicht um die Gripser in den Gewebefasern. Ihre Kleidung war ursprünglich nicht vergripsert, die Gripser mußten sich erst darauf niederlassen, und das braucht seine Zeit. Eben deswegen erschienen Sie diesen sogenannten Extremisten als potentielle

Beute, als gefundenes Fressen. Die Burschen haben ja zumindest in der Schule ein bißchen was an zivilisatorischer Information mitbekommen: Jedes Lebewesen zieht die Gripser sozusagen auf sich, sie hüllen es in eine unsichtbare Wolke, die absolut nicht wahrnehmbar und bei den normalen Verrichtungen überhaupt nicht hinderlich ist. Diese Wolke muß die für die jeweilige Person typischen Reaktionen erst *lernen* – der Zustand der Aggressionsbereitschaft äußert sich ja nicht bei jedermann in hundertprozentig gleicher Weise. Was passiert denn erst, wenn ein Vertreter einer anderen vernunftbegabten Art erscheint, etwa ein Mensch! Unsere Gripser konnten zunächst nicht ausmachen, wie und wodurch Sie in Gefahr waren. Hätte sich ein normaler Losannier an Ihrer Stelle befunden, so hätte man ihn gar nicht an die Kette legen können, sofern es nicht *auf seinen Wunsch* geschehen wäre. Kurz, die Ethosphäre ist in jedem einzelnen Sofortfall durchaus nicht absolut zuverlässig, wird es aber mit der Zeit! Überdies sind die Gripser vielfältig spezialisiert – wie... nun sagen wir, wie Viren. Nur daß es sich hierbei um Viren des *Guten* handelt! Wäre Ihnen beispielsweise ein ungewöhnlich seltenes Gift verabreicht worden, das Ihre persönlichen Gripser nicht rechtzeitig diagnostizieren konnten, so würden die ersten Anzeichen einer Vergiftung Alarm auslösen. Sie selbst würden davon gar nichts wahrnehmen, aber in jedem solchem Falle vereinigen sich die ambulanten Gripsergruppierungen zu größeren Einheiten. Das geschieht mit der Geschwindigkeit der Ausbreitung des Lichts oder der Radiowellen, und so werden Gripser zu Hilfe gerufen, die in der Lage sind, als Antidotum zu wirken. Dabei ist nicht einmal der materielle Kontakt mit Ihnen erforderlich, die sachkundigen Gripser brauchen lediglich denen Ihrer Umgebung die der Situation angemessenen Befehle zu erteilen, so daß innerhalb weniger Sekunden beispielsweise Ihre durch das Gift in den Geweben blockierten Atmungsfermente gelöst werden. Für einen Moment verlieren Sie dabei das Bewußtsein und fühlen sich, wenn Sie zu sich kommen, ein wenig geschwächt. Mehr nicht. Wie Sie meinen Worten sicherlich bereits entnommen haben, ist uns die bei Ihnen auf der Erde immer noch übliche *interventionelle* Medizin im Grunde unbekannt, weil wir eine *kontinui-*

täre haben, wo jeder Organismus unter ständiger Aufsicht steht...«

»Die Gripser treiben also auch Prophylaxe?«

»Natürlich.«

»Dann verstehen sie alles von der Medizin? Das setzt doch aber eine hohe Universalität voraus!«

»Nein. Bitte nehmen Sie es nicht übel, aber Sie denken nach wie vor in den Kategorien Ihrer Zeit und Ihres Wissensstandes. Das bringt nichts. Ich will Ihnen nicht zu nahe treten, sondern nur verdeutlichen, worum es geht: Hätte ein Erdenbewohner der Antike, sei er auch von höchster Weisheit gewesen, begreifen können, wie ein Radio oder ein Sachcomputer funktioniert? Ein solches Begriffsvermögen setzt doch zumindest Grundkenntnisse von Erscheinungen voraus wie Elektrizität, Wellen, Modulation, Eutropie und Information...«

»Und dennoch sind diese Utensilien unzuverlässig.« Ich blieb starrköpfig. »Was habt ihr also gemacht, um mit dem Herrgott gleichzuziehen?«

Er lächelte.

»Der Herrgott hat die Welt nicht so zuverlässig gemacht, wie das einstmals den Eindruck erweckte. Die Materie ist zerstörbar. Die Materie erweist sich, sofern sie nur ausreichendem Druck ausgesetzt wird, als trügerisch. Sie verschwindet – sei es nur im gravitationären Krampf eines in sich selbst zusammenfallenden Sterns – und hinterläßt nichts als Schwerkraft über einem schwarzen Loch! Dort in diesen Sternen, in denen die Materie ihren gravitationären Geist aufgibt, ist ihr die Grenze der Zuverlässigkeit gezogen – und damit natürlich auch allen Technologien. Für den Hausgebrauch aber sind unsere Atome nicht schlechter als die des Herrgotts. Wir haben der Natur genau dort etwas abgeschaut, wo sie ihre Beständigkeit hernimmt. Das ist alles. Ein Wasserstoffatom kann nicht soweit verkommen, daß es den Atomen des Sauerstoffs die Verbindung zu H_20 verweigert. Ebensowenig können die Gripser ›verkommen‹.«

»Na gut«, sagte ich im Gefühl, auf dem Rückzug zu sein, »aber sagen Sie mir doch, ob mein Anzug auf mich aufpaßt. Steht sein Träger unter der Observation seiner eigenen Ärmel?«

»Hören Sie«, sagte Tahalat, »Sie sind sich dessen nicht gewahr, bringen aber genau die Argumente unserer Opposition vor: Krawatten, Hemden und Ärmel – als Spitzel! Unterhosen als Mittel für Repressalien! Ich kann Ihnen versichern, daß nichts dergleichen stimmt. Ein Samenkorn fängt in feuchtem Boden an zu keimen. Belauert es die Temperatur? Prüft es argwöhnisch die Perspektiven des Wachstums? Macht es sich, ehe es den gewichtigen Entschluß zum Keimen faßt, Gedanken über das Wetter? Die Gripser verhalten sich genauso. Die Naturgesetze sind in erster Linie Verbote: Man kann Energie *nicht* aus Nichts gewinnen, die Lichtgeschwindigkeit kann *nicht* überschritten werden. Wir haben der uns umgebenden Natur ein weiteres Verbot eingesetzt: Es schützt das Leben. Weiter nichts. Alles übrige sind paranoische Hirngespinste und Verfolgungswahn, zu verstehen insoweit, als in der Zeit vor den Gripsern als intelligent alles galt, was sich – und sei es nur in einer Hinsicht gewesen – verhielt wie ein intelligenter Jemand. Daher auch die Begriffsverwirrung und die Ängste um die Urcomputer. Sie könnten rebellisch werden und sich gegen die Gesellschaft erheben! Faseleien! Hier jedoch« – er schlug wieder mit der Hand einen Kreis – »gibt es nirgends eine persönliche Intelligenz, lediglich gegripste Fenster, Möbel, Zimmerdecken, Vorhänge, Luft. Gewiß, sie sind vollkommener als alle automatischen Feuermelder, aber genau wie diese auf eine ganz bestimmte Aufgabe konzentriert.«

»Wie unterscheiden sie denn aber das Spiel vom Kampf? Eine freundschaftliche Umarmung von einem Würgegriff? Nehmen Sie doch nur den Sport! Oder kennt ihr Sport hier nicht?«

»Doch, doch. Sie wollen wissen, worauf das Differenziervermögen der Gripser beruht, aber ich muß Ihnen vorher sagen, warum es unerläßlich ist. Jede Gesellschaft, die sich der Naturkräfte bemächtigt, ist dramatischen Erschütterungen unterworfen. Der gewünschte Wohlstand bringt unerwünschte Folgen. Zwang und Gewalt gewinnen in den neuen Techniken neue Formen und Verstärkungen. Es hat zu solchen Zeiten den Anschein, als nehme mit der Herrschaft über die Natur auch die gesellschaftliche Verkommenheit zu, und so ist es tatsächlich – bis zu einer gewissen Grenze. Es ergibt sich ganz einfach aus der Reihenfolge der Entdeckungen, also daraus, daß das zerstörerische Wirken der Natur leichter zu übernehmen ist als ihre Wohltaten. Ausgerechnet das Potential der Destruktion wird erobernswert. Das ist eine neue historische Bedrohung. Außerdem ruinieren die Folgen der Technik ihre Grundlagen: Ihr kennt das bereits als Agonie der biologischen Umwelt. Danach – das könnt ihr noch nicht wissen – erscheint der *Ökokrebs,* wuchernde Entartungen innerhalb der großen Automaten und Computersysteme.

Das neue große Ziel – die ständig zunehmende Beherrschung der Welt – scheint einer diabolischen Verwandlung unterworfen. Die alten Güterquellen versiegen rascher, als neue erschlossen werden, und der ganze Fortschritt steht vor einem Abgrund. Die technische Ordnung erzeugt mehr Chaos, als sie zu verdauen vermag! Damit alle diese Gegensätze überwunden werden können, die den unzuverlässigen Techniken und der menschlichen Natur (die, unter anderen Bedingungen einer anderen Welt geformt, ebensowenig verläßlich ist) entspringen, muß eine neue Ebene der Technoevolution erklommen werden, indem der Natur der Schatz entrissen wird, der am schwersten zu übernehmen ist: der in den subatomaren Erscheinungen verborgene. Bei uns geht das vor allem durch die Synthese neuer Festkörper und die neuen Typen ihrer Kontrolle, also die Gripser. Das sind die beiden Eckpfeiler unserer Zivilisation, die wir als Vermählung durch die Ethosphäre bezeichnen. Es darf nicht soweit kommen, daß die Lawine des Wissens die Wissenschaft in einen spezialisatorischen Brei verwandelt, in jenen Zustand also, von dem ein Aphorismus sagt, der künftige Experte werde alles über nichts wissen! Die rettende Wende bringt ein globales Wissenssystem, das allgemein zugänglich ist – aber nicht für lebende Wesen, denn diese können diese Last nicht mehr bewältigen. Universell ist auch keines der Gripserstäubchen für sich genommen, universell sind sie nur alle zusammen. Diese Universalität ist jedermann zugänglich, sobald sich die Notwendigkeit ergibt. Ich habe Ihnen das am Beispiel einer Vergiftung darzustellen versucht. Beachten Sie bitte, daß die unsichtbare Gripserwolke, die Sie betreut, selbst nicht viel, zugleich aber alles kann, wozu unsere ganze Ethosphäre in der Lage ist. In Sekundenbruchteilen kommt sie an jede im gesamten System gespeicherten Information. Diese Kapazitäten sind jederzeit abzurufen wie der dienstbare Geist im Märchen. Niemand aber kann das unmittelbar oder von sich aus – der Weg führt allein über die Gripser. Damit ist sichergestellt, daß der unsichtbare Koloß nicht von Personen gegen Personen eingesetzt wird.«

»Und die Gripser sind nicht zu überlisten?« fragte ich. »Das kann ich Ihnen doch nicht abnehmen...«

Er lächelte, allerdings nur trübe.

»Sie haben am eigenen Leibe erfahren, wie das aussieht. Es gelang nur teilweise und vorübergehend, denn Sie waren für die Ethosphäre ein unbekanntes Wesen.«

»Aber der vollständige Katalog aller Taten, die man mit Vorsatz begehen kann, ist unerschöpflich. Böses läßt sich auf den vielfältigsten Umwegen tun.«

»Gewiß, aber ich sage ja auch nicht, daß in Losannien das Paradies verwirklicht ist.«

Jäh von einem neuen Gedanken überrascht, sah ich ihm ins Gesicht.

»Ich weiß vielleicht, wie man die Gripser überlisten kann.«

»Darf ich es erfahren?«

»Meine Entführer haben es versucht, ohne daß ich verstand, was sie eigentlich wollten. Erst jetzt ist es mir klargeworden! Man muß der Tat einfach eine andere Qualität geben.«

»Wie meinen Sie das?« Er zeigte ein etwas besorgtes Interesse.

»Ich glaube, man wollte die Hinrichtung in eine Opferhandlung umdeuten, sie gewissermaßen heiligen. Der Mord sollte hehr und edel erscheinen, als eine Hilfeleistung oder Rettungstat. Ich sollte einer Sache geopfert werden, die höher steht als das Leben.«

»Und was sollte das gewesen sein?« fragte er mit unverhohlener Ironie.

»Das ist ziemlich unklar geblieben. Sie schienen sich ihrer Sache sicher zu sein, solange sie nicht ans Werk gingen. Wissen Sie, das sah aus, als nähmen sie Anlauf, um über ein Hindernis zu setzen – das sie doch nicht überspringen konnten...«

»Weil ihr Glaube ein schlechter Glaube ist!« fiel er mir ins Wort. »Sie wollen an ihre Mission glauben, aber sie können es nicht. Glaube kommt nicht vom *Wollen*, Glaube ist da oder nicht!«

»Andere können mehr Glück haben«, wandte ich ein. »Schlechter natürlich nicht, aber es kann doch einer aus der echten Überzeugung handeln, durch einen Mord etwas Gutes zu leisten. Schließlich wurden im Mittelalter die Körper verbrannt, um die Seelen zu retten. Kurz, der Schwindel ist kein Schwindel mehr, wenn nur der rechte Glaube dabei ist.«

»Dieses Mittelalter läßt sich aber auch durch den fanatischsten Willen nicht wieder ins Leben rufen«, sagte Tahalat. »Ich will noch weitergehen: Aller Fanatismus solcher Bemühungen entlarvt nur deren Kern, der mit Gottesfurcht überhaupt nichts zu tun hat. Und noch eins will ich Ihnen verraten: Die Menschen sind mit solchen verlogenen Schaustellungen leichter zu täuschen als die Gripser.«

»Das gehört zu den Dingen, von denen sich kein Philosoph etwas träumen läßt«, sagte ich. »Logosstäbchen, die Glauben von Unglauben unterscheiden können. Wie machen die das?«

»Das sieht nur so rätselhaft aus. Die Gripser stellen keine Diagnose der Glaubensqualität. Sie reagieren nur auf Symptome von Aggressionen und verhalten sich, sofern jene ausbleiben, passiv. Nicht jede Art Glauben schließt Aggressivität aus. Was kann aggressiver sein als der Fanatismus? Folglich wird er die Wache nicht einschläfern können. Aggression wird hingegen ausgeschlossen vom Willen, das Gute zu tun, aber solch ein Wille schließt wiederum auch den Mord aus. Gewiß, es war nicht immer so, aber in diese Vergangenheit gibt es keine Rückkehr.«

»Darauf würde ich nicht schwören«, sagte ich. »Zumal wir bereits die richtige Formel kennen: Der der Materie eingekerbte Dekalog wird ratlos, wenn ein Mörder nur an das Gute seiner Tat glaubt. Außerdem sind Glauben und Nichtglauben keine Zustände, die einander logisch ausschlössen. Glauben kann man ein bißchen, manchmal, mehr oder weniger – und irgendwo dort unterwegs wird sich die Barriere der Gripser überspringen lassen.«

Der Blick des Losanniers hatte sich verdüstert.

»Sie haben recht, es gibt so eine Schwelle. Ich will Ihnen da nichts vormachen. Sie liegt aber höher, als Sie glauben. Viel höher. Daher ist es eitel, sie stürmen zu wollen.«

Meine Ermüdung erratend – das Gespräch hatte fast drei Stunden gedauert –, bestand der Direktor nicht auf dem ursprünglich vorgesehenen Rundgang durch die Laboratorien. Auf die Heimfahrt gab er mir einen schweigsamen Assistenten mit. Als wir über die Stadt schwebten, fiel mir ein von glitzernden Turmhelmen gesäumter grüner Fleck auf. Das sei der Stadtparkt, erklärte mein Begleiter, und er entsprach auch sogleich meiner Bitte, mich dort abzusetzen und alleinzulassen.

Ich schlenderte durch die Baumgänge und nahm sie kaum wahr, weil mir immer noch die Unterredung mit Tahalat durch den Kopf ging. Schließlich setzte ich mich auf eine Bank. In einem Sandkasten nebenan spielten Kinder. Die Bank war nicht ganz von der mir vertrauten Form, sie trug in der Sitzfläche halbrunde Rinnen für die Beine, die die Entianer ja – wie bereits mitgeteilt – im Sitzen unter sich schlagen. Die Kinder hingegen sahen von weitem genauso aus wie die unseren und hatten sogar Eimerchen, um Sandkuchen zu backen. Damit war allerdings nur ein kleines, wohl dreijähriges Mädchen beschäftigt, das etwas abseits hockte. Die anderen Kinder trieben ein anderes Spiel. Sie bewarfen einander mit Sand, sie taten es mit vollen Händen und in dem Bemühen, die anderen in die Augen zu treffen, und sie lachten, wenn der Sand, scheinbar vom Pusten des Beworfenen zurückgetrieben, auf die Werfenden zurückfiel.

Dann kam aus dem Buschwerk ein kleiner Junge. Er blieb vor dem Sandkasten stehen und sagte etwas, aber man hörte nicht auf ihn. Daraufhin äffte er die anderen nach, immer frecher, bis sie in Wut gerieten. Sie fielen über ihn her, aber obwohl sie zu dritt und durchweg größer waren, zeigte er nicht die geringste Furcht – zu Recht, denn sie konnten ihm nichts anhaben. Ich weiß nicht, was ihre Hiebe parierte, der winzige Bengel stand jedenfalls ganz ruhig zwischen den Angreifern, die nun ernstlich böse wurden, ihn in vereintem Zugriff zu

Boden warfen, um auf ihm herumzuspringen. Da schien er jedoch glatt wie eine Eisbahn geworden zu sein, die anderen rutschten ab, und da half es auch nichts, sich gegenseitig zu stützen oder einen wilden Anlauf zu nehmen.

Die bis jetzt so lauten Kinder hielten auf einmal den Mund und zogen sich aus, um dem anderen nackt zu Leibe zu gehen. Zwei hielten ihn fest, ein dritter knüpfte einen Strick zur Schlinge, warf sie dem Opfer um den Hals und zog sie fest. Ich wollte aufspringen, aber bevor ich dazu kam, zerriß der Strick. Die Fünfjährigen waren plötzlich wie von der Tollwut gepackt, aus dem Spielplatz stob ein Sandsturm, aus dem nur hin und wieder eine Kinderfaust auftauchte, mit einer Spielzeugschaufel oder -harke auf jenen Unverletzlichen losgehend. Diese Wut kehrte sich schließlich in Verzweiflung. Die Kinder ließen fallen, was sie gerade in der Hand hatten, stiegen aus dem Sandkasten und setzten sich mit hängenden Köpfen weit weg voneinander auf den Rasen. Der Kleine stand auf, warf ihnen Sand hinterher, ging ihnen nach und lachte sie aus, bis einer von ihnen seine Kleider schnappte und ausriß. Das verhinderte Opfer trollte sich in die entgegengesetzte Richtung. Die Zurückgebliebenen trödelten herum, sammelten ihre Sachen ein, hockten sich in den Sandkasten und zeichneten, bevor sie gingen, etwas hinein.

Ich stand auf und sah mir über den Kopf des Mädchens, das in aller Ruhe seine Napfkuchen baute, hinweg die von den Kindern hinterlassene Zeichnung an: die unbeholfene Skizze einer Gestalt. Sie war kreuz und quer von Spatenhieben zerhackt.

Ein Ektoge

Der Weg zu den größten Entdeckungen führt über das Absurdum. Bekanntlich gibt es nur eine Möglichkeit, nicht alt zu werden: das Sterben. In dieser Schlußfolgerung erschöpft sich die Suche nach ewiger Jugend. Für die Entianer allerdings ist dieses Ende zum Anfang der Unsterblichkeit geworden. Gestern sah ich einen Philosophen, der nicht mehr altert. Er ist nämlich schon seit dreihundert Jahren ein Leichnam. Ich sah ihn nicht nur, ich unterhielt mich auch länger als eine Stunde mit ihm. Mit ihm selbst, nicht etwa mit einer maschinellen Kopie oder einem anderen Double. Anix, so heißt er, hatte vor dreihundertsechzig Jahren vom letzten Xixar den Titel eines Weisen der Krone erhalten, erinnert sich also noch der Tage des Kaiserreichs. Auf der Dychthonia hatte ich einst den Beweis gehört, ewiges Leben sei nicht ohne die Unterstützung gewaltiger Maschinen zu gewinnen, und ich hatte diese Maschinen auch zu Gesicht bekommen, schweres Gerät, in dessen Innerem der Unsterbliche das Leben eines Paralytikers führen muß. Der Dychthonier Berdergar behauptete, nicht weniger als soviel Apparatur sei notwendig, um in den Organismus wieder die Information einzuspeisen, die mit fortschreitendem Alter verlorengeht. Die Entianer haben größeren Einfallsreichtum bewiesen als die Dychthonier. Sie haben den Berdergarschen Beweis zwar nicht entkräften können, ihn aber durch ein Ausweichmanöver umgangen und Unsterblichkeit gewonnen durch den Tod. Ich muß das genauer erläutern, eine Aufgabe, die ans Absurde streift: Wer ewig leben will, muß getötet werde. *Wie* das geschieht – darauf kommt es an. Dem Körper werden Gripser zugeführt, die so programmiert sind, daß sie in alle Gewebe eindringen und dort die molekularen Lebensprozesse begleiten. Diese Gripser bestehen aus subatomaren Teilchen und sind kleiner als die kleinsten Viren. Selbst im stärksten Lichtmikroskop sind sie nicht zu sehen. Allmählich setzen sie sich an die Zellkerne und füllen diese aus. Sie sind so klein, daß der Organismus sie nicht wahrnimmt und daher auch keine Abwehrkräfte mobilisiert. In dieser ersten Phase der Ektogisierung arbeiten diese Gripser noch nicht, sondern erlernen lediglich ihre künftigen Aufgaben, indem sie sozusagen alle Leben schaffenden informatorischen Erscheinungen ablesen. Die Gewebe bleiben dabei zunächst unangetastet, die Gripser sind gewissermaßen nur deren passive Schatten. Das ist genauso, als stiege jemand eigenmächtig auf eine Pantomimenbühne, um dort jede Geste der Darsteller auf das Genaueste nachzuahmen. Die Struktur bleibt scheinbar unverändert, bis die durch das erworbene Wissen gesättigten Gripser anfangen, die Funktionen der lebendigen Protoplasmateilchen zu übernehmen. Die dazu erforderliche Energie beziehen sie aus Nuklearreaktionen, die zwar als »still« bezeichnet werden, nach und nach indessen den Organismus abtöten. Der Ektogisierte verspürt davon nichts. Er bewegt sich, denkt und handelt wie zuvor, er kann auch essen und trinken, bedarf aber nach einer in Jahren bemessenen Frist keiner Ernährung mehr. Der Körper dieser Person stirbt allmählich ab, aber sie weiß das nicht. Die in ihr angesiedelten Trillionen von Gripsern haben sich zu einem unsichtbaren subatomaren Skelett verbunden, das des Stoffwechsels nicht bedarf. Der Ektoge ist damit fertig, ein Leichnam also, dessen Zersetzung sich unmerklich in Portionen vollzieht. Sein einstiger Körper wird nach und nach mit den Exkrementen ausgeschieden, aber er weiß nichts davon, denn obgleich er tot ist, dauert er fort. Das ist so, als betriebe jemand eine alte Wattsche Dampfmaschine nicht durch die Dampfzufuhr aus einem Kessel, sondern mit einem in der Schwungradwelle versteckten winzigen Elektromotor. Kolben und Kurbeln werden also nicht mehr vom Dampf, sondern vom Strom bewegt, die so angetriebene Maschine wird zu einem getreuen Modell, zur beweglichen Dekoration. Ebenso verhält es sich mit dem Körper des Ektogen. Wir übersetzen den entianischen Namen hier ins Griechische, ektos bedeutet soviel wie »außerhalb«, und von außen kommt ja auch diese Unsterblichkeit. Die Fachleute bezeichnen diesen unterschobenen Austausch des Körpers als Pseudomorphose: tote logische Systeme, die Gripser, ersetzen das lebende Protoplasma. Der Organismus behält, sozusagen ein ausgestopfter Leichnam, Aussehen, Form und Tätigkeiten bei, und der ganze grausame Witz liegt darin, daß der Ersatzbaustoff dauerhafter und funktionstüchtiger ist als der natürliche. Eine Zeitlang arbeiten beide Systeme parallel, bis der tote allmählich den lebendigen vernichtet. Das größte Problem der Ektotechnik war die richtige Synchronisation dieses schleichenden Todes und der entsprechend schleichenden Pseudomorphose. Dies – und nur dies – schien anfangs nicht zu verwirklichen. Hekatomben von Versuchstieren zahlten mit ihrem Leben für den Erfolg. Wenn der Stoffwechsel sich aufzulösen beginnt wie morsches Tuch, hat die Trägersubstanz der Gripser bereits alle Funktionen übernommen. Die noch im Körper zuckenden Reste des Lebens sind nur ausgehöhlte Hülle, entleerte Larve, Maske, hinter der in aller Stille das energetische Gerüst der Gripser am Werke ist. Der Ektogisierte läßt sich nicht verjüngen, denn die Gripser erfahren vom Körper nur das, was dieser im Augenblick ihrer Invasion vorrätig hatte. Folglich muß das Alter erhalten bleiben, in dem der Körper gegripsert wurde. Die beste Wirkung bietet daher eine Ektogisierung im jugendlichen Alter. Hundert Jahre nach Beginn des Prozesses ist der Mensch biologisch tot, in seinem Organismus gibt es nicht mehr die Spur von Muskeln oder Nerven. Der Pseudomorphose unterworfen, sind sie komplett durch Gripser ausgetauscht worden, ein hervorragender Ersatz, Substrat der Unsterblichkeit! Um diese zu erreichen, muß mal also wahrhaftig erst sterben. Nach etwa zweihundert Jahren kommt es zu geringfügigen äußeren Veränderungen, die aber, wie behauptet wird, nur dem Spezialisten auffallen. Von der Autonomie der Lebensprozesse ist dann nichts mehr übrig, alle Organe des Körpers arbeiten wie die heimlich durch Strom getriebene Dampfmaschine, also scheinbar. Vorübergehend können sich die Augen trüben, weil die pseudomorphische Synchronisierung zuweilen versagt, aber alsbald stellt sich so oder so wieder eine Klarheit von gläserner Härte her. Die nackte Haut des Ektogisierten wird ein wenig nachdunkeln, weil die unverwüstlich arbeitenden Gripser bei den Kernumwandlungsprozessen die Ionen von Schwermetallen ausscheiden. Dieser metallische Teint tritt in der Regel nach dreihundert Jahren auf. In den folgenden fünftausend Jahren gibt es keinerlei andere Nebenwirkungen. Das Blut kreist weiter durch die Adern, eine gleichgültige rote Flüssigkeit, die längst keinen Sauerstoff mehr transportiert und nichts weiter ist als eine alte Dekoration. Selbst wenn das Herz stehenbliebe (was es nicht tut, ebensowenig wie jene Dampfmaschine), würde der Ektoge sich weiter bewegen und denken können, denn dieses Herz erhält nicht mehr den Gang des Lebens.

Es muß freilich weiterarbeiten, denn dumpfe Stille und Leere in der Brust könnte Unruhe stiften. So ist also jeder Anschein des Lebens gewahrt – außer diesem Leben selbst. Biologisch ist der Mann tot, und als Toter fürchtet er weder luftleeren Raum noch Krankheitserreger oder schärfsten

Frost. Die Gripser geben bei ihren nuklearen Wandlungsprozessen eine so dosierte Wärme ab, daß der Ektoge sich in der Körpertemperatur nicht von einem lebenden Wesen unterscheidet. Der Schein ist aber nur dort gewahrt, wo das fürs Wohlbefinden unerläßlich ist. Das Innere des ektogisierten Schädels ist kalt, weil das gegripserte Gehirn bei Niedrigtemperatur besser arbeitet als in der Wärme. Als die Ektogisierung zur Massenerscheinung wurde, hatten die Experten beim Gehirn zweierlei festgestellt: einerseits seine beträchtliche organische Zuverlässigkeit, andererseits höchst unerwünschte psychische Wirkungen in Form verschiedenartiger Neurosen und sogar des Wahnsinns. Es gab nämlich keine Möglichkeit, dem Unsterblichkeitskandidaten den Preis zu verhehlen, den er zu zahlen hatte. Der Ektoge ist nicht zeugungsfähig. Freilich weiß man nicht, ob sich auch das nicht abstellen läßt, aber was ändert die beste technische Lösung an der Tatsache, daß die Toten nur Tote zeugen würden. Der Ektoge unterscheidet sich zwar in nichts oder kaum von einem Lebendigen, *weiß* aber, daß er kein solcher ist. Er atmet, aber seine Lungen bewegen sich wie nutzlose Säcke, denn die Atmung dient nicht mehr dem Leben. Auch Schlaf braucht er nicht. Er denkt schneller und geläufiger als der Besitzer eines warmen, durchbluteten Gehirns. Geistig bleibt er dasselbe Wesen wie zuvor, denn die Gehirnstrukturen, die die Persönlichkeit bilden, bleiben unverändert, ja, sie werden sogar für alle Zeit fixiert. Er lebt nicht, kann aber weder altern noch sterben. Er kennt weder Krankheit noch Schmerz. Auch als Androiden oder Roboter kann man ihn nicht bezeichnen, denn er ist bis auf den letzten Knorpel und die letzte Faser genauso wie vor der Immortalisation. Daß er dies *nicht* ist, ließe sich allein mit Hilfe der Biopsie und des Elektronenmikroskops nachweisen, wo die subtile atomare Struktur seines Organismus sichtbar wird. Es handelt sich also um ein Falsifikat, das das Original in vielerlei Hinsicht, an Vollkommenheit, Verläßlichkeit und Haltbarkeit übertrifft. Die Epoche der Gripser erlebte ihre Morgenröte und ihren großen Triumph. Zehntausende wollten diese Unsterblichkeit, waren ihr aber nicht gewachsen. Irrx, einer der Begründer der Ektotechnik, drückte es so aus: Offenbar müsse man als Toter geboren sein, um auf solche Bedingungen einzugehen. Die Ektologen glaubten (voreilig und irrigerweise, wie sich erwies), das psychologische Problem der Verunsterblichung ließe sich damit betäuben, daß der Ektogisierte nicht auf einen Schlag stirbt, sondern über Jahre hinweg, allmählich, unmerklich nicht nur für ihn selbst, sondern auch für seine Umgebung. Das war das Äußerste für die entianischen Träume von der Unsterblichkeit. Keine andere Technik könne, so erklärte man mir, der Ektologie das Wasser reichen, denn keine biete so klar und unangreifbar die Gewähr immerwährender Existenz. Wollte man jemanden aus der Asche auferstehen lassen, in die er sich verwandelt hat, so wird es sich um ein anderes Wesen handeln, das dem Verstorbenen gleichen kann wie ein Ei dem anderen, dennoch aber, ein Zwilling gewissermaßen, ein anderer ist. An der Grenzlinie zwischen Tod und Auferweckung kommt es nämlich zu existentiellen Paradoxa, die nicht zu bewältigen sind, das heißt, es läßt sich nicht entscheiden, *wer* denn als Wiedererweckter die Augen öffnet – *derselbe* oder lediglich ein *ebensolcher* Mensch. Die Ektotechnik hingegen, die ja eine schleichende Methode ist, garantiert in offenkundiger Weise die Kontinuität der Existenz. Daß niemand die Resultate eines so vortrefflichen Unternehmens zu ertragen vermag, ist eine andere Sache – technisches Know-how hat damit nichts mehr zu tun. Die Abwehr dieser Unsterblichkeit erfolgt nicht bei allen in gleicher Weise, die hauptsächlichen Symptome sind aber ähnlich; Abscheu vor dem eigenen Körper, gähnende Leere des Geistes, Furcht und Verzweiflung, die in Selbstmordmanien kulminieren. Auch ist anzumerken, daß die Gesellschaft den Ektogenisierten das Leben nicht gerade versüßte und ihnen eine mit Mißgunst gemischte spezifische Verachtung entgegenbrachte. Darüber, warum allein Anix, der einstige kaiserliche Philosoph, sich einer solchen Existenz nicht entschlagen hatte, erfuhr ich viele widersprüchliche Versionen. Er selbst soll sich einmal als ewiger Zeuge der vergehenden Welt bezeichnet haben, aber das ist wohl nur eine der schon beinahe an die Legende streifenden Anekdoten um seine Person. Er ist seit über hundert Jahren nicht mehr berufstätig und empfängt auch niemanden. Von seinen einstigen Jüngern ist keiner mehr am Leben. Angeblich muß man selbst Ektoge sein, um den Geschmack und die Last solchen Daseins zu verstehen. Die Historiker suchen die ektotechnische Phase ihrer Zivilisation zu ignorieren, so gut sie können. Ich habe den Eindruck gewonnen, daß ihnen dieser Fall aus ihrer Vergangenheit ebenso fatal ist und aus ähnlichen Gründen verschwiegen wird wie die Vernichtung von Clivia, gerade als sei hier wie dort etwas über alle Maßen Schändliches passiert, das sich weder gutmachen noch aus dem Gedächtnis tilgen läßt.

Anix wohnt außerhalb von Hesperis in einem kleinen Parterrehaus, mitten in einem Garten voller Unkräuter und wild wuchernder Blumen. Der Anstoß zu meinem Besuch war von ihm ausgegangen – eine besondere Auszeichnung, wie man mir versicherte. In seiner Jugend, also noch während des Kaiserreichs, hatte er sein Hauptwerk veröffentlicht, das an die Doktrin der Drei Welten, das Fundament des entianischen Denkens, anknüpfte. In seiner Darstellung unterlag die Doktrin einer spezifischen Reduzierung. Anix hielt nämlich nur zwei Weltenarten für möglich: eine solche, die ihren Bewohnern gegenüber loyal, und eine andere, die illoyal ist. Die loyale Welt besitzt keinerlei Eigenschaften oder Orte, die unzugänglich wären, keinerlei unlösbare Rätsel und ewige Geheimnisse, es ist eine für die erkennende Vernunft vollkommen durchschaubare Welt. Die illoyale Welt hingegen ist nicht restlos erkennbar, sie ist unerforschlich und unerschöpflich. Eine solche Welt ist die unsere. Anix verglich sie in seinem Werk mit einem Brunnen, der in seinen Maßen begrenzt und abgeschlossen ist und dennoch endlos Wasser spendet. Genauso ist der Kosmos: endlich und unergründlich. Nach zweihundert Jahren, bereits als Ektoge, nahm Anix in seiner Lehre eine auf den ersten Blick geringfügig scheinende Änderung vor. Er behielt die ursprüngliche Einteilung der Welten bei, erkannte aber jetzt diejenige, die er einst illoyal genannt hatte, als wohltätig an, weil sie eine ewige Herausforderung an die Vernunft ist. Diese Vernunft nämlich lechzt mehr nach dem Weg als dem Ziel, mehr nach der Erkenntnis als der endgültigen Formel, denn würde eine solche erreicht, so wäre das Sieg und Niederlage zugleich. Was soll eine Zukunft mit sich anfangen, nachdem sie »alles« erkannt hat? Anix hatte in seiner ursprünglichen Klassifizierung der Welten also die Vorzeichen von Loyalität und Illoyalität vertauscht.

Das war alles, was ich wußte, als ich sein Anwesen betrat. Kikerix, der mich hingeführt hatte, wollte mich nicht weiterbegleiten. Vielleicht hatte Anix mich unter vier Augen sprechen wollen, ich weiß es nicht und habe auch nicht danach gefragt. In dem für Losanniens nördliche Regionen außergewöhnlich starken Sonnenschein saß er auf einer hölzernen Veranda und blickte mir entgegen, als ich durch hohes, vom Flaum verblühender Blüte bedecktes Buschwerk auf ihn zuschritt. Er saß an einem niedrigen Holztisch auf dem meinem Auge so sonderbar anmutenden Stuhl, den die Entianer benutzten, um die Beine unter sich zu verschränken und auszuruhen. In dieser Haltung ähnelte er eher einer riesigen Kaulquappe als einem kahlköpfigen Vogel. Sein Gesicht war sehr groß, fest und plastisch, Augen und Nüstern standen weit auseinander, und der Teint hatte die stumpfe Farbe von bläulichem Mahagoni. Unter seinem losen weißen Gewand zeichnete sich ein mächtiges Skelett ab, die großen dunklen Hände hielt er auf der Tischplatte, und reglos sah er mich an, ohne mit den Augen zu blinzeln, die gelb waren wie die einer Raubkatze. Als ich ihn erblickte, glaubte ich gern, daß er fast vierhundert Jahre alt war. Wenn er auch keine Falten hatte und seine Stimme kräftig klang, so trug er doch etwas unsäglich Altes an sich. Es war kein müder Überdruß, eher eine Geduld, wie man sie allenfalls Steinen zuschreiben kann. Oder aber Gleichgültigkeit. Als wisse er längst alles, als könne ihn nichts mehr überraschen oder verblüffen.

»Sei gegrüßt«, sagte er, als ich die knarrenden Holzstufen der Veranda betrat. »Du kommst von der Erde, ich habe längst von ihr gehört. Du bist ein Mensch und heißt Ijon. So werde ich dich auch anreden, und du sollst mich Anix nennen. Setz dich. Ich habe einen Schemel für Menschen...«

Das Möbelstück, das er mir wies, war wirklich von irdischer Fasson. Ich setzte mich, ohne zu wissen, was ich sagen sollte. Man hatte mir versichert, er lebe nicht, aber war das nicht lediglich eine Frage der Terminologie?

»Ihr seid uns ähnlich«, sagte er. »Ihr geht den gleichen Weg wie wir, und gewiß gelangt ihr in ähnliche Gefilde.«

Er blickte in den Garten. Das Sonnenlicht fiel ihm direkt in die großen gelben Augen, schien ihn aber nicht zu blenden. Durch den weißlichen Flaum auf dem Kopf schimmerte beinahe dunkelblau die Haut.

»Ich gebe dir zuerst die Antwort auf die Frage, die du mir stellen wirst. Warum macht niemand von der Ektogenisierung Gebrauch? Weil die Sterblichen von der Unsterblichkeit nichts zu erwarten haben. Ein Dasein, hinter dem keine Gefahr lauert, verliert jeden Wert. Es gibt dafür den volkstümlichen Ausdruck der ›tödlichen Langeweile‹. Hier hat der gesunde Menschenverstand einmal ins Schwarze getroffen.«

Ich fragte leise: »Und du?«

»Ich langweile mich nicht«, sagte er und blickte immer noch an meinem Gesicht vorbei in den Garten. »Was willst du noch von mir wissen?«

»Was ist mit Clivia Nigra passiert? Du wirst dich daran erinnern.«

»Jawohl.«

»Was war das Ka-Undrium?«

Er wandte mir den großen Kopf auf den gekrümmten Schultern zu.

»Also auch du erblickst darin ein Geheimnis? Ich muß dich enttäuschen. Auf jedem bewohnten Planeten entsteht eine Vielzahl von Kulturen, und sie alle werden von derjenigen besiegt, die als erste zu materieller Macht und einer allgemeinen Idee gelangt. Weder reicht allein die Stärke, noch allein die Idee. Sie müssen miteinander kommen, wie zwei Gesichter einer Sache. Unter diesem Aspekt unterscheidet sich die Erde nicht von der Entia. Die siegreiche Idee verdankt den Erfolg nicht den Eroberungen, sondern den Gütern, die sie mitzubringen verspricht. Eine solche Idee mag ihre Verheißungen erfüllen oder nicht, auch die erfüllten werden sich als etwas anderes erweisen als die geweckten Hoffnungen. Es geht darum, daß die Geschichte weder in einem goldenen noch einem finsteren Zeitalter haltmachen kann und daß eine triumphierende Idee, sei sie dem Dies- oder dem Jenseits zugewandt, nicht dorthin führt, wohin sie den Weg weist. Oberflächlich lauten die Ideologien von Kurdland und Losannien diametral verschieden, aber ihr Inhalt ist identisch. Es geht darum, aus einem Gesellschaftszustand Nutzen zu ziehen und zugleich die ihm innewohnenden Schäden abzuwenden. Hier wie dort sollen Freiheit und Unfreiheit versöhnt werden – nicht durch die innere Arbeit des Geistes, sondern von außen her. Wenn du die Sache so ansiehst, wirst du zwischen uns und ihnen keinen wesentlichen Unterschied finden. Das Staatslaufwerk löst das Dilemma anders als die Gripsosphäre, aber das betrifft nur die Mittel, nicht den Zweck. Unsere Gefängnisse sind komfortabler und weniger sichtbar als die kurdländischen, aber wir sind genauso gefangen wie die Leute dort. Hier wie da sind die Grenzen von außen gesetzt. Dieses Herangehen an alle Phänomene der Existenz zeichnet uns seit Urzeiten aus. Ich bezeichne es als ektotrop, ihr auf der Erde nennt es instrumental. Jede Phase der Zivilisation erscheint in der Vorausschau ihrer Vorgängerin als Alptraum oder – aus der Sicht der Optimisten – als Paradies. Jedoch so betrachtet, wie du es hier tust, sieht sie nach Irrsinn aus, der in seiner Vollendung drängenden Logik seltsam verbissen wirkt. Ist es nicht so?«

Er hielt inne. Da ich aber schwieg, fuhr er fort.

»Die einzelnen Phasen der Technologie sind wie schwimmende Eisschollen, und die Gesellschaft des Planeten bewegt sich vorwärts, indem sie von einer Stelle auf die andere springt. Von der kosmischen Lotterie, die die Planeten formt, hängt es ab, ob die Kluft zwischen zwei Schollen gerade so groß ist, daß der Sprung noch gelingt und nicht in die Fluten führt. Diese Katastrophe liegt stets im Bereich des Möglichen. Ist das Schicksal aber dem Fortschreiten von Scholle zu Scholle günstig, so führt diese Bewegung dennoch nicht zu einem stabilen Ruhezustand. Du weißt wahrscheinlich nicht, daß die Ethosphäre für uns eher ein Strohhalm der Hoffnung als ein Wunder an Vollkommenheit gewesen ist. Der Wohlstand macht gedankenlos und gebiert eine Gewalt, die aus der Verzweiflung kommt. Das Elend der Armut wird abgelöst durch das Elend der Zügellosigkeit. Wir hatten keinen anderen Weg. Ihr werdet euch davon einmal überzeugen, wenn die Schollen nicht vorzeitig unter euren Schritten auseinanderklaffen. Natürlich heißt das nicht, daß ihr in eine Gripsosphäre eintreten werdet; es gibt viele ektotrope Alternativlösungen, aber sie unterscheiden sich nicht stärker voneinander als die losannische von der kurdländischen. Eine völlig offene Gesellschaft muß letztlich genau so verfallen wie eine hermetisch abgeschlossene, und endgültige Positionen des Gleichgewichts bestehen zwischen ihnen nicht. Es ist also kein Wunder, daß wir auch die Ewigkeit im Sturm von außen her genommen haben. Du fragtest nach dem Ka-Undrium. Niemand weiß, was es den Clivianern bedeutet hat. Wie die Kiemen bei einem Fisch außerhalb des Wassers keine Erklärung finden, lassen sich auch Begriffe nicht außerhalb der Kultur erklären, von der sie hervorgebracht wurden. Ich glaube, das Ka-Undrium ist ebenfalls eine Form gewesen, Freiheit und Unfreiheit in Einklang zu bringen. Ich kann diese Form nicht genau beschreiben, glaube aber nicht, daß es auf die Spezifik der Lösung ankommt, denn es gibt keine, die vollkommen wäre. Die Clivianer haben sich durchaus nicht so sehr von den übrigen Entianern unterschieden. Solltest du verstanden oder nicht verstanden haben, so frage weiter.«

»Auf welche Weise habt ihr sie umgebracht?« fragte ich. »Stimmt es, daß die Öffentlichkeit gar nichts vom Krieg wußte? Eure Quellen machen da unterschiedliche Angaben...«

»Unsere Quellen lügen«, sagte der große Greis. Nach wie vor blickte er reglos in den sonnenüberfluteten Garten. »Aber die lügen nicht dort, wo du es vermutest. Die Historiker tragen einen immer noch unentschiedenen Streit aus, ob wir einen Präventivschlag oder einen Gegenangriff geführt haben und ob die Mittel hauptsächlich biologischer Natur waren oder nicht. Als hätte das irgendeine Bedeutung. Der Fall liegt so, daß die Technik der Immortalisation als Technik der Vernichtung entstanden ist. Erst hinterher fiel es den verblüfften Experten wie Schuppen von den Augen, und sie entdeckten die Verlängerung des Lebens durch den beigebrachten Tod. Ursprünglich hatten sie das gar nicht gewollt, und daher dienten die Gripser der ersten Generation einem Ektozid.«

»Die Gripser waren als Waffe entstanden?«

»Jawohl. Sie töteten allmählich, unmerklich und unvermeidlich. Der einmal in Gang gesetzte Prozeß der Ektogenisierung ist weder umzukehren noch aufzuhalten. Die über Clivia ausgesetzten Gripser töteten alles im Verlaufe einiger Jahre.«

»Und der Gletscher? Stimmt es, daß...«

»Die Vergletscherung des Südens erfolgte später. Ich habe mich nicht mit militärischen Details befaßt und weiß also nicht, wie es zur Vereisung des ganzen Kontinents kam. An einen reinen Zufall glaube ich nicht. Falls du darüber mehr erfahren willst und dir meine Überzeugungen nicht genügen, so begib dich zu den Büßern. Du weißt, wer sie sind?«

»Ja, ein Orden von Repönitenten, die des Schicksals von Clivia gedenken.«

»Nicht in allem. Das ist komplizierter. Suche sie dennoch auf, das ist kein schlechter Rat, wenngleich du nicht erfahren wirst, was du willst.«

»Meinst du, daß ich das darf?«

»Ich nehme nicht an, daß dich jemand hindern wird. Jedenfalls kannst du es versuchen. Hast du noch eine Frage?«

»Ich will wissen, warum du mich sehen wolltest, da du selbst an mich gar keine Fragen hast.«

»Ich wollte einen Menschen sehen«, sagte Anix.

Die Doktrin der Drei Welten

Die Person des alten Weisen hatte mich mehr beeindruckt als seine Worte. Anix verkörperte das, was Shakespeare nur so geschienen hatte: er lebte, und er lebte nicht. Er war nicht Surrogat oder Simulat eines Toten, sondern die echte Fortsetzung eines Geschöpfes von vor dreihundert Jahren. Allerdings konnte ich nicht glauben, was er über das Fiasko der Ektotechnik gesagt hatte. Ich war sicher, daß sich die Menschen in Massen zu solch einer Verwandlung entschließen würden, um die Unsterblichkeit zu erringen. Warum also sollte es auf der Entia anders sein? Ich behielt meine Zweifel für mich, von dem jähen Verdacht befallen, nicht der greise Philosoph beantworte meine Fragen, sondern die Wolke von Gripsern, die zu seiner Gestalt verdichtet war. Ich sagte mir zwar, ich denke wie ein Urmensch, der in einem Radioapparat die sprechenden Zwerge sucht, aber eine unbezwingbare Hemmung verschloß mir den Mund. War die stufenweise Automorphose tatsächlich die Gewähr einer Kontinuität der persönlichen Existenz? Wie konnte man sich davon überzeugen? Die Vertiefung dieses Problems erschien mir wichtiger als der Ausflug zu den Büßern, den ich daher aufschob. Inzwischen bekam ich die Einladung zu einem Treffen mit Studenten und Lehrkräften des Instituts für Gripsonik. Der Saal war bis auf den letzten Platz gefüllt, und aus den Fragen, mit denen man auf mich losging, gähnte komplette Unkenntnis über irdische Dinge. Ein weißgefiederter bebrillter Student zog mich in eine Diskussion über die Engel. Er kannte sie von Abbildungen und behauptete, mit solchen Flügeln könne man nicht fliegen. Außerdem könne nur ein befiederter Schwanz die entsprechende Flugstabilität gewährleisten, allenfalls noch Federflossen an den Knöcheln. ich erklärte ihm, dies seien Gestalten des Glaubens, Produkte des Geistes und durchaus keine Testobjekte der Aerodynamik. Das überzeugte ihn nicht. Offenbar werde von den Menschen insgeheim die Vogelwelt vergöttert, sonst trügen die Flügel der Engel keine Federn, sondern möglicherweise Flughäute. Ich solle eindeutig unser Verhältnis zum Federkleid definieren.

Diese Schwingen seien nur ein Symbol, erläuterte ich, die hätten mit Vögeln nichts zu tun, es geht überhaupt weder um Schwungfedern noch um Daunen, sondern um den Himmel, in den der gläubige Mensch nach seinem Tode kommt.

Als nach dem Geschlecht und der Vermehrung der Engel gefragt wurde, gab ich zu verstehen, daß sie keine Kinder bekommen können, verlor aber, da ich in der Engelskunde schwach bin, den Boden unter den Füßen. Einer hatte etwas von Schutzengeln gehört und erkundigte sich, ob es sich dabei um das irdische Pendant der Ethosphäre handle. Kaum war ich, nachdem das Thema erschöpft war, ein wenig zu Atem gekommen, als nach unseren Zeugungswettkämpfen gefragt wurde. Ich erriet, was er meinte, denn am Vortage war ich im städtischen Stadion Zeuge der alljährlichen Hochzeitsläufe gewesen. Diese leistungssportliche Betätigung ersetzt den Losannitern die Erotik. Die Jugend beiderlei Geschlechts tritt in festlicher Kleidung an den Start, die Zuschauer auf den

Rängen feuern Läufer und Läuferinnen an und beklatschen frenetisch jeden geglückten Akt der Begattung. Ich erklärte also, daß wir uns nicht im Laufen vermehren und dies daher bei uns kein Sport sein könne. Es sei kein Sport? Was also dann?

Ich begann etwas von Liebe zu stammeln, glitt aber leider ab zur Sinnesleidenschaft und geriet ins Kreuzverhör. Sinnesleidenschaft? Was das nun wieder sei? Jaja, man wisse sehr wohl, wir seien von anderem anatomischen Bau, wir rennen also nicht, schön, dann gehe es eben anders, aber wozu all diese Verschwiegenheit, die ganze Andeuterei und Aufklärerei? Warum in unseren Illustrierten so viel Werbung für Brustdrüsen gemacht werde? Habe das mit der Politik zu tun? Mit Machtkämpfen? Nein? Womit also dann? Familienleben? Was folge daraus?

Ich war schweißnaß, denn sie bedrängten mich immer stärker und wollten unbedingt wisssen, was wir an der Begattung denn schamhaft fänden. Was für eine Scham das sei? Wer sich schäme, das Männchen oder das Weibchen? Und wessen schäme man sich? Ob uns die Religion verbiete, uns zu vermehren? Sie verbiete es nicht? Das Unglück wollte es, daß sich unter den Zuhörern einige Studenten der vergleichenden Religiologie befanden, und sie setzten mir am meisten zu. Kaum hatte ich gesagt, daß die Religion nichts gegen Kinder habe, fing einer dieser Schlauköpfe von Reinheitsgelübden an, die zur Rettung der Seele beitragen sollen, woraus sich der Schluß ergebe, daß man, ja mehr Kinder man zeuge, sich um so weiter von dieser Rettung entferne.

Als ich das energisch in Abrede stellte, schrie es von verschiedenen Seiten des Saales: »Er will etwas verheimlichen!« Vergeblich widersprach ich heftig diesem Vorwurf, das ganze Auditorium war in Aufruhr und wollte unbedingt die Gründe für jene Scham, die Absonderung und Intimität kennenlernen, denn bei ihnen gebe es nichts Öffentlicheres als dies. Ich war wie vor den Kopf geschlagen und fand keine Erklärung. Eine Studentin fragte, ob wir Eier legen, wurde aber von anderen, die besser informiert waren, ausgelacht. Die Menschen stammen von vierhändigen, behaarten Baumtieren ab, sind lebendgebärend und gehören zu den Säugern. Zu den

Säugern? Ja freilich, die Mutter nährt das Kind mit der Brust. Mit der Brust? Ja, aber nicht wie die Pelikane, sondern mit Milch aus der Brust. Die Milch brachte alle nur noch mehr in Wallung: Mit Käse auch? Und was ist mit der Butter? Ich verwirrte mich in meinen Aussagen, vielleicht hätte ich ihnen am Ende noch von der Zweigliedrigkeit der Erotik in deren geistiger und sinnlicher Form Kenntnis geben können, aber die Barriere, die der ersteren zuungunsten der letzteren Erhabenheit verlieh, war diesem Publikum unbegreiflich. Weshalb solch eine Trennung? Deckt sie sich mit der Grenzlinie zwischen Tugend und Laster? Ja? Nein?

Ein junger Logiker, perlmuttfarben wie eine Turteltaube, leitete daraus den Satz ab, daß die Menschen sich nicht in gehöriger Weise zur eigenen Religion bekennen. Täten sie das nämlich, so wären sie längst ausgestorben, ohne Nachkommen zu hinterlassen. Der kollektive Selbstmord durch Zölibat! Sie sündigen, also sind sie! Pacco, ergo sum, et nihil obscoenum a me alienum puto!

Das Auditorium hatte sich in den Kopf gesetzt, daß ich zwar alles wisse, aber nicht alles verraten dürfe. In meiner Verzweiflung versuchte ich die Taktik des Sokrates und fragte, was denn bei ihnen als unanständig gelte. Leider nichts, wie sich zeigte. Beleidigend, häßlich, abstoßend, Abscheu erregend, geschmacklos, grausam – das waren Begriffe, die sie kannten. Was unanständig war, wußten sie nicht. Mit schmutzigen Händen essen! Beim Examen in der Nase bohren! Andere nachäffen und auslachen! Solche Angebote machten sie mir, in der Hoffnung, ich werde ihnen, auf die rechte Spur gelenkt, das Geheimnis endlich verraten. Natürlich führte das zu nichts, und unter tumultuarischem Zischen und Trampeln (sie benahmen sich schon richtig unanständig) warf ich schließlich das Handtuch.

Hinterher gab es ein Bankett. Ich lernte einen jungen Wissenschaftler kennen, der zu meiner Linken saß. Zur Rechten hatte ich den Rektor, aber der Jüngling fesselte mich mehr. Er war Doktor der Gripsonik, ähnelte mit seinen Ohrbüscheln einem Uhu und hieß Tiuxtl. Neben seinem Hauptfach trieb er Hominístik, konnte jedoch nicht verbergen, daß er die irdischen Probleme nur aus der Theorie kannte. Beispielsweise war er der Meinung, wir scheuchten Angreifer zurück, indem wir das Haar aufstellten wie die Hyänen. Ich versicherte ihm, daß uns die Haare durchaus nicht zu Berge stehen, aber er berief sich auf die irdische Literatur. Nun mache einer so einem Fremden begreiflich, daß er es nicht wörtlich nehmen darf, wenn jemand die Beine in die Hand nimmt!

Als ich von meinem Besuch bei Tahalat erzählte, grinste Tiuxtl ironisch. Offizielle Propaganda, sagte er. Jahrmarktszauber, Zirkustricks. Zu belanglos, um sich darüber einen Schnabel zu machen.

Er war einverstanden, mein Mentor zu werden. Erst von ihm erfuhr ich, wie die Ethosphäre funktioniert. Sie besteht aus Gripsern, die in Strukturvorgabebetrieben und Gripsbrütern hergestellt werden. Der Verfügungszentrale ist ein Duumvirat mit Regierungsvollmacht übergeordnet – der Generalinhibitor und der Generalhedomatiker. Ihre Aufgaben gleichen sich aus, denn der eine sorgt für die Verhütung des Bösen, also die Beschränkung der Aktivität, der andere aber für das Angebot des Guten und damit ein Maximum an Freiheit. Die Gripsonik, das Fachgebiet von Tiuxtl, befaßte sich nicht etwa damit, den Gripsern moralische Prinzipien einzubleuen, sondern war die Kunst, der Ethik eine Verkörperung in der Physik zu verschaffen. Schon die allerersten Projektanten der Ethosphäre, die sogenannten Gründerväter, hatten diese Notwendigkeit begriffen. Das größte Gebrechen aller moralischen Kodizes ist die Unverhältnismäßigkeit der Vergehen, die Fragen folgender Art aufwirft: Was ist schlimmer – eine Waise bestehlen, einen Greis malträtieren oder einen Priester mit einer Reliquie verprügeln? Die Ethosphäre sollte also kein Psychologe oder Erzieher sein, weder Aufpasser noch Kontrolleur, auch kein unsichtbarer Schlichter oder Polizist, vor allem aber sollte sie nicht *Partei* sein, mit der man über die Zulässigkeit seiner Taten diskutieren oder streiten konnte. Eine solche Kuratel nämlich wäre in ihrer Allgegenwart unerträglich gewesen. Daher äußert sich die Fähigkeit der Ethosphäre, das Böse zu absorbieren, ausschließlich als physikalische Eigenschaft. In der veredelten Umwelt kann man niemanden zu etwas zwingen, ebensowenig wie Elektronen sich nötigen lassen, nicht mehr um die Atomkerne zu kreisen. Man kann hier Leben ebensowenig vernichten, wie sich Materie oder Energie vernichten lassen. Die Gesetze der Physik sind vor allem *Verbote:* Sie lassen bestimmte Dinge einfach nicht zu. So kann in der Ethosphäre ein Verbrechen ebensowenig verübt werden, wie sich in natürlicher Umwelt ein Perpetuum mobile bauen läßt. Zu diesem Zwecke werden sämtliche Entscheidungen, die von den Gripsern zu treffen sind, aus den sumpfigen Triften der Psychologie auf den festen Boden der exakten Wissenschaften übertragen. Darin besteht das Aufgabengebiet der Gripsonik. Tiuxtl zeigte mir, wie das geht. Ein Gebot lautet beispielsweise: »Niemand darf sich gefesselt fühlen.« Diese Direktive wirkt wie ein physikalisches Gesetz. Man kann es nachweisen, indem man jemandem Handschellen anlegt, ihn mit Stricken fesselt oder – eine raffiniertere Methode – das Opfer mit den Füßen in einen Kübel betoniert und anschließend in einen Teich wirft: Ketten und Fesseln lösen sich auf, der Beton zerfällt zu Staub. Voraussetzung ist allerdings, daß der Gebundene Anstrengungen zu seiner Befreiung unternimmt. Andernfalls zerfiele sogar seine Kleidung, und niemand könne Leibriemen tragen oder Hosenträger. Das Opfer muß sich also in seinen Fesseln winden, und wenn diese Anstrengung eine gewisse Intensität überschreitet, lösen die Gripsersensoren den Zerfall der fesselnden Substanz aus. Hätte ich an jenem Halseisen gezerrt, wäre ich freigekommen, aber ich wußte das nicht, ich war ja kein Losannier, und genau darauf hatten meine Entführer ihren Plan gebaut. Tiuxtl mußte lachen, als er mir das auseinandersetzte. Mit der seelischen Verfassung des Angegriffenen befassen sich die Gripser überhaupt nichts, dazu sind sie nicht imstande, sie registrieren nur, ob er in seiner Bewegungsfreiheit eingeschränkt ist. Die Kunstfertigkeit der Gripsoniker nun erweist sich darin, den moralischen Sinn jeglicher Situationen so in die exakte Sprache der Physik zu übertragen, daß die Lösung für alle Seiten optimal ist und jeder psychologische Einschluß vermieden wird. Die Gripser unterziehen denjenigen, der sich mit Mordplänen trägt, also nicht etwa einer strikten Überwachung, sie fällen auch kein Urteil über eine derartige in Taten offenkundig werdende Absicht, sondern stellen nur einen Sachverhalt fest und vereiteln dessen schädliche Folgen. Die Programme enthalten viele sachlich klingende Gebote. Eines lautet zum Beispiel: »Nichts darf einen jähen Sturz tun.« Dadurch kann weder ein Meteor auf die Stadt fallen noch sich jemand zu Tode stürzen, sei er nun aus eigenem Antrieb aus dem Fenster gesprungen oder hinausgeworfen worden. Die Gegenmittel sind allerdings sehr vielfältig, u. a. gehören dazu das Destroyon und das Absorbon, subatomare Teilchen, die auf Befehl der Gripser Energie abgeben oder aufnehmen. Eine Trillion Absorbonen kann, über eine Quadratmeile verteilt, innerhalb einer Minute die Temperatur auf dieser Fläche um zwanzig Grad senken. Ich habe mit niemandem gesprochen, glaube aber, daß Losannien mit eben dieser Methode die Vergletscherung von Clivia Nigra bewirkt hat.

Andere gripsonische Richtlinien legen fest, daß Opfer, falls sie nicht zu vermeiden sind, so niedrig wie möglich gehalten werden müssen – das Prinzip des kleineren Übels. Stolpert ein Kind beim Überschreiten eines Eisenbahngleises zwischen die Schienen und die Notbremsung des heranrasenden Zuges hätte dessen Entgleisung, also auch den Tod von Fahrgästen zur Folge, so wird das Kind überfahren.

Dieses Beispiel hatte sich Tiuxtl extra für mich ausgedacht, denn in Losannien gibt es keine Eisenbahnen.

Eine andere Regel lautet: »Niemand darf erkranken!« In Losannien gibt es schon seit zweihundert Jahren keine Medizin irdischen Musters mehr, die Gripser wachen über den Leib von der Geburt bis zum Tod, Operationen und sonstige Eingriffe sind überflüssig geworden. Embolien oder Darmverschlingungen können nicht mehr auftreten, jede dieser Beschwerden wird von Gripsern schon im Ansatz liquidiert. Das gilt auch für die in den Geweben auftretenden Irrtümer und Mißbräuche, die als Geschwülste bekannt sind. Ausgerechnet von hier hat einst die revolutionäre Idee ihren Ausgang genommen, Unsterblichkeit zu gewinnen durch Ektogonie. Der Reparatur- und Rettungsschnelldienst, der in der Gripsosphäre so unermüdlich aktiv ist, sei, wie Tiuxtl ausdrücklich hervorhob, keineswegs etwas Neues, Einmaliges und Niedagewesenes. Sehr ähnliche Verhältnisse herrschen nämlich in jedem lebenden Organismus. Auch in ihm können, sofern er funktionstüchtig ist, die einen Organe oder Gewebe den anderen nicht schaden oder auf deren Kosten wuchern, und was von außen eindringt, sei es ein Krankheitserreger oder ein Geschoßsplitter, wird unschädlich gemacht, eingekapselt oder ausgeschieden. Der Organismus läßt sich ebensowenig wie die Gripsosphäre auf moralische Reflexionen ein, um beispielsweise zu ermitteln, ob hinter dem jeweiligen Anschlag auf seine Gesundheit gerechtfertigte Motive stehen. Der Organismus ist für Überredung unempfänglich, die Ärzte haben es zu ihrem großen Kummer einst zu spüren bekommen, als er verpflanzte Organe einfach nicht annahm. Den Körper kann man überlisten und umbringen, weil er in seiner Wirkungsweise festliegt, die Ethosphäre hingegen wird in ihrer Funktionstüchtigkeit unablässig vorangetrieben durch die Gripsonik.

Das heißt jedoch keinesfalls, daß sie damit vollkommen wäre oder jemals absolute Vollkommenheit erreichen könnte. In dieser Hinsicht zeigte Tiuxtl sich skeptisch. Er gab mir eine fünfzig Jahre alte Streitschrift gegen Gripsoniker zu lesen, verfaßt von dem Philosophen Xaimarnox. Der war Gripsoniker gewesen, bis er seine Überzeugungen radikal gewechselt hatte. Xaimarnox behauptete, die Ethosphäre richte sich nicht, wie allgemein angenommen, gegen das gesellschaftliche Unheil, sondern gegen etwas ganz anderes. »Der Wohlstand« – so schrieb er – »ist ja nicht das, was man bereits hat, er ist zumindest nicht nur das, sondern eine Fata Morgana, ein in die Zukunft verlegtes Ziel. Armut ist schrecklich und deprimierend, spornt aber wenigstens zu der Anstrengung an, aus diesem Zustand herauszukommen. Wohlstand jedoch, der leicht zu besitzen ist wie die Luft, ist insoweit schlimmer, als von ihm kein Weg wegführt – man kann nichts anderes tun, als ihn vergrößern. Es genügt nicht, immer mehr zur Hand zu haben jetzt und hier, es muß zugleich immer mehr neue, weitere Chancen geben. Ihr müßtet also die Welt umgestalten, da ihr euch nicht aufraffen konntet oder wolltet, euch selbst zu verändern, was übrigens, wie wir wissen, Resultate von zwar anderem Aussehen, aber nicht geringerem Unheil zeitigt. Nichts jedoch ist dem Menschen im Menschen so abträglich wie ein Zustand des Wohlbehagens, das gratis zu erlangen ist – und ohne die Beteiligung, die Unterstützung, die Teilhabe anderer Menschen. Man braucht zu niemandem gut zu sein noch jemandem einen Dienst, Hilfe oder Herz zu erweisen, weil das ebenso sinnlos wäre wie ein Almosen für einen Krösus oder ein Kupferpfennig in einer Goldmine. Was kann man jemandem geben, der schon mehr hat, als er sich vorstellen kann? Gefühl? Das ist in dieser Situation nur etwas für Leute, die ein Muster an Selbstlosigkeit sind. Diese Selbstlosigkeit wiederum spricht jedoch diesem zivilisatorischen Paradiese Hohn, das mit solcher Mühe geschaffen wurde. Übrigens schreitet die Erosion von Wohlwollen, Anhänglichkeit, Achtung und Liebe nur allmählich fort, sie vollzieht sich nicht von einer Generation auf die andere. Zuerst erscheinen primitive Roboter, die Dienerfunktionen ausüben, die Mechanik äfft nur ungeschickt die von den Menschen abgeguckte, programmierte Aufmerksamkeit der Hingabe und Dienstbereitschaft nach, aber schon zu jenem Zeitpunkt kann und muß diese Simulation vervollkommnet werden, die stählernen Mannequins gehen ins technische Museum und werden ersetzt durch eine weniger aufdringliche, eine behutsame, zärtliche, hingebungs-, ja liebevolle, wenngleich unpersönliche, so doch grenzenlose, bis zur Selbstaufgabe altruistische Aufmerksamkeit der Umwelt, die jedes Gelüst erfüllt, kaum daß es halb gedacht ist. Wenn aber die absolute Macht zur absoluten Verkommenheit führt, so bringt eine so vollkommene Wohlfahrt die vollkommene Vernichtung. Ein Rückfall in den Mangel, die Armut und die Not ist für die Allgemeinheit nicht möglich – an wen soll man sich wenden, um die Rechnung für diese erdrückende Lawine von Glück zu begleichen, wenn nicht an den, der es produziert? Jemand muß immer schuld sein – Gott, die Welt, der Nachbar, die Ahnen, ein Fremder. Einer ist immer schuld, und so stellt sich heraus, daß man vor den Leuten das von ihnen nicht gewollte Glück in Schutz nehmen muß. Können sie dieses nun nicht einfach zertrampeln, bleiben ihnen zur Abrechnung nur die anderen. Also sind alle vor allen zu schützen, und genau das habt ihr getan. Ich nenne das eine Katastrophe: das allgemeine Paradies, in dem jedermann dasitzt und die Hölle in sich trägt, die er seinem Nächsten nicht zu kosten geben darf.

Dabei hat er doch keinen größeren Wunsch, als den anderen diesen Geschmack seines Zustands mitteilen zu können. Ihr wollt es bewiesen haben? Bitte sehr. Obgleich es nicht in euren Plänen lag, obgleich es eine unabsichtliche und sogar unerwünschte Folge des Unheilabsorptionsvermögens der Umwelt ist, habt ihr Differenzierungen des Glaubens und Unglaubens produziert, die Trennung der Überzeugungen in höchst wahrhafte und zutiefst verlogene. Die Regierung verkündet, es gehe um einen sehr kläglichen Glauben, der sich auf den einzigen Artikel beschränke, das Böse umzubenennen in Gutes – einen Mord also in ein heiliges Verdienst. Dieses Credo sei für unsere Extremisten nicht das Ziel (und ein Ziel muß der Glaube ja sein), sondern das Mittel, die Ethosphäre so zu hintergehen, daß das Töten möglich werde.

Die Gripsoniker suchen also neue Programme, die solche Kniffe vereiteln, und wenn einer so redet wie ich, halten sie ihn für ihren Gegner. Ich bin alles andere als das, ich bitte mir nur zu sagen, was ihr davon habt, die Gripser so perfekt zu machen. Den Menschen ist nur noch eine Ritze zu eigen geblieben, der das Böse entweichen kann – das Erlebnis der Religion. Nun wollt ihr auch diese Öffnung verspunden auf alle Zeiten, jedermann soll die Hölle einbetoniert in sich tragen! Merkt ihr denn nicht, wie absurd diese ›Perfektionierung‹ ist? Ich weiß, ihr wolltet das Beste. Ihr wolltet nichts Böses. Ihr wolltet das Gute und nur das Gute. Aber genau das hat sich als böse erwiesen. Jetzt sucht ihr das Unheil dieser Meliorationsarbeit vor euch selbst zu kaschieren. Ihr belügt euch also! Es ist euer Ziel, niemanden gegen euch, die anderen und die Gesellschaft den Beweis führen zu lassen, daß dieses Gute Unglück bringt und böse macht. Glaube entsteht aus Unglück, einer Komponente der Existenz. Glaube entsteht aus der Sehnsucht nach dem VATER, dem immer verläßlichen, liebenden Hirten, der dem Alter ebenso trotzt wie dem Tod. Glaube erhebt sich aus dem Gefühl, daß, da die Welt uns nicht liebt, jemand da sein muß, der uns liebt. Glaube kommt nicht aus leiblicher Not, sondern aus der Hoffnung, daß diese Welt doch nicht alles ist, daß es in ihr oder über ihr DAS oder DEN gibt, an den man sein Flehen richten, vor dessen Antlitz man, wenn nicht zu Lebzeiten, so nach dem Tode treten kann. Mit einem Wort, der Glaube ist eine Ausflucht in aus Verzweiflung geborene Hoffnung, weil sich in völliger Verzweiflung und ohne einen Strohhalm der Hoffnung nicht leben läßt. Nicht einmal für andere Menschen läßt sich leben – und selbst diese Chance habt ihr ihnen genommen. So ist – unglückselige Erscheinung entarteten Glaubens – selbst jener aufkeimende Glaube, der den Mord ins Gute, in höchste Verdienstlichkeit kehrt, doch auch Ausdruck der Verzweiflung und der aus ihr geborenen Hoffnung, daß es so, wie es ist, nicht sein darf. Jener primäre und dieser sekundäre Glaube entspringen den gleichen seelischen Quellen. Die Wunderlichkeit dieses neuen Glaubens leitet sich direkt aus der Wunderlichkeit des Tatbestandes her, den ihr euch selber bereitet habt. Meine Kollegen und Freunde in der Gripsonik denken nicht so, denn sie sind angestrengt mit der Lösung technischer Detailfragen für den nächsten Schritt der Hedomatik und Inhibition befaßt. Daher wissen sie nicht (oder verdrängen jeden Gedanken daran!), daß die Hedomatik bereits umzuschlagen beginnt in die Algomatik: die Folter aus Güte.«

Diese Streitschrift war ein Bestseller geworden. Von den Experten ignoriert, wurde sie zur Bibel der Intellektuellen, deren Klagelieder und Schuldsprüche gegen die Ethifikation hier endlich konkret auf einen Nenner gebracht waren. Aus der Geschichte wisse man ja, so schrieben sie, daß alles Gute am Ende jemandem zum Bösen ausschlüge. In geringen Dosierungen sei das Gute zuweilen tatsächlich von Nutzen, lebenslänglich aber Gift. Xaimarnox nun hatte gar behauptet, die Vormundschaft der Gripser sei um so verderblicher, je mehr Perfektion sie erfahre. Die Regierung hüllte sich in Schweigen, ihre Parteigänger aber nahmen sich Xaimarnox vor, diffamierten ihn als Sonderling und Stänker und setzten sogar Gerüchte in die Welt, er habe vom Vorsitzenden eine Auszeichnung bekommen. Der ganze Knatsch geriet bald in Vergessenheit, als die Visionen des greisen Gripsonikers sich nicht erfüllten, der Mord als Protest gegen zwangsverordnete Sanftmut nicht zu einem neuen Glaubensbekenntnis und nur noch von wenigen Extremisten auf die Fahne geschrieben wurde. Dennoch erwies sich Xaimarnox nicht in allem als falscher Prophet, denn Sonderbares trug sich zu: Die Ethosphäre brachte eine Wiedergeburt der längst vergessenen Doktrin der Drei Welten.

Wie hatte das geschehen können? Die Regierung hatte die Ethifikation eingeführt, als Losannien von Krisen geschüttelt wurde. Der Wohlstand hatte die Gesellschaft rasend gemacht, der Bevölkerungszuwachs ließ die Städte bersten, es gab kaum noch eine Grenze zwischen Politik und Lumperei. All das war unter dem Deckel der Ethosphäre dann verstummt, aber nach vierzig Jahren machten sich Dinge bemerkbar, die gänzlich neu waren – vorteilhaft und beunruhigend zugleich. Es waren Wandlungen zum Besseren, von niemandem geplant noch beabsichtigt. Der Bevölkerungszuwachs ging zurück, es kamen keine körperlich und geistig behinderten Kinder mehr zur Welt, die durchschnittliche Lebenserwartung nahm zu. Eine Zeitlang erklärten das die Fürsprecher der Ethifikation mit dem geistesveredelnden Einfluß der Gripsosphäre. Großes Aufsehen erregten erst ärztliche Diagnosen, wonach die Leute nicht mehr von altersbedingten Knochenbrüchen heimgesucht würden, weil sich im Skelett zunehmend Metall absetze. In Schien- und Schlüsselbeinen lagerten sich mikroskopisch kleine Metallfasern ein und erhöhten die Bruchfestigkeit. Solch ein Phänomen ließ sich nicht mehr mit Floskeln vom Erziehungswert der Ethosphäre abwiegeln – hier hatten sich die Gripser ganz unbestreitbar selbständig gemacht. Schlimm war nicht der Rückgang der Knochenbrüche, schlimm war, daß die Gripser etwas machten, was sie gar nicht sollten. Die Intellektuellen, die den Regierungen unter allen Sternen nichts als Ärger machen, kamen wieder lauthals mit ihren Fragen: Wer beherrsche denn nun wen – die Lebenden die Gripser oder umgekehrt? Sollte es gar, so fragten sie sardonisch, gelungen sein, das Paradies vollkommener zu erschaffen, als man es erträumt hatte?

Die Gripsoniker ließen sich nicht erschüttern und rechtfertigten sich nach allen Seiten damit, daß ja nichts Schlimmes geschehe. Ethik lasse sich eben nicht einfach umsetzen in Physik. Erklärt jemand: »Tue deinem Nächsten nicht an, was dir selber leid ist«, so braucht er nichts hinzuzufügen, denn die Intuition hat ihm längst gesagt, wovon der verschont bleiben möchte. Verfaßt man solche Gebote jedoch in der Physik einer generalüberholten Welt, so gibt es keinerlei Intuition mehr als Berufungsgericht. Dann werden logische Elemente programmiert, die diesen ihren Programmen unterliegen, aber keinerlei Verständnis besitzen. Der Gripsoniker arbeitet nicht als Moralist, sondern als Mathematiker, der ein deduktives System aufbaut. Dieses ergibt sich aus Prämissen – den Axiomen. Axiomen kann gewöhnlich mehr entspringen, als derjenige, der sie aufgestellt hatte, wissen konnte. Die Geometrie definiert den Punkt, die Gerade und die Fläche, und dann wird offenbar, daß sich allem gesunden Menschenverstand zuwider aus diesen Definitionen auch eine Ebene ergibt, die nur eine einzige Fläche hat. Die Programmierer haben den Gripsern das Wohl der Gesellschaft anvertraut, und die Gripser sorgen sich um dieses Wohl viel stärker, als zu erwarten stand. Das ist doch nicht schlecht, das ist doch prima, sie sollten über die Gesundheit wachen, und nun wachen sie. Knochen altern und werden morsch, es ist nicht abzusehen, wann sie brechen. Da nun die Gripser nicht vereiteln können, was sie zu vereiteln haben, schreiten sie zu einer Radikalprophylaxe. Die Medizin meldet gegen die Metallverfestigung des Knochengerüstes keine Vorbehalte an, folglich ist kein Grund gegeben, Alarm zu schlagen. Die Gripser haben sich dem Imperativ der Wohltätigkeit in keiner Weise entzogen, alles ist in Ordnung.

Mittlerweise war auch das Klima Wandlungen unterworfen. Lasannien blieb von jähen Schwankungen des Luftdrucks und von Wirbelstürmen verschont – woran lag denn das nun wieder? Gewitterfronten, Okklusionen und atmosphärische Elektrizität pflegen Streß-Situationen zu verursachen, aber auch auf diesem Gebiet waren die Gripser hegsam tätig geworden und hatten das Klima reguliert. Was wollt ihr denn? riefen die Gripsoniker ihren neuerlich aufbegehrenden Gegnern zu, ihr habt wohl Sehnsucht nach Windhosen und Taifunen? Jetzt aber zeigten sich Brüche auch unter den Experten. Die einen blieben darauf versteift, daß eine gute Direktive die Initiative der Gripser immer im Zaum halten könne, die anderen wiederholten, das Übel sei schon da, denn jeder, der unerwünschten Vorteil davontrage, verfalle der Entmündigung.

Beide hatten recht, wie sich bald erweisen sollte. Unglaubliches trug sich zu. Immer mehr alte Leute starben nicht »bis auf den Rest«, wie man das nannte. Sie büßten alle Kraft ein, legten sich aufs Sterbebett, wurden blind, taub und bewußtlos, dämmerten aber monatelang in dieser ausgesetzten Agonie dahin. Die Angehörigen harrten des letzten Seufzers, aber der Tod trat nicht ein, im Gegenteil, der bereits erkaltete Körper regte sich plötzlich, Arme und Beine vollführten chaotische Bewegungen, bis wieder eine unbegreifliche Lethargie eintrat. Es kam sogar vor, daß die Herztätigkeit zum Stillstand kam, aber auch das war kein Zeichen des Todes, weil die vermeintliche Leiche nicht verweste.

Erst von Tiuxtl erfuhr ich, daß die Losannier die Ektotechnik nicht erfunden, sondern von den Gripsern beigebracht bekommen hatten! Die Gripser waren gedankenlos betriebstüchtig, wie es ihnen aufgetragen war. Sie sollten das Leben im Gange halten, also taten sie es. Der Organismus wurde zum Feld ihrer lautlosen, verbissenen Schlacht um die Rettung kaum noch glimmenden Lebens. Das Gehirn war passé und nicht mehr zu retten, sie hatten das nicht verhindern können, kämpften aber nun, um zu retten, was sich retten ließ. Diese Entdeckung gab den Auftakt zu einem Riesenstunk. Die Experten, geradezu berauscht von der Zuversicht, Unsterblichkeit zu schaffen über den Tod hinaus (!), machten sich sogleich an die weitere Perfektionierung der Gripser. Taub für alle Proteste und alle Stimmen der Entrüstung und des Entsetzens, experimentierten sie an Tieren. Die Opposition erhob ein Geschrei, es könne keine lästerlichere Erfüllung des Traums vom ewigen Leben geben, als solch eine Gabe untergeschoben, auf diebisch verstohlene Weise in den Körper eingeführt zu bekommen. Es sei der blanke Hohn, daß man zwangsweise zur Unsterblichkeit verurteilt werde, und der von den Gripsonikern an den Tag gelegte Enthusiasmus lege nur Zeugnis ab für den Schwachsinn der Profis.

Tiuxtl, der mir diese drei Jahrhunderte zurückliegenden Vorfälle referierte, deckte schonungslos auch das Makabre daran auf. Die Hast, mit der die Gripsoniker die Ektotechnik von den Versuchstieren auf die Entianer übertrugen, hatte haarsträubende Folgen. Man hatte darauf gerechnet, die Öffentlichkeit werde, sobald die ersten Unsterblichen auf der

Straße erschienen, diese Tatsache gebührend zu schätzen wissen und sich von den oppositionellen Kritikern abwenden. Indessen mußten schon nach einem knappen Jahr die ersten Ewigkeitsanwärter in besonderen Asylen verwahrt werden. Die einen verloren über Nacht das Bewußtsein und wurden steif, und das war noch das weniger Schlimme, denn die anderen – die meisten – bekamen die Tobsucht. Sie gingen wie die Affen an Bäumen und Wänden hoch, stürzten sich auf ihre Angehörigen und aus den Fenstern, ohne sich dabei übrigens weh zu tun: Die Gripsosphäre hielt treue Wache. Soviel mir bekannt ist, stammen von daher die Gerüchte über Abspringer, Hinterklammerer und Verpüpplung, die in den Akten unseres Ministeriums eine Fehldarstellung erfahren haben. Die Sache war um so fataler, als in der ethifizierten Umwelt niemand gefesselt oder mit Gewalt festgehalten werden kann. Selbst die stärksten Dosen von Beruhigungsmitteln blieben wirkungslos, denn die Ärzte hatten ja nicht mit Personen zu tun, die zwar tobsüchtig, aber auch alt waren, sondern mit der ganzen Macht der Gripser, die nicht zuließen, daß ihr Unsterblichkeitseffekt zunichte gemacht wurde.

»Einer Tragödie muß Würde innewohnen«, erklärte Tiuxtl, »hier aber erfüllten die ehrsamen Bemühungen um das ewige Leben die Straßen und Häuser mit unzurechnungsfähigen Alten, die sich mit ihrer erschrockenen Umgebung prügelten. Statt die Öffentlichkeit für die Immortilisation zu gewinnen, wurde diese von den Gripsonikern unwiderruflich kompromittiert, und als die Sache herauskam, wollte von Unsterblichkeit niemand auch nur hören. Die Tiere, die man für die Versuche benutzt hatte, besitzen einfachere Gehirne und sind mit der Ektogonisierung ohne Schaden fertig geworden. Spätere Erfolge nützten den Gripsonikern gar nichts. Wer könne denn jetzt wissen, fragten die Dissidenten, ob unsere zwangsweise Totalbeglückung damit ein Ende hat? Wer garantiere, daß die Gripser nicht mit dem Segen der Regierung in die Gräber dringen, um uns mit den Gerippen unserer Bekannten zu erfreuen, die in strammem Marsch vom Friedhof wiederkehren? Behinderte Kinder kommen nicht mehr zur Welt, das ist angeblich gut so, aber woher können wir wissen, was für andere Kinder nicht mehr geboren werden? Die Gripser vereiteln die Zeugung von Behinderten, treffen also eine Selektion. Wo liegt dann die Gewißheit, daß sie nicht auch andere Kinder im Keim vernichten – bespielsweise solche, die eines Tages zum Hindernis für die Ethosphäre heranwachsen könnten? Alles wäre halb so schlimm, wenn man sich mit den Gripsern verständigen, sie ins Verhör nehmen, ihnen ihre ehrenhafte Schändlichkeit ausreden könnte, wenn sie selbst die Richtung und die Motive ihres Wirkens anzugeben wüßten! Das aber ist unmöglich, der Wunsch, mit der Ethosphäre zu diskutieren, hat so viel Sinn, als wolle man bei den atmosphärischen Strömungen das morgige Wetter erfragen. Wir werden von einer seelenlosen Aktivität regiert, die der Physik der vorgefundenen Welt zugesetzt wurde, und nichts kann den Nachweis liefern, daß diese Welt uns stets günstig gesonnen bleibt – daß ihre schützende Umarmung nicht in fünf oder hundert Jahren zum Würgegriff wird...«

Als Tiuxtl mir das erzählte, mußte ich an Anix denken. Er hatte sich zur Ektogonisierung entschlossen, als die Gesellschaft vor Haß gegen Gripsotechniker und wohl auch Philosophen wie ihn, vor Haß gegen die ganze Wissenschaft schäumte. Eine verzweifelte Menge – und eine solche schrie ja vor allem nach Rache – pflegt sich in ihrer ohnmächtigen Wut keine Gedanken über ein differenziertes Maß an Schuld zu machen. Ohne die Ethosphäre wäre es unweigerlich zu Gewalttat und Lynchjustiz gekommen, während die Experten, statt sich zu verteidigen oder zu rechtfertigen, die Beleidigungen, mit denen man sie überhäufte, und den Abscheu, den sie weckten, als Beweise hinstellten, sich nach wie vor im Recht zu befinden: Wäre die Ethosphäre tatsächlich eine Knebelung der Geister, so würde sie solch eine allgemeine Gärung nicht dulden. Natürlich wollte ihnen niemand auch nur zuhören. Die Ektogen wurden wie Aussätzige abgesondert, wobei die Öffentlichkeit ohnehin alles übelnahm, was man mit ihnen auch machte. Gerüchte kamen auf, wonach man sie heimlich unter stählernen Pressen oder Hammerwerken zu Tode brachte, worin insofern ein Körnchen Wahrheit steckte, als manche Angehörige wahrhaftig verlangten, man solle ihnen Ektogen die Unsterblichkeit nehmen – selbst durch die Vernichtung, wenn anders es sich nicht machen ließe.

Die gelungenen Immortalisationen des folgenden Jahrzehnts wurden unter strengster Geheimhaltung durchgeführt, und dennoch sickerte etwas durch. Die Öffentlichkeit wurde von einem fieberhaften Mißtrauen erfaßt – nicht mehr der Stumpfsinn, sondern die Intelligenz wurde jetzt als Zeugnis der leichenhaften Herkunft angesehen. Die Betroffenen mußten Gesichter und Namen ändern und ihre Familien verlassen, keiner konnte mehr einen festen Wohnsitz nehmen, da er schon durch seine nicht enden wollende Präsenz der Nachbarschaft ins Auge stach. Es waren Heimatlose, die bei Ärzten und Kosmetikern Hilfe suchten, um sich ein Aussehen des Alters geben zu lassen. Als die Regierung die Sache so in der Sackgasse sah (die Unsterblichkeit war schon zum Schimpf geworden, und wurde sie jemandem nachgesagt, so drohte ihm der gesellschaftliche Boykott), blies sie den Propagandafeldzug ab und faßte einen ins ganze Gegenteil gerichteten Beschluß. Um sich und der Opposition zu beweisen, daß sie die Gripsosphäre unverändert unter Kontrolle hatte, stoppte sie den Einsatz der Ektotechnik. Die Ewigkeit konnte von da an nur noch verdienten Persönlichkeiten auf deren eigenen Wunsch verliehen werden. Diese Wende war geschickt eingefädelt, denn der Operation, die den Auserwählten gesetzlich zustand, blieb der Name eines besonderen Privilegs, wenngleich das Volk darin einen Schimpf sah. Das Manöver war erfolgreich und beschwichtigte die Gemüter. Gleichwohl vollzog sich im Verhältnis der Losannier zu ihrer Ethosphäre eine sichtbare Wandlung, erkenntlich an dem von der Umgangssprache verwendeten Wortschatz, der auch in den Akten unseres MfAA verzeichnet ist. Die Mehrheit behandelt ihre perfektionierte Welt als einen Antagonisten mit Persönlichkeitsmerkmalen, und dagegen läßt sich nichts mehr ausrichten. Die kollektive Phantasie greift unter dem Einfluß heimlicher Ängste auf traditionelle, mythische Phantasmen zurück und gibt dem Unkörperlichen und Unpersönlichen eine konkrete Gestalt. Oberhalb dieser naiven Vorstellungen besteht aber weiter eine Wirklichkeit, die nicht weniger rätselhaft ist als die primäre, natürliche Welt, aus der ein seliges Arkadien gemacht werden sollte: Nicht weniger rätselhaft, da man ihr – betrachtete man das Sein wieder so wie die Philosophie des Altertums – Sympathie, Gleichgültigkeit oder Antipathie zuschreiben kann. Die verworfene Unsterblichkeit ist kein Beweis, daß sich der Gripsosphäre für alle Zeiten trauen läßt. Der Schutzherr ist in seiner übertriebenen Wohltätigkeit an einem bestimmten Punkt gestoppt worden, aber was folgt daraus? Jeden Augenblick kann es zu neuen »Anschlägen der Güte« kommen, wie sie das nennen. Die klassische Frage »Quis custodiet ipsos custodes?« läßt sich nicht wegwischen. Nehmen wir nur die Sphäre des Alltags: Jeder macht, was er will – aber wollte er selber, oder wollten die Gripserschwärme in ihm? Solange sich diese Alternative nicht eliminieren läßt, muß die Scheide der Drei Welten fortbestehen, kann das gemeinsame Schicksal nicht einer ewigen Obhut überlassen werden. In den Direktiven ist die Ethosphäre gewiß *gut*, aber ob sie nicht zuweilen *allzu* gut ist, weiß man nicht mehr recht, seit sie den Entianern so vielversprechend zulächelte mit dem unsterblichen Gesicht einer Leiche.

Wie ich von Tiuxtl erfuhr, arbeiten viele Forschungsteams an der Schaffung neuer Aufsichtssysteme, die von der Ethosphäre unabhängig sind. Er selbst war am Projekt eines sogenannten Informatikspiegels beteiligt gewesen, der der Gripsosphäre vorgeordnet werden und die Messung ihres Interventionsgrades ermöglichen sollte. Dadurch hätte man feststellen können, wo die persönliche Freiheit endete und die heimliche Knechtung begann. Die Informatiker wiesen jedoch nach, daß auch diese höhere Kontrollebene nichts Endgültiges sein konnte, da sie über die Aufsicht der Gripser nur einen ranghöheren Kontrolleur setzte. Eines Tages hätte auch dessen Loyalität überprüft werden müssen – der Anfang eines unendlichen Pyramidenbaus der Überwachung. Ich fragte Tiuxtl, ob er solche Befürchtungen nicht für übertrieben hielte. Seit Jahrhunderten gehe es ihnen so gut unter veredelndem Druck, jedenfalls aber besser – und wenigstens nicht schlechter – als in früheren Zeitaltern voller Blutvergießen und Verbrechen. Verdiene der nun geschaffene Stand der Dinge nicht zumindest ein maßvolles Vertrauen?

»Es geht doch gar nicht darum, daß wir diesen Zustand für schlecht halten«, erklärte er. »Wir wollen nur wissen, ob wir ihn noch unter Kontrolle haben! Wir wären auch mit einer

Teilung der Macht einverstanden, wenn wir meinetwegen mit zwei Dritteln sozusagen die Aktienmehrheit bei der Überwachung haben. Das restliche Drittel würden wir den Bevollmächtigten der Gripser überlassen... Nur haben wir keine Ahnung, wie hoch sie an den Entscheidungen über unser Schicksal tatsächlich beteiligt sind. Es kann sein, daß jede kosmische Gesellschaft ihre Ethosphäre baut, sich tausend Jahre fortentwickelt, dann aber durch Selbstkomplikationen oder aus anderen, unbekannten Gründen der Degeneration verfällt. Das passiert nicht auf einen Schlag, sondern nach und nach, bis die Ethosphäre zum Ethokrebs entartet.... Wir schreiten in eine Zukunft, die viel mehr Unbekannte hat als die Natur, und *das* macht uns angst, nicht die Komfortbeeinträchtigungen durch anstandsfördernde Verbote... Halte dir nur vor Augen, mein irdischer Freund, daß Ethifikation sich nicht partiell verwerfen läßt. Ebensowenig wie die Industrialisierung! Wie deine Menschheit nach einer Liquidierung der Industrie verderben würde, stünden wir hilflos da, sobald die das Böse absorbierende Haube über uns weggefegt wäre. Unsere in die Zukunft gerichtete Angst in *Erwartung* einer Katastrophe würde umschlagen in die Katastrophe des Augenblicks.«

So sprach er, und ich verstand auf einmal die Sehnsucht dieser Leute nach kurdländischer Urtümlichkeit. Ich fand das auf einmal gar nicht mehr so töricht, zumal ich, der ich in astronautischer Berufsgewohnheit immer schlafen konnte wie ein Beamter, nachts immer öfter wach wurde, durchaus nicht von Alpträumen geplagt, sondern höchst verdutzt über den Inhalt von Träumen, wie sie mir zum ersten Mal passierten. Ich träumte, ich sei ein Teig auf einem Küchentisch, würde von gewaltigen Händen geknetet, bald zu Knödeln, bald zu Krapfen portioniert und demzufolge mal in kochendes Wasser, mal in siedendes Fett geworfen. Das schreckte mich jedesmal auf, und ich fragte mich, ob mein Kopf von allein auf so was komme oder nicht die Gripser, die mir zu Millionen im Gehirn schwärmten, das alles in mich hineinträumten. Ich drehte mich auf die andere Seite und seufzte dem Augenblick entgegen, in dem ich an Bord gehen und heimfliegen konnte. Selbst ein schweizerisches Gefängnis erschien mir damals als sichere Zuflucht.

Per viscera ad astra.

Tiuxtl, der nichts vergaß, schlug mir zu Sommersanfang einen Ausflug vor, der uns zu zweit nach Teltlineu zum Kloster der Büßermönche führen sollte.

Ich habe diesen Satz hingeschrieben und betrachte ihn nun voller Mißvergnügen. Glücklich der Chronist, der mit seinem Leser Land und Sprache teilt, denn er wird ohne zusätzliche Erklärung verstanden. Er sagt »Sommer« und »Kloster«, und der andere hat vor sich sogleich wogende Getreidefelder unter azurblauem Himmel, an heftig summenden Bienenstökken vorbei nähert er sich einem breitgelagerten Bauwerk mit ehrwürdigen Mauern und einer knarrenden Pforte. Ich jedoch führe den Leser mit jedem Wort, das ich sage, in die Irre! Es wird noch jemand denken, die Losannier hätten nichts im Kopfe als ihre Gripsosphäre und palaverten darüber von früh bis spät, wenn sie sich nicht gerade wie die Strauße durch die Stadien jagen, um sich zu begatten. Dabei hat das doch nur mich, den Auswärtigen, so besonders frappiert, daß mir kein Raum blieb, auch andere wichtige Dinge zu beschreiben. Es hilft nichts, ich muß jenen scheinbar einfachen Satz, der der Anfang vom Ende sein soll, mit einigen Erläuterungen versehen.

Als Tiuxtl mit mir nach Teltlineu reiste, nannte er sich auf einmal Tötöltek. Die losannischen Namen ändern sich je nach dem, was der Betreffende macht. Teltlineu ist, wie das Fehlen der Buchstaben »r« und »x« ersichtlich macht, eine »wildfromme Einöde geistiger Versuchungen und Irrtümer der staatlichen Verwaltung«. Die Gegend erinnert an ein Naturreservat: halb ausgetrocknete Sümpfe, Tundra und abgestorbener Baumbestand. Sie gehört zu dem Niemandsland, das Losannien in einem Halbkreis entlang der Grenze zu Kurdland umschließt und gewissermaßen einen »cordon sanitaire« bildet – die Konzentration der Gripser kann nicht urplötzlich auf Null zurückgehen. Wildheit bedeutet soviel wie frei von Gripsern, Frömmigkeit die Chance, den Mönchen zu begegnen. Man spricht zwar von deren Kloster, aber das ist nichts weiter als Ordensregel. Sie bilden nämlich einen Wanderorden und ziehen jeden Tag an einen anderen Ort.

Nun zu den »Versuchungen und Irrtümern«. Zweihundert

Jahre zuvor hatte die Opposition der Regierung ein Gesetz abgerungen, das jeden Beamten verpflichtete, sich jährlich einmal nach Teltlineu zu begeben und dort so viele Tage zu wandern, wie seine Dienststellung es angab. Ein Oberreferent beispielsweise muß zwei Wochen auf solche Wallfahrt, weil er den vierzehnten Grad innehat. Tiuxtl, der sich um den Posten eines wissenschaftlichen Beraters im MfAA bewarb, hatte seine Tippelei (so respektlos drückte er sich aus!) schon im Winter hinter sich gebracht, um den sonst von Kurdlands Sümpfen herüberschwärmenden Mücken zu entgehen. Damals hatte er Tüxtüllix geheißen, was soviel bedeutete wie »Tiuxtl außerhalb des Guten bei seinem Bösen« – als zeige sich in gripserfreiem Gelände jeder von seiner schlimmsten Seite, kaum daß er das ethische Zaumzeug abgelegt hat. Die Kenntnis solcher Unarten ist in der Verwaltung besonders wichtig, denn da die Gripser nicht in die Amtsgeschäfte eingreifen können, bleibt es einem fiesen Beamten unbenommen, seine Besucher zu schurigeln. Allerdings hat man noch nie gehört, daß die Pilgerfahrt jemanden die Stellung gekostet hätte, obwohl jeder nach der Rückkehr bei der Affektinspektion seine Xandia abzuliefern hat. Diese ähnelt einem Rosenkranz, den man auf der bloßen Haut trägt, damit er die feinsten Willens- und Gefühlsregungen aufzeichnen kann. Gewöhnliche Touristen bekommen an der Grenze einen Xxinder um den Hals gehängt, der gegen Pilger helfen soll, die gerade »ihre Bosheit offenbaren«. Diese sogenannten Hütlinge darf man ebensowenig auseinandernehmen wie die Xandia, man darf auch nicht wissen, wie sie funktionieren. Von diesen Verboten ganz abgesehen, lassen sich die Dinger auch nicht wegwerfen. Auf einen verstohlenen Wink von Tiuxtl schleuderte ich meinen Hütling in die Büsche, aber er kam, leise mit seinen Perlen klappernd, sofort wieder zurück. Eigentlich war ich nicht ganz korrekt, als ich von den Xxindern sprach. Der Hütling vor seiner Benutzung ist ein -inder; erst eingestellt auf eine konkrete Person, erhält er seinem Namen gemäß ein Präfix. Da Tichy auf losannisch »xx« heißt, kann ich den meinen nur einen Xxinder nennen – in eine menschliche Sprache übersetzt, bedeutet das in etwa »geräuscharmer Retter«.

Durchaus zur Sache gehörig dürfte indessen der Hinweis

sein, daß diese Wallfahrten der Verwaltung mitsamt ihren Xandien und Xxindern reine Formsache waren. Ich konnte mich bald davon überzeugen.

In einem Universalfahrzeug mit Hänger, der Vorräte und Ausrüstungen trug, rollten wir durch sterbenden Wald. Einst war er an den Gletscherflüssen gewachsen, nun aber, da sie versiegt waren, verkümmerte er und ging zugrunde. Tiuxtl, der immerfort auf den Gripsometer schaute, verkündete gegen Mittag, nun seien wir endlich in der »Wildnis«. Wir schlugen kein Lager auf, sondern setzten uns auf die Moospolster, und Tiuxtl öffnete eine Konserve mit Byrrbitschi, weil ich den Nationaleintopf der Manschen probieren wollte. Das ziemlich dickflüssige Gericht schmeckte wie leicht verdorbener Krautgulasch. Plötzlich erschien über den Bäumen ein Entianer von etwa sechs Meter Größe – so kam er uns allerdings nur von weitem vor, denn er ging auf Stelzen oder vielmehr auf einem Schreiter. (Wer will, kann auch Schreite sagen; mir wird vorgeworfen, ich denke mir Wörter aus, die es gar nicht gibt. Als täte ich das zum Vergnügen, nicht aus Not!) Der Fremde ließ sich herab – er konnte diese Stelzen einfahren wie die Beine eines Stativs – und fragte, ob er bei uns Platz nehmen dürfe. Er stellte sich mit dem Namen Quaquax vor (genauso wird das auch ausgesprochen), aber ich werde ihn den Referenten nennen. Sonst arbeitete er auf dem Wohnungsamt einer kleinen grenznahen Ortschaft, jetzt war er auf Wallfahrt. Wir nahmen ihn in unsere Gemeinschaft auf. Eigentlich, so erfuhr ich, war das verboten, die Prüfung muß im Alleingang bestanden werden, aber das wird nicht kontrolliert, und als ich nach der Xandia fragte, meinte der Referent, darin schaue nicht mal einer nach.

Unser neuer Kompagnon trug auf dem Rücken einen Undort, ein Kassettengerät für Zubehörverstärkung. Undort heißt soviel wie »aus dem Nichts«, und der Apparat wird ausschließlich in gripserlosem Raum eingesetzt. Aus allem, was anfällt, sei es auch Abfall, produziert er auf der Stelle jedes notwendige Utensil. Besonders im Bauch des Kurdels kam uns das handliche Gerät zupasse, aber ich will den Ereignissen nicht vorgreifen. Aus dürren Zweigen und Blättern zauberte der Referent eine kompaßähnliche Büchse mit einer

Skala, einen Animalographen, der pro Quadratmeile zwei Pilger und eine meinen beiden Begleitern vorerst noch erträglich erscheinende Zahl von Mücken anzeigte. Der Einsatz von »repellents« war noch nicht nötig.

Ich fragte, warum sie denn eigentlich auf Pilgerfahrt zögen, wenn die Inspektion die Xandien nicht einmal prüfe. Sie brachen in Gelächter aus, als hätten sie sich verabredet, und Tiuxtl sagte, an der frischen Luft sei es angenehmer als im Büro. So saßen wir also da und unterhielten uns. Eile tat nicht not – der Animalograph zeigte auch nicht die Spur von Büßermönchen an.

Tiuxtl, sichtlich gelöst, seit das Gripsometer auf Null stand, erzählte von Formen eines Aberglaubens, der mit der Ethosphäre zusammenhing. Seit vierhundert Jahren leben die Losannier nun so, folglich können sich nicht einmal die Ältesten erinnern, wie es vorher war. Von Kindesbeinen bekommt jeder beigebracht, daß die Ethosphäre kein JEMAND ist, mit dem man sich verständigen könnte, aber alle diese Mühe ist für die Katz, die Leute wissen es besser, und selbst unter Wissenschaftlern machen spiritistische Sitzungen mit ihren hohen Besucherzahlen Furore. Nicht alles darin ist Humbug, die intelligente Umwelt erfüllt ja sämtliche Wünsche (sofern sie nicht schädlich sind) – sie kann also wahrhaftig auch Geister ausschwärmen lassen, wenn jemandem so sehr daran liegt. Die Teilnehmer der Sitzungen betrügen sich freilich selber, wenn sie das Resultat unbewußter Bestellungen für übernatürliche Erscheinungen halten. In den letzten Jahren entstanden auch neue Glaubensrichtungen. Eine Sekte beispielsweise hält Kontakt mit den Seelen längst vergangener Ektogen, die die Regierung angeblich in aller Stille liquidiert hat, um die Spuren des Fehlschusses der Immortalisation zu tilgen. Die Sektenmitglieder veröffentlichen Gesprächsprotokolle, die voll sind von flehentlichen Bitten um Befreiung aus einem toten Dasein und natürlich von Verwünschungen der Regierung. Es ist schwer zu sagen, ob alles kompletter Unsinn ist, die Gripsosphäre also die Mitglieder dieser Sekte täuscht, indem sie deren Wünsche ex nihilo erfüllt, oder ob sich in ihr tatsächlich Überreste des Geisteslebens jener Ex-Unsterblichen erhalten haben.

Es gibt Fachleute, die das für ausgeschlossen halten, da die Gripsosphäre alle eigenen Operationen speichert, und jeder Ektoge war dadurch, daß er gripsoniert wurde, durch und durch ein Teil von ihr. So hat sich also die sehr absonderliche Situation ergeben, daß zwischen Sein und Nichtsein jenseitiger Gespenster und reuiger Seelen nicht mehr zu unterscheiden ist, wenngleich sich die Experten nicht einig sind, ob es sich in der Tat so verhält. Die vollkommene Imitation der Wahrheit unterscheide sich, so Tiuxtl, nicht mehr von der authentischen Wahrheit, und das gelte für jedes Gebiet. Ich fragte, ob denn niemals jemand öffentlich die Forderung erhoben habe, die Ethosphäre ein für allemal abzuschaffen oder wenigstens für eine gewisse Zeit auszusetzen. Es habe, so bekam ich zur Antwort, einige solcher Stimmen gegeben, aber auch weniger radikale Projekte.

Die Sonne stand inzwischen tiefer, und die Mücken summten stärker, wir stiegen also in den Jeep und machten uns auf die Suche nach einem gemütlicheren Platz fürs Nachtlager. Den walllfahrenden Referenten hatten wir auf den Rücksitz genommen, von wo aus er sich an der Unterhaltung beteiligte. Da aber die Fahrt über den holprigen Boden des sterbenden Waldes ging, wurde er immer wieder auf unsere Rükken geschleudert. Mein Hütling und die um Tiuxtls Hals baumelnde Xandia gaben dann jedesmal ein kurzes, warnendes Fauchen von sich.

Das Fahrzeug schaukelte wie ein Boot auf den Wellen, und Tiuxtl war immer noch bei der Erläuterung des feinen Unterschieds, der zwischen der Beschwörung und der Herstellung von Geistern besteht. Werden die Geister der Toten von jemandem gerufen, der daran glaubt, so akzeptiert die Gripsosphäre diesen Glauben als Order und erfüllt sie. Hält der Besteller Geister für unmöglich, so wird er darin bestätigt, denn die Gripser diagnostizieren natürlich sofort seinen Unglauben. Dennoch darf die Gripsosphäre nicht als JEMAND angesehen werden, eher als Automat, der auf Abruf jedes Buch liefert, obwohl er unfähig ist, es zu lesen. Erkennbar wird das daran, daß die Gripsosphäre dem Verlangen »Mir soll mein Großvater erscheinen!« nachkommt, sofern sie über die Daten dieses Großvaters verfügt. Wollte man sich jedoch direkt an sie wenden, um sie nach ihren Absichten oder Gedanken zu fragen, so wird sie nicht reagieren, denn sie ist nicht JEMAND, der von sich aus über sich reden kann. Zwar sind Forderungen nach einer Personalisierung erhoben worden, aber die Sachverständigen wiesen nach, daß daraus viel mehr Schaden als Nutzen entsteht. Warum das so ist, läßt sich nicht kurz und bündig erklären, dazu ist der Fall zu sehr verstrickt in gewaltigen Paradoxa und logischen Widersprüchen. Die Umgebung hat augenblicklich individuelle Forderungen zu erfüllen – bis an die Grenze, wo das Wohl dritter Personen betroffen ist. Sie selbst ist nicht Person und bleibt daher taub gegen alle Wünsche, die über diese Grenze hinausgehen. Wäre es anders, ließe sich Zoll um Zoll das Schicksal anderer in den Griff bekommen. Die Lage ist insofern abstrus, als die Gripsphäre, die selbst kein Persönlichkeitsgebilde ist, derlei dennoch hervorbringen kann, sei es auch nur in Gestalt von Phantomen und Geistern.

»Der Gehorsam der Gripser hört dort auf, wo greuliche Paradoxa beginnen, die einem Erdenbewohner nicht einmal dem Namen nach bekannt sein dürften«, meinte Tiuxtl. »Übrigens haben wir an Reformprojekten nie Mangel gelitten.« Mit gezieltem Schlag erledigte er eine Mücke, die sich auf seine Stirn gesetzt hatte, dann tönte er weiter:

»Eines der ersten war der Plan eines Gleichgewichts zwischen Gut und Böse, also der Isokratie. Die Schüler von Xaimarnox hatten sich das ausgedacht. Nach dem Grundsatz ›Auge um Auge, Zahn um Zahn‹ sollte die Umgebung jedermann Gleiches mit Gleichem vergelten. Jemand liebt seinen Nächsten – gleich wird er auch von den Gripsern gehätschelt. Ein anderer schlägt – sofort hat er selber seine Prügel weg. Alles in genauester Symmetrie, proportional und ausgewogen. Nach dieser Symmetrie hätte jemand sogar einen Mord begehen können, allerdings nur einmal, weil auch er auf der Stelle tot umgefallen wäre. Trotzdem kann sich jeder leicht vorstellen, daß dies geradewegs zur Eskalation des Bösen geführt hätte. Normalerweise reißt sich niemand ein Bein aus, um Gutes zu tun, es verträgt sich mit niemandes Wesen, jemanden durch Güte gleichsam zu vergewaltigen, statt dessen kennt man kein Maß, wenn man jemandem eine Unbill zufügen kann. Durchtriebene Gauner hätten die Ethosphäre am Ende dazu gebracht, sich selbst zu zerfleischen: sie hätte beispielsweise einen schützenden Panzer erst liefern, anschließend aber – zwecks Bestrafung des Mörders – sogleich zertrümmern müssen. Außerdem ist das Schnellgericht eine miserable Rechtsprechung, zumal bei Verbrechen, die im Affekt begangen werden. Eine Gripsosphäre, die das Amt des Henkers ausübt, wäre nicht verlockend gewesen...«

Hier mischte sich von hinten der Referent ein.

»Wie steht es aber mit dem Projekt jener drei Theologen? Sie erinnern sich, sie waren Brüder und schlugen vor, aufs Ganze zu gehen. Das war doch eine großartige Vision!«

»Die Theosphäre?« erriet Tiuxtl sogleich. »O ja, es gab diese Idee. Man nannte sie syntheologisch, weil sie eine synthetische Allmacht in den Kosmos schleudern sollte, um diesen zu pazifizieren. Freilich, der erschaffende Gott, der SYNTHEOS, der einem Planeten entkeimte, um sich nach Äonen aufs ganze Universum auszubreiten! Man braucht aber nur mal zu bedenken, daß unter dem totalen Protektorat jede natürliche Evolution ersterben würde. Die Raubtiere müßten verhungern, weil sie nicht jagen dürften, ihre Opfer würden krepieren, weil sie sich vermehren würden, bis das Futter nicht mehr für alle reichte... Nein, diese Konzeption hat man fallengelassen.«

Das Gespräch brach ab, als im Dickicht eine dunkle Gestalt sichtbar wurde, von einer schweren Last gebeugt. Unser Fahrzeug hielt an, der Passant, ein hagerer Greis im Bauernkittel, ließ einen Gesteinsbrocken von den Schultern rollten, beschirmte die Augen mit der Hand und musterte uns starr.

»Er trägt eine Kutte«, sagte mit gedämpfter Stimme der Referent. »Wir können ihn nach dem Weg zum Kloster fragen, aber wer weiß, ob er antwortet. Die Ordensregel erlegt ihnen Schweigen auf.«

Tiuxtl entbot dem Mönch einen höflichen Gruß, bekam aber lange keine Antwort. Die Regel ließ dergleichen nur in Ausnahmefällen zu, und nach langer Erwägung kam der Mann offensichtlich zu dem Schluß, daß ein solcher hier vorlag. Er sagte, er sei der Bruder Pförtner, am Morgen habe er den Abzug des Klosters verschlafen, nun spüre er ihm nach, zu doppelter Buße beschwert mit einem Stein. Tiuxtl lud ihn ein, mitzufahren, aber er gab uns nur einen Abschiedsgruß, lud sich den Wackermann auf den Buckel und entschritt ins dürre Gestrüpp.

Rot ging die Sonne unter, als wir endlich eine Lichtung fanden, die, wie meine Gefährten behaupteten, ausreichend vor Wind und Mücken geschützt war, daß sie sich als Lagerplatz eignete. Der Referent setzte sich ins Moos, machte sich an seinem Undort zu schaffen, und vor uns erstand ein kleines weißes Gebäude, einer Porzellanblase gleich. Den nach außen gewölbten Wänden entsprossen lange Stacheln, es entstand wahrhaftig ein porzellanener Igel, und eine nur halbkreisförmige Öffnung bot einen Zugang. Im Hineingehen blieb ich an einem dieser Stachel mit der Luftmatratze hängen. Sie zerriß, und ich fluchte, aber der Referent ließ aus einem Haufen Reisig sofort eine neue erstehen, noch dazu mit meinem Monogramm. Um die Freundlichkeit vollzumachen, veranlaßte er, daß unsere Unterkunft sämtliche Stacheln einzog.

Wir saßen vor der Schwelle, nahmen einen kleinen Imbiß und plauderten. Über dem Feuer, das wir entfacht hatten, um die Exotik unserer Lage zu potenzieren, wurde die Suppe warm, und ich erfuhr, daß der Referent ein Dichter war. In der Verwaltung war er nur tätig, um Respekt zu genießen – Gedichte nämlich las keiner. Nicht einmal die unübertrefflichsten. Prosa übrigens ebensowenig. Mitglied des Schriftstellerverbandes war der Referent nicht, weil es dort nur Beißereien gebe, vor allem bei den Beerdigungen. Die einen verlangten, daß in jedem Falle der Präsident persönlich die Grabrede halte, die anderen bestanden auf der Proportion der Rangebene: der Vorsitzende des Kollegiengerichts dem Vorsitzenden des Kollegiengerichts, der Stellvertreter des Präsidenten dem Stellvertreter des Präsidenten, und so weiter... »An solchem Quark geilen sich die armen Kerle auf«, sagte der Dichter voller Gleichmut und Trauer und starrte ins flackernde Feuer. »Was anderes fällt ihnen nicht mehr ein, seit der Verband alles erreicht hat, was er seit siebenhundert Jahren anmahnte. Es gibt keine materiellen Sorgen, jeder legt selbst die Höhe seiner Auflagen fest, aber was soll das alles, wo sogar Lyriker keinen Gedichtband mehr anfassen wollen ...«

Nachher kamen wir auf die Erde zu sprechen. Ich war verblüfft, als Tiuxtl, der doch in unseren Sitten und Gebräuchen so beschlagen schien, das Schminken der Lippen mit dem Vampirismus in Verbindung brachte. Das Rot des weiblichen Mundes diene dazu, das mit dem Kuß aufgesogene Blut zu tarnen – die übliche Mimikry der Vampire. Mein Widerspruch brachte ihn nicht im geringsten aus der Fassung. Gefallen wollten die Frauen also wecken? Blutige Lippen seien schön? Blau geränderte Augen unter grünen Lidern auch? Ich werde doch wohl nicht bestreiten, daß dies die Farben der Verwesung seien? Der Gespenster-Look stehe doch dem Vampir vortrefflich!

Ich konnte nur wiederholen, was ich schon einmal gesagt hatte, der Dichter sperrte Nase und Ohren auf, und Tiuxtl feixte höhnisch.

»Hübsch wollen sie also sein, aha! Und die Alten? Die malen sich doch genauso an.«

»Eine Frau bleibt bis zuletzt eine Frau«, erklärte ich voller Nachdruck. »Die Schminke soll das Alter verbergen.«

Tiuxtl ließ sich nicht überzeugen. In allen irdischen Illustrierten fletschen die Weibchen die Zähne. Sie zeigen ihre Klauen. Freilich, die Erotik spielt dabei eine Rolle, aber das ist die Erotik der Nacht, und wann sind die Vampire auf ihren Blutsäufertouren? Bei Nacht!

So ging das eine Weile hin und her, ich war stinksauer, aber dann brachte er ein Argument, dem nicht beizukommen war: Warum malen sich, wenn das alles nur die Schönheit hervorheben soll, die *Männer* nicht an? Das wußte ich natürlich auch nicht und gab, vor Ärger kochend, den Disput verloren. Ich wünschte ihm im stillen seine Vampire auf den Hals und legte mich schlafen. Unser Ferienhäuschen war lichtlos wie eine Gruft.

Keiner von uns hatte den Kurdel bemerkt, den es in diese Gegend verschlagen hatte. Zwar wurde ich von einem Schmatzen und Sabbern geweckt, hatte aber keine Ahnung, daß da eine gewaltige Zunge das Dach beleckte. Nachdem sich das Vieh von der Glätte des Bissens überzeugt hatte, schluckte es das Campinghaus, den Jeep und unsere sonstige Habe auf einmal hinunter, so daß wir nach einer relativ weichen Landung im Magen sogar das fürs morgendliche Lagerfeuer bereitgelegte Reisig und den Kochkessel vorfanden. Die Suppe freilich war verschüttet.

Nach den Dimensionen des Magens zu schließen, mußte der Kurdel ein gigantischer Einzelgänger sein, der überdies großen Durst hatte, denn man konnte in ihm ertrinken. Ich lernte den Magen mitsamt seinen Nebengelassen recht gründlich kennen, immerhin dauerte unser Aufenthalt über eine Woche. Es war eine Art riesiger, faltig gewölbter, übelriechender Grotte mit Nebenhöhlen und schwärenden Blasen, angefüllt mit einer unglaublichen Menge von schlierigem Fleischbrei, Strauch- und Astwerk, Kraut und Gras, Wracks, Blechzeug und Müll. Dieser Kurdel war nicht anspruchsvoll, er fraß, was ihm vors Maul kam. In der Hoffnung, er werde uns ausspeien, suchte ich meine Gefährten zu überreden, ihn am Gaumen zu kitzeln, aber sie zuckten nur die Achseln.

In der Tat, wie sollten wir die Speiseröhre hinaufkommen, die hoch über unseren Köpfen im Licht unserer Handlampen gähnte wie ein schwarzer Trichter? Der Kurdel hatte durch uns den Schluckauf bekommen, das reine Erdbeben. Endlich fand er eine Tränke und ließ reißende Ströme in unsere düstere Höhle schießen. Der Jeep ging sofort auf Grund, während sich unser weißes Häuschen wacker wie ein Rettungsboot auf den Wellen hielt. Tiuxtl und der dichtende Referent bewogen mich zur Geduld, als ich etwas unternehmen wollte – ohne allerdings zu wissen, was. Der Schluckauf ging vorüber, wir blickten aus dem Fenster auf einen schwarzen See, dessen Oberfläche sich kräuselte. Ich streckte den Kopf hinaus und verspürte einen starken Luftzug. Auch darüber waren meine Gefährten nicht erstaunt. »Das ist doch klar, hörst du ihn denn nicht rülpsen?« fragte mich Tiuxtl. Tatsächlich ließ sich immer wieder das von schlechter Luft verursachte Röhren vernehmen. Nach einer Stunde war das Wasser gefallen, der See zeigte seinen morastigen Grund. Die erste Person, die wir antrafen, war der Mönch, mit dem wir flüchtig Bekanntschaft geschlossen hatten. Er war so in die Buße versunken, daß er sich nicht einmal von dem Stein getrennt hatte, der ihn doch hätte ertränken können. Weder ihm noch meinen Begleitern bereitete unsere Lage auch nur die geringste Sorge. Der Dichter, der ja direkt an der Grenze wohnte, zudem die Zahl der gesetzlich vorgeschriebenen Exkursionen übererfüllte und es solchermaßen bereits auf sieben Schlukkungen gebracht hatte, erklärte, die Gurgel sei erst zu erreichen, wenn das Vieh sich zur Ruhe niederlasse, aber auch das lohne nicht der Mühe, da die Speiseröhre zu eng sei und alles Kitzeln ohnehin nichts helfe gegen den bleiernen Schlaf alter Kurdel.

Ich wollte den Ordensbruder nach Clivia ausfragen, aber Tiuxtl redete mir dieses Vorhaben aus: Auf die Mitteilungen eines simplen Pförtners sei keinerlei Verlaß. »Nur Geduld«, meinte er, »der Kurdel folgt bestimmt der Fährte des Klosters, und da die Mönche sich keiner Gewalt widersetzen dürfen, wird sich bald mancher von ihnen unter uns befinden. Bei einem Quentchen Glück kann sich der Verschluckte sogar als Bibliothekar erweisen!«

Ich kann nicht behaupten, daß er mich überzeugte, ich hatte eher den Eindruck, daß er die entstandene Lage genoß: Offenbar rüstete er sich für einen Erkundungsgang, denn er erbat sich von dem Dichter den Undort und fertigte aus dem Speisebrei des Kurdels einen Grubenhelm mit Lampe, eine Strickleiter und einen wasserdichten Overall. Auf meine Bitte produzierte er auch für mich eine solche Ausrüstung.

Mittlerweile kamen aus der unflatverstänkerten Düsternis wieder einmal ausgemergelte, abgerissene Gestalten, die in den Händen Kübel und auf den Schultern Besen trugen. Ich hatte schon herausgefunden, daß sie regelmäßig erschienen, um den Magenraum von den Spuren der Mahlzeiten (des Kurdels, nicht unserer!) zu säubern, einigermaßen wenigstens, denn ich habe nie jemanden lässiger und schludriger arbeiten sehen als diese sogenannten Reinigungskräfte. Sie bewegten sich völlig planlos. Einer, der geradezu geschwätzig war – andere nämlich, sprach man sie an, wollten keinen Ton von sich geben –, erzählte mir, sie hätten auch Hochleistungsbesen, benutzten sie aber nicht: Erstens, weil sie kaputtgingen und dadurch die Prämie im Eimer sei, und zweitens, weil sie IHM schaden könnten. Am meisten erstaunte mich die

Apathie dieser Figuren. Gleichgültig gingen sie an uns und unseren Geräten vorüber, vermieden allerdings das Licht der Scheinwerfer. Wie Mondsüchtige stiegen sie durch die Gegend. Sooft wir aber Byrrbitschi zu Mittag hatten, standen mindestens fünf draußen vor dem offenen Bullauge und sogen gierig den Geruch ein. Um nichts in der Welt wollten sie hereinkommen, und allein jener Schwatzhafte gestand, daß sie sich mit Fremden nicht einlassen dürften und daher so täten, als wären wir gar nicht da. Offenbar war er über seine Offenherzigkeit selber erschrocken, denn ich bekam ihn nie wieder zu Gesicht.

Die Gewohnheiten des Kurdels waren mir anfangs natürlich fremd, aber bald kriegte ich spitz, daß man morgens und nachmittags am besten einen hochgelegenen Ort aufsuchte oder sich im Häuschen barg, denn das Ungetüm fraß zwar nicht viel, begann aber um jene Tageszeiten so unvermittelt und selbstvergessen zu saufen, daß der reine Niagara auf uns genau von dort herniederbrach, wo wir sonst die im Zenit stehende Sonne wußten. Der Kurdel schluckte dabei auch Luft, sein Magen dehnte sich auf das doppelte Volumen, und der gewaltige Stau löste sich in einem Rülpsen, das durch die Eingeweide fegte wie ein Orkan durch die Schründe und Klüfte eines Hochgebirges.

Der Referent schenkte den Manschen keine Beachtung, Tiuxtl jedoch schnappte sich einmal zwei Einheimische und drückte sie gegen die Magenwand, bis sie zugaben, hohe Funktionäre zu sein: der Gallier und der Magier. Tiuxtl ließ sie laufen und meinte, sie lögen wie gedruckt und wollten sich nur den Glanz ergattern, der die Planstellen in lebenswichtigen Organen umflittert. Es bedeutet im Kurdel viel, wenn einer sagen kann, er sei von den Organen!

Tiuxtl hielt das Tier, das uns zur Zeit Unterkunft bot, ohnehin für ein Exemplar, das aus dem letzten Loch pfiff und nur noch auf den Gebeinen war, um sie auf dem Saurierfriedhof zu letzten Ruhe zu betten. Ein altes Vieh, längst abgehalftert und aus dem Verkehr gezogen, aber wie das bei den Manschen so geht, sind sie aus Wohnungsmangel darin sitzengeblieben, als letzte gehen die Reinigungskräfte von Ort, was aber nicht heißt, daß sie den Kurdel gereinigt hinterlassen.

Dazu haben sie keine Lust. Eimer und Besen tragen sie natürlich, sonst wäre ja nicht zu sehen, daß sie berufstätig sind. Alle miteinander markieren sie nur den geschäftigen Werktätigen: Ohne Preis kein Fleiß!

Am ersten Tag hatte ich das Mittagessen ausgelassen. Der dichtende Referent suchte mich zwar mit der Karte der Speisen zu locken, die der Undort servieren konnte, aber die Vorstellung, woraus die Zubereitung erfolgte, verschlug mir den Appetit. Ich wollte schnellstens an die frische Luft und wunderte mich immer mehr, daß meine Gefährten sich solch eine Gefangenschaft gefallen ließen. Was heißt gefallen, die aalten sich geradezu darin! Was genossen sie denn so daran? Etwa die sorgsam verhohlene Genugtuung, daß es hier keinen einzigen Gripser gab? Sie lachten zwar, als ich geradezu danach fragte, aber in diesem Gelächter schien mir doch ein wenig Verlegenheit mitzuschwingen.

Anderntags, als Tiuxtl nach dem Frühstück (ich aß inzwischen mit, was blieb mir anderes übrig) den Plattenspieler laufen ließ, ich aber keine Lust hatte, Musik zu hören und auf der faulen Haut zu sitzen, probierte ich an der Steilwand unter dem Einlaß zunächst eine Klettertour. Da es dort jedoch gefährlich schlüpfrig war und auch keine Rede davon sein konnte, Haken einzuschlagen, kroch ich in den Taucheranzug und ging auf einen Trip zum Zwölffingerdarm. Bis zum Pförtner leistete mir der Referent Gesellschaft, er zeigte mir sogar, wo ich den Sphincter pylori streicheln mußte, damit er sich entspannte und mir Durchlaß bot, weiter aber wollte er mich nicht begleiten. Er trug eine dicke Kladde und einen Stift bei sich, wahrscheinlich stand er unter dem Einfluß von Eingebungen und suchte die Einsamkeit. Hinter dem Magenausgang war es sogar ziemlich geräumig, ich konnte kräftig ausschreiten, bis ich an dem von der Galle mündenden Gang in einer Wand ein Schuhpaar erblickte. Ich nahm es wahr, ohne es recht zur Kenntnis zu nehmen, und setzte meinen Weg fort, in Überlegungen versunken, was von meinen Losanniern zu halten sei, da sie die Manschen scheinbar so verachteten, dennoch mit ihnen in diesen Kloaken sitzen wollten und es überhaupt nicht eilig hatten, die Freiheit wiederzugewinnen. Der Geschmack des Exotischen? Einer primitiven Lebensform?

Ein Anhänger Sigmund Freuds hätte dazu wohl erklärt, den Entianern bedeute der Aufenthalt im Kurdel gewissermaßen die Rückkehr in den Mutterschoß, sicherlich wäre er mit allen seinen Symbolen auf mich losgefahren, aber ich hätte ihn abblitzen lassen, denn die Leute dort haben gar keinen Schoß. War die Sache es übrigens wert, sich mit einem eingebildeten Freud-Jünger auf einen eingebildeten Zank einzulassen? Dennoch, es mußte hier ein Rätsel geben, und auf einmal drangen mir die in der Wand steckenden Schuhe ins Bewußtsein. Ich richtete meine Handlampe nach der Stelle und sah, daß sie sich bewegten. Wenigstens dieses Rätsel konnte ich unverzüglich zu lösen versuchen. Nur die geriffelten Gummisohlen und die ein bißchen schiefgetretenen Absätze waren zu sehen. Ich zog erst an dem einen, dann an dem anderen, und aus der Wand löste sich, rückwärts kriechend wie ein Krebs, ein großer, hagerer Entianer. Er trug einen Taucheranzug wie ich, war auch gar nicht überrascht von meiner Anwesenheit und stellte sich vor als Professor Xouder Xaater, Leiter des Lehrstuhls für Kurdelanatomie in Ixibrix, zur Zeit im Feldbau tätig. Ohne sich zu erkundigen, wer ich denn sei, erklärte er mir die Topografie des Darmabschnitts, in dem wir uns befanden. Besonders enthusiastisch sprach er vom Diverticulum duodeno-jejunale Xaateri. Jawohl, diese Stelle trug seinen Namen, denn er hatte die Thesen der Schule von Xeps, wonach dieses Diverticulum niemals ein Verrucinosum gewesen sei, als irrig widerlegt.

Der Professor war dem Kurdel schon mehrere Tage über den Weg gelaufen, aber das stumpfsinnige Vieh hatte ihn nicht schlucken wollen, nicht einmal, als er sich ihm leicht gesalzen vor das Maul legte. Diese Geschichte erinnerte mich peinlich an den Lunaparkmond, den ich für den eigentlichen Planeten gehalten hatte und wo ich auf die angebliche Kurdeljagd hereingefallen war.

Mit einem gewissen Widerstreben verließ der Professor die Gallengänge und kehrte mit mir in den Magen zurück. Wenn er glaubte, ich achte nicht darauf, musterte er verstohlen meine Beine, wandte den Blick aber sogleich wieder ab. Nachher zeigte sich, daß er bei mir ein angeborenes Gebrechen vermutet hatte. Als Anatom diagnostizierte er eine Deformitatis congenitae articulationum genu, eine recht seltene, aber verhängnisvolle Invalidität, die das Leben und zumal das Gehen ungemein beeinträchtigt, das für die Entia-Bewohner normale Sitzen hingegen ganz und gar unmöglich macht. Als guterzogene Person tat der Professor, als nehme er es nicht zur Kenntnis, und es gab großes Gelächter, als er herausfand, daß er an einen Menschen geraten war. Ich hatte versäumt, ihm das zu sagen, aber er bemerkte es selbst, als wir beide die Sauerstoffmasken abnahmen. Das geschah bereits jenseits des Pförtners, und von oben regnete es ganze Büsche und Erdklumpen auf uns herab. Der alte Kurdel war entsetzlich gefräßig, und der Professor trieb zur Eile, denn überall regten sich plötzlich Bäche von Magensaft, aber dabei würde es nicht bleiben, solche Speise verursacht Sodbrennen und damit auch Durst. Als es dann tatsächlich wie aus Zubern goß, hatten wir glücklich die schützende Unterkunft erreicht, ohne auch nur einen Tropfen abzukriegen. Meine Gefährten begrüßten den Professor sehr höflich und luden ihn zur Byrrbitschi ein, die bereits im Kessel dampfte. Der Undort hätte die herrlichsten Leckereien servieren können, aber sie zogen merkwürdigerweise diese Jauche vor, die den Raum mit einem Geruch erfüllte, den ich überhaupt nicht attraktiv nennen kann.

Wir saßen im Kreise, tranken die Suppe aus Tassen und unterhielten uns. Der Professor ergötzte uns mit der Geschichte, wie er ein Jahr zuvor in einem Strudelloch beim sogenannten Hügelgrab des Vorsitzenden das im Schlamm versunkene Skelett eines gewaltigen Kurdels und in diesem wiederum vierzig Manschengerippe gefunden hatte. Damit trug er den Triumph über die Archäologen davon, die unter der Führung eines anderen Anatomen, des Dozenten Xipsiquax (oder so ähnlich), behauptet hatten, ein Kurdel könne nicht unter Wasser leben. Von Natur her könne er das freilich nicht, lasse sich aber zum Unterseeboot dressieren. Unser Anatom bewies es mit einem handfesten Beweis: einem Periskop, das bei dem Skelett gefunden worden war. Der Dozent kam zwei Tage zu spät, und als er mit seiner Taucherglocke erschien, bleichten die Knochen bereits an der Sonne und unter den sachkundigen Händen der Präparatoren. An das Periskop jedoch hatte der Professor ein Transparent geheftet mit dem hämischen Spruch: CITO VENIENTIBUS OSSA!

Diese Gelehrten haben vielleicht Sorgen, dachte ich und schlürfte meine Byrrbitschi, wie ich es als kleiner Junge mit dem Rizinus gemacht hatte: Ich verstopfte nach jedem Schluck mit dem weichen Gaumen die Kehle. Ich trank, weil ich mich nicht von den anderen ausschließen wollte. Auch der Ordensbruder saß bei uns, nicht auf einer Luftmatratze, sondern auf seinem Stein. Er hatte sich erweichen lassen, ihn endlich abzulegen. Da ich ein Mensch war, hielt er es für zulässig, das Schweigegebot zu brechen, und so kam ein Gespräch zustande, in dem er sich als viel beschlagener erwies, als Tiuxtl ihm zugebilligt hatte. Seinen Namen kann ich nicht aussprechen, er klang anders als alle Namen in Losannien, heiser und stimmlos. Das gilt für alle Mönche, denn das Noviziat im Orden beginnt damit, daß sich jeder aus den erhalten gebliebenen Chroniken einen clivianischen Namen aussucht. Von da an ist jeder Mönch zugleich er selbst und jener Clivianer.

Ich erwartete sensationelle Offenbarungen – vielleicht bekannten sie sich zur Seelenwanderung, und aus ihnen sprachen die toten Clivianer, oder sie lasen bei ihren Mysterien aus den überkommenen Dokumenten schreckliche Beschwörungen des Ka-Undrium, wobei ihr Glaube aufs Spiel gesetzt, gerade in dieser Gefahr aber die Büßermission offenbar wird, die die frommen Mönche, werden sie massenweise von ihr ergriffen, in eine Organisation von Rächern zu verwandeln vermag? Der Bruder Pförtner kühlte meine entzündete Phantasie mit der Erklärung ab, er wisse von dem Clivianer, dessen Namen er angenommen habe, ebensowenig wie von allen anderen Clivianern, er wisse nur das eine, daß sie nicht an Gott geglaubt haben und also die Mönche nun *für sie* glaubten.

»Was denn«, sagte ich, herb enttäuscht, »ihr habt eure Chroniken und versucht nicht mal, sie zu studieren?«

Dem Mönch war es von der Byrrbitschi offenbar warm geworden, denn er streifte die Kapuze vom Kopf, sah mich mit strahlenförmig befiederten Augen an und sprach:

»Doch, ich habe diese Schriften gelesen. Bei uns kann jeder lesen, was er will. Es fehlt unter unseren Novizen auch nicht an Klerikern, die nicht der Buße oder des Glaubens wegen in den Orden eingetreten sind, sondern in der Hoffnung, in den

Clivianern die geronnene Essenz des schwärzesten Bösen zu finden. Diese Leute gehen schnell wieder von uns. Du bist erstaunt, Fremdling? Wir lesen diese Chroniken, um das Clivianische zu lernen, denn sonst steht nichts weiter darin...«

»Was heißt: nichts weiter?« fragte ich bedächtig. Mir kam der Verdacht, er wolle die Wahrheit verbergen.

»Nichts außer Phrasen. Hohles Propagandagetön. Dem Leser werden Gemeinplätze in die Augen gestreut. Du wunderst dich? Hast du denn jemals von einer Obrigkeit gehört, die nicht mit Glücksverheißungen um sich wirft, sondern Verzweiflung, Zähneknirschen, die eigene Niedertracht und moralische Verderbtheit prophezeit? Keine wird so etwas tun. Ist es bei euch anders?«

»Reden wir jetzt nicht von uns«, wehrte ich rasch ab. »Was war denn aber jenes Ka-Undrium? Weißt du das? Darfst du es sagen?«

Er zuckte die Achseln.

»Immer das gleiche. Ka-Undrium heißt wörtlich übersetzt Sphäre des Heils.«

Mir verschlug es die Sprache.

»Das gibt's doch nicht! Wieso denn? Sie wollten das gleiche tun wie ihr?«

»Ja.«

»Wie konnte es dann überhaupt zum Kriege kommen?«

»Das war kein Krieg, sondern der unbemannte Zusammenstoß zweier Ideen.«

»Anix sagte mir, die Gripser seien als Waffe entstanden...«

»Du wirst ihn falsch verstanden haben. Sie sind nicht als Waffen entstanden. Sie wurden zur Waffe, als sie auf etwas trafen, was so ausgerichtet war wie sie.«

Ich bemerkte, wie er unter dem starren Blick der anderen mühsam die Worte wählte, und sah die Szene auf einmal ganz so, als stünde ich daneben und hockte nicht mitten darinnen: Ein Mensch, unbequem im Schneidersitz, mitten unter Geschöpfen, die sich breit auf ihre eigenen Füße lagerten, die Knie hoch nach hinten gereckt, Vogelkörper mit Quappenköpfen.

»Es trafen zwei Intentionen des Guten aufeinander«, sagte

schließlich der Mönch. »Sie unterschieden sich in dem, was der edle Tiuxtl ihr Programm nennen würde, aber auch darin nicht allzusehr. Im Grunde gerieten sie aneinander, weil sie zwei Projekte der Perfektion waren. Wenn zwei Kirchen Eines Gottes gegeneinander antreten, wenn jede zu IHM steht, aber dabei eine Ausschließlichkeit begehrt, die sich auf keinerlei Zugeständnisse einläßt, so können sie handgemein werden, ohne es gewollt zu haben. Ist das nicht schon vorgekommen in der Geschichte? Wenn aber sogar die Hingabe an die Allerhöchste Güte Verderben stiften kann, um wieviel gewisser bewirkt es dann ein diesseitiger, weltlicher Glaube, dem Schwärme bedenkenloser Vollstrecker anhängen? Die beiden Entwürfe einer glücklichen Gottlosigkeit flogen aufeinander los und trafen sich, da der eine als der funktionstüchtigere die größere Durchschlagskraft besaß, nicht ganz in der Mitte. Wäre es den Clivianern besser ergangen, so säßest du jetzt nicht hier, sondern im Kreise schwarzer Gesichter auf dem Südzipfel ihres gebirgigen Landes, und du erführest vom Untergang des geheimnisvollen Ungeheuers der nördlichen Taraxis, die unter dem Gletscherkreis Losanniens begraben sei. Allerdings fändest du dann keinen einzigen Geistlichen mehr, denn wie ich schon sagte, hatten die Clivianer Gott verworfen. Dadurch würde es dir schwerfallen, dort einem Büßermönch zu begegnen...«

»Sie haben also wirklich das Gute gewollt?«

Ich konnte mich mit diesem Gedanken nicht anfreunden.

»Wahrscheinlich nicht weniger noch mehr als die Gründerväter bei uns. Aber nun wird es für mich Zeit. Leben Sie wohl, meine Herren.«

Der Mönch stand auf, lud sich seinen Steinklotz auf den Buckel und schritt, unter der Last gebeugt, hinweg.

Sofort knöpfte ich mir Tiuxtl vor, um zu erfahren, ob ihm bekannt gewesen sei, was der Mönch über Clivia erzählt hatte.

Tiuxtl bestritt nichts, blieb jedoch dabei, daß es sich anders verhalten habe. »Die Clivianer hatten autoritäre Ideale, ihre Beatosphäre sollte nicht durch Gripser entstehen, sondern durch molekulare Mikroboter, sogenannte Pygmen, die in der Vollkommenheit hinter den Gripsern zurückblieben, diese aber an Brutalität übertrafen.« Er begann mit Fachausdrücken um sich zu werfen, ich sah, daß er seine Sache verteidigte, weil er an sie glaubte, aber ich gab es auf, ihm zuzuhören.

Spät war es ohnehin geworden, die beiden anderen standen auf, um das Nachtlager zu bereiten. Tiuxtl verstummte, zögernd erhob auch er sich. Ich war umringt von Scheuchengesichtern, bezogen von dichtem, samtenem Flaum, mit Augen, fast so weit auseinanderstehend wie die Nasenlöcher, in denen beim Atmen winzige Federn zitterten. Vorm Zubettgehen nahm ich das Dolmetschgerät aus dem Ohr, und sogleich verloren sich die bisher verständlichen Stimmen in eine Salve rascher Triller. Der Dichter sah mich mit tiefen Eulenaugen an und sagte etwas dazu. Ich erriet, was er meinte, denn er wies mir meine Schlafstätte an. Bald kam die Nacht, alle lagen, wie ich an den regelmäßigen Atemzügen erkannte, in festem Schlaf.

Ich selbst verspürte keinerlei Müdigkeit. Prima, daß sie wenigstens nicht schnarchen, dachte ich. Schnarchen nämlich kann ich nicht vertragen. Freilich, ich bin ja unter Entianern, die vielleicht gar nicht schnarchen können! Hat schon mal jemand einen Sperling oder einen Pinguin schnarchen hören? Mir drehte sich der Kopf. Wozu hatte ich mir die Mühe dieser Sternenreise aufgeladen? Um mit einem Schwarm ehemaliger Vögel im kerkerschwarzen Wanst eines halbverreckten Sauriers zu stecken? Wer war ich denn? Ich, der diplomatische Halbkurier Ijon Tichy, ein ehemaliger Affe. Ich persönlich bin nie ein Affe gewesen, ebensowenig wie einer von diesen Leuten hier jemals ein Vogel war. Woher kommt es nur, daß sich die Zoologie so an den Stammbaum klammert?

Mußte ich wirklich so idiotisch von wichtigen, großen Dingen denken? Fast verzweifelt grübelte ich darüber nach. Hatte ich das Rätsel von Clivia Nigra erkundet? Wahrscheinlich ja, nur daß da keinerlei schwarzes und fremdes Geheimnis waltete, sondern etwas überaus Vertrautes.

Ein Schnaufen erhob sich und ging in starkes Schnarchen über, ich suchte es in mehrfach erprobter Weise durch ein scharfes Zischen zu unterbinden, hatte aber keinen Erfolg. Ich sah schon eine schlaflose Nacht auf mich zukommen und richtete mich besorgt auf. Das Schnarchen steigerte sich zu wildem Gurgeln und drang von allen Seiten auf mich ein. Meine Gefährten waren unschuldig, der Kurdel war bei der Verdauungsarbeit. Es geht ihm im Bauche rum, dachte ich und war beruhigt. Der Schlaf wollte dennoch nicht kommen. Ich wälzte mich von einer Seite auf die andere, und wie die Perlen eines Rosenkranzes ließ ich alle früheren Reisen an mir vorüberziehen. So viele waren es schon gewesen. So manche hatte sich als Traum erwiesen. Ich erinnerte mich an das Erwachen nach dem Futurologischen Kongreß, und plötzlich kam mir der Gedanke, ich könnte ja auch jetzt nur träumen: Die Schlaflosigkeit setzt einem nirgends so nachdrücklich zu, als wenn man im Schlafe liegt, denn man kann ja nicht einschlafen, wenn man schon schläft. In solch einer Lage fällt es leichter, wach zu werden. Führe ich jetzt aus dem Schlaf, ersparte ich mir einen Haufen überflüssiger Strapazen. Das wäre wahrhaftig eine achtbare Überraschung. Ich sammelte also alle meine Kräfte für die geistige Auseinandersetzung mit den Banden, in die man vom Traum so fest geschlagen ist, ich wollte ihn zerreißen und von mir werfen wie ein finsteres Gespinst. Ich zwang mich zur äußersten Anstrengung, aber es half nichts. Ich wachte nicht auf. Es gab nur diese eine Wirklichkeit.

März 1981

Anhang

Kleines Sachwörterbuch der losannischen und kurdländischen Umgangssprache sowie syntureller Begriffe (siehe: Syntur)

Vorbemerkung

Die rasche Entwicklung der Entiologie hat es notwendig gemacht, bündige Entsprechungen für entianische Ausdrücke zu konzipieren, die zur Bezeichnung von auf der Erde unbekannten abstrakten Begriffen und konkreten Objekten dienen.

Auf diese Weise entstand ein Wörterbuch von *Neologismen,* die die fremdplanetare Bedeutung der Wörter so getreu wie möglich wiederzugeben suchen. Im folgenden zitiere ich aus diesem Nachschlagewerk eine Handvoll ausgewählter Artikel, die der Lektüre des vorliegenden Buches förderlich sein können. Auch führe ich einige im Buche nicht vorkommende Begriffe auf, soweit sie im geistigen und materiellen Leben der Entianer eine bedeutende Rolle spielen. Personen, die mir mit mehr oder minder boshaften Bemerkungen lästig fallen, ich kompliziere die Lektüre meiner Memoiren und Reisetagebücher durch sprachliche Neuschöpfungen und Geschwulstbildungen, rate ich freundlich zu einem simplen Experiment, aus dem ihnen die Unumgänglichkeit meines Verfahrens klar ersichtlich wird. Soll ein derartiger Kritiker doch einfach den Versuch machen, einen einzigen Tag seines Lebens in einer irdischen Großstadt zu beschreiben und sich dabei ausschließlich des vor dem achtzehnten Jahrhundert gebräuchlichen Wortschatzes zu bedienen. Wer nicht gewillt ist, sich diesem Test zu unterziehen, folge meiner höflichen Empfehlung, die Finger von meinen Büchern zu lassen.

Agatopteryx: auch Megapterix Sapiens. Vernunftbegabter Großstelzvogel, Vorfahre der Entianer. Entspricht etwa unserem Pithekanthropus.

Anthropolizist: auch Menschler, Menschenkundler

Autoklas: eine von vielen rappelschluckenden Einrichtungen in Losannien, auch Choleridrom oder Entlaunung genannt.

Autoknack: Denkling, eine Art Roboter, der sich nach Ausführung der in seinem Programm enthaltenen Aufgabe selbst erledigt. Auch Einwegschrotter oder Demonteur (weil er sich selbst demontiert). Nicht zu verwechseln mit dem Schrottripper, der nur ein Gehäuse aus Schrottrippen ist.

Bälgung: Ziel von Entführungen. Ein Kinderspiel.

Beha: bedingte Haftung (im Sinne von Fesselung). Der Begriff leitet sich von einer Situation her, in der Fesseln aller Art (also alles Haftende) nur solange eine hindernde Wirkung ausüben, solange diese dem Wunsche der tragenden Person entspricht. Will sie sich davon befreien, bewirken die Gripser den Abfall (Dissidenz) des die Bewegungsfreiheit hemmenden Materials.

Cadaveria Rusticana: Zukur (Zuchtkurdel, Knastechse) auf der Weide.

Civitator: Staatsvermöger (von »civitas«, der Staat). Der jeweils an der Macht befindliche Computer.

Defektiv: Ethifikatorischer Defekt, Resultat des Unvermögens oder einer zeitweiligen Verwirrung der Ethosphäre.

Dementia: Demelioration des Bodens auf der Entia, Teil der für die antisynturelle Opposition typischen Aktionen zur Eindummung intelligenten Materials wie Felsgestein, Splitt, Schiefer, Sand, Lehm usw.

Dörren: Trockengelegter oder angeräucherter Feuchtdrachen.

Doublone: gedoubelter Epigone, nachgemachter Verwandter oder Freund. Dient der Einschläferung des Schmerzes von Hinterbliebenen bzw. der Besänftigung des Grolls bei Unvereinbarkeit der Charaktere (siehe auch: Püpplung, Faksifamilie. Übrigens schlage man nach, wo man wolle).

Einstulpung, wissenschaftliche: auch Tiefbrettbohren, wird notwendig, wenn den Wissenschaftlern bekannt ist, daß bestimmte Daten und Entdekkungen längst vereinnahmt sind, sich jedoch nicht mehr auffinden lassen. Dieser Aufgabe dienen Schürfexpeditionen in die Tiefe der Wissenschaft, die sogenannte Einstulpungen niederbringen. Diese werden – im Ggs. zur früheren Exploration – auch Insplorationen genannt.

ERIA: Entropie der Rechenmodule intelligenter Automaten.

Extraktionisten: Losannische Sekte, die die Ursache der gesellschaftlichen Frustration im übertriebenen Wohlstand sieht. Auch: Malignisten, Verekler, Ausmerzer. Suchen ihren Mitmenschen Hilfe zu bringen, indem sie sie an den Marterpfahl stellen.

Faksifamilie: Ersetzung schwer erträglicher Verwandter durch Püppel (siehe: Püpplung).

Feuchtdrachen: gewässerter Dörren (siehe dort).

Genialysis progressiva (fortschreitende Genialyse): Paralyse (Lähmung) durch übergroße Weisheit; führt bei Computern dazu, daß Eingang und Ausgang kurzgeschlossen werden. Es handelt sich hierbei um die sogenannten Kontemplutter.

Havaridiot: Computer, der sich infolge einer Havarie unsinnig verhält.

Hintersassenschaft: Verafterung, Zwangsverschickung in hintere Regionen des Kurdels.

Hyloismus: die Staatsreligion in Losannien. Ich habe mir die Herkunft des Wortes notiert, den Zettel aber leider verkramt.

Ignorantik: Wissenschaft vom Wissen vom augenblicklichen Nichtwissen.

Ignorantistik: Kehrseite der Ignorantik (siehe dort). Wissenschaft von der Ignorierung des augenblicklichen Nichtwissens.

Insperte: Experte (Sachverständiger, Gelehrter) in der Phase der wissenschaftlichen Einstulpung (siehe dort).

Kolkuck: Märchenfigur auf der Entia. Durch Gengenieurskunst gelungene Kreuzung von Kolkrabe und Kuckuck. Der Rabe hat für die Frage einzustehen, ob die jeweiligen Eier vom Kuckuck stammen und frisch sind.

Kurbordel: Verwaltungseinheit in Kurdland. Wegen der starken Fluktuation in Behörde und Klientel auch Wechselkammer genannt.

Kurdinal: Höchstes Priesteramt im antiken Kurdland.

Kurkurdel: siamesische Kurdelzwillinge.

Kurtrott: Tanz im Kurdelbauch. (Zur Beachtung: Kein Bauchtanz!)

Love-line: Wie die Pipelines auf Erden den Transport von Erdöl dienen, liefern die entianischen Love-lines jede gewünschte Lust (auf Bestellung).

Monudiff (Monument der Diffamierung): Schandmal, das bedeutenden öffentlichen Übeltätern gesetzt wird. Gefertigt aus Plasten und Elasten, die sich unter Gewalteinwirkung verformen, dank Entspannung aber in die Ausgangslage zurückkehren. Statt mit Blumenkästen häufig mit Spucknäpfen bestückt.

Natiomobil: Bewohnter Kurdel (Haus-Tier). Auch: Metropolechse, Stadtschreitwerk, Latsche, Jockel (nicht: Jogger).

Obskur: Oberster der Kurdel, auch Kurektor. Höherer Verwaltungsbeamter in Kurdland, Vorsteher eines Kurbordels (siehe dort).

Passagier: Wissenschaftler, der sich mit der Messung der Länge der Passagen befaßt, die die im planetaren Gedächtnis nach bestimmten Daten suchenden Impulse passieren müssen, um die gewünschten Daten zu erlangen.

Pauschale: auch Vorabrate. Neuropräparat für ein Individuum, das zur Höchststrafe in Form lebenslänglicher Qualen verurteilt ist. Die Existenz von Pauschalen steht unter einem Fragezeichen.

Pennputer: Computer im Ruhestand.

Pernomisten: Sekte; erklärt die Zivilisation für eine Verirrung (Perversion), fordert folgerichtig die Perversion (Verirrung) in der Zivilisation, da die Verirrung in der Verirrung den rechten Weg bedeutet, also zur Norm zurückführt.

Personenzug: Transportmittel, Form der Love-line (siehe dort). Liefert Doublonen (siehe dort) sowie andere Püppel und Androiden. Die Beförderung erfolgt in Pulverform als sogenannte »Instant Person«, die sich nach Einschaltung des Beschickers zur bestellten Person verfestigt.

Plemplemken: Halluzinellen. Mikrodellusionen natürlicher Personen, die sich für künstlich halten bzw. umgekehrt.

Politschießplatz: eine Art Sturmbahn für angehende Politiker. Häufig vermint.

Polymix: unzutreffende Bezeichnung für die Fortpflanzung auf der Entia. Der richtige Terminus lautet Polysamie. Die weibliche Eizelle kann nicht nur von einem einzigen männlichen Samenfaden befruchtet werden; unerläßlich ist das Vorhandensein von mindestens zwei Spermien von zwei genetisch nicht identischen Männchen (diese dürfen also keine eineiigen Zwillinge sein). Die Zahl der Theorien, die das Entstehen dieser Fortpflanzungsart auf der Entia zu erklären suchen, beläuft sich gegenwärtig auf 45; aus Platzmangel bleiben sie hier unberücksichtigt.

POP: Parlamentarisch-Obligate Person, zwangsweise zum Staatsdienst einberufene Person, Früher: Pikant Opulente Person (auch Künstling, zu Männchenspielen dienend; Sitzling, sofern der Eigentümer seine Anwesenheit auf Sitzungen dokumentieren wollte. Siehe auch Püpplung, Faksifamilie).

Pöpränz: pönitentiär-präventiver Eingriff zur Verhütung vorsätzlicher Straftaten. Zu diesem Zweck wird die Unterwäsche mit Dolorosalsensoren ausgestattet (ein böser Vorsatz verursacht augenblicklich einen Anfall heftigen Hüftnervreißens, also von Ischias). Technik von nur noch historischem Wert in Losannien.

Privatgala: private Galaxie. Der Begriff ist ein Relikt aus der Zeit, da losannische Staatsbürger sich um die Obereignung von Elliptik- und Spiralnebeln bewerben konnten. Inzwischen ist nur noch eine Pachtfrist über 10000 Jahre erhältlich.

Proponator: Selektor oder Lustscheider. Erleichtert die Wahl von Lüsten und Vergnügungen. Unentbehrlich angesichts der Fülle von Alternativangeboten. Vom Eigentümer beschädigt, zertrampelt, zerschmettert oder gar zu Staub zermalmt, regeneriert er sich augenblicklich von selbst. Ist auch nicht loszuwerden, wenn sich der Eigentümer hinter stärksten Bunkerwänden birgt. Folgt ihm mit Hilfe entsprechender Schrapper und Schrämmer.

Pseudozoa: synthetische Tiere, Erzeugnisse der Embryonalingenieurskunst.

Püpplung: Ersatz natürlicher Personen, von entsprechenden Produktionsstätten auf Bestellung geliefert.

Salto Rationale: auch Prämisse der Inversion Praktizierter Sinne (PIPS). Dieser Voraussetzung zufolge schlägt eine Idee, sobald sie bei ihrer praktischen Verwirklichung die Titixaq-Schwelle überschreitet, in ihr Gegenteil um. Oberhalb dieser T-Schwelle werden progressive Ideen regressiv, Wohlstand verheißende bringen Armut, Frohsinn versprechende Frustration etc. Die T-Schwelle markiert das Verhältnis des Hirnschädeldiameters zum Produkt aus der mittleren allgemeinen Lustlosigkeit und der Konstante UU (Unvermeidliches Unverständnis).

Schattellit: künstlicher Satellit auf stationärer oder nichtstationärer Umlaufbahn, dient der Beschattung programmierter (ausersehener) Personen.

Schlundflüchter: Person, die sich nicht vom Kurdel schlukken läßt.

Schlundhocker: Person, die vom Kurdel geschluckt ist.

Schmoren: Schranken der Moral. Auch Morscheln. Moralisches Sicherheitsventil der Gripser seit deren 16. Generation. Vereitelt deren Verbösung (Malignisierung) durch Verbrecher oder Abweichler.

Sexofaciales: Geschlechtsgesichtler. Zoologische Bezeichnung der höheren Tiere auf der Entia (im Hinblick auf die Anordnung der äußeren Geschlechtsorgane).

Soziomat: Spielautomat. Der Einsatz geht um Staaten. Eine Sache für Hasardeure.

Squarck-Schwelle: die Schwelle, oberhalb derer die Umwelt dank ihrer Vergripsung klüger wird als die sie bewohnenden vernunftbegabten Geschöpfe.

Sturmann: anderswo auch Starost. Hält das Steuer des Kurdels. Oberhaupt des Stadtschreitwerks.

Synprästrafe: Kurzwort für »Synthetische Präparierung von straffen Lebensläufen«. Auf individuelle Temperamentsmerkmale zugeschnitten.

Syntur: synthetische Kultur, in Losannien errichtet.

Taucher: losannischer Staatsbürger, der sich der Zwangsrekrutierung für hohe Regierungs- und Staatsämter entzieht.

Theoid: auch Engling, eine Art Android, der neben Sprachmittlerfunktionen auch die Klimatisierung in geschlossenen Räumen und andere Dienstleistungen versieht.

Tranchelette: Sägefisch auf der Entia.

Traule: Glaube an ein übergripsisches Leben.

Umsturzroboter: Roboter, der wegen seines hochgelegenen Schwerpunkts leicht die Balance verliert.

Vervielselbstigung: Ichübergreifung. Ermöglicht Parallelerleben von normalerweise nicht parallel Erlebbarem. Eine lebenversüßende Technik, bei der den beiden durch Selbstungsaufheller getrennten Gehirnhalbkugeln Erlebnisströme vielfältigsten Inhalts zugeschaltet werden.

Viridans: Raumbegrünung. Insekten, die auf der Entia die Funktionen der irdischen Flora erfüllen.

WANKER: wandelnder Kerker, auch Zukur (Zuchtkurdel).

Inhalt

Die Werke von Stanisław Lem in Einzelausgaben

Der Schnupfen
Kriminalroman. Aus dem Polnischen von Klaus Staemmler

Imaginäre Größe
Aus dem Polnischen von Caesar Rymarowicz und Jens Reuter

Mondnacht
Hör- und Fernsehspiele. Aus dem Polnischen von Klaus Staemmler, Charlotte Eckert, Jutta Janke und I. Zimmermann-Göllheim

Summa technologiae
Aus dem Polnischen von Friedrich Griese

Phantastik und Futurologie I
Aus dem Polnischen von Beate Sorger und Wiktor Szacki

Eden
Aus dem Polnischen von Caesar Rymarowicz

Die vollkommene Leere
Aus dem Polnischen von Klaus Staemmler und I. Zimmermann-Göllheim

Pilot Pirx
Erzählungen. Aus dem Polnischen von Roswitha Buschmann, Kurt Kelm, Caesar Rymarowicz und Barbara Sparing

Erzählungen
Aus dem Polnischen von Caesar Rymarowicz, Klaus Staemmler und I. Zimmermann-Göllheim

Phantastik und Futurologie II
Aus dem Polnischen von Edda Werfel

Dialoge
Aus dem Polnischen von Jens Reuter

Essays
Aus dem Polnischen von Friedrich Griese

Die Stimme des Herrn
Roman. Aus dem Polnischen von Roswitha Buschmann

Philosophie des Zufalls
Zu einer empirischen Theorie der Literatur
Aus dem Polnischen von Friedrich Griese

Kyberiade
Fabeln zum kybernetischen Zeitalter
Mit Zeichnungen von Daniel Mróz
Aus dem Polnischen von Jens Reuter u. a.

Also sprach GOLEM
Aus dem Polnischen von Friedrich Giese

Solaris
Roman. Aus dem Polnischen von I. Zimmermann-Göllheim

Rückkehr von den Sternen
Roman. Aus dem Polnischen von Maria Kurecka